PATRICK LA

Les Voyages Temporels d'Archibald Goustoquet

Tome I : Attentat

À Peggy,

Aimer, c'est n'avoir plus droit au soleil de tout le monde. On a le sien.

Marcel Jouhandeau
Extrait de « *Algèbre des valeurs morales* »

1

Le gamin allongé sur le ventre, les coudes sur le sol, le menton appuyé dans ses mains, regardait avec circonspection sa locomotive à vapeur en bois. Passerait-elle sous le tunnel improvisé avec les vieux livres en cuir qu'il avait empilés les uns sur les autres, sans les faire tomber ? La question était cruciale. La réponse, décisive. Il se baissa et colla sa joue contre le balatum pour estimer la dimension du passage par rapport à la taille de la loco. Elle devait passer. Au lieu de lui donner de l'élan pour l'envoyer le plus loin possible comme l'aurait fait n'importe quel bambin de son âge, il l'approcha lentement de l'entrée du tunnel, centimètre par centimètre, vérifia toutes les deux secondes qu'elle ne raccrochait ni d'un côté, ni de l'autre, l'un des livres qui aurait pu éventuellement dépasser de l'alignement, et la poussa ainsi jusqu'à ce qu'elle disparaisse à moitié sous les Balzac, les Zola, les Chateaubriand et autres Victor Hugo. A ce stade, il lâcha la locomotive, contourna l'échafaudage littéraire, et se baissa à la sortie du tunnel, comme il l'avait fait devant l'entrée. Le moment le plus important, c'était là. Maintenant. Il scruta, visa, détailla, apprécia, analysa, sonda d'un œil expert, et finalement se releva, ravi. Il revint se positionner derrière la loco qu'il poussa complètement dans le tunnel jusqu'à ce que son petit bras ne puisse plus donner la moindre impulsion. Alors, sûr de l'exploit extraordinaire qu'il venait d'accomplir, il passa à nouveau du côté de la sortie, et exulta quand il aperçut le vernis brillant de la cheminée rouge et verte de la chaudière. Il la tira minutieusement en prenant garde que la cabine ne raccroche pas le haut du tunnel. Ce serait idiot. Il la mit en attente sur un vaisselier du XIXème en chêne clair, et s'appliqua à replacer tous les livres sur l'étagère du bas de la grande bibliothèque, avec ceux qu'il n'avait pas utilisés. Il avait bien essayé de mémoriser les dessins que Papa et maman appelaient des mots, pour remettre les livres dans le même ordre dans lequel ils étaient rangés au départ, mais il abandonna cette tâche ardue car il mélangeait tous ces dessins dont certains, parfois, se ressemblaient, en espérant que personne ne remarquerait qu'ils avaient été déplacés. Une fois que le rayonnage eut repris un aspect à peu près normal, il reprit la loco pour qu'elle poursuive son long voyage initiatique dans le capharnaüm familial.

Il la fit rouler sous les tables Louis Philippe, les armoires lorraines, entre les pattes des fauteuils crapaud de style Second Empire avec des *tchou tchou* rageurs. Mais le plus drôle fut de la faire rouler sur les gros coffres de pirate, car le bruit des roues changeait selon que la locomotive passait sur le bois ou sur les grosses ferrailles des charnières. Il se plut encore à la faire glisser dans un crissement strident sur les miroirs des armoires car avec le reflet, il avait l'impression d'en pousser deux en même temps. Bon, c'est sûr, il fallait faire ça quand maman n'était pas là. Et pour l'instant elle travaillait dans la vitrine du magasin, le bocal, depuis que Papa était sorti ce matin. Il ne risquait rien. Mais l'ombre de Papa planait. Il s'arrêta de pousser la loco tout en retournant le jouet entre ses mains. Il regrettait malgré tout que Papa fût parti. Quand il était là, il jouait souvent avec lui. Et puis aussi, il racontait toujours des histoires de monstres même que maman le disputait toujours parce qu'elle disait qu'il allait lui faire faire des cauchemars. Mais lui, il n'avait même pas peur. Enfin… Pas trop ! C'était un garçon, quand même ! Et c'était courageux les garçons. Les monstres, si un jour il en voyait un, il le tuerait avec une épée comme celles qui étaient accrochées au mur. Ou bien, il lui tendrait un piège pour qu'il tombe dans un des coffres qu'il fermerait à clef. Ou encore, il le pousserait dans l'escalier de la cave pour…

Gling, gling…

Il tourna d'un seul coup la tête en direction de ce bruit caractéristique.

Ouais, Papa est revenu !

Il lâcha la locomotive qui – heureusement, elle était en bois ! - tomba sans dommage sur le sol. Vite. Vite. Il fallait courir vite pour sauter tout en haut dans les bras de Papa. Comme à chaque fois qu'ils se retrouvaient.

- Maman, maman… C'est Papa ?

Il zigzagua rapidement entre les meubles et les mannequins de mode en bois, les vieux outils fermiers et les malles en osier, et se retrouva dans l'allée principale du magasin. A contre jour, il aperçut l'ombre de Papa.

Il allait se baisser, et il pourrait se jeter dans ses bras pour qu'il l'emporte tout en haut dans le ciel de son amour de Papa. Il se rapprochait de plus en plus, mais la silhouette à contre-jour ne se baissait pas. Bizarre ! Encore un peu plus près… un peu plus près… Toujours pas baissée… Plus près… Il ralentit et remarqua que cet homme-là était bien trop large pour être son père. Soudain, il stoppa net, tétanisé par la peur. Les yeux écarquillés, il le voyait bien maintenant. Il s'était trompé. Devant lui, là, immobile avec son cou jaune et vert, le monstre le regardait avec ses yeux globuleux prêt à lui sauter dessus. Il ne put faire aucun mouvement. Adieu Excalibur à la lame tranchante pendue au mur ! Adieu pièges astucieux et coffres prison !

D'un seul coup, la fée qui devait le sauver apparut. Sur le côté. Soudain, il poussa un hurlement et une décharge électrique le propulsa contre sa mère, dans la robe de laquelle il enfouit son petit visage.

- Maman, le monstre il est méchant. Il a une tête de crapaud…

Il allait en faire bien souvent des cauchemars.

2

C'était un petit coin de verdure en bordure de Moselle. La villa surplombait une vaste pelouse en pente douce jusqu'aux saules qui trempaient leurs larmes dans le courant de la rivière. Une haie de troènes nains masquait un grillage qui délimitait le terrain, non par goût des propriétaires, mais surtout par souci de sécurité pour les enfants.

Julien, cinq ans, tentait d'attraper sa sœur Laurine, six ans, qui lui échappait, à chaque fois qu'il était sur le point de la toucher, par de brusques changements de direction avec des gloussements de jubilation qui l'agaçaient au plus haut point.

- Je joue plus. J'arrive jamais à t'avoir.

- Quand tu s'ras plus grand, t'y arriveras. Tu veux jouer au ballon ?

- Ouais, mais on joue au foot. Moi j' suis Zidane...

- C'est qui ?

- Tu connais pas Zidane ? I' joue à Bordeaux. Papa dit qu'i' va p't-êt' aller jouer en Italie bientôt. À la "*Jus d' Vantusse*", il a dit Papa. Alors moi, j' suis Zidane.

- Si tu veux. Où il est l' ballon ?

- I' doit être au garage…

Les deux enfants coururent vers le devant de la maison et s'engouffrèrent dans le garage dont la porte automatique était relevée. Le Range Rover du père était stationné dans l'allée gravillonnée.

- I' faut pas jouer près d'la voiture. Papa i' veut pas.

- Je sais, dit Julien, on va jouer entre les deux arbres là, ça f'ra la cage. C'est toi qui fais gardien.

- Oh non ! C'est toujours moi. Pourquoi pas toi pour une fois ?

- Pa' ce que !

- Pa' ce que quoi ?

- Pa' ce que j' suis Zidane, et Zidane i' joue pas dans la cage.

Imparable.

Laurine se plaça entre les deux bouleaux pendant que Julien s'éloignait, le ballon à la main. Il le posa sur la pelouse face à sa sœur et recula de quelques pas.

- J' vais tirer un penalty…

- C'est quoi un penalty ?

- Oh là, là ! T'es vraiment nulle. C'est quand 'y a eu une faute. Le joueur pose le ballon devant le gardien, et i' doit tirer pour essayer de marquer un but.

- Oui, mais là, 'y a pas eu d' faute…

- T'es vraiment casse-pieds. On fait semblant, là, c'est tout.

- Et moi j' fais quoi alors ?

Julien soupira d'impatience.

- Tu l' fais exprès ou quoi ? I' fait quoi un gardien à ton avis ?

- Ben… il arrête les buts.

- Non, il arrête pas les buts, cria Julien, énervé. Il arrête le ballon, 'y a un but quand le gardien il arrive pas à arrêter l' ballon.

- Ouais, ben c'est pareil.

- Bon, moi j'tire le penalty et toi t'essayes de l'arrêter, d'accord ?

- D'accord, soupira Laurine.

- Attends ! Ça va pas…

- Qu'est-ce qui va pas encore ?

- T'es trop droite. On dirait un manche à balai.

Il s'approcha de sa sœur.

- Penche-toi en avant !

- Pour quoi faire ?

- Penche-toi en avant j'te dis, et laisse pendre tes bras de chaque côté. Et puis tu dois aussi plier les g'noux…

Laurine s'exécuta en pinçant les lèvres.

- Pourquoi j'dois m' mettre comme ça ? On dirait un singe…

- J'en sais rien, mais les gardiens i's'mettent toujours comme ça pour arrêter un penalty…

13

- Ben, moi j'veux pas, répliqua Laurine, butée, en se redressant les bras croisés.

- Comme tu veux.

Julien retourna derrière son ballon et recula de quelques pas. Il s'élança et balança un pointu dans la balle qui s'éleva bien au-dessus de Laurine. Elle le regarda passer sans broncher.

- Ouais, i'y est, jubila Julien.

- Ben, non, hein, il y est pas. Il est passé bien trop haut.

- Si. Il y est. Il est passé juste sous la barre.

- La barre ? Quelle barre ?

Julien soupira, exaspéré.

- La barre transversale... Au-d'ssus d' toi...

Laurine regarda en l'air, dubitative.

- 'y a pas d'barre, affirma-t-elle.

- Ben si ! 'y a toujours une barre transversale dans les cages.

- P't-êt', mais là, 'y a pas de barre.

- T'es bête ou quoi ? On fait semblant, j'te dis... On fait toujours comme ça quand on joue au foot.

- Le ballon est passé trop haut. J'ai d'jà vu moi à la télé. La barre, le gardien i' peut la toucher avec les mains. Ben là, j'aurais même pas pu toucher le ballon, alors...

- Hé ! T'as même pas sauté... Tu peux pas savoir. Bon, d'accord. Je r'commence. Il est où l'ballon ?

Tous les deux se mirent à le rechercher. Ils se rendirent rapidement compte qu'il était introuvable.

- Il a dû rouler sous la haie...

14

Pas de ballon sous la haie.

- Ben, il est où ?

- C'est ta faute. T'avais qu'à pas taper si fort.

- T'avais qu'à l'arrêter toi.

- J'pouvais pas, il était trop haut... Tiens j'le vois, s'écria Laurine. Regarde, il est sous la voiture de Papa...

- Zut ! Comment on fait ?

- Je vais essayer de l'pousser avec le râteau...

Laurine courut au garage et revint aussitôt avec l'outil bien trop grand pour qu'elle puisse le manipuler avec efficacité pour dégager le ballon.

- Boug' pas ! j'vais aller l'chercher...

- Non, Laurine, Papa i'veut pas qu'on va sous la voiture.

- Tu veux jouer au ballon ou quoi ? J'en ai pour pas longtemps. Il en saura rien. Tu l'diras pas hein, promis ?

- Papa, i'dit qu'c'est dangereux...

- Oh, mais j'vais aller vite, tu vas voir.

Elle s'allongea sur le gravier et commença à ramper sous le 4x4. Julien n'était pas rassuré, mais la regardait faire. Quand il entendit la porte de la villa s'ouvrir, il comprit aussitôt.

- Vite Laurine, dépêche-toi ! V'là Papa...

Il courut se cacher derrière une poubelle tout en épiant ce qui se passait.

Laurine approchait du ballon qui était bien coincé sous la voiture. Elle réussit à le dégager quand elle

15

aperçut les chaussures de Papa qui approchaient. Elle cessa de respirer. Il ne fallait pas qu'elle bouge. Si Papa la voyait sortir de sous la voiture, sûr elle se ferait punir. Juste attendre qu'il reparte. Sans rien dire. Papa monta dans le 4x4 et claqua la porte. Julien n'avait pas perdu une miette de ce qui se passait. Il n'osa pas se montrer de peur de se faire gronder. Même s'il ne s'était pas glissé en dessous, il n'avait rien dit pour Laurine. Alors que Papa ne veut pas. Papa tourna la clef de contact. Le moteur se mit en marche. Laurine avait son petit cœur qui battait fort dans sa petite poitrine. Peut-être devrait-elle sortir avant que Papa ne démarre. Non. Surtout pas. Papa serait trop en colère. Tant pis. Le laisser partir et baisser la tête. Il n'en saura jamais rien.

Papa accéléra un coup pour faire rugir le moteur. Il était comme ça Papa depuis qu'il avait son Range Rover. À chaque fois qu'il démarrait, il accélérait un grand coup, juste pour le plaisir du bruit que ça faisait, il avait dit une fois à maman.

Quand Julien entendit le ronflement du moteur, il courut se cacher tout au fond du jardin, dans un petit coin de la haie où il aimait venir parfois pour regarder les brèmes sauter dans la Moselle.

Papa plaça dans le lecteur la Chevauchée des Walkyries de Wagner interprétée par l'orchestre philharmonique de Berlin sous la direction de Karajan. Laurine avait reconnu les « vaches-qui-rient » comme disait Julien. C'était toujours cette musique-là qu'il mettait, Papa, pour aller au travail. Aux premières notes, il monta le volume dans l'habitacle. Bien. Maintenant Papa allait partir. Il enclencha la première. Accéléra en même temps qu'il embraya. Comme d'habitude. Pour faire patiner les roues sur les gravillons. Le 4x4 bondit vers le portail ouvert sur la rue. Une patte de fixation du pot d'échappement raccrocha la bretelle de salopette de Laurine.

Le 4x4 eut un soubresaut. Le père freina.

Bon sang, encore les gosses ! Qu'est-ce qu'ils avaient laissé traîner cette fois-ci ?

Il descendit du Range Rover en laissant la porte ouverte.

La musique hurlait fort dans la voiture. Papa aussi.

3

Le soleil montrait à peine un bout de lumière au-dessus des toits de Nancy, juste assez pour allumer sur la place Stanislas la façade du musée des beaux-arts, les grilles nord-ouest finement ouvragées et rehaussées d'or et la fontaine majestueuse.

Un peu plus haut, Archibald Goustoquet remonta la rue Poincaré et parvint devant la brasserie l'Excelsior. Il y entra comme chaque jour pour prendre son café matinal. Les serveurs le saluèrent car c'était un habitué. Il s'installa sur sa banquette habituelle, à sa table habituelle et comme chaque matin, il laissa vagabonder son regard sur la décoration hallucinante de l'établissement.

L'Excelsior, que certains appelait le Flo depuis que la brasserie avait été rachetée par le groupe de restauration éponyme en 1987, était classée monument historique depuis 1976. Construit au début du XXème siècle, la sobriété de l'extérieur de l'immeuble offrait un contraste saisissant avec la décoration de la brasserie intérieure, authentique chef-d'œuvre de l'École de Nancy.

Archibald Goustoquet qui, contre vents et marées, persistait à l'appeler l'Excel' comme les anciennes générations, était un fervent admirateur de l'Art Nouveau. Il ne se lassait pas de suivre des yeux les lignes courbes du volume intérieur, mariées aux thèmes végétaux de la décoration. Le mobilier en acajou massif répondait harmonieusement à l'essence exotique des lambris en tamarinier. Des vitraux enrichissaient de fougères, de pins et de feuilles de ginkgo biloba les larges baies. Une mosaïque de palmes stylisées était composée sur le sol. Des centaines de becs lumineux, des lustres et des appliques en cuivre ciselé éclairaient les voûtes du plafond parcouru d'un entrelacs de grandes fougères. Et cerise sur le gâteau, l'ensemble se reflétait dans de vastes miroirs muraux, prolongeant le faste et la magie pour le plaisir des yeux.

Archibald Goustoquet se plaisait à imaginer l'ouverture de la brasserie il y avait presque cent ans. A une table pas très éloignée de la sienne, un groupe d'hommes ressuscitait. Lucien Weissenburger, l'architecte du bâtiment, Louis Majorelle, Antonin Daum, Jacques Grüber les décorateurs sablaient le champagne devant le tout Nancy de l'époque, en extase devant la magnificence de la nouvelle brasserie.

- Et voilà, annonça le serveur en déposant sur la table une tasse de café et un croissant au beurre.

Archibald passa rapidement du champagne de son imagination au café noir fumant.

- Un peu de lait ?

- Non, merci André, pas aujourd'hui.

Il sortit de sa poche un GPS de randonnée, pointa les coordonnées géographiques et l'altitude de la salle, comme il le faisait toujours pour les endroits qu'il affectionnait particulièrement. Il s'arracha définitivement à sa contemplation pour se consacrer à la dégustation de son croissant. Après avoir bu son café, il déposa dans la soucoupe réservée à cet effet la monnaie correspondant au montant imprimé sur le ticket de caisse. Il quitta la brasserie après avoir salué le personnel, et fut ravi de se retrouver sur le trottoir ensoleillé. L'ambiance, l'air, la mine réjouie des gens qu'il croisait, tout annonçait une magnifique journée. Avant de rentrer chez lui, il décida de repasser par la place Stanislas.

Archibald Goustoquet était physicien. Chercheur. Il n'avait jamais travaillé ailleurs que chez lui pour la simple et bonne raison que l'héritage de ses parents lui avait permis d'installer son laboratoire dans la maison familiale de la vieille ville, une belle demeure bourgeoise, et de se consacrer exclusivement à ses recherches. Chaque année, il se rendait au congrès international de physique à New-York, pour suivre l'évolution des recherches de ses pairs et éventuellement faire part de ses propres découvertes. Dans son for intérieur, il savait que jusqu'à présent, il n'avait pas fait énormément progresser la science. Depuis quelques années, les théories dominantes du congrès étaient tournées essentiellement vers la naissance de l'univers, alors que lui, personnellement, axait ses propres recherches vers la physique quantique et plus particulièrement la physique des particules et de la matière condensée. Secrètement, il fondait ses expériences sur la déstructuration moléculaire et s'était fait le pari fou de démontrer qu'à partir de la loi sur la relativité d'Einstein, il était possible de voyager dans le temps. Évidemment, c'était un secret. Mais là, il touchait au but. Bientôt il pourrait présenter ses thèses sous forme d'un mémoire argumenté au prochain congrès.

Archibald Goustoquet avait soixante-huit ans. Il était de taille moyenne, portait un éternel costume en velours marron à côtes épaisses, une chemise blanche en coton dont le col était fermé par un original nœud papillon à carreaux verts et jaunes, un gilet de flanelle beige avec une montre à gousset dont la chaîne pendait de la poche droite. Il était légèrement voûté, sans doute à cause de sa position penchée sur les paillasses. Il souffrait d'une forte myopie et portait des lunettes dont les verres loupes augmentaient considérablement le volume apparent de ses yeux. Ses sourcils blancs étaient en bataille sous le front dégarni mais le reste de sa chevelure, qu'il portait en couronne, blanche également, était épaisse et retombait en mèches folles sur le col de sa veste.

Quand il marchait, il enfouissait ses mains dans les poches de son pantalon, et cela lui donnait la silhouette caricaturale d'un vieux professeur perdu dans ses pensées.

Aussi, quand on apprenait qu'Archibald Goustoquet était physicien et chercheur, personne n'était étonné, tant son allure correspondait à l'image que l'on s'en faisait.

Archibald descendit jusqu'à la rue Saint-Dizier pour rejoindre la rue Gambetta qu'il traversa. Il s'arrêta sous la porte cochère d'un immeuble protégé par un balcon à chaque étage, et regarda les façades des magasins en vis à vis. C'est ici qu'autrefois ses parents avaient tenu un commerce d'antiquités, juste à l'emplacement de cet ensemble de magasins modernes. Les affaires avaient été florissantes jusqu'à ce jour de 1943 où son père était sorti et n'était jamais revenu. Sa mère lui avait raconté plus tard qu'il faisait partie d'un réseau de résistants mais qu'elle n'avait jamais vraiment su ce qui lui était arrivé. On supposait qu'il avait été arrêté et déporté. C'est tout.

À l'époque, il avait trois ans. Il avait un vague souvenir de ce matin-là. Son père, dont l'image était floue dans son esprit, l'avait pris dans ses bras. Ensemble ils avaient traversé le magasin au milieu d'armoires, de fauteuils, de coffres et autres secrétaires. La dernière vision dont il se souvenait : il était à côté de sa mère sur le trottoir, et ensemble ils faisaient signe de la main à cet homme, son père, qui s'éloignait vers la place Stanislas. Avec le temps, il s'était transformé en une ombre diffuse qui avait disparu parmi les badauds.

Il sortit son GPS, pointa les coordonnées de l'endroit, puis descendit la rue et pénétra sur la place, entre le grand café Foy et l'Hôtel de ville, là où il avait vu son père pour la dernière fois.

Rénovée depuis 2005, la place Stanislas était le lieu privilégié de promenades et de rencontres de la plupart des Nancéiens. Il faut dire que la blancheur des pavés, les façades restaurées des bâtiments et les dorures des grilles avaient de quoi faire de la place Stan', la fierté de la population. Ce n'était pas pour rien qu'elle était inscrite depuis 1983 sur la liste du patrimoine mondial de l'UNESCO.

Archibald traversa la place jusqu'à la rue Emmanuel Héré, l'architecte de la place, pour passer sous l'arc de Triomphe traverser la place de la Carrière et retrouver la vieille ville. Comme d'habitude, la circulation était dense. C'était l'heure où chacun rejoignait son lieu de travail, et participait au ballet incessant des voitures pour trouver une place de stationnement.

Tout en marchant, Archibald songeait à ce monde qu'il connaissait peu, ce monde qu'il frôlait comme s'il longeait un monde parallèle dans lequel il ne parvenait pas à s'intégrer. Cette notion de monde parallèle le ramena à ses dernières expériences. Il se replongea mentalement une semaine en arrière, quand il avait tenté de faire voyager une pomme dans le temps. Il avait failli réussir mais au moment de la déstructuration moléculaire, le fruit avait explosé, littéralement. Les jours suivants, Archibald avait opéré quelques modifications pour améliorer le processus. La veille, cela avait fonctionné. Après quarante ans de recherches laborieuses, il avait atteint son objectif. La pomme avait voyagé dans l'espace-temps. Il avait programmé la durée de son voyage pendant deux minutes dans le futur. Devant ses yeux, le fruit avait disparu et était réapparu au bout de ce laps de temps. Aujourd'hui, il était prêt à recommencer. Mais cette fois-ci, avec une programmation retour. Et devant témoin. Juste pour s'assurer qu'il était sur la bonne voie.

Il sursauta quand une voiture pila juste devant lui en klaxonnant. Dans l'enthousiasme de ses pensées, il avait traversé la rue en dehors du passage protégé, et qui plus est, sans un regard sur la circulation. Planté au milieu de la rue, il ne réagissait pas, et les klaxons vociféraient d'autant plus.

- Alors Papy, on rêve ? lança un jeune conducteur par la portière de sa voiture dont la vitre était baissée.

Archibald leva lentement le bras, dans un geste qui exprimait de vagues excuses et incitait amicalement son interlocuteur à la détente et à la relaxation. Il rejoignit le trottoir, poursuivit son chemin et retrouva immédiatement ses excitantes réflexions. Oui, aujourd'hui la pomme voyagerait encore et elle ouvrirait la porte vers d'autres expériences bien plus passionnantes. Il n'y avait pas une minute à perdre, le congrès avait lieu bientôt. Il fallait que cette année soit l'année Archibald Goustoquet, l'homme qui réussit à se déplacer dans le temps.

Le congrès de New-York ferait de lui, le physicien de l'année. Et pourquoi pas un prix Nobel ?

4

Un peu après la porte de la Craffe, flanquée de ses deux tours monumentales du XIVème siècle, Archibald parvint devant sa propriété dont il poussa la grille. Oh ! Il fallait vraiment savoir que si près de la vieille ville se dissimulait cet îlot de végétation au milieu duquel était plantée la maison familiale. Il avança sur l'allée gravillonnée, longea les massifs d'hortensias mauves et blancs qui bordaient une pelouse parfaitement entretenue. Il jeta un œil sur le toit d'ardoise de la demeure à trois étages, comme ça, juste pour s'assurer que la forme massive de la bâtisse imposait toujours cette impression de bienveillance protectrice. On accédait à l'intérieur de la maison par deux escaliers latéraux circulaires, qui se rejoignaient sur un perron commun. Archibald avait l'habitude d'entrer en empruntant l'escalier de gauche et de sortir par celui de droite. Il gravit donc les marches de l'escalier de gauche. Parvenu sur le seuil, il tourna la poignée d'une lourde porte en chêne et pénétra dans le hall. Il accrocha au portemanteau perroquet sa veste en velours qu'il troqua contre une de ses incontournables blouses blanches en coton, qu'il ne boutonnait jamais.

L'intérieur de la maison exhalait une odeur de cire, délicieusement surannée. Sans doute, inconsciemment, Archibald conservait-il cette ambiance années quarante que sa mère, et sa grand-mère avant elles, avaient soigneusement entretenue.

Une femme d'une soixantaine d'années traversa le couloir pour se rendre de l'office vers le vaste salon. Ses cheveux étaient relevés en un chignon parfait. Elle portait une longue jupe noire, surmontée d'un bustier gris cintré sur un corsage blanc, dont les manches bouffantes se resserraient aux poignets par le jeu d'une ligne de boutons nacrés.

- Ah, Miraldine, il faut absolument que vous me réserviez un aller-retour Paris New-York pour la semaine prochaine.

- Pour quels jours, Monsieur ?

- Départ mardi. On sera le 22. Retour le 25.

- Bien Monsieur. J'espère qu'il y aura encore de la place.

- Prenez une première classe, voire une classe affaire si besoin. Enfin, faites au mieux !

- Bien Monsieur. Vous avez du courrier.

Elle lui tendit une feuille pliée qu'elle avait posée sur une étagère intégrée à un ensemble miroir-cadre en acajou dans le style Art Nouveau, attribué à Louis Majorelle.

- Pas d'enveloppe ? Juste une feuille pliée avec mon nom et mon prénom écrits à la main ? Vous l'avez lue, Miraldine ?

- Oh, je ne me le serais pas permis, Monsieur. Quelqu'un l'aura sans doute glissée directement dans la boîte aux lettres …

Il la déplia et la parcourut rapidement.

Archibald,

Laisse tomber tes expériences sur le voyage dans le temps. C'est possible mais les conséquences peuvent être dramatiques pour l'humanité et conduire à des complications à n'en plus finir. De plus, on ne peut rien changer de ce qui est écrit. Je l'ai vérifié, crois-moi ! Reprends tes travaux sur la nanophysique et les systèmes de basse dimensionnalité que tu as abandonnés il y a vingt ans. Ce sera moins dangereux. À bon entendeur.

Et en plus, c'était signé…
… *Archibald Goustoquet.*

Il fronça les sourcils, mais conclut très rapidement à une plaisanterie. Il replia la feuille en quatre et la glissa dans la poche intérieure droite de sa veste. Miraldine attendait à ses côtés, les mains croisées sur sa jupe.
- Des problèmes, Monsieur ?
- Non, non. Tout va bien. Merci Miraldine.
- Bien, Monsieur.
Elle retourna à la cuisine, pas convaincue que tout allait si bien que cela, car le sourcillement de son patron l'avait alertée. Elle commençait à bien le

connaître cet Archibald. Miraldine Bergeron était la gouvernante de la maison. Il l'employait depuis une dizaine d'années. Elle avait passé sa vie dans différentes familles bourgeoises de Nancy avec son mari qui, lui, était chauffeur, jardinier, bref homme à tout faire. Ils avaient eu la chance, à chaque fois qu'ils recherchaient un emploi, de trouver un poste double mais le destin les avait rattrapés. Quand son mari avait contracté une leucémie foudroyante et qu'il était mort en deux mois, Miraldine n'avait pu conserver son dernier poste et avait répondu à l'annonce d'Archibald Goustoquet, qui l'avait prise à son service. Son apparence générale, sa prestance et son expérience l'avaient conduite à se fondre sans difficulté dans l'environnement petit-bourgeois de la maison.

Archibald consacrait tellement de temps à ses recherches, qu'il était resté célibataire sans s'en apercevoir. Cependant, depuis une lointaine et profonde déception sentimentale, il gardait, dans un tiroir secret verrouillé à double-tour de sa mémoire, l'image figée de celle qui en avait été la cause autrefois, quand il était jeune. Dans son esprit, elle était intacte. Elle n'avait jamais vieilli. Lui, si. Il n'avait jamais plus abordé d'autres femmes. Il n'acceptait que Miraldine dans son univers, puisqu'ils n'avaient a priori que des rapports employeur-employée. Mais si par hasard, leur conversation sortait de ce schéma, Archibald se troublait, bafouillait, et dans ces moments-là, conscient qu'il perdait ses marques, bougonnait et retournait s'isoler dans son laboratoire installé à la cave.

Miraldine souriait de sa maladresse quand les discussions tournaient autour de la mode, de la vie de famille, des enfants, mais quand le sujet virait sur la sexualité, alors là, branle-bas de combat dans la forteresse Goustoquet. Elle avait bien compris sa fragilité et bien après qu'elle eut fait son deuil de son mari, elle était devenue secrètement amoureuse de lui.

- Au fait, demanda Archibald, Maréchal est sorti ?

- Je n'en sais rien, Monsieur. Je ne surveille pas l'emploi du temps de Monsieur Fenouillet.

Elle abandonna Archibald dans le corridor et disparut dans une des nombreuses pièces du rez-de-chaussée. Miraldine savait que Maréchal était là. Il était descendu prendre le plateau de son petit-déjeuner qu'elle lui avait préparé, puis était remonté. Comme tous les jours. Mais ce n'était certainement pas elle qui favoriserait ses contacts avec Archibald.

*

Maréchal Fenouillet était un artiste. Peintre. Artiste peintre comme il aimait se présenter. Archibald l'avait rencontré sept ans en plus tôt alors qu'il exposait ses toiles sur la place du marché. Il était tombé en extase devant un tableau. Une femme de dos tenait un enfant par la main et agitait l'autre vers un groupe de personnages diffus, car le peintre l'avait noyé dans une sorte de brume. Ce qui avait subjugué Archibald, c'était cette main qui émergeait au bout du bras parfaitement net, dans un mouvement figé qui exprimait comme un ultime adieu à la femme et à l'enfant. Il en avait eu les larmes aux yeux, tant ce qu'il voyait se superposait avec son souvenir d'enfance. Bien qu'il eût presque soixante-dix ans, la souffrance engendrée par l'absence de son père avait ressurgi brutalement. Il en avait été secoué et l'artiste avait été bouleversé par l'émotion de cet homme devant sa toile. Il l'avait invité à s'asseoir quelques instants et ils avaient engagé une longue discussion comme s'ils se connaissaient depuis toujours. Archibald lui avait expliqué pourquoi la toile l'avait perturbé, et d'épanchements en confessions, le peintre lui avait raconté sa vie.

*

Il était du même âge qu'Archibald. Il était né le 22 juin 1940 à Paris, le jour de l'armistice, dans une famille de petits commerçants parisiens dont il était l'aîné de deux garçons. Leurs parents étaient morts pendant un bombardement alors qu'ils étaient à l'école. Comme héritage, ils ne leur avaient laissé que le patronyme avec pour lui, ce prénom ridicule, en hommage à Pétain dont ils avaient toujours cru que le prénom était Maréchal, et pour son frère cadet qui avait trois ans de moins, Pierre, malheureusement pour lui en référence à Laval, mais c'était plus discret. Pas vraiment une famille de résistants les parents Fenouillet. Pas vraiment collabos non plus. A la mort de leurs parents, les deux frères avaient passé leur enfance à l'orphelinat, puis plus tard, à l'adolescence, ils avaient été séparés pour être ballotés de familles d'accueil en familles d'accueil. Quand Maréchal eut dix-huit ans, il envoya balader son passé aux oubliettes. Il s'enrôla dans la marine marchande, fit plusieurs fois le tour du monde, jusqu'à ce qu'à Tahiti, il entre par hasard dans le musée dédié à Gauguin à Papeari. Bien qu'il n'y eût quasiment que des copies, ce fut le choc de sa vie. Il avait alors quarante ans. Quand il rentra en France il partit sur les traces de son idole, à Pont-Aven dans un premier temps puis, au fil de ses voyages, il écuma les musées de Paris, Londres, Rome, Boston. Quand il eut la certitude d'avoir cerné l'œuvre du maître, il décida d'être peintre. Malheureusement, son talent ne fut pas à la hauteur de son coup de foudre pour Gauguin, et aujourd'hui pour survivre, il en était réduit à vendre ses toiles sur les marchés, et à habiter dans une camionnette grossièrement aménagée qu'il appelait affectueusement sa « *gauguinette* ». Quant à son frère, de trois ans son cadet, il fit une brillante carrière dans la police qui l'avait conduit aux plus hautes responsabilités. D'ailleurs récemment Maréchal avait pu le présenter à Archibald par télévision interposée car à soixante-cinq ans, il venait d'être décoré de la légion d'honneur pour ses états de service en tant que commissaire divisionnaire au sein de la division anti-terroriste de la Direction Centrale du Renseignement Intérieur. Sans se fréquenter pour des raisons de trajectoires différentes, il y avait entre eux un véritable lien filial que tous deux revendiquaient, mais qui ne se traduisait que par de fréquentes communications téléphoniques.

Archibald avait été touché par le destin de Maréchal, et il lui avait fait une offre spontanée qui allait bouleverser leurs deux existences : il lui avait proposé de venir habiter chez lui, d'aménager les combles pour y vivre et en faire son atelier, en échange de quoi, il entretiendrait le jardin et effectuerait les différents petits travaux intérieurs que lui-même était tout à fait incapable de réaliser. Maréchal avait d'abord failli refuser, puis après réflexion, il avait accepté à condition qu'en échange, Archibald accepte la toile qui l'avait marqué, et qui avait servi d'entrée en matière à leur conversation. Archibald en avait rougi de plaisir. Maréchal avait emménagé le lendemain.

Les deux hommes solitaires allaient conjuguer au pluriel leur existence, ravis.

Pas Miraldine.

*

Dans cette nouvelle vie qu'elle s'était construite dans le sillage d'Archibald, elle avait d'abord perçu l'arrivée de Maréchal comme un viol de leur intimité. Bien qu'elle fît des efforts pour cacher son aversion à son encontre, dans son esprit, il serait toujours non seulement le pique-assiette, mais le trublion de la romance qu'elle s'inventait de jour en jour avec Archibald. Pour résumer en un mot, elle était jalouse.

Si Maréchal avait compris l'origine de son agressivité à son égard, Archibald tombait toujours des nues et ponctuait toujours ses remarques acerbes d'un

« *Mais quelle mouche la pique ?* » dont la naïveté amusait Maréchal.

« *Mais quelle mouche la pique ?* » songea justement Archibald après que Miraldine se fut éclipsée.

Il monta les deux étages jusque sous les combles et avança dans le couloir, dont le plancher grinçait à chaque pas, jusqu'à l'atelier de Maréchal. Il n'eut même pas besoin de frapper.

- Entre ! lança une voix derrière la porte.

- Impossible de te surprendre, répliqua Archibald en se retrouvant face à son ami.

Il était debout en face de son chevalet, une palette dans la main gauche, un pinceau dans la main droite, et pour l'heure, il avait pris du recul pour évaluer la progression de sa dernière toile. L'icône parfaite du peintre tel qu'on se l'imagine, mise en valeur par un rai de lumière qui plongeait de la fenêtre de toit, et allumait de fines poussières en suspension. Archibald s'approcha de la toile et crut discerner dans les formes colorées un paysage marin.

- C'est une petite île dans le coin de Bora Bora, anticipa Maréchal.

- Pourquoi ne peins-tu jamais autre chose que des paysages du Pacifique ?

- Parce qu'ils sont gravés dans ma mémoire. Ça me rappelle Gauguin. A l'époque, quand je les ai traversés, je ne peignais pas. Aujourd'hui, ils surgissent du passé.

- Avec toujours cette brume récurrente que l'on retrouve dans presque tous tes tableaux... Pourquoi ne cèdes-tu pas au réalisme du figuratif ? Pourquoi ne peins-tu pas des portraits, ou des natures mortes ?

- Dans ce que je peins, il y a toujours une part d'imaginaire avec des sensations personnelles. Comme chez Gauguin. C'est important l'imaginaire pour un artiste. C'est une soupape, un palliatif à la routine, au quotidien. Mais si tu viens me voir jusque dans l'atelier, je suppose que ce n'est pas pour parler de peinture...

- Non, tu as raison. Je viens te voir pour t'annoncer une grande nouvelle. C'est à propos de mes expériences...

- Tu as réussi ?

- Oui. Hier.

- La pomme ?

Archibald était maintenant au comble de l'excitation. Il hochait la tête avec un large sourire.

- Elle a voyagé...

Maréchal posa son pinceau et sa palette. Il n'en revenait pas.

- Tu es sûr ? Raconte-moi...

- Non. Je suis venu t'inviter dans mon laboratoire. Tu seras le premier à assister au voyage dans le temps. D'un fruit certes, mais le fruit... de mon imagination.

- C'est vrai ? Dans ton laboratoire ?

- Viens !

Archibald quitta l'atelier, Maréchal sur ses talons. Il ne parvenait pas à réaliser qu'il allait pouvoir entrer dans le laboratoire. C'était le seul endroit de la maison qu'Archibald gardait jalousement secret. Même Miraldine n'y avait jamais mis les pieds. Et de plus, son ami l'avait choisi lui, Maréchal, pour être le premier témoin oculaire de ses expériences. Bien que dubitatif, il n'en était pas moins curieux.

Ils dévalèrent les escaliers précipitamment. Le bruit de leurs pas piqua la curiosité de Miraldine qui apparut comme par enchantement. Il était rare qu'ils descendent ensemble, et de plus, avec autant de précipitation. Qu'elle soit tenue à l'écart de cette euphorie la faisait profondément souffrir. Quand ils arrivèrent près d'elle, Archibald crut lire dans son regard comme un éclair de colère. « *Quelle mouche la pique ?* » songea-t-il.

- Miraldine, nous ne déjeunerons pas dans la salle à manger aujourd'hui. Nous prendrons des sandwiches à l'office vers treize heures, voulez-vous ?

- Mais, le rôti aux chanterelles, Monsieur ?

- Ce soir. Nous le mangerons ce soir.

- Je vous rappelle, Monsieur, que vous ne mangez jamais de viande le soir…

- Eh bien, ce soir, je mangerai de la viande, Miraldine. Et qui plus est, nous boirons du bordeaux.

- Du vin, Monsieur ? Mais vous savez bien que le vin vous empêche de dormir…

- Ce soir sera un jour de fête, Miraldine. Nous serons à l'aube d'une ère nouvelle. Alors champagne !

- Du champagne aussi, Monsieur !

- Mais non, Miraldine ! C'est une expression.

Ils laissèrent Miraldine pantoise devant cet étrange comportement auquel elle ne comprenait rien alors qu'ils disparaissaient derrière la porte qui conduisait à la cave.

Tant de dérogations à sa vie bien réglée ne présageaient rien de bon. Elle allait devoir être vigilante. Sûr, c'était encore un coup de ce bon à rien de Maréchal. Ce « peintureux » de trois sous qui avait réussi à embobiner Archibald, et contrecarrait, par sa présence tous ses projets avec lui.

Oui, elle ouvrirait l'œil. Et le bon.

5

Les marches en pierres de l'escalier étaient disjointes. Les murs étaient froids. Bruts. Maréchal sentait poindre le mystère à chaque pas. Silencieux, il suivait Archibald. Il ne pensait pas que la cave fut aussi profondément enterrée. Ou peut-être n'était-ce qu'une impression. Ils parvinrent finalement devant deux portes qui se faisaient face.

- Celle-ci c'est la cave, dit Archibald en montrant celle de gauche. Mon laboratoire est ici.

Il s'approcha d'une porte en fer dans la serrure de laquelle il introduisit une clef. Maréchal n'en avait jamais vu d'aussi grosse. Le pêne glissa dans la gâche en deux tours de clef qu'Archibald manipula à deux mains. Il poussa la porte, fit passer son ami auquel il emboîta le pas, puis verrouilla la porte derrière lui. L'endroit était dans une pénombre relative car la lumière du jour pénétrait par un vasistas entrouvert, dont la vitre n'avait jamais dû être nettoyée. Archibald bascula un interrupteur et la lumière blanche et artificielle d'une série de quatre néons inonda le laboratoire.

Maréchal regarda autour de lui. Un doux grésillement permanent emplissait l'atmosphère. Pourtant quelque chose ne collait pas.

- Déçu ? demanda Archibald.

- Non, surpris. Je m'attendais à trouver des étagères partout avec des tas de... d'ustensiles de laboratoire.

- Des ballons, des béchers, des tubes à essais, des éprouvettes, des erlenmeyers, des fioles et j'en passe. Tout ça appartient à la panoplie des chimistes. Désolé de te décevoir Maréchal, moi je suis physicien. Quand on parle de laboratoire au commun des mortels, il se représente aussitôt tout cet attirail mis en scène par l'imaginaire cinématographique. En physique, c'est inutile. Le matériel est plus technique car mes travaux sont fondamentalement axés sur la structure moléculaire des corps. Et en particulier, sur la déstructuration moléculaire.

- Donc, c'est de la chimie.

- Euh, en quelque sorte... Mais c'est surtout à partir de la théorie d'Einstein sur la relativité que mes expériences reposent. Et aujourd'hui, Maréchal, je peux t'affirmer que tu as devant toi l'inventeur du voyage dans le temps. Viens ! Suis-moi !

Ils contournèrent plusieurs tables de travail recouvertes d'instruments électriques divers, d'écrans sur lesquels se croisaient des sinusoïdes, des fils de couleurs qui serpentaient d'un appareil à l'autre. Ils parvinrent au fond du laboratoire. L'espace était moins encombré. Un seul plan de travail s'appuyait contre le mur. Un fauteuil, sur le bras duquel s'articulait un pupitre de commande, lui faisait face. Archibald y prit place et ramena le pupitre devant lui.

- C'est un jeu vidéo ? demanda Maréchal.

- Non, c'est une TST : une télécommande spatio-temporelle. Elle est encore un peu trop volumineuse. Je dois la réduire.

Une gaine sortait de l'arrière du pupitre, remontait vers le plafond et retombait quelques mètres plus loin au sommet d'une parabole d'une cinquantaine de centimètres de diamètre orientée vers le plan de travail, sur lequel un plateau métallique lui était opposé, à la verticale, un peu plus bas.

- Voilà, c'est maintenant que tu vas assister à l'expérience la plus troublante qu'aucun homme ait jamais vécue depuis que le monde est monde.

Maréchal qui, quelques minutes auparavant, se réjouissait de découvrir le laboratoire, n'était plus rassuré du tout. Voir Archibald installé dans ce fauteuil aux commandes d'il ne savait trop quoi, le déstabilisait et il n'était plus certain de vouloir rester.

- Peur ? l'interrogea Archibald.

- Moi ? Non, bien sûr.

Archibald sourit devant l'inquiétude affichée de Maréchal.

- Viens ! Approche-toi ! Tu vas être mon assistant.

- Je... Que dois-je faire ?

- Regarde dans l'armoire réfrigérée, dit-il en montrant une sorte de petit congélateur.

Maréchal s'approcha et ouvrit la porte.

- Prends une des pommes sur l'étagère du bas !

41

Il prit une granny smith d'un vert éclatant.

- Bien. Centre-la sur le plateau, sous la parabole !

Maréchal déposa délicatement la pomme à l'endroit indiqué.

- Parfait. Viens te mettre derrière moi et regarde. Pour la première fois de ta vie, tu vas voir une pomme voyager deux minutes dans le futur, et revenir à son point de départ.

Dès que Maréchal fut derrière lui, Archibald appuya sur plusieurs touches de la TST sur lesquelles des diodes s'allumèrent. Une touche cubique rouge se mit à clignoter.

- Voilà. A toi l'honneur.

- Je fais quoi ?

- Tu n'as qu'à appuyer sur cette touche rouge clignotante et regarder la pomme.

- Maintenant ?

- Oui. Maintenant.

Les yeux d'Archibald brillaient d'impatience. Il savait ce qui allait se passer. Il voulait voir la réaction de son ami.

Maréchal approcha de la TST. Leva la main, index pointé. Archibald, au comble de la jubilation, l'encouragea d'un signe de tête. Après avoir inspiré profondément, Maréchal enfonça son doigt sur la touche qui resta allumée. Aussitôt, un vrombissement monta du plan de travail. Des éclairs bleutés zébrèrent le plateau métallique. La parabole diffusa une violente lumière blanche qui donnait l'impression de vouloir descendre vers le plateau, mais qui n'étaient en fin de compte que des flashes qui jaillissaient sur une dizaine de centimètres vers le bas, au plus. Après quelques secondes, les éclairs du plateau se concentrèrent sur le dessous de la pomme, alors qu'un arc lumineux descendait du centre de la parabole vers le haut du fruit. Le plateau se mit à trembler, tout comme l'ensemble du plan de travail. Une touche verte clignota sur la TST.

- Maintenant, cria Archibald.

Il appuya sur la touche qui, à son tour, resta allumée. Les arcs s'intensifièrent sous la cloche. Maréchal, subjugué ne quittait pas de vue la pomme. Soudain, comme on le percevrait sur un écran de cinéma par le biais d'un effet spécial, la pomme d'un blanc éblouissant se mit à vibrer puis la seconde suivante, disparut totalement. Aussitôt, les arcs cessèrent. La lueur sous la parabole fut comme absorbée par la gaine. Encore quelques crépitements puis le silence. Un silence, aussi soudain qu'assourdissant, qui traînait encore les échos de l'expérience.

Maréchal et Archibald, silencieux, fixait toujours le plateau. Il était vide.

- Mais... Où elle est ? interrogea Maréchal.

- Chut !

Le tremblement reprit, un arc s'alluma sous la parabole jusqu'au plateau, se scinda en deux et dans un éclair qui éclaboussa le laboratoire, la pomme réapparut, toute blanche. Les arcs diminuèrent. Les vibrations également. Le blanc du fruit vira au foncé. La pomme était à nouveau sur le plateau dans sa robe verte éclatante de granny smith. Maréchal applaudit la performance.

- Bravo. Quel superbe tour de magie !

- Tour de magie ? Tour de magie ? Quel tour de magie ? gronda Archibald.

- Je ne sais pas comment tu as fait, mais il y a forcément un truc.

- Un truc ? Tu oses appeler mon expérience un truc ? Mais espèce de mal embouché, je vais t'expliquer ce qui s'est passé. Quand on a placé la pomme sous le déstructurateur moléculaire…

- Le quoi ?

- Déstructurateur moléculaire, cette parabole, j'ai programmé un déplacement dans le temps de deux minutes. Quand tu as appuyé sur la touche rouge tu as lancé la déstructuration moléculaire de la pomme. La touche verte a lancé son aspiration spatio-temporelle. Elle a fait un bond de deux minutes dans le futur puis, selon ma programmation, elle est revenue à son point de départ. C'est un voyage dans le temps, comprends-tu ?

Dubitatif, Maréchal essayait de comprendre les explications. Il regardait Archibald avec suspicion.

- Tu n'es pas convaincu ? lui lança Archibald, amer.

- J'ai vu une pomme disparaître puis réapparaître. Ça, j'en suis sûr. Mais de là à affirmer qu'elle a voyagé dans le temps…

- Très bien. Alors écoute-moi deux secondes. Suis bien mon raisonnement. Je t'ai dit qu'après sa déstructuration et son aspiration, sa disparition si tu préfères, la pomme s'était déplacée de deux minutes dans le futur.

- Oui, c'est ce que tu m'as dit.

- Bien. Quand elle a disparu, partons de l'hypothèse qu'elle a effectivement voyagé de deux minutes dans le futur…

- Mais…

- C'est une hypothèse, d'accord ?

- Oui, mais…

- Bien. Alors, écoute. Admettons qu'elle ait disparu à l'heure H. Si elle s'est déplacée de deux minutes dans le futur, elle a forcément réapparu à l'heure H+2. Vrai ?

- C'est mathématique. Mais…

- Alors regarde bien le plateau. L'expérience a eu lieu il y a une minute trente. Logiquement, si ma théorie est exacte, la pomme devrait apparaître dans trente secondes, puis disparaître aussitôt pour retourner à l'heure H.

- Mais… elle est déjà sur le plateau…

- Ça, c'est celle qui est revenue. Mais ne dis plus rien. Et regarde !

Ils tournèrent la tête vers la pomme sur le plateau. Maréchal ne voyait pas très bien où son ami voulait en venir, mais il supposait qu'il essayait de l'endormir. Sacré Archibald ! Si les artistes vivent dans les rêves, les physiciens en sont les créateurs. C'est sans doute la raison pour laquelle, ils se sont si bien entendus et que…

Le plan de travail se mit à vibrer. Un arc se dessina sous la parabole autour de la pomme. Une lumière éblouissante l'entoura et aussitôt une seconde pomme se matérialisa à côté de la première, d'un blanc diffus qui se transforma en un vert éclatant. Sur le plateau, il y avait deux granny smith.

Archibald jeta un coup d'œil à Maréchal. Il avait pâli. Il ouvrait des yeux comme des billes et ne parvenait pas à détacher son regard des deux fruits. A peine eut-il surmonté le choc, qu'à nouveau l'arc se matérialisait sous la parabole jusqu'à la disparition de la seconde pomme. Quand le calme fut revenu, il fixait toujours le plateau où ne reposait plus qu'une seule pomme.

- Où est l'autre ? bredouilla-t-il.

- Mais elle est là. Devant toi.

- Non, je parle de la seconde.

- Les deux ne forment qu'une seule et même pomme.

- Je n'y comprends plus rien.

- Laisse-moi t'expliquer. La première fois, la pomme, qu'on va appeler A s'est déplacée de deux minutes dans le futur grâce à un aller-retour que j'ai programmé. Tu me suis ?

- Jusque-là, ça va.

- Bien. La pomme A, partie de l'heure H, a voyagé dans le futur, où elle s'est matérialisée à H+2, avant de se dématérialiser et revenir à nouveau à son point de départ en H. D'accord ?

Maréchal acquiesça d'un hochement de tête.

- Parfait. C'est donc cette pomme A que nous avions devant les yeux depuis son retour sur le plateau. Quand les deux minutes se sont écoulées, nous avons assisté à l'apparition de la pomme B, copie de A, à H+2, à côté de la pomme A.

- Mais alors… ce n'était pas deux pommes différentes, mais la même pomme.

- Tout à fait. La même pomme à deux moments de son existence : sa vie normale, et celle dans laquelle elle a voyagé.

- Et si, quand elle est apparue à côté de la première, nous l'avions enlevée de sous la parabole, que se serait-il passé ?

- Nous l'aurions empêchée de revenir en H, son point de départ, donc la pomme A aurait disparu du plateau, et il ne nous serait resté que la pomme B, celle que nous aurions soustraite à l'expérience.

- C'est incroyable. Alors c'est donc vrai ? Tu as trouvé le moyen de voyager dans le temps.

- Pour le moment, le processus n'en est qu'aux balbutiements, et je dois passer par toute une batterie de tests avant de tenter quoi que ce soit qui mettrait la vie d'un être humain en danger.

- Un être humain ? Quel être humain ? Tu ne vas pas risquer ta vie, j'espère ?

- Non, évidemment. Mais ma prochaine expérience se fera malgré tout sur des êtres vivants.

6

Il était 18h00. Julien, adolescent de dix-huit ans, quitta le lycée Chopin, où il suivait une filière littéraire avec deux langues étrangères, l'anglais et l'espagnol. Celle qu'il préférait était l'anglais. Depuis toujours, et bien avant de rentrer au collège, la sonorité, la musicalité des mots l'avaient interpelé au point de recopier phonétiquement les paroles des chansons anglo-saxonnes qu'il entendait sur la bande FM, puis de les chanter en imitant le mieux possible l'accent des interprètes. Il monta dans le tramway dont s'était dotée récemment l'agglomération, et pendant le trajet, isolé par les écouteurs de son Ipod, il regardait défiler machinalement les bâtiments. La rue Saint-Jean était noire de monde. Le tramway semblait pénétrer le flot incessant de la foule, comme une épée dans le ventre mou d'un monstre obscur. Parvenu à sa station, Julien descendit et parcourut à pieds la centaine de mètres qui le séparait de l'immeuble où il habitait avec ses parents. Enfin ses parents... façon de parler... Son père, chirurgien notoirement connu sur la place, consacrait plus de seize heures par jour à son travail, même le dimanche, prenait au plus quelques jours de vacances, et encore, pour participer à des séminaires à l'étranger. Il partait seul, ne les emmenait jamais, lui et sa mère. Il soupira. Sa mère... Pouvait-on appeler une mère une femme qui passait sa vie à dormir, et se nourrissait presque exclusivement de barbituriques, de neuroleptiques et de neurodépresseurs ? Pouvait-il considérer comme sa mère cette femme qui vivait - depuis quand était-elle déjà comme ça ? Toujours peut-être - dans un état comateux, et qui passait le plus clair de son temps - mais le temps avait-il un sens ? – à regarder les toits par la fenêtre ?

Heureusement, il y avait Marianne, que son père employait comme infirmière particulière et nounou multicartes, comme la qualifiait gentiment Julien. Il s'entendait bien avec elle. Elle était là depuis... longtemps, et à elle seule, elle était un peu son père et sa mère... Une profonde affection était née entre eux, et Julien y trouvait un équilibre avec la situation financière dont il bénéficiait grâce à son père. Il s'était complètement adapté à cet état de fait, même si ses parents, chacun avec ses propres absences, lui manquaient parfois terriblement. Il avait appris, avec les années, à enfouir sa souffrance au plus profond de lui-même, mais elle ressurgissait toujours quand il comparait sa vie avec celle de certains de ses camarades. Ils lui racontaient leurs vacances avec leurs familles dont pourtant ils dénonçaient l'intolérance et l'emprise quasi fasciste qu'elles avaient sur eux. Julien souriait tristement intérieurement du qualificatif qu'ils employaient, car son degré de maturité lui permettait de discerner dans leurs propos l'expression réactionnaire d'un conflit générationnel lié à l'adolescence.

Lui avait Marianne. Non seulement elle remplaçait affectivement à elle seule ses parents, mais de plus, elle était sa confidente et son amie. Elle était présente tous les matins à huit heures et repartait le soir vers vingt-et-une heures, quand elle avait couché sa mère.

Marianne avait quarante ans. Célibataire et mère d'une fille de vingt-trois ans qui travaillait maintenant à Paris, elle avait accepté cet emploi lourd sur le plan des horaires, surtout parce qu'elle était bien rémunérée, et que son salaire lui avait permis d'assurer les études de sa fille. Sa vie maintenant était ici, dans cette maison. Quand elle repartait le soir dans son appartement, elle souffrait de solitude. Plus jeune, elle aurait aimé trouver un compagnon, mais les hasards de la vie ne lui avaient fait rencontrer que des hommes que la présence de son enfant avait fait fuir.

Consciente de l'univers dans lequel évoluait Julien, elle l'avait pris sous sa coupe depuis qu'elle avait été embauchée. Julien avait alors sept ans. Elle avait cru comprendre qu'auparavant, la famille avait vécu un drame, mais elle n'avait jamais posé de questions. Julien lui avait juste dit au début, qu'avant, il avait une grande sœur, mais qu'elle était partie en voyage et qu'elle ne reviendrait plus jamais. Marianne n'avait jamais rien su de plus.

Julien sortit de l'ascenseur et avança dans le couloir feutré jusqu'à la porte de son appartement dans lequel il entra. Il embrassa Marianne, passa dans le grand salon où se trouvait sa mère, comme il le faisait chaque jour. Elle dormait dans son fauteuil face à la fenêtre qui donnait sur les toits. Il l'embrassa sur le front et s'agenouilla près d'elle. Elle ouvrit un œil, l'aperçut, esquissa un sourire quand elle le reconnut, passa un doigt sur sa joue. Puis l'ébauche de sourire disparut pour faire place au sempiternel masque blafard, figé dans une expression de profonde tristesse, et son œil se referma sur ses monologues intérieurs.

- Tu crois qu'un jour elle pourra s'en sortir ? demanda Julien à Marianne une fois qu'il eût regagné la cuisine où elle préparait le dîner.

- Je ne sais pas. Peut-être. Je ne suis pas médecin.

- Parfois, comme aujourd'hui, elle ouvre un œil et j'ai l'impression qu'elle me reconnaît. Mais dès qu'elle me touche, on dirait que ça lui fait mal. Je ne lui ai rien fait pourtant.

Elle passa sa main dans les boucles blondes de l'adolescent.

- Pour se protéger de la réalité, elle s'est retirée dans son monde.

- Mais je suis sa réalité…

- Oui. C'est vrai. Une partie. Mais avant, il s'est sans doute passé quelque chose de grave qui a bouleversé sa vie.

- Tu crois que ça a un rapport avec ma sœur ?

- Je ne sais pas. Peut-être. Tu m'as dit qu'avant, vous habitiez au bord d'une rivière. Je ne pense pas que ta sœur soit partie en voyage. On dit cela aux enfants quand on veut leur cacher qu'un être cher est décédé.

- Tu crois que ma sœur est…

- Je ne sais pas. C'est une possibilité. Peut-être s'est-elle noyée ? Ce qui expliquerait votre déménagement.

- Il faudra que je pose la question à mon père...

- Je ne crois pas que ce soit une bonne idée.

- Pourquoi ?

Bon, il fallait lui dire. Elle avait toujours été franche avec lui. Le moment était venu de lui faire part de son analyse. Il avait dix-sept ans maintenant. Il pourrait comprendre.

- Admettons que ta sœur soit effectivement décédée. Cela expliquerait le comportement de ta mère et le monde intérieur dans lequel elle s'est enfermée.

- Mais mon père ? Il est resté sensé lui.

- Tu crois ? Essaye de réfléchir deux secondes ! Crois-tu qu'il travaille autant par amour de son métier ?

- Il y en a d'autres que lui...

- Qui passent aussi leurs vacances à l'étranger, enfin si on peut appeler ça des vacances, sans leur famille ?... Ouvre les yeux Julien ! Combien de temps ton père te consacre-t-il ?

- Oh ça, je le sais. Peu. Quand il rentre le soir, en général je suis couché. Quand je me lève le matin, il est déjà parti. Et le dimanche, s'il est là, la plupart du temps, il s'enferme dans son bureau...

- Non Julien. Pas dans son bureau. Dans son monde intérieur. Il est exactement comme ta mère. Pour ne pas regarder la réalité en face, il se jette à corps perdu dans son travail...

Julien réfléchissait aux derniers mots de Marianne. Ce fut comme un voile qui se levait. Pas un rayon de soleil, non, bien sûr. Mais la porte d'accès sur un début de résolution de mystère. La révélation d'un secret existentiel.

- Tu as raison. Ce qui expliquerait que tous les deux fuient la famille. Une famille comme un corps dont on aurait arraché l'un des quatre membres. Merci Marianne pour ton aide.

Il se leva et se dirigea précipitamment vers sa chambre.

- Où tu vas ? lui demanda-t-elle.

- Sur mon ordinateur. Si ma sœur s'est noyée, on doit en retrouver une trace quelque part.

- Je n'ai pas affirmé qu'elle s'était noyée... C'était une supposition...

- Tu m'as mis sur une piste.

- Tu ne manges pas ?

- Pas maintenant. Plus tard.

- Bon. Ce sera prêt sur la table. Tu n'auras que le plat à passer deux minutes au four micro-ondes.

- Merci Marianne et à demain, cria-t-il du bout de l'appartement qu'il avait atteint.

Il entra dans sa chambre et alluma son PC. Il décida d'aller fouiller dans les archives de *l'Est Républicain*. Dès qu'il fut sur le site, il choisit le lien *archives*, puis tapa trois mots-clefs qu'il estima pertinents : **noyade, accident, 54**. Il alla lancer la recherche sur la période 1991-1996, quand une sonnerie reconnaissable retentit dans les enceintes reliées à l'ordinateur. Un appel sur Skype. Avec sa souris, il cliqua sur l'icône symbolique qui représentait un petit combiné téléphonique vert et se promit de revenir à *L'Est Républicain* ultérieurement pour poursuivre ses investigations. Skype était un logiciel de communication instantanée, qui permettait de converser par le biais d'un casque et d'un micro, avec n'importe quel correspondant du monde entier pour autant qu'il soit autorisé et inscrit dans la liste de contacts.

La page de connexion s'afficha sur l'écran et la communication fut aussitôt établie. Julien reconnut la voix de son correspondant, en l'occurrence sa correspondante, deux secondes avant que n'apparaisse son image dans la fenêtre vidéo du logiciel. Son cœur s'accéléra.

- Hi, Julien ! Tu m'entends ?
- Hello, Angie ! Comment tu vas ?

Le visage d'une adolescente apparut. Ses cheveux châtain étaient très courts. De gros anneaux fins pendaient à ses oreilles. Elle portait un tee-shirt rose sur lequel explosaient les paillettes psychédéliques d'une inscription illisible à l'écran. Ses yeux bleus étaient immenses et reflétaient le sourire franc qu'elle arborait. Elle parlait avec un accent américain assez prononcé.

- Bien. Très bien. J'ai vu que tu étais connecté alors j'ai appelé.
- Tu as bien fait. Je suis content de te voir. Je voulais t'appeler ce soir pour te dire pour mon billet…
- *It's OK ?*

- Oui, je l'ai depuis hier soir. J'ai pu avoir une place par Internet pour mardi sur American Airlines, en classe affaire. C'était complet en économique et en première.

- *Wonderful !* Tu resteras combien ?

- Dix jours. Pas pu réserver plus tôt.

- Ce n'est pas très grave. On aura assez de temps pour que je te visite New-York…

- Pour visiter, Angie. Pas pour que je te visite…

- *Yeah*, pour visiter…

- Non, ne t'excuse pas ! Tu parles mieux français que moi américain…

- Il ne faudra pas longtemps à toi, tu verras. Ce n'est pas très différent de l'anglais.

- L'accent change quand même…

- Je suis très *excited* que on va enfin se voir…

- Moi aussi Angie, ça fait si longtemps…

- Presque un an je crois. Mais on a de la chance. Mon parent m'a dit quand eux ils étaient étudiants, ils devaient écrire avec un stylo à leurs correspondants étrangers. Tu penses ça toi ?

- Oui, je sais. Mes parents aussi…

- Ils étaient OK pour que tu viens aux USA ton parent, alors ?

- Oui, oui. Pas de problèmes !

Pourquoi lui dire que ses parents n'avaient même pas percuté quand il leur avait parlé de ce voyage. Il avait une correspondante américaine. Bien. Il allait passer dix jours avec elle. Bien. Tu prends ma carte bancaire. Bien. Pas une recommandation. Pas une inquiétude. Rien. Il n'était qu'une ombre dans l'ombre de leur vie. Mais avaient-ils une vie ?

- Ton avion arrive à JFK Airport ?

- Non. A Newark dans le New-Jersey.

- *Well.* Je viens te chercher. Ensuite on prend ensemble la navette pour *Midtown Manhattan*.

- Je suis vraiment très content de te voir, Angie.

L'adolescente afficha son plus beau sourire. Julien était scotché par sa beauté depuis qu'il l'avait vue pour la première fois sur Skype. Mais là, il se sentit chavirer et songea que si le bonheur existait, il n'en avait jamais été aussi près.

- Je dois te laisser, enchaîna Angie. J'ai mon cours de management bientôt. *See you soon*, Julien.

Elle embrassa le bout de ses doigts qu'elle jeta en direction de la webcam. Julien présenta la paume de sa main ouverte à la sienne.

- À bientôt Angie. Pour de bon.

- Qu'est-ce que c'est *"pour de bon "* ?

- Ça veut dire en vrai, physiquement.

- Ah ok. Alors à bientôt pour de bon. *Bye !*

- *Bye !*

Bien que la fenêtre vidéo s'éteignît, Julien était hypnotisé par l'écran, là où quelques secondes plus tôt, le doux visage d'Angie irradiait. Il allait rencontrer Angie... Enfin ! Il n'avait jamais échangé autant avec une fille avant elle. Il était connecté sur Skype des heures entières et en quelques mois, il était devenu accroc. Une vraie addiction. Couper une communication avec elle était devenu douloureux. Jamais plus que pendant son absence il ne ressentait le besoin de parler avec elle. Ils avaient échangé sur tous les sujets possibles et imaginables. Il n'y avait qu'à propos de ses parents que Julien avait été peu loquace. Il avait juste dit à Angie que son père était chirurgien, sa mère médecin en arrêt de longue maladie, mais sans s'étendre sur les rapports qu'il entretenait avec eux.

Aussi, quand Angie lui avait suggéré, en accord avec sa mère avec qui elle vivait, de venir passer les vacances de printemps chez elle à New-York, il avait remué ciel et terre pour réserver une place dans un avion. Les huit jours qui le séparaient des vacances constituaient un handicap pour la réservation. Impossible de trouver une place en classe économique dans un délai aussi court. D'où le billet en classe affaire sur un vol de l'American Airlines. Habituellement, Julien mettait un point d'honneur à ne pas abuser des larges possibilités financières dont il disposait. Par pudeur vis à vis de ses camarades, par respect aussi pour ses parents. La liberté dont il bénéficiait avait tracé dans son esprit une sorte de limite à ne pas franchir, comme si inconsciemment elle était le dernier lien d'une affection qu'il leur témoignait. Même si sur ce plan, il n'y avait pas réciprocité. Là, il avait franchi cette limite pour aller retrouver Angie à New-York, mais bien qu'il les ait tenus au courant, l'absence de réaction de ses parents avait très rapidement balayé ses scrupules.

Quand il ferma la fenêtre du logiciel de communication, il sortit de sa léthargie quand il retrouva sur l'écran la page du site de *l'Est Républicain*. Il lança la recherche d'informations en attente. En une fraction de secondes, une nouvelle page afficha une liste d'évènements et de courts résumés qu'il parcourut en diagonale les uns après les autres. Parvenu au dernier article, il constata qu'au moins quinze pages d'articles répondaient à sa recherche. A la douzième, les premières lignes d'un résumé retinrent son attention.

« **Accident** *dramatique (12.06.1996/Meurthe et Moselle)*

*En quittant son pavillon sis 12, avenue de la Moselle à Millery (**54**) à bord d'un 4x4 vers 13h30, un chirurgien du CHU de Nancy a involontairement roulé sur le corps de sa fille, six ans, alors que…* **Lire l'article** »

Julien cliqua sur le lien. Sur une nouvelle page s'afficha un numéro de téléphone qu'on lui proposait d'appeler afin d'obtenir un code qui lui permettrait de lire gratuitement l'intégralité de l'article. Il sauta sur son téléphone portable qui était posé sur le bureau et composa le numéro indiqué. Après avoir suivi les indications de la messagerie vocale, une voix artificielle métallique lui communiqua un code à six chiffres qu'il nota sur un bout de papier. Il reposa son téléphone. Ce code lui donnait gratuitement accès à l'intégralité de cinq articles, mais un seul l'intéressait. Il introduisit les six chiffres dans la case appropriée et valida sur son clavier. Aussitôt le texte apparut. Il le parcourut en le faisant défiler avec la mollette de sa souris. Quand il parvint à la dernière ligne, il était pâle. Il éteignit l'ordinateur et alla s'allonger sur son lit. Les yeux fermés il ne put réprimer une vague de souvenirs troubles, et il se laissa envahir par des images qu'il ne pensait pas voir émerger un jour.

*

La maison de Millery. Julien est petit. Il est assis sous la haie au bord de la Moselle. Il regarde sauter les brèmes. Là-bas, de l'autre côté de la maison, le moteur du 4x4 de Papa rugit comme un lion. Julien a peur. Très peur. Il plaque ses mains sur ses oreilles et chante. *Une souris verte qui courait dans l'herbe, je l'attrape par la queue, je la montre à ces messieurs, ces messieurs me disent...* Il écarte les mains de ces oreilles. Papa crie. « Oh non... Oh mon Dieu... ». Puis maman qui hurle fort. Si fort... Vite les mains sur les oreilles... *Ces Messieurs me disent, trempez-la dans l'huile, trempez-la dans l'eau, ça fera un escargot tout chaud...* « Julien ? Julien ? Réponds ! Julien ? »... *Une poule sur un mur qui picore du pain dur...* Les larmes coulent sur ses joues. Papa va me disputer.... Papa va me disputer... Combien de temps est-il resté ainsi, les mains appuyées contre les oreilles de toutes ses forces à chanter tout son répertoire de comptines scolaires. Il ne se rappelle plus. Juste plus tard, un gendarme qui l'attrape et l'emmène dans la maison. Dehors un camion de pompier qui s'en va toute sirène hurlante... Pin-pon, pin-pon... J'aime bien les camions de pompiers tout rouge qui font pin-pon... La dernière image qu'il garde en mémoire, c'est ce gendarme qui l'embrasse à ce moment-là et le tient dans ses bras, tout contre lui. Son odeur aussi. Comme dans l'armoire où maman range son linge…

*

Julien comprenait enfin. Le drame avait eu des incidences sur le comportement de ses parents. Marianne avait raison. Sa mère ne s'en était jamais remise. Pour tenter d'éloigner l'horreur, ils avaient déménagé. Et son père ne fuyait pas la réalité, mais sa culpabilité.

Le mot le renvoya à ses propres démons qu'il ne connaissait pas, mais qui commençaient à se matérialiser dans son esprit.

Et si au lieu de se cacher au bord la Moselle, il avait couru devant le 4x4 pour empêcher son père de partir… Et s'il lui avait dit que Laurine était en dessous… Et s'il n'avait pas eu peur de se faire gronder… Et si… Et si…

Il n'avait que cinq ans à l'époque, il ne pouvait pas avoir un comportement d'adulte. Il savait que cette pensée n'était qu'une tentative de déculpabilisation. Lui aussi, dorénavant allait devoir vivre avec cette idée : il aurait pu sauver sa sœur.

Machinalement, il se leva et alla vers la cuisine où il mit au four micro-ondes le plat de hachis Parmentier préparé par Marianne. Il était 22h00. Ce soir encore, sa mère dormait déjà. Ce soir encore, son père rentrerait tard. Ce soir encore, Julien mangerait seul. Une vie à vomir… Il se projeta mentalement de l'autre côté de l'Atlantique. Bientôt il serait avec Angie. Main dans la

61

main. La sonnerie du four le tira de sa tentative de diversion. Il sortit le plat, le posa sur la table et s'assit devant son assiette dans laquelle il déposa une cuillérée. Pas faim. Ce soir, le hachis avait un goût amer.

7

Le lendemain matin, sans passer par la place Stanislas, Archibald rentra directement chez lui, après être allé boire son café et avaler son croissant-beurre à l'Excelsior. Quand Miraldine entendit la porte se refermer, elle se précipita sur lui.

- Il faut que je vous parle, Monsieur.

- Vite alors, car je suis pressé.

Elle s'approcha de l'escalier et leva la tête vers les étages.

- Non, pas ici. Venez !

Archibald soupira. Ils entrèrent dans l'office et Miraldine referma la porte derrière eux.

- C'est à propos de Monsieur Fenouillet.

- Eh bien ?

Elle colla son oreille contre la porte, puis rassurée, revint vers Archibald.

- Cela m'ennuie de vous dire cela, Monsieur, mais je crois que Monsieur Fenouillet vole de l'argenterie…

- De l'argenterie ? Allons, vous devez faire erreur…

- Non, je vous assure. Il manque deux fourchettes, deux couteaux, deux cuillères à soupe et deux cuillères à café. Et je viens de m'apercevoir…

Elle s'interrompit et dressa l'oreille en direction de la porte, puis se tourna à nouveau vers Archibald.

- … qu'il manque aussi deux assiettes du service en porcelaine de Limoges et deux verres en cristal de Baccarat.

- Je connais Maréchal. Ce n'est pas un voleur. Tout ceci doit avoir une explication rationnelle. Venez avec moi dans son atelier.

Ils quittèrent l'office puis montèrent les deux étages jusqu'à l'atelier de Maréchal. Quand ils parvinrent dans le couloir et que le plancher grinça, ils entendirent la voix de Maréchal.

- Oh, oh ! C'est la grosse cavalerie ce matin… Entrez mes amis, entrez !

Archibald poussa la porte. Le chevalet était dressé face à la lumière qui entrait par la fenêtre de toit. Maréchal se trouvait entre le chevalet et la porte d'entrée. Il avait dressé une nappe vichy sur une petite table carrée, sur laquelle il avait posé une coupe de fruits. Les pétales d'une rose fanée qui avait été rouge, avaient été éparpillés sur la table, entre une bouteille de vin, une miche de pain de campagne, un chandelier en étain dans lequel une bougie à demi consumée était éteinte, deux assiettes blanches, des couverts en argent et deux verres en cristal. Maréchal s'apprêtait à placer deux cuillères à café qu'il avait encore à la main.

- Vous voyez, Monsieur, j'avais raison, jubila Miraldine.

- Eh bien, Maréchal, tu t'apprêtes à recevoir ?

Maréchal pouffa de rire.

- Pas du tout. Je prépare une nature morte. Tu vois, je suis tes conseils. Le réalisme du figuratif. La toile s'appellera « Le dîner improbable ».

Archibald sourit à Miraldine.

- La prochaine fois que tu emprunteras de la vaisselle, préviens Miraldine, cela lui évitera de commettre un impair.

Miraldine pinça les lèvres et quitta subitement l'atelier en claquant la porte.

- Mais quelle mouche la pique ? lança Maréchal amusé en parodiant Archibald.

- Ce n'est rien, répliqua Archibald en se laissant choir sur le lit de Maréchal.

- Dis donc, toi, tu as l'air fatigué…

- C'est vrai. C'est le manque de sommeil. J'ai travaillé très tard cette nuit.

- Sur tes expériences ?

Archibald acquiesça de la tête, sourire aux lèvres et yeux fermés.

- Tu as tenté…

- Oui, Maréchal. J'ai tenté l'expérience sur un être vivant. Ecoute-moi bien ! J'ai fait faire à une souris, un saut de cinq minutes dans le futur.

- Tu as vérifié ? Je veux dire, tu as attendu pendant cinq minutes pour vérifier qu'elle voyageait bien dans le temps ?

- Oui, Maréchal. J'ai vérifié. Au bout de cinq minutes, elle est apparue à côté de la première souris, comme la pomme. Puis elle est repartie aussitôt.

- Pas possible ? Et sans séquelles ?

- Un peu secouée, mais elle a rapidement retrouvé son tonus habituel.

Maréchal était sidéré. Il imaginait la portée de la découverte de son ami.

- C'est hallucinant !

- Et ce matin, je tente autre chose…

- Non… Pas toi ?

- Non. C'est encore trop tôt. Je vais recommencer avec une souris. Mais cette fois-ci, je vais programmer un voyage de cinq minutes dans le futur pour une période de cinq minutes pendant laquelle elle pourra vivre avant de revenir.

- C'est-à-dire ?

- Au lieu de faire un saut de cinq minutes dans le futur et revenir aussitôt, elle vivra son aventure pendant cinq minutes. Si je reprends le raisonnement avec la pomme appliqué à la souris, cela donne ceci : la souris part à l'heure H. Je l'envoie à H+5. Si je lui programme cinq minutes dans le futur avant qu'elle ne revienne, cela signifie qu'elle sera à H+5+5, soit H+10 quand elle se déstructurera pour son retour.

- Si je te suis bien, cela veut dire que l'on verra apparaître sa copie cinq minutes après son retour, à côté de l'original, pendant cinq minutes, avant que la copie ne disparaisse, c'est ça ?

- Ça paraît un peu compliqué, mais tu as raison. C'est ce qui va se produire. Viens avec moi. Ce sera plus clair quand tu assisteras à cette deuxième expérience.

Miraldine se traita d'idiote. Elle en voulait bien sûr au « peintureux », mais elle s'en voulait surtout à elle-même. Son manque de discernement pouvait amener Archibald à se rapprocher encore plus de Maréchal, et à l'éloigner d'elle. Elle devait l'amener à comprendre combien il comptait pour elle, au-delà du fait qu'elle travaillait pour lui, au-delà du salaire qu'il lui donnait chaque mois. Il avait besoin d'elle. C'était un enfant. Un enfant de soixante-huit ans, mais un enfant quand même. Et elle avait besoin de lui. Elle l'aimait. Jamais quand son Hermosthène était encore de ce monde, elle n'aurait imaginé pouvoir aimer un autre homme. Mais la vie se chargeait de balayer les certitudes, la preuve. Elle avait beau essayer de se convaincre que tout cela n'était qu'une mascarade pour éviter une probable solitude qui la guettait, elle savait tout au fond d'elle-même que le sentiment d'amour était encore présent. On pouvait aimer encore après une première histoire. L'amour n'est pas l'apanage de la jeunesse. C'est comme une marée. Le flux et le reflux. On aime. Puis ça s'éloigne et ça revient. Comme un soufflé plutôt. Ca monte puis ça retombe et c'est fichu. Pour que ça remonte, il faut refaire un autre soufflé. Mais comment lui faire comprendre à Archibald, qu'il était un soufflé à point ?

- Allez viens ma belle !

Archibald sortit une souris blanche d'une cage grillagée et la plaça sur le plateau qu'il recouvrit d'une cloche en verre.

- Pourquoi une cloche, demanda Maréchal intrigué ?

- Pour que la souris ne se sauve pas. La pomme, pas de problème, mais il y a peu de chances pour que la souris reste en place sans bouger, surtout quand le déstructurateur moléculaire se mettra en marche.

Il prit place dans son fauteuil, ramena vers lui la TST, la télécommande spatio-temporelle, et engagea le processus. Il programma le temps du voyage, cinq minutes, et l'heure du retour dans dix. Quand la touche rouge se mit à clignoter, il appuya dessus. Des éclairs apparurent sur le plateau. La souris, affolée, commença à courir tout autour du plateau sous la cloche.

- Elle a peur, affirma Maréchal.

- Oui, c'est évident. Mais elle ne court aucun danger.

Archibald observait la touche verte et dès qu'elle se mit à clignoter, il l'enfonça. La lumière blanche explosa sous la parabole pendant quelques secondes, puis les éclairs du plateau montèrent vers elle. Les deux sources se mélangèrent en un seul éclair qui traversa la souris, brusquement immobile, comme tétanisée. Sa robe blanche se transforma en un halo de lumière éblouissant puis, en une fraction de seconde, elle disparut comme aspirée par la parabole. Aussitôt, les éclairs se résorbèrent. Quelques crépitements. Puis plus rien. Les deux hommes étaient fascinés par ce qu'il venait de voir. Maréchal ouvrit la bouche pour lui faire part de son sentiment mais Archibald le coupa d'un geste de la main, sans cesser de fixer la cloche en verre. Ce qui se passa ensuite fut si rapide, qu'effrayés, ils reculèrent ensemble de deux mètres et se retrouvèrent debout côte à côte, au milieu du laboratoire.

Alors qu'ils fixaient la cloche en verre, l'éclair d'un bleu polaire se reconstitua entre la parabole et le plateau et en un millionième de seconde, la cloche disparut du plan de travail. Volatilisée ! Le halo d'une boule de lumière éblouissante se matérialisa sous la parabole et sur le plateau. La forme blanche qui se forma, leur fit croire dans un premier temps, que la masse de la souris avait augmenté considérablement. Quand les éclairs se dissipèrent progressivement, ils n'en crurent pas leurs yeux : la souris s'était transformée en un chat qui, le poil hérissé, hurlait de terreur dans un miaulement épouvantable. Il sauta du plan de travail et courut comme un diable à travers le laboratoire en renversant sur son passage outils, bobines de cuivre, circuits imprimés. Archibald s'accroupit et finalement, le chat le repéra et lui sauta dans les bras en tremblant comme une feuille.

- C'est Ficelle... C'est ma chatte. Je ne comprends pas ce qui s'est passé.

- Regarde, murmura Maréchal qui s'était approché du plateau sur le plan de travail.

Archibald le rejoignit en caressant la chatte qu'il avait toujours dans les bras. Sur le plateau, la souris était étendue immobile dans une petite flaque de sang. Sa tête était à moitié arrachée de son corps.

- Que s'est-il passé ? demanda Maréchal.

- Je ne sais pas très bien.

- Si j'ai bien compris, logiquement, dans cinq minutes, on devrait voir ce qui s'est produit, non ?

- Tu as parfaitement raison. C'est d'ailleurs ce que nous allons faire.

Archibald porta la chatte dans une cage habituellement dévolue aux lapins ou aux hamsters et qui était posée sur le sol, près de la porte d'entrée du laboratoire. Dès qu'elle fut à l'intérieur, il vérifia que la porte était bien verrouillée. Ensuite il retourna vers le plan de travail, attrapa la souris par la queue et la déposa dans une poubelle à proximité. Il prit une éponge qu'il mouilla et entreprit de nettoyer le plateau. Il l'essuya rapidement avec une serviette.

- Voilà. Il n'y a plus qu'à attendre, annonça-t-il à Maréchal. Nous allons nous mettre en retrait, car j'ai l'impression, d'après le résultat constaté au retour, qu'il va y avoir du grabuge.

Ils se retirèrent dans le fond du laboratoire, près de la porte. Ficelle miaulait sa désapprobation dans sa cage. Archibald regarda l'heure à la montre qu'il tira de son gilet.

- Encore une minute, annonça-t-il.

A partir de cet instant, une chape de silence plomba le laboratoire. Ils retenaient leur respiration. Même la chatte s'était tue.

Le boîtier de sa montre ouvert dans la paume de sa main, Archibald suivait le déplacement de la trotteuse.

- Encore quinze secondes…

Quand le temps fut écoulé, ils reconnurent les crépitements qui annonçaient l'apparition de l'éclair sous la parabole. Quand il se matérialisa, en quelques secondes se forma une boule de lumière violente, dont l'intensité décrut jusqu'à l'apparition de la souris blanche tout comme la cloche qui reprit sa consistance.

- La souris A, glissa Archibald à Maréchal.

Quand les éclairs furent résorbés, elle se mit à courir autour du plateau circulaire, puis tenta de monter sur les parois de la cloche. Chaque saut se soldait inévitablement par une glissade le long du verre. Mais avec une volonté inébranlable, elle renouvelait ses tentatives désespérées, comme si elle pressentait que sa vie en dépendait.

- C'est bizarre de la voir aussi vivante, alors qu'elle est morte, chuchota Archibald.

- Hein ?

- Mais oui. Celle que tu vois, va revenir dans le passé mais avec la tête à moitié détachée, rappelle-toi !

- Comment c'est arrivé ?

- Nous allons le savoir…

- Quand ? s'impatienta Maréchal.

- Chut ! Il nous reste trois minutes…

- On attend quoi ?

- Je te rappelle que le voyage est programmé pour une durée de cinq minutes. Donc, il faut patienter

71

encore trois minutes pour comprendre ce... Chut !
Regarde !

Par le vasistas entrouvert, ils aperçurent Ficelle qui
s'infiltrait dans le laboratoire.

- Tu as deux chats ? murmura Maréchal.

- Non je n'ai que Ficelle. C'est elle que tu vois, là...

- Mais... elle est dans la cage...

- C'est comme la pomme. Tu te souviens. Pomme
A et pomme B, mais la même pomme. Dans la cage, il y
a Ficelle B puisque c'est elle qui est revenue dans le
passé à l'heure H. Celle qui vient de rentrer par le
vasistas est Ficelle A. C'est la chatte originale.

Dans la cage, Ficelle B aperçut Ficelle A et souffla,
le poil hérissé, et la queue gonflée. Ficelle A
s'immobilisa, tourna la tête vers elle, mais elle la vit
emprisonnée,   aussi   s'en   désintéressa-t-elle
complètement. Par contre, elle entendit la souris sous
la cloche en verre qui tentait désespérément ses sauts
voués inévitablement à l'échec. Elle avança lentement,
un pas après l'autre, pour détecter la source de ces
bruits secs qui titillaient son instinct de chasseur.
Parvenue à l'aplomb de la cloche, elle repéra la souris
et d'un bond félin, sauta sur le plan de travail. La
souris dans l'incessant manège pour sa survie, ne la
remarqua pas. La chatte tourna plusieurs fois autour
de ce qui, de toute évidence allait devenir sa proie. Elle
s'assit même un instant sur son arrière-train pour
observer le comportement étrange de la souris sous la
cloche.

Ni Archibald, ni Maréchal n'osaient parler. Ils
suivaient l'action avec la même angoisse que dans un

film à suspense, et Archibald commençait à en entrevoir l'issue.

La chatte se releva, tourna une dernière fois autour de la cloche, contre laquelle elle colla son museau qui parut énorme aux deux hommes par le jeu de la convexité et de la concavité du verre. Il parut d'ailleurs être également démesuré à la souris car elle tomba en catalepsie au centre du plateau. Après toutes ses vaines tentatives pour s'échapper, ses flancs battaient très rapidement au rythme de sa respiration. Le face à face ressemblait maintenant à la phase d'observation des deux protagonistes d'un duel, juste avant que l'un ou l'autre n'ose en premier le geste fatal.

- Ben alors ? souffla Maréchal.

- Dans dix secondes, répliqua Archibald, un œil sur sa montre et l'autre sur la cloche.

Encore une fois, tout se passa à la vitesse de la lumière. La chatte se redressa sur ses pattes arrière et appuya de ses pattes avant de tout son poids contre la cloche qui roula sur le plan de travail, et pendant sa chute, avant qu'elle n'atteigne le sol, la chatte se jeta sur la souris, planta ses griffes dans sa nuque qu'elle déchira, à l'instant même où l'éclair se matérialisait à nouveau entre la parabole et le plateau. Les animaux devinrent une boule de lumière éblouissante et ils se dématérialisèrent au moment où la cloche explosait en mille éclats sur le sol. L'éclair se résorba une dernière fois. Quelques crépitements. Puis plus rien. Juste les miaulements de Ficelle B, dans sa cage, que les flashes et le bruit avaient renvoyée au traumatisme récent de son voyage dans l'espace-temps.

- C'est... c'est incroyable, chuchota Maréchal.

- Ce qui est extraordinaire, enchaîna Archibald, ce sont les retombées scientifiques.

- Comment ça ?

Tout en développant son raisonnement, Archibald prit un balai, rassembla les morceaux de verre éparpillés sur le sol, puis les ramassa avec une pelle avant de les déposer dans la poubelle.

- Un. Le voyage dans le temps est possible sur les êtres vivants. Tu l'as constaté toi-même. Deux. En voyageant dans le futur, et je suppose dans le passé, il est possible de croiser son double sans que cela n'altère ni la progression du temps, ni le comportement des deux clones, ou disons plutôt des deux copies en présence. Tu as bien vu les deux pommes qui ne sont qu'un seul et même fruit, et les deux Ficelle qui ne sont qu'une seule et même chatte.

- Je ne vois pas où tu veux en venir...

- C'est simple. Si l'homme voyage dans le temps, il pourra se rencontrer lui-même dans son futur ou dans son passé. Et ça, c'est révolutionnaire.

- Oui, mais encore faut-il que l'expérience fonctionne avec l'homme...

- Viens ! Suis-moi !

Ils se dirigèrent vers un meuble adossé à un mur, et dont les étagères étaient chargées de revues et de livres scientifiques divers. Archibald promena un doigt sur les reliures, puis parvenu à celle qu'il cherchait, délogea un livre épais du rayonnage où il était rangé. Au fond de l'étagère, apparut un clavier numérique. Il réfléchit quelques secondes, puis grimaça en regardant Maréchal.

- Excuse-moi ! Je n'arrive jamais à retenir le code.

Il alla à un bureau sur lequel il s'empara d'un presse-papier en marbre qu'il souleva et retourna. Une étiquette était collée sous le socle. Le code y était inscrit. Il le mémorisa, reposa le presse-papier et revint taper le code sur le clavier.

Archibald ôta sa main et remit le livre en place. Un déclic se fit entendre. Le meuble se scinda en deux parties égales qui glissèrent latéralement sur des rails invisibles dans un bruit feutré, ménageant ainsi un passage vers une seconde pièce dont l'obscurité n'inspirait pas Maréchal. Mais alors, pas du tout.

Archibald observait, amusé, l'appréhension de son ami.

- À toi l'honneur…

- Mais… je n'y vois rien…

- Fais-moi confiance ! Avance !…

Pas très rassuré, Maréchal fit un pas en avant. Aussitôt une chaude lumière à dominante bleutée éclaira une salle carrée d'environ huit mètres de côté. Le plafond était assez haut. Maréchal l'estima à quatre mètres. Au milieu de la salle, au sol, se trouvait un plateau circulaire de trois mètres de diamètre au-dessus duquel était suspendue une parabole de diamètre sensiblement équivalent. Sur la gauche un pupitre tout en longueur était couvert d'écrans, de manettes et de curseurs, de lampes et de diodes, de fils et de gaines qui couraient dans tous les sens, se regroupaient en un tuyau unique posé au sol qui rejoignait le mur, montait au plafond jusqu'au sommet de la parabole. Maréchal nota un doux grésillement qui emplissait l'atmosphère, identique à celui qu'on entend lorsque l'on passe sous une ligne à haute tension en pleine campagne. Archibald ne manqua pas de percevoir ce mouvement de tête caractéristique de son ami, oreille tendue, cherchant à identifier le son.

- C'est le générateur du déstructurateur. Il est en bas régime. Il tourne en permanence.

- Alors ce qu'on voit là, c'est…

- La machine à voyager dans le temps, oui, mais à l'échelle humaine.

- Alors tu en es déjà là ?

- Et oui. Parallèlement aux expériences auxquelles tu as assisté, j'ai mis au point la vraie machine à partir du prototype que tu as vu.

Maréchal regardait le plateau et la parabole avec attention.

- Alors ce pupitre c'est la TST ?

- Non. J'ai amélioré tout cela. La liaison se fait par ondes dynamiques à hautes fréquences. Je n'ai plus besoin de lien matériel. Juste ce boîtier de commande, que j'emmène avec moi, et qui est la télécommande définitive.

- Une TST sans fil, alors ? On dirait un boîtier de voiture radio télécommandée…

- Bravo. Tu sais que tu pourrais presque te lancer dans la physique toi…

- Non, merci. La peinture me suffit. Mais dis-moi, pour quelle raison m'as-tu montré tout cela ?

- Tu ne devines pas ?

- Tu ne vas tout de même pas me dire que tu vas…

- … tenter l'expérience moi-même ? Si.

- Mais c'est de la folie, Archie.

Archibald n'aimait pas trop ça. Quand Maréchal l'appelait Archie, c'est qu'il était soit ému, soit inquiet, soit légèrement ivre. Ça lui arrivait parfois après un repas un peu arrosé. Mais il le connaissait bien. Là, c'était de l'inquiétude.

- Tu ne peux pas risquer ta vie. Tu n'as pas assez de recul pour éviter les erreurs. Peut-être devrais-tu faire d'autres expériences sur des animaux.

- C'est pour ce soir, Maréchal. Tout est prévu. Rien ne pourra m'empêcher de tenter l'expérience. Le congrès est dans cinq jours à New-York. Je n'ai plus le temps de repousser l'échéance.

- Mais as-tu toutes les garanties nécessaires pour que cela fonctionne avec toi ?

- Il y a toujours dans la science une part de risque, une part de chance, et une part de hasard. A un moment ou à un autre, un pionnier doit faire le pas. Prends Colomb, Magellan, Cartier… Crois-tu que les marins tenteraient des records de tour du monde en solitaire s'ils n'avaient pas pris le risque de se lancer sur les océans ? Crois-tu que les américains auraient marché sur la lune si le russe Gagarine n'avait pas été le premier à tourner autour de la terre ? Crois-tu que nous aurions des Airbus si Blériot n'avait pas tenté de traverser la Manche ?

- S'ils ne l'avaient pas fait, d'autres l'auraient fait à leur place…

- Je ne veux pas que d'autres fassent ce que je suis sur le point de réussir. Si l'homme peut voyager dans le temps, alors je veux être le premier. Tu ne trouves pas fascinant de penser que peut-être je pourrais aller à la rencontre du jeune chercheur que j'étais pour accélérer ma découverte et ainsi changer le monde bien avant aujourd'hui ? Tu ne trouves pas fantastique que je puisse prévenir des catastrophes, faire éliminer les dictateurs avant qu'ils ne prennent le pouvoir ? Et je ne te parle même pas de la correction des erreurs stratégiques en politique, en économie, en écologie qui ont eu, ou qui ont encore des conséquences dramatiques sur notre société ou des retombées irréversibles pour l'humanité.

- Tu as sans doute raison. Mais je ne peux me résoudre à ce que tu disparaisses définitivement alors que j'étais au courant.

- Disparaître ? Bien sûr que je vais disparaître, mais je réapparaîtrais. Grâce à la machine.

- Non. Quand je pense à ta disparition, je pense à… ta mort. Je me sentirais coupable s'il t'arrivait quelque chose. Coupable de ne pas t'avoir retenu.

- Ce soir. Ce soir je voyagerai dans le temps. Tu n'auras même pas le temps de t'en apercevoir. Rappelle-toi la pomme ! Elle disparaît. Pffft ! Et elle réapparaît aussitôt. Ce sera exactement la même chose pour moi, tu verras.

- Tu vois, Archie, je préfère ne pas savoir quand ça se passera. Je vais monter m'enfermer dans mon atelier. Je vais peindre une toile sur ton expérience. Comme ça, si ça marche et que tu reviennes, ma toile sera comme un timbre premier jour. Elle aura la valeur de l'événement. A moi d'avoir la créativité et l'imagination pour qu'elle ait en plus une vraie valeur artistique. Je te laisse.

- Crois-moi Maréchal ! Ça marchera. Et je reviendrai.

Les deux hommes se regardèrent quelques instants et tombèrent dans les bras l'un de l'autre pour une accolade affectueuse qui remplaçait tous les mots que l'émotion, de toute manière, les empêchait de prononcer.

Maréchal quitta la salle et traversa le laboratoire. Archibald l'accompagna jusqu'à la porte. Maréchal se retourna une dernière fois.

- Sois prudent Archie !

- Compte sur moi !

Maréchal sortit du laboratoire. Archibald referma doucement la porte derrière lui. Il tourna l'énorme clef dans la serrure. Il s'adossa à la porte et inspira profondément. Voilà. Il y était.

Il revint dans la salle et s'approcha du pupitre. Il n'avait pas tout dit à Maréchal. Il avait bien sûr cette crainte qui lui vrillait les tripes, cette angoisse du néant. Il ne savait rien de ce qui l'attendait. Comment son esprit allait-il se comporter pendant la déstructuration moléculaire ? Pourrait-il choisir le lieu de restructuration temporelle ou serait-il obligé d'apparaître aux mêmes coordonnées que celles du départ, à savoir le laboratoire ? Quelle serait la sensation qu'il éprouverait pendant la déstructuration ? Parce que cela, ni Ficelle, ni la souris n'avaient pu lui en faire part. Tout juste avait-il pu observer l'incohérence de leurs comportements post-traumatiques. Mais entre la déstructuration et la restructuration ? Comment allait-il ressentir cette modification morpho biophysiologique ? Trop tard. Les dés étaient jetés. Il ne pouvait plus reculer. Après ce qu'il avait dit à Maréchal, il ne pouvait plus faire marche arrière.

Maintenant, il était seul face à son destin. Les choses sérieuses allaient commencer.

8

Marianne frappa à la porte de la chambre. Pas de réponse. Elle entra, se dirigea vers la fenêtre, et appuya sur la commande électrique d'ouverture des volets. Le soleil inonda la chambre et Julien grogna en enfouissant sa tête sous l'oreiller.

- Julien, il est midi.

Un grognement étouffé et réprobateur monta de sous l'oreiller.

- On est quel jour ? interrogea Julien qui n'avait toujours pas montré le bout de son nez.

- Samedi.

D'un bond, l'adolescent se retrouva assis dans le lit.

- Samedi ! Et il est midi ? Ouah… Quelle galère…

- Pourquoi une galère ? C'est les vacances non ?

- Oui, c'est les vacances. Mais je pars à New-York mardi. Je dois aller voir mon père à l'hôpital, m'acheter des fringues, passer à la banque pour prendre les dollars que j'ai commandés, et il faut que je trouve un cadeau pour ce soir… C'est l'anniversaire d'un copain. Je n'aurais jamais le temps de tout faire.

- C'est pire qu'un planning de ministre, conclut Marianne en riant.

- Ne te moque pas ! Je suis sérieux.

- Je ne me moque pas, je n'oserais pas. Tu me connais...

Julien émit un grognement en fronçant le nez, et enfila ses vêtements rapidement. Il se regarda dans le miroir de l'armoire et se coiffa en glissant les doigts de ses deux mains à travers les boucles de ses cheveux, comme s'ils étaient les dents d'un peigne africain, afin de les démêler et de les arranger. Satisfait de sa coiffure, il quitta sa chambre.

- Et la douche ? lui lança Marianne alors qu'elle entreprenait d'aérer le lit.

- Ce soir !

Marianne ne fut pas dupe. Ce n'était pas aujourd'hui qu'il se laverait.

Julien passa par le salon où sa mère, depuis son fauteuil, regardait les toits par la fenêtre. Il s'approcha d'elle, l'embrassa sur le front.

- Maman, je vais à l'hôpital. Il faut que je rende sa carte bancaire à Papa...

Elle le regarda de son regard absent, puis sourit en levant sa main vers l'extérieur, doigt tendu en direction des toits.

- Regarde les tourterelles comme elles sont belles ! Elles viennent du ciel tu sais...

Julien eut un pincement au cœur.

- Elles sont magnifiques, maman.

Il l'embrassa à nouveau sur le front, puis la laissa à sa contemplation, en espérant de tout son cœur qu'au moins, elle était heureuse dans son monde. Il quitta l'appartement.

*

Il gagna à pieds la station de tramway de Saint-Georges et monta à bord d'une rame en attente. Il lui suffisait de se laisser guider jusqu'aux hauteurs de Vandoeuvre. Vingt minutes plus tard, il descendait devant le CHU de Nancy-Brabois où travaillait son père. L'usine comme il se plaisait à l'appeler. Il était vrai qu'avec ses presque deux milles lits, et ses soixante-dix mille entrées par an, le centre hospitalier avait la stature d'une grosse entreprise, voire d'une immense ruche organisée. Après être passé par le hall d'accès principal, Julien se dirigea vers les ascenseurs pour rejoindre le pôle cardiologie. Quand il parvint à l'accueil du secteur, la secrétaire le reconnut aussitôt.

- Bonjour Julien. Tu viens voir ton père ?

- Bonjour. Oui. Vous savez où il est ?

- Attends je regarde !

Elle promena la souris de son ordinateur, cliqua plusieurs fois, puis parcourut un tableau qui s'affichait à l'écran.

- Dorval... Oui. Il est au bloc A. Dès qu'il aura terminé il prendra une pause de dix minutes.

- Bien. Vous pourrez lui dire que je suis à la cafétéria ?

- Bien sûr. Je le lui dirai.

- Merci.

Julien emprunta couloirs et ascenseurs qui le conduisirent à la salle de restauration du personnel. Il se servit un café au distributeur et vint s'asseoir à une table. Il la connaissait bien cette cafétéria. C'est là où il rencontre son père. D'ailleurs il se demanda s'il ne l'avait pas plus vu ici qu'à l'appartement. Une relation père-fils délocalisée songea Julien désabusé. Il observa le va et vient des personnels. Des médecins, des internes, des infirmières, des aides-soignantes, des ambulanciers se croisaient en permanence le temps d'un café, d'un thé ou d'un croissant. Il aperçut son père qui le cherchait du regard. Julien signala sa présence en levant le bras. Son père le repéra et se dirigea vers lui. C'était un homme grand, plutôt athlétique. Ce qui frappait chez lui était l'opposition flagrante entre son allure et sa physionomie. Sa démarche était décontractée alors que les traits de son visage, sa mâchoire carrée, ses yeux plissés en permanence, étaient une énigme pour qui tentait de le décrypter. Il était vêtu de la tenue de chirurgie classique. Son masque était baissé sur son cou, et il ôta son bonnet qu'il posa sur la table. Il prit place en face de Julien.

- Je te préviens, je n'ai pas beaucoup de temps.

Ça commençait bien.

- Bonjour Papa. Tiens, je te rapporte ta carte bancaire.

- C'est toi qui l'avais ?

- Ben oui. Tu me l'as prêtée pour que je puisse régler mon billet d'avion par Internet. Tu sais, j'ai été obligé de prendre un billet en classe affaire...

- Je suppose que tu n'as pas pu faire autrement. Tu vas où déjà ?

Julien soupira.

- À New-York, Papa.

- Ah oui, New-York. Un voyage avec le lycée, c'est ça ?

Décidément, il avait tout oublié

- Non pas avec le lycée. Je pars seul chez Angie pour les vacances.

- Angie ?

- Oui, ma correspondante. Je t'en ai déjà parlé.

- Ah ? Je ne m'en souvenais plus. Tu sais, le travail... D'ailleurs - il regarda sa montre – il faut que j'y aille...

Il allait se lever quand Julien posa sa main sur son bras.

- Attends deux secondes s'il te plaît. J'ai quelque chose à te dire...

Son père le regarda comme s'il était un extraterrestre. Devait-il lui en parler ? Devait-il lui dire qu'il savait tout ce qui s'était passé pour Laurine, qu'il comprenait pourquoi il passait ses journées au travail et pourquoi ils ne se voyaient presque pas, ou devait-il écouter le conseil de Marianne et ne rien lui dire du tout ? Il regarda son père dans les yeux. Il crut y discerner une lueur fugitive de peur.

- Rien, Papa. Salut.

En guise d'au revoir, son père lui fit un signe de tête, se leva et s'éloigna sans un mot. Julien le suivit du regard jusqu'à ce qu'il disparaisse au bout de la cafétéria. Il se leva également, lâcha son gobelet dans une poubelle, et décida de redescendre en ville pour faire ses divers achats et passer à la banque avant qu'elle ne ferme.

*

En fin d'après-midi, il arriva le premier au Pinocchio, bar où il avait rendez-vous avec plusieurs camarades avant d'aller à l'anniversaire. Plusieurs garçons et filles le rejoignirent rapidement. Après une tournée de boissons rafraîchissantes, ils se rendirent chez Willy. La soirée avait déjà commencé. Ses parents lui avaient laissé l'appartement et l'ambiance était déjà bien chaude. Le groupe se fondit parmi les autres invités. Les tubes de techno, de R'n'B, de hip hop, de rap, de reggae ou de rock s'enchaînaient afin de contenter tout le monde. Julien remit à Willy son cadeau, un DVD d'Hendrix, son idole. Ravi, Willy lui offrit des boissons alcoolisées qu'il refusa. Il se contenta d'un coca glacé qu'il se servit lui-même. Au cours de la soirée, quelqu'un lança une série de slows sur la playlist de l'ordinateur. Les slows, Julien trouvait ça ringard. En réalité, cette idée bien arrêtée le déculpabilisait car il n'aimait pas inviter les filles, il se trouvait maladroit. Il allait prendre l'air sur le balcon, quand il se fit aborder.
- Salut ! Je m'appelle Élodie. Tu danses ?

- Euh… ouais !

Il savait qu'avec ses boucles blondes et ses yeux bleus il ne laissait pas les filles indifférentes. Quand on venait le chercher, il acceptait, mais faire le premier pas était pour lui une véritable torture. Les baffles envoyaient *Don't cry* des Guns 'n Roses. Élodie passa ses bras autour du cou de Julien et lui, posa ses mains sur le haut de son dos.

- Comment tu t'appelles ?

- Julien.

- J'aime bien. C'est joli. J'habite à Malzéville et toi ?

- A Nancy.

- Je suis en seconde à Poinca'.

- Moi à Chopin. En première.

Elle était mignonne Élodie. Et elle sentait bon. Elle remarqua qu'il n'était pas insensible à son charme, et elle se serra contre lui et posa sa tête contre son épaule. Troublé, Julien fit glisser ses mains de ses omoplates vers la cambrure de ses reins. Ses cheveux étaient fins. Elle releva la tête et le regarda droit dans les yeux. Sûr, il savait qu'ils allaient s'embrasser. C'était inévitable. L'image d'Angie sur l'écran de son ordinateur vint télescoper leur étreinte. Angie… Elle aussi était belle. Ils étaient déjà presque ensemble tous les deux. Avait-il le droit de la tromper ? *Arrête ! Embrasser une autre fille ce n'est pas tromper…* Mais il allait la voir bientôt. Dans trois jours. Ils ne s'étaient pas vus vraiment encore. Alors peut-être qu'il pouvait se laisser aller avec cette fille, qui apparemment ne demandait que ça... Angie ne...

Élodie avait plaqué ses lèvres contre les siennes, et la décharge électrique qu'il ressentit lui fit oublier tous les scrupules qui l'assaillaient quelques instants plus tôt. Cette fille était trop sensuelle. Son baiser avait un goût de vanille et laissait peut-être présager d'autres perspectives encore plus violentes...

Un autre slow s'enchaîna. Élodie détacha ses lèvres de celles de Julien, le remercia et le planta au milieu de la pièce pour disparaître entre les autres couples qui continuaient la série.

Julien n'eut pas le courage de lui courir après. Ce comportement le déstabilisait. Il retourna récupérer son verre de coca et cette fois, put se rendre sur le balcon. Quand il rentra un peu plus tard, la série de slows se terminait. Les lumières se rallumèrent et il fut stupéfait de voir Élodie dans les bras d'un garçon qu'elle embrassait à pleine bouche. Finalement elle s'en détacha puis, tout en attrapant au passage un verre sur une table, elle se dirigea vers un groupe de filles et de garçons dont la conversation commençait à s'animer.

Julien ne comprenait pas ce genre de fille. Pour lui, le flirt était déjà un engagement sérieux, une promesse de bout de chemin à faire à deux. Et il ressentait dans le comportement d'Élodie comme une trahison. Comme un rejet. Et c'était une véritable souffrance.

- T'inquiète, lui glissa Nicolas, un de ses camarades de classe qui avait assisté à la scène, c'est une allumeuse...

Julien acquiesça de la tête et s'enfonça dans un fauteuil. Pour se remonter le moral, il sortit une photo d'Angie qu'elle lui avait fait parvenir par mail et qu'il avait imprimée. Elle était sur un des jolis petits ponts de Central Park en contreplongée. Derrière elle, des buildings émergeaient entre les cimes des arbres pour s'élancer vers le ciel, ce jour-là d'un bleu azuréen. Angie avait des pendentifs aux oreilles. Ses cheveux étaient un peu plus longs que lors de sa dernière apparition sur Skype. Elle portait un pantalon et un blouson en jean sur un chemisier blanc. Elle était accoudée sur le parapet du pont et souriait au photographe.

- Mmm... Mignonne !

Julien sortit de sa contemplation et reconnut Vincent, un autre camarade de Chopin, mais dans une classe différente.

- C'est Angie. Ma correspondante américaine...

- Eh ben, mon cochon... Tu t'emmerdes pas. Tu l'as déjà rencontrée ?

- Non. Je prends l'avion mardi pour New-York. Elle habite à Manhattan. Je vais chez elle pour dix jours.

- Le bol... Moi, je passe mes vacances ici. Mes parents veulent refaire la salle à manger et ma chambre. Il faut que je les aide. Remarque, c'est normal ! Ils travaillent tous les deux de nuit. Dans la journée, ils dorment. Il n'y a qu'en fin d'après-midi et le week-end qu'ils peuvent bosser dans la maison. Tu m'enverras une carte postale de New-York ?

- Pas de problème ! C'est quoi ton numéro, déjà ?

- Le 17.

- Ok, je m'en souviendrai. C'est mon âge.

- Ouais, mais ça ne marchera plus l'année prochaine…

- Attends ! Je ne sais pas si j'y retournerai. Si ça se trouve il n'y aura pas de feeling entre nous…

- Ma foi, tu verras bien. Allez, je te laisse. Amuse-toi bien !

- Ouais. Toi aussi.

Julien regarda encore une fois Angie. Pas de feeling ?… Tu parles… Entre eux, le courant passait et il espérait bien que leur rencontre en appellerait d'autres.

Bon, il se faisait tard. Plus envie de rester. Il décida de rentrer. Il récupéra sa veste qu'il enfila. Il salua Willy, le remercia pour la soirée. Il allait sortir quand il sentit une main sur son épaule. Il se retourna. Élodie.

- Tu pars déjà… C'est dommage… susurra-t-elle en passant sa langue sur ses lèvres.

Julien la fixa droit dans les yeux, sans ciller. Avec la même intensité qu'elle pendant le slow, mais plus appuyé. Un regard sombre. Froid. Élodie dut capter le message car elle tourna les talons en haussant les épaules. Satisfait, Julien la regarda s'éloigner puis disparut derrière la porte qu'il referma sans bruit.

C'était une nuit de pleine lune. Pour un mois d'avril, il ne faisait pas froid. Il croisa des petits groupes de noctambules à la recherche d'un bar encore ouvert, parcourut une succession de ruelles et de rues, traversa la place Stanislas qu'il trouvait magnifique la nuit, avec ses éclairages qui la transcendaient, gagna la rue Saint-Jean qu'il descendit un moment et parvint finalement au pied de son immeuble.

Dans sa chambre, il alluma son PC, se brancha sur Skype. Angie n'était pas connectée. Il ouvrit sa messagerie et tapa un mail rapide. Comme ça, vite fait. Juste pour lui dire qu'il avait hâte d'être à mardi et qu'il pensait beaucoup à elle. Non. Pas qu'il pensait beaucoup à elle. Ça faisait amoureux transi. Qu'il espérait que son vol n'aurait pas de retard. Oui, c'était mieux. A bientôt. Clic sur *envoyer*. Hop là ! Bonne nuit Angie. Il ferma l'ordinateur, se déshabilla. Se coucha. Se releva. Se brossa les dents. Se recoucha. Bon. Il allait avoir du mal à s'endormir.

Dans le noir, l'image d'Angie se matérialisa au plafond. Elle dansait en tournant sur elle-même, en le fixant de ses immenses yeux bleus. Elle ondulait son corps avec une sensualité fascinante. D'un balancement suggestif de hanches, elle se détacha du plafond, flotta un instant entre le ciel de sa chambre et la terre de son lit, puis d'un sourire radieux se glissa en douceur dans son esprit où elle s'évapora.

Julien dormait profondément.

9

Comment savoir si l'expérience allait réussir ou pas ? Comment savoir si son corps allait réellement voyager dans le temps ? Il réfléchit quelques instants. Voyons ! Il avait programmé, comme pour la pomme, comme pour la souris, un déplacement de deux minutes. Après avoir lancé le processus de déstructuration moléculaire, comment être certain, après la restructuration qu'il aura subi un mouvement spatio-temporel ? Sa montre... la montre qu'il portait toujours sur lui... s'il partait à l'heure H, par exemple ... 18 h 00 à sa montre... après sa restructuration elle devrait indiquer H+2 soit 18 h 02... Oui, mais en même temps, s'il perdait conscience pendant deux minutes, cela ne prouverait pas qu'il y avait eu voyage dans le temps... Bien compliqué ! Une caméra ! Une caméra vidéo braquée sur lui et qui enregistrerait avec le time code la disparition puis la réapparition, voilà quelle était la solution. Il installa un caméscope sur un pied, l'orienta vers le centre du plateau sous la parabole. Il vérifia que la batterie était chargée, introduisit une cassette dans le compartiment adéquat. Il appuya sur la touche de déclenchement du moteur. Il contrôla sur l'écran LCD que la mention

"REC" clignotait et que le time code était enregistré en même temps que l'image. Parfait. L'expérience pouvait commencer.

*

Miraldine attendit que Maréchal fût sorti. Elle posa le couteau avec lequel elle épluchait les pommes de terre, s'essuya les mains dans son tablier. Elle alluma le gaz sous une casserole de lait, régla la flamme à feu doux et s'assura par la fenêtre que le « peintureux » quittait bien la propriété. Il ferma le portail et disparut dans la rue. Aussitôt, elle quitta l'office, et monta quatre à quatre les marches de l'escalier sur les deux étages, bien décidée à récupérer la vaisselle et l'argenterie. Quand elle entra dans l'atelier, elle fut surprise de voir que Maréchal avait déplacé la petite table. La nappe vichy était pliée, la vaisselle et les couverts rangés dans un carton. Ravie qu'il lui ait mâché le travail, elle s'empara du carton mais se figea dans son mouvement. Etait-ce la bonne solution ? Comment allait réagir Archibald quand il saurait qu'elle avait récupéré la vaisselle, supprimant du même coup le modèle de "l'artiste" ? Il prendrait sûrement son parti, à lui, et lui reprocherait son initiative, à elle. Ce n'est pas de cette façon qu'il se rapprocherait d'elle. Elle reposa le carton sur la table. Mais s'il avait tout rangé, c'est qu'il avait sans doute terminé sa toile... Elle s'approcha du chevalet et le contourna pour découvrir l'œuvre en pleine lumière. Elle porta une main sur sa bouche et retint un cri. Mon

94

Dieu ! Quelle horreur ! Elle reconnut le portrait d'Archibald mais il était... le mot qui lui vint immédiatement à l'esprit fut : désincarné. Son regard, derrière ses lunettes, était parfaitement reconnaissable. Son nœud papillon à carreaux jaunes et verts aussi. Une pomme verte et une souris blanche étaient posées sur chacune de ses épaules. Mais ce qui l'impressionnait, c'était sa peau. Elle ne savait par quel savant mélange de peintures, mais Maréchal l'avait rendue translucide, et un réseau de veines et de vaisseaux sanguins se devinait par transparence. Archibald se tenait le visage à deux mains, la bouche ouverte dans un cri muet de terreur.

- Ce n'est pas bon, hein ?

Miraldine sursauta. Maréchal était sur le pas de la porte les bras croisés, appuyé contre le chambranle. Elle se sentait confuse d'avoir été surprise dans l'atelier, et en même temps encore sous le choc de la toile, qu'elle regarda à nouveau.

- Ce n'est pas bon, parce que cela ressemble trop au cri d'Edvard Munch, vous connaissez ?

- Bien sûr que je connais, que croyez-vous ? Dans l'œuvre du peintre norvégien, toutes les lignes sont en mouvement comme une résonnance, un écho à ce cri. Ce que vous avez peint là, n'a rien à voir. C'est un barbouillis infâme. On dirait qu'Archib... que Monsieur Goustoquet est en train de disparaître... Et puis cette pomme, et cette souris, c'est d'une naïveté...

- C'est vrai ? se réjouit Maréchal, vous le pensez vraiment ?

- Il n'y a pas de quoi pavoiser. C'est moche. C'est laid. Ce n'est même pas de l'art.

- Vous avez sérieusement cru que j'avais représenté Archibald en train de disparaître ?

- Pourquoi cette question ? Qu'est-ce que vous manigancez ?

Maréchal faillit lui dire combien il était heureux qu'elle ait saisi le sens de son œuvre. Car maintenant grâce à elle il en était sûr, ce serait son chef-d'œuvre. En remontant du laboratoire il avait eu cette inspiration spontanée et s'était laissé emporter par les expériences auxquelles il avait assisté. Il était très fier que Miraldine ait perçu la représentation de la déstructuration dont lui avait parlé Archibald. Mais il ne devait pas lui en parler. Il était trop heureux que son ami l'ait mis dans le secret. Jamais il ne le trahirait.

*

Archibald jeta un œil sur le caméscope. Il vit la diode rouge d'enregistrement allumée. Il inspira profondément par le nez, expira longuement par la bouche. Il était debout sur le plateau au centre de la pièce, juste sous la parabole. Il appuya sur la touche rouge de la TST qu'il tenait entre les mains. Le ronronnement du générateur s'intensifia jusqu'à devenir un grondement sourd. Une lumière blanche s'alluma au cœur de la parabole juste au-dessus d'Archibald. Il leva la tête mais ne put garder les yeux ouverts tant la lumière s'intensifiait. Le bruit maintenant s'était transformé en un vrombissement épouvantable.

La maison tremblait. Maréchal et Miraldine interrompirent leur discussion à propos de la toile et se regardèrent. L'inquiétude que chacun lut dans les yeux de l'autre les fit réagir en même temps. Maréchal se lança dans les escaliers, Miraldine sur ses talons.

Le plateau à ses pieds vibrait maintenant. Des éclairs bleutés transformaient l'arrière-salle du laboratoire en stroboscope géant. Le générateur avait monté en puissance. Ficelle, affolée par l'éclat éblouissant des flashes et le rugissement des machines, fit de tels bonds dans sa cage qu'elle la fit basculer, favorisant ainsi l'ouverture de la grille qui l'emprisonnait.

Maréchal arriva le premier en haut de l'escalier qui descendait au laboratoire. Le grondement souterrain faisait vibrer violemment les murs de la maison.
- Mais qu'est-ce qui se passe ? hurlait Miraldine en parvenant derrière Maréchal.
- Je n'en sais rien. Mais Archibald a un problème...
Ils s'engouffrèrent dans l'escalier qui menait au sous-sol.

Les éclairs redoublaient de violence. Les mugissements du générateur devenaient effrayants. Ficelle en perdit le sens de l'orientation et au lieu de se diriger vers le vasistas entrouvert, elle se précipita vers l'arrière-salle où se trouvait la machine. Elle sauta sur le mur, puis sur le pupitre. Archibald, dont le corps commençait à pâlir, vit la chatte passer entre les fils et les potentiomètres. C'est l'instant qu'il choisit pour appuyer sur la touche verte clignotante de la TST qu'il tenait toujours entre les mains. Ensuite tout alla très vite. L'éclair qui zébra à ce moment précis le pupitre arracha à Ficelle un miaulement d'épouvante. Comme si elle était montée sur ressorts, elle bondit de cinquante centimètres, et dans l'action, arracha un fil du pupitre puis...

Archibald s'effondra sur le plateau. Il eut vraiment très peur. Ce changement trop soudain l'effraya. Rien. Plus de bruit. Le générateur, le grondement... stoppés net. Sa perception du silence, après le vacarme qui l'avait précédé, rendait ses tympans douloureux. Les éclairs... Les éclairs étaient... non, impossible... les éclairs étaient figés dans l'atmosphère du laboratoire comme... comme les éclairs d'un orage sur une photographie... Incroyable... Il se releva péniblement. Le voyage... Le voyage avait-il réussi ? Il regarda le caméscope... La diode rouge était toujours allumée. Il fallait vérifier l'enregistrement. En se dirigeant vers l'appareil, il regarda machinalement vers le pupitre et là, s'immobilisa de stupeur. Il secoua la tête en fermant les yeux pour s'assurer que ce n'était pas une hallucination. Ficelle... L'animal était figé au paroxysme de son bond, comme ça, sans contact avec quoi que ce soit de solide. La chatte flottait littéralement dans l'air. Ses pattes étaient tendues, ne reposaient sur rien. Archibald s'en approcha sans oser la toucher. C'était une aberration pour son esprit scientifique. Ce qu'il voyait n'était fondé sur aucune loi connue de physique, et il en était fort troublé. Il regarda autour de lui. Mais que se passait-il ? Il s'approcha du caméscope et constata sur l'écran LCD que la mention "REC", la date et l'heure étaient bien incrustées. Oui, elles l'étaient, mais figées. Comme si quelqu'un avait mis la pause… sauf que le symbole de pause n'apparaissait pas sur l'écran. Il mit le caméscope en lecture, rembobina la cassette et visionna les images enregistrées. Il assista ébahi, depuis le début de l'expérience, au début de sa déstructuration moléculaire dans des flashes éblouissants qui surexposèrent les images jusqu'au moment où il comprit que la bande était vierge de tout signal. C'était un mystère. Il se pinça la racine du nez, ce qui était chez lui le signe d'une profonde réflexion. Mais il avait beau tourner le problème dans tous les sens, il ne trouvait aucune explication logique. Ce qui le sidérait le plus, et il tourna la tête vers elle, c'était Ficelle. Toujours immobile dans l'espace au-dessus du pupitre, elle semblait appartenir, comme les éclairs à la même photographie en trois dimensions… dans laquelle Archibald pouvait se déplacer.

Alors qu'il tentait de raisonner calmement, il remarqua que le silence qui l'entourait était parfait. Plutôt qu'un silence, il ressentait comme une absence de sons, comme la bande sonore d'un film sur laquelle rien ne serait enregistré. Il passa dans le laboratoire.

Aucun son de la rue ne lui parvenait par le vasistas entrouvert. Il sortit la montre de son gilet, appuya sur le bouton poussoir pour déverrouiller le couvercle du boîtier. La trotteuse ne bougeait pas. Il porta la montre à son oreille. Rien. Elle était arrêtée. Il referma le couvercle et la rangea dans la poche de son gilet. De plus en plus bizarre... Il se dirigea vers la porte, tourna la grosse clef dans la serrure. A peine eut-il ouvert la porte qu'il ne put retenir un cri de frayeur. Les yeux écarquillés, il ne parvenait pas à comprendre le sens de la scène ahurissante qu'il découvrit dans l'escalier. Enfin, pour autant qu'il puisse appeler cela une scène. Une scène c'est vivant. Ou alors une scène de musée. Car c'est ce qu'il avait devant les yeux. Un film en arrêt sur image. Maréchal et Miraldine, non seulement étaient figés, statufiés dans la descente d'escalier, mais de plus, la position de leur corps défiait les lois de la pesanteur. Maréchal avait le pied gauche sur une marche, le pied droit était en l'air, sur le point de se poser sur la marche suivante, mais en l'air. Logiquement, d'après la loi de Newton et l'inclinaison de son corps, il ne pouvait rester dans cette position. C'était impossible. Archibald monta quelques marches pour s'imprégner de plus près de l'incohérence de son attitude. C'était une aberration, une ineptie. Il posa sa main celle de son ami. Il la retira aussitôt. Le contact lui rappela celui de... la pierre.

- Maréchal ? Tu m'entends ?

Le son qui était sorti de sa gorge ne ressemblait en rien à sa voix habituelle. Il y avait de la peur dans cette voix-là. De la peur et de l'émotion incontrôlable. Il monta un peu plus haut vers Miraldine. Son pied gauche ne touchait pas la marche, or par l'effet de l'attraction terrestre, son buste penché vers l'avant aurait dû entraîner son corps et le faire chuter vers le bas. Contre Maréchal. Mais non. Elle était là. Figée dans son déséquilibre absurde. Elle joignait ses mains contre son nez et sa bouche, les pouces sous le menton. Ses yeux exprimaient une angoisse sincère. Il observa Maréchal. Son regard à lui semblait aussi inquiet, mais il y avait une sorte de détermination. Que leur arrivait-il ?

Il poursuivit sa montée de l'escalier et se rendit dans le vaste salon. En analysant la pièce, il tenta de découvrir un indice qui aurait pu le renseigner sur l'origine de l'extravagance de la situation qu'il vivait. Il tomba en arrêt sur l'écran de télévision que Miraldine allumait systématiquement, même si elle ne la regardait pas. Elle estimait que c'était une compagnie par défaut quand Archibald était enfermé dans son laboratoire et Maréchal dans son atelier. Il regarda de près l'image sur l'écran. Elle était figée. Un animateur de jeu avait la bouche ouverte, et semblait lire une carte qu'il tenait dans une main. Un peu comme si on avait appuyé sur la pause du magnétoscope.

Le problème... c'est que le magnétoscope était éteint.

Archibald commençait à être vraiment perturbé. Il tentait de comprendre cette succession d'anomalies quand il tomba en arrêt sur l'horloge comtoise. Il ouvrit la porte d'accès au mécanisme intérieur : le balancier était parfaitement immobile, pas dans la verticalité induite logiquement par le poids, mais gelé sur la droite du coffre au bout de sa course pendulaire, comme si un fil invisible l'y avait maintenu. En l'observant de plus près, il constata que rien ne le maintenait dans cette position, ni n'entravait son balancement perpétuel. Et là, il comprit. Il était difficile pour son esprit cartésien d'admettre cette évidence : le temps était arrêté. D'où cette impression de photographie à propos des éclairs, Ficelle flottant dans l'espace, l'équilibre illogique des corps de Maréchal et Miraldine, l'image figée de la télévision et le balancier de l'horloge. Par quel étrange hasard la course du temps s'était-elle pétrifiée ? Et pourquoi lui seul pouvait-il se mouvoir dans cette vie paralysée ? Pour l'instant, il n'avait aucune explication à ce phénomène, et le physicien qu'il était, en éprouvait une profonde frustration. Il n'y avait rien de pire pour lui que l'irrationalité. Il sentit poindre en lui un traumatisme psychologique qu'il tenta de balayer en secouant la tête : comment reprendre le cours du temps ? Comment redonner vie à la vie ? Comment réanimer l'inanimé ? Tout cela n'était-il pas une conséquence fâcheuse de son expérience ?

Plus il réfléchissait, plus il se persuadait que la clef se trouvait dans son laboratoire. Il décida de redescendre. En passant devant l'office, une bizarrerie liée à l'inertie temporelle l'intrigua et en même temps le conforta dans sa conclusion. Une casserole était posée sur la cuisinière à gaz. Il s'en approcha. Les flammes bleutées avaient leur intensité lumineuse habituelle, mais on aurait pu croire qu'un photographe les avaient fixées sur la pellicule car elles étaient parfaitement immobiles. Archibald approcha un doigt avec méfiance et fut stupéfait de constater qu'elles ne produisaient aucune chaleur. Encore plus fort, quand son doigt s'enfonça dans la couronne bleutée, il la traversa comme un hologramme. Les flammes ne se déplaçaient pas. Ne s'écartaient pas. Le volume du doigt remplissait tout simplement l'espace de lumière sans qu'il n'y eût un quelconque déplacement des flammes et qu'il ne ressentît la moindre brûlure. Il ôta son doigt. Rien. Pas une trace. Son regard se porta sur le contenu de la casserole : du lait en ébullition qui avait dû commencer à déborder avant que le temps ne s'arrête. Une mousse blanche était figée le long de la paroi de la casserole à quelques centimètres des flammes. Sa réaction fut de couper l'arrivée du gaz. Il tourna le bouton en façade de la cuisinière. Il prit alors conscience d'une nouvelle aberration : bien que l'arrivée du gaz fût coupée, les flammes étaient toujours présentes dans leur constante immobilité. Tout comme le lait d'ailleurs qui n'en finissait plus, immobile, de déborder. Malgré tout il se persuada que si le temps reprenait son cours à un moment ou à un autre, le lait finirait peut-être par éteindre les flammes, mais au moins, tout danger lié à l'échappement du gaz serait écarté.

Il retourna dans le couloir prêt à redescendre au laboratoire mais au moment d'emprunter l'escalier, il s'arrêta encore une fois. Une intuition lui fit ouvrir la porte en chêne de l'entrée. Il scruta la rue au loin, au bout de l'allée, au-delà du portail. Il déglutit péniblement. Non seulement le temps s'était arrêté dans la maison, mais dans la ville également. Peut-être même dans toute la Lorraine... la France... le monde entier... La terre elle-même ne tournait peut-être plus... Peut-être était-elle figée dans l'univers dans sa course autour du soleil... Il eut un vertige. Devant chez lui, sur le trottoir, il apercevait des silhouettes figées de piétons, comme tout ce qui appartenait à la même hypothétique prise de vue : un cycliste maîtrisait un surplace parfait, sans rechercher un quelconque équilibre car il était assis normalement sur la selle. Un bus devait le dépasser car il se juxtaposait au cycliste dans le même sens que lui. Archibald eut le désir soudain de se plonger dans cette image en relief, de la traverser, d'observer l'allure, le comportement de ses contemporains dans leur inertie involontaire.

10

Il laissa la porte ouverte derrière lui, descendit l'escalier extérieur gauche, celui qu'il empruntait toujours pour sortir et avança sur l'allée pavée entre les massifs d'hortensias. Que les mouvements soient stoppés étaient déjà une réalité avec laquelle il commençait à se familiariser, mais l'absence de sons créait une ambiance effrayante, à mi-chemin entre la surdité et la mort. Il leva la tête. Des hirondelles étaient accrochées au ciel en plein vol, pétrifiées. Bien plus haut, un trait blanc de longueur constante trahissait la stagnation d'un avion ancré au-dessus des nuages qui, malgré sa masse, ne chutait pas. Il ouvrit le portail et se retrouva sur le trottoir. Bien qu'il sût à quoi s'attendre, la ville foudroyée dans son immobilisme embrouilla son esprit quelques secondes. Les bases de la vie, les lois de la physique, de la pesanteur, tout ce qui avait bâti ses certitudes s'effondrait. Comme Maréchal et Miraldine, les piétons affichaient des positions irrationnelles. Les jets d'eau des fontaines ressemblaient à des tuyaux d'argent courbés et opaques, reliés à des miroirs statiques. Sur le trottoir, un adolescent qui exécutait un kickflip sur son skateboard, flottait immobile les jambes fléchies au-dessus de sa planche en vrille, elle-même immobile dans son mouvement rotatif. Le bus paraissait transporter des bustes de mannequins de mode en vitrine : certains regardaient d'un œil fixe par la fenêtre, d'autres avaient les yeux fermés, d'autres encore donnaient l'impression de lire un journal rigide. Archibald songea qu'il n'y avait pas beaucoup de différences avec le comportement des voyageurs en temps normal. Comme quoi, les transports en commun, ainsi qu'il l'avait toujours pensé, étaient bien une sorte de parenthèses dans la vie de ceux qui les empruntaient. C'était d'ailleurs la raison pour laquelle il ne se déplaçait qu'à pied dans Nancy. C'était pour lui l'occasion de longues méditations, il était l'instigateur de ses propres parenthèses et c'est lui qui en maîtrisait la durée.

Il traversa la rue entre les voitures, amusé de constater qu'il n'avait nullement besoin de se soucier de sa sécurité. Les conducteurs avaient des attitudes différentes. Celui-ci avait le bras sur la portière dont la vitre était baissée, celui-là, bouche ouverte contre son téléphone portable tenait le volant de sa main libre, un autre encore semblait discuter avec son passager... Et lui se mouvait sans contrainte dans les différents plans de l'image en trois dimensions, subjugué par l'irréalité de l'instant qu'il vivait. Il passa devant la boulangerie où Miraldine se fournissait habituellement. Par la vitrine, il vit la file des clients qui attendaient devant le comptoir. La boulangère tendait une baguette à une femme qui allait s'en emparer, mais pour que cette action aboutisse, Archibald pensa qu'il eût fallu qu'un projectionniste invisible dans son improbable cabine, réenclenche le moteur du projecteur qui entraînerait le défilement du film.

Il se faufila à nouveau entre les véhicules à l'arrêt dans leur déplacement interrompu, se vit marcher en reflet dans les larges lunettes de soleil d'une jeune femme qu'il contourna.

Après quelques pas, il se trouva face à un couple dont l'âge devait être à peu près équivalent au sien. Il tomba en arrêt devant eux, à tel point qu'à ce moment précis, un observateur extérieur aurait pu le croire incrusté dans la même photographie. Ce qui le stoppa aussi brutalement, c'était le regard plein de tendresse que partageait le couple. L'homme et la femme se donnaient la main. Il en fut troublé. Lui habituellement hermétique aux comportements de ses semblables, était fasciné par ce couple dont le bonheur affiché le renvoyait à sa propre vie. Mais que racontait-il ? Sa vie ? Elle était dans son laboratoire… Et il devait absolument y retourner afin de résoudre ce mystère…

Il dépassa le couple et se dirigea vers sa propriété. Il allait pousser le portail quand il repéra à une cinquantaine de mètres, une scène qu'il n'avait pas remarquée auparavant. Un homme semblait affolé, ouvrait la bouche comme pour lancer un cri silencieux et levait les bras. Il suivit la direction de son regard et découvrit un petit garçon d'environ quatre ans, sur un vélo dont les roulettes de stabilisation avaient dû être ôtées récemment. La roue avant formait un angle droit avec le cadre, ce qui avait apparemment bloqué le déplacement du vélo. La poitrine de l'enfant avait déjà basculé par-dessus le guidon, ce qui laissait présager que, dans la continuité de cette position, il allait chuter prochainement si le temps reprenait son cours. Il pouvait faire quelque chose pour ce gamin. Il devait faire quelque chose. Il regarda autour de lui et avisa plusieurs sacs poubelle pleins alignés sur le trottoir. Deux d'entre eux étaient transparents et contenaient des végétaux. Il lui suffisait de les placer sur le trottoir, exactement à l'endroit où l'enfant était susceptible de chuter. Il se baissa pour s'en emparer mais fut stupéfait de la sensation que provoqua le contact avec les sacs en plastique. Non seulement ils étaient comme solidifiés, durcis, indéformables, mais il ne put les décoller du sol. Certainement pas une conséquence de leur poids. Des sacs poubelles normaux remplis de végétaux se soulevaient aisément. Non. La matière était équivalente à de la pierre. Comme Maréchal et Miraldine. Il lui était tout simplement impossible de déplacer ces sacs, comme si l'arrêt du temps l'empêchait de contrarier l'ordre établi de la scène initiale. Passant outre sa surprise et sa perplexité scientifique, il retourna près de l'enfant sur sa bicyclette. Comment venir en aide à ce gamin ? Il regarda à nouveau autour de lui, et comprit qu'il ne parviendrait à utiliser quoi que ce soit du tableau dans lequel lui seul pouvait se mouvoir. Il plongea ses mains dans les poches de sa blouse à la recherche d'un quelconque secours providentiel. Hormis un bout de fil de cuivre, un mouchoir et un crayon de papier, rien ne faisait l'affaire. C'est en portant machinalement le crayon à sa bouche, qu'il eut un déclic. Le crayon ! Il pouvait le prendre ! Il pouvait le déplacer ! Il exerça une pression des deux mains et sous leur force conjuguée, le crayon se brisa en deux. Archibald se mit à rire. C'était un vulgaire crayon. En bois. Pas en pierre. Il avait pu le casser sans effort. Il n'avait pas subi l'arrêt temporel. Dans ce cas, tout ce qu'il portait sur lui, n'en avait pas subi l'influence. Il mit les deux bouts de crayon, le fil de cuivre et son mouchoir dans une poche de son pantalon. Il observa à nouveau l'enfant figé dans son inévitable chute, ôta rapidement sa blouse qu'il roula en boule, et la posa sur le trottoir, à l'endroit supposé de l'impact. Il prit deux pas de recul, jugea que son estimation de trajectoire était erronée, déplaça la blouse d'une dizaine de centimètres, et se redressa, satisfait. Il regarda plus attentivement le père quelques mètres derrière lui, toujours les bras levés. Avec sa bouche ouverte, la peur se lisait sur son visage. Ce père attentif avait déjà anticipé la chute de son enfant, mais ne pourrait rien faire pour l'éviter. Archibald songea amusé, que cet homme serait vraisemblablement surpris de voir son fils s'affaler sur une blouse blanche en coton roulée en boule, apparue subitement comme par magie du néant. Évidemment il modifiait le destin de l'enfant, mais il pensa que cela n'aurait pas d'incidences particulières sur les autres évènements qui de toute façon n'y étaient pas liés.

Enchanté par l'opportunité de son intervention, Archibald poussa le portail et se dirigea vers la maison. En regardant les fleurs des massifs et les feuilles sur les branches des arbres, il nota une nouvelle impression qui lui avait échappé : il n'y avait pas d'air. Pas l'oxygène dont il avait besoin pour respirer – et il y en avait, sinon, il serait mort – mais l'air ambiant. Pas le moindre souffle de vent, pas la moindre brise, pas le moindre courant d'air. Oui, c'était évident. Le temps était arrêté. Il aperçut la porte en chêne ouverte, et l'image de Maréchal et Miraldine lui revint à l'esprit. Il devait absolument remédier à la situation, afin de ne pas terminer seul sa vie dans cet épouvantable musée dont il était peut-être l'involontaire scénographe...

Il monta rapidement l'escalier de gauche, pénétra dans le couloir en claquant la porte derrière lui, descendit rapidement les marches de l'escalier qui menait au laboratoire. Parvenu au niveau de Miraldine et de Maréchal, il ralentit son allure et un frisson parcourut sa colonne vertébrale quand il retrouva l'extravagance de la paradoxale position de leurs corps statufiés.

S'il parvenait à relancer le temps, Maréchal ne croirait jamais ce qu'il lui raconterait. Il devait impérativement immortaliser l'énormité de leur singulière attitude. Il lui fallait une preuve. Il descendit trois marches en direction du laboratoire pour s'emparer de son appareil photo numérique, mais il trouva l'idée dépourvue de bon sens et s'arrêta. Il se retourna vers eux. En effet, photographier cette scène n'apporterait aucune preuve tangible puisque la photo ne représenterait que deux personnes figées dans la descente de l'escalier... N'importe qui conclurait à l'instantané d'un mouvement logique : Maréchal et

Miraldine étaient photographiés *pendant* qu'ils descendaient l'escalier.

Non, ce qu'il fallait c'était filmer...

Il pénétra dans le laboratoire, décrocha une autre blouse blanche en coton accrochée à une patère – *Tiens ! Elle ne s'était pas solidifiée comme les sacs poubelle -* puis il alla chercher son caméscope sur le trépied. Curieux ! Il avait pu les déplacer aisément. Leur matière non plus, n'avait subi aucune transformation comme apparemment, tous les objets inertes du laboratoire. A part Ficelle... Mais la chatte était un être vivant... pas un objet... Il jeta un coup d'œil dans sa direction... Toujours aussi ridicule dans sa stagnation spatiale, le poil hérissé comme si un courant électrique l'avait traversée...

Il se rendit en bas de l'escalier où il positionna le caméscope, ajusta la prise de vue de manière à cadrer Maréchal et Miraldine ensemble. Il appuya sur la touche d'enregistrement, vérifia que la mention "REC" clignotait. Bien ! Le moteur tournait, les images s'enregistraient. Il passa à droite du trépied et à son tour, entra dans le champ. Quand il fut au niveau de Miraldine, il se retourna et s'adressa au caméscope.

- Voilà, Maréchal ! Ce que tu vois n'est pas un trucage. Au moment où je te parle, le temps est arrêté. Je ne sais pas pourquoi. Je vais me pencher sur la question dans quelques instants. Mais je voulais te prouver la réalité de cet état de fait : le temps est arrêté. Tu peux constater, au moment où je te parle, que Miraldine et toi êtes figés dans une position impossible. Vous ne pourriez pas, en temps normal, vous maintenir ainsi, avec la meilleure volonté du monde, car par le principe même énoncé par Newton...

Il se baissa pour passer sa main entre le pied droit de Maréchal et la marche inférieure.

- ... le centre de gravité de ton corps, alors que ton pied ne touche pas la marche de l'escalier, devrait t'entraîner vers l'avant. Idem pour Miraldine. Et maintenant regarde...

Il redescendit jusqu'au caméscope qu'il déboîta du trépied. Il le prit en main, cadra le visage de Maréchal au plus près en fixant l'écran LCD, tout en continuant à parler.

- Regarde tes yeux ! On dirait des billes de verre sans vie, comme celles qui sont utilisées pour les personnages du musée Grévin ou pour des animaux taxidermisés... Regarde ta peau !

Il plia son index et tapota de la jointure de ses phalanges la joue de Maréchal.

- Au toucher, c'est de la pierre...

Il monta deux marches et promena l'appareil le long du visage de Miraldine.

- Et tu vois... Miraldine c'est pareil. Sa peau est comme du quartz. Et ses cheveux ... On dirait...

Il posa sa main sur la tête de Miraldine.

- ... un casque de cristal... Vous êtes statufiés, Maréchal. Tu comprends cela ? Vous pourriez être l'œuvre de Rodin mais je suis désolé, vous n'êtes qu'une erreur visuelle. Voilà, Maréchal, j'espère qu'avec ces images, avec ce petit bout de film, tu me croiras quand je t'affirmerai que j'ai traversé le temps alors qu'il était arrêté.

Il coupa l'enregistrement, redescendit les dernières marches de l'escalier et entra dans le laboratoire. Maintenant la tâche qui l'attendait était ardue : il devait trouver l'origine de la panne qui avait provoqué le bouleversement physique de l'espace-temps. Il devait absolument faire en sorte que la vie reprenne son cours.

Il se replongea dans ses notes, consulta tous les schémas, tous les croquis. Calcula plusieurs fois toutes les équations, traça de nouvelles courbes et de nouveaux graphiques. Rien. Pas l'amorce d'une erreur. Pas la moindre virgule mal placée. Tout était juste. Il releva la tête du bureau sur lequel il était penché. Le laboratoire lui parut vide. Sans vie. Fade. Irréel. Pas un grésillement, pas un ronronnement, aucun son des monitorings. Pas un parasite crépitant. Il ressentit une profonde solitude. Un état fœtal dans l'espace utérin de son laboratoire. Et Ficelle ?... Mon Dieu, qu'elle avait l'air bête dans son bond figé dans le vide, dans le rien, dans le néant, dans le…

Archibald se leva brutalement de son fauteuil et s'approcha de l'animal en lévitation. El là, il le vit. Pour la première fois, il vit le fil débranché par la chatte avec son dos quand elle avait bondi… et ce fil était la clef ! Incroyable ! Ce conducteur avait cessé de transmettre le flux moléculaire et électrique de la déstructuration, et dans le processus de déplacement spatio-temporel, la déconnexion avait tout simplement interrompu le tracé linéaire du temps. Un peu comme une pelote de laine. Pendant le tricotage, l'ouvrage prend forme. Si la pelote de laine est coupée, la fabrication du tricot est interrompue faute de matière. Et là, le fait que Ficelle déconnecte ce simple fil, avait suspendu l'apport de matière temporelle. Là, l'ouvrage s'appelait le temps. Sans le flux moléculaire et électrique de la déstructuration, le temps était paralysé dans sa continuité linéaire.

Archibald observait Ficelle sous tous les angles. Ainsi donc, involontairement, elle avait contribué à la modification scientifique de son expérience. Il allait de toute manière vérifier son hypothèse.

Il attrapa entre deux doigts l'électrode au bout du fil qui flottait dans l'espace, et la réintroduisit sur le tableau frontal du pupitre, dans son orifice initial. Ce qui se produisit fut si soudain et tellement surprenant que la réaction instinctive d'Archibald fut de débrancher l'électrode. Mais avant qu'il n'en vienne à cet acte involontaire dicté par la surprise, confusément il avait perçu dans le désordre : un, les sons. Un vacarme assourdissant, composé du générateur à plein régime, des pas dans l'escalier, le miaulement épouvantable de Ficelle, le crépitement des éclairs entre la parabole et le plateau. Deux, les images. Ficelle dans sa chute, subissant à nouveau l'attraction terrestre, la lumière violente dans l'ensemble du laboratoire.

Il avait donc débranché l'électrode du tableau où il venait à peine de l'introduire, et retrouvé instantanément le silence absolu, l'absence totale de sons. Mais surtout, il remarqua que Ficelle était retombée à quelques centimètres du pupitre, que les éclairs et les flashes dessinaient à nouveau des accrocs suspendus dans la tenture du vide. Qu'il était à nouveau seul dans cet univers aseptisé et dénué de toute pollution visuelle ou sonore. Il se dirigea à l'extérieur du laboratoire puis s'engagea dans l'escalier. Maintenant, il en était certain. Non seulement il pouvait arrêter le temps, mais il était capable de le relancer.

Maréchal et Miraldine n'étaient plus à la même place, ni dans la même attitude. Le pied droit de Maréchal était maintenant en contact avec la marche inférieure alors que le pied gauche commençait à se lever dans l'optique du pas suivant. Miraldine, toujours affolée, avait également descendu une marche. Le pied gauche était sur le point de se lever, alors que le pied droit se positionnait à plat, prêt à entamer l'action suivante qui le conduirait sur la marche inférieure. Ils s'étaient donc déplacés.

Il avait raison. Il avait inventé non seulement la machine à voyager dans le temps, mais aussi grâce à Ficelle, le procédé pour le stopper, l'arrêter, le figer, et le relancer. Il lui suffirait d'ajouter un interrupteur simple sur la TST, pour qu'il puisse stopper le flux moléculaire et électrique de la déstructuration, et ainsi interrompre le tracé linéaire du temps, d'un simple geste du doigt, selon les besoins de ses voyages futurs. Si avec une telle découverte, il n'obtenait pas le prix Nobel…

Après avoir bien assimilé l'importance que cette avancée de la science allait apporter à l'humanité, il ne vit pas d'autres solutions que de réactiver la marche du temps. Il réfléchit sur ce que cela allait entraîner comme conséquences immédiates. D'abord, Ficelle allait définitivement retomber sur le pupitre en miaulant, puis tenter de trouver une issue pour échapper au cataclysme qu'elle était en train de subir. Puisque l'expérience avait avorté, il devrait activer à partir de la TST la touche de retour pour annuler complètement l'expérience. Le problème est que Maréchal et Miraldine allaient forcément se poser des questions. Bon, il rassurerait Miraldine, et expliquerait à part, à Maréchal, ce qui venait de se dérouler.

Sans hésitation, il ramassa la TST sur le plateau, enfonça la touche verte de retour, revint vers le pupitre et réintroduisit l'électrode dans le tableau frontal. Aussitôt, un sifflement strident précéda un chuintement. Les éclairs furent comme happés par la parabole et le plateau. Ficelle retomba sur ses pattes sur le pupitre en miaulant d'effroi, sauta sur le sol, tourna plusieurs fois au pas de charge dans le laboratoire, sauta sur un coffre métallique à tiroirs, puis disparut par le vasistas entrouvert.

Tant d'émotions et de rebondissements eurent raison de l'équilibre d'Archibald, aussi se laissa-t-il choir à son bureau dans son fauteuil afin de reprendre le contrôle de ses nerfs et de son expérience.

*

- Mon Dieu ! Qu'est-ce que c'était ? demanda Miraldine en descendant l'escalier.

- Je ne sais pas. On aurait dit comme un énorme pétard mouillé…

- Et la chatte… pourquoi a-t-elle miaulé ainsi ? Tiens ! C'est bizarre. J'aurais juré que la porte du laboratoire était fermée à l'instant, et là elle est ouverte…

Ils s'y engouffrèrent et furent soulagés de voir Archibald assis dans son fauteuil, apparemment en pleine réflexion. Il remarqua leur présence.

- Ah mes amis… Vous avez dû être effrayés par le bruit non ?

- Le bruit ? Vous appelez ça du bruit, réagit Miraldine. On aurait dit un tremblement de terre…

- Je ne sais pas si c'était un tremblement de terre, ajouta Maréchal, en tout cas, à voir l'état de ton laboratoire, on pourrait penser qu'un cyclone l'a traversé…

- Tu n'es pas très loin. C'est Ficelle. Lorsque j'ai poussé le régime de mon générateur, elle était tellement effrayée qu'elle a sauté partout et a tout renversé.

- Alors elle devait vraiment être terrorisée pour sauter jusqu'au plafond et le griffer à ce point-là, glissa ironique Miraldine, les yeux fixés sur une fissure au-dessus de sa tête

- Oh, ça, tenta de se justifier Archibald, ce n'est pas Ficelle. C'est vieux. Il faudra d'ailleurs que tu me la rebouches, Maréchal, la maison commence à devenir vétuste…

Miraldine observait l'ensemble du laboratoire d'un œil suspicieux et inquisiteur. Les explications d'Archibald ne la convainquaient pas vraiment, et elle tentait d'une part d'en interpréter le flou, et d'autre part de trouver l'origine de cette confusion.

Archibald que la présence et la méfiance de Miraldine commençaient à agacer, coupa court à ses investigations.

- Moi, à votre place, j'irais plutôt enlever la casserole de la cuisinière... le lait déborde...

- Mon Dieu ! Le lait... s'écria Miraldine.

Elle s'élança hors du laboratoire et dans l'escalier par lequel elle disparut.

- Comment peux-tu savoir pour le lait ? l'interrogea Maréchal.

- Attends ! Tu vas comprendre...

Archibald alla refermer la porte du laboratoire à clef et revint vers Maréchal qu'il installa dans son fauteuil.

- Reste assis et écoute-moi ! C'est fantastique. Non seulement le voyage dans le temps peut être tenté par l'homme, mais de plus, j'ai découvert qu'il est possible d'arrêter le temps. Grâce à Ficelle...

Il entreprit de raconter toute l'expérience à son ami depuis le début. Quand Archibald en vint à l'épisode de l'escalier où il les avait découverts, statufiés à cause de l'arrêt temporel, Maréchal commença à se demander si son ami n'était pas en train de perdre la raison. Cela semblait tellement incroyable. Déjà, il avait été ébranlé par l'expérience de la pomme, puis de la souris avec Ficelle. Mais là, ça dépassait l'entendement.

- Euh… sans te froisser, tu es sûr de ne pas t'être endormi ?

- Et d'avoir rêvé ? Non, Maréchal et je vais t'en donner la preuve…

Il prit le caméscope posé sur le plan de travail, le relia au canal vidéo d'un téléviseur, rembobina la cassette et appuya sur "PLAY".

- Tu vas voir, c'est étonnant…

La première partie du film correspondait au début de l'expérience. Sur l'écran, Archibald se positionnait sur le plateau. Il leva la tête vers la parabole, maintenait la TST entre ses deux mains. Il appuya sur une touche. Les éclairs commencèrent à l'envahir soit en remontant du plateau soit en descendant de la parabole. Il appuya sur une autre touche. Les éclairs se matérialisèrent en un seul. Sa silhouette devint trouble, transparente par intermittence. Ecran bleu. Archibald appuya sur la touche "PAUSE" du caméscope.

- Tu as supporté ? Qu'as-tu ressenti ? demanda Maréchal.

- Honnêtement… rien. Tout juste ai-je eu le temps de percevoir un début de… disparition. C'était bizarre. Comme si une onde de chaleur montait du sol pour déformer et faire vaciller l'image du laboratoire.

- Et après ? Que s'est-il passé ?

- C'est là que Ficelle a déconnecté la transmission du flux moléculaire et électrique de la déstructuration donc du tracé linéaire du temps.

- Tu veux dire que c'est là que le temps s'est arrêté ?

- Exactement.

- Mais… il n'y a pas de preuve…

Archibald réenclencha la lecture.

- Regarde maintenant !

L'écran resta encore bleu quelques secondes puis Maréchal et Miraldine apparurent dans les escaliers, dans la rigidité figée de leur descente au laboratoire.

- C'est nous, là… mais en photo…

Archibald lui sourit et lui indiqua du doigt l'écran. Maréchal sursauta quand il vit Archibald entrer dans le champ de la caméra et commencer à parler.

« *Voilà, Maréchal ! Ce que tu vois n'est pas un trucage. Au moment où je te parle, le temps est arrêté. Je ne sais pas pourquoi. Je vais me pencher sur la question dans quelques instants. Mais je voulais te prouver la réalité de cet état de fait : le temps est arrêté. Tu peux constater maintenant que toi et Miraldine êtes figés dans une position impossible. Vous ne pourriez pas, en temps normal, vous maintenir ainsi, avec la meilleure volonté du monde, car par le principe même énoncé par Newton…* »

Le film enregistré défilait devant les yeux écarquillés de Maréchal, estomaqué, livide, hypnotisé.

Sur l'écran, Archibald se baissait pour bien lui faire comprendre qu'il pouvait passer sa main entre le pied droit en suspension de Maréchal et la marche inférieure. Tout en poursuivant les explications, Archibald sortit du champ de la caméra. L'image se mit à vaciller dans tous les sens au moment où il ôtait l'appareil du trépied. Après un travelling maladroit, il cadrait maintenant le visage de Maréchal en gros plan tout en poursuivant le commentaire en voix off.

« *Regarde tes yeux ! On dirait des billes de verre sans vie, comme celles qui sont utilisées pour les personnages du musée Grévin ou des animaux taxidermisés... Regarde ta peau !...* »

Maréchal le vit plier son index et tapoter de la jointure de ses phalanges sa joue. Il frissonna au bruit sourd provoqué par ce simple geste.

« *Au toucher, c'est de la pierre...* »

Vint ensuite le tour de Miraldine jusqu'à la conclusion.

« *... Vous êtes statufiés, Maréchal. Tu comprends cela ? Vous pourriez être l'œuvre de Rodin mais je suis désolé, vous n'êtes qu'une erreur visuelle. Voilà, Maréchal, j'espère qu'avec ces images, avec ce petit bout de film, tu me croiras quand je t'affirmerai que j'ai traversé le temps alors qu'il était arrêté.* »

À nouveau l'écran bleu. Archibald arrêta le caméscope et attendit les réactions. Elles ne tombèrent pas spontanément. Maréchal était bouleversé. Son visage n'avait plus de couleur. Il ne parlait pas. Que dire de toute façon. Il toussota pour s'éclaircir la gorge.

- Je suis... C'est... Ce n'est pas possible, hein ? Il y a un truc ? Je ne me souviens pas t'avoir vu dans l'escalier...

- C'est normal. Tu ne pouvais pas me voir. Tu étais dans cet arrêt du temps qui pour toi n'a pas existé...

- Alors tout ce que tu as filmé s'est passé en une fraction de seconde ?

- Ce que j'ai filmé était en temps réel, mais en dehors de la trame temporelle normale, donc évidemment, pour toi, cela n'a pas pu exister, ni dans ta réalité, ni dans ton souvenir.

- Mais tu nous as enregistrés, donc cette scène a bien eu lieu.

- Oui. Mais encore une fois dans cette faille de la trame temporelle que tu n'as pas connue, et dans laquelle moi seul suis tombé.

- C'est hallucinant. Alors c'est comme ça que tu as pu savoir pour le lait ?

- Le lait ?

- Oui, le lait de Miraldine qui débordait da la casserole.

- Ah... Oui, car pendant que le temps était arrêté, j'ai pu me promener dans la maison, même dans Nancy, et découvrir un monde irréel qui ressemblait à une photographie en trois dimensions dans laquelle tout ce qui vit était mort, immobile, rigide, statufié.

- C'est incroyable que tu aies vécu une aventure semblable. Un vrai scénario de film de science-fiction...

- Ce n'est pas du cinéma Maréchal, c'est la réalité.

- Peut-être n'existons-nous que dans l'imaginaire d'un romancier qui écrit quelque part notre histoire.

- Ah ça ! c'est bien du délire d'artiste. Un deus ex machina en quelque sorte. Non, Maréchal, ce que nous vivons là est bien réel, crois-moi !

- Et que comptes-tu faire maintenant ?

- Je pars à New-York dans trois jours. Il faut qu'aujourd'hui j'effectue un aller-retour temporel complet. J'ai bien ressenti un début de déstructuration moléculaire, mais le voyage dans le temps n'a pas encore entièrement été prouvé.

- Et tu n'en as plus beaucoup… du temps !

- Du temps ? sourit Archibald, mais avec ce que je viens de te raconter, j'ai tout le temps nécessaire pour mener à bien mon expérience dans son intégralité…

- Je ne comprends pas…

- Bien que je puisse arrêter le temps, quand je veux, pour une durée que je peux choisir, ce n'est pas ce qui m'intéresse dans l'immédiat car tout est vraiment trop… mort. Par contre, suis-moi bien ! Je peux recommencer autant de voyages que je veux, puisque je peux programmer l'heure et la date de mon retour. Il me suffit donc de toujours programmer la même heure et la même date de retour pour tous mes voyages, c'est aussi simple que ça.

- Et avec les mêmes coordonnées spatiales de retour, sans doute…

- Tout à fait !

- Tu n'as pas peur que cela fasse comme la pomme ?

- Que veux-tu dire ?

- Eh bien, qu'à chaque fois, tu te retrouves face à toi-même ?

La remarque n'était pas inintéressante, mais Archibald décida de l'occulter pour le moment.

- Il sera toujours temps de gérer cette situation si éventuellement elle se produit.

Quelqu'un frappa à la porte. Ils se regardèrent.

- Miraldine ? suggéra Maréchal.

- Qui veux-tu que ce soit ? Il n'y a qu'elle à la maison.

Il alla ouvrir et se trouva effectivement devant Miraldine, les poings sur les hanches.

- Monsieur Goustoquet, il faut que je vous parle…

- Entrez Miraldine, je vous écoute…

- Non, je ne rentre pas !

Mais quelle mouche la pique, songea Archibald ?

- Comment se fait-il que vous ayez pu savoir que mon lait débordait de la casserole ?

C'était donc cela. Il ne pouvait pas, ne devait pas, lui dire ce qui s'était réellement passé. Au mieux, elle ne le croirait pas, au pire, elle le prendrait pour un fou. De toute façon, elle risquait de démissionner, et ça il ne le souhaitait pas. Non pas qu'il tienne à elle plus que cela, non, enfin, bien sûr que non, mais il ne pouvait se permettre, à l'approche du congrès, de se relancer dans des entretiens longs et fastidieux pour lui trouver une remplaçante.

- D'ailleurs, vous ne pouviez pas savoir qu'il y avait du lait sur la cuisinière…

Archibald trouva la parade et lui sourit.

- L'odeur, Miraldine. Le lait qui déborde d'une casserole a une odeur de brûlé caractéristique… Le nez, Miraldine, le nez…

- Ah oui ? Et c'est votre nez qui a tourné le bouton d'arrivée du gaz ?

Il comprit que son argumentation n'était pas crédible et qu'il perdait le contrôle de la situation. Il s'empourpra, comme à chaque fois dans ces cas-là et haussa le ton.

- Qu'est-ce que j'en sais, moi. Vous avez dû le fermer machinalement. Je n'ai pas de temps à perdre avec vos problèmes domestiques et existentiels. J'ai encore du travail. Vous aussi. Alors retournez à vos fourneaux et ne venez pas m'interrompre dans mes expériences.

Miraldine tourna les talons et Archibald referma la porte derrière elle.

- Non mais !

Maréchal le regardait le sourire au coin des lèvres.

- Quoi ? Qu'est-ce qui t'amuse ?

- Qui ? Moi ? Oh rien du tout. Mais je crois qu'elle a marqué un point…

- Qu'est-ce que tu racontes avec cette histoire de point ?

- Oh rien ! C'est juste une réflexion personnelle.

- Oui, eh bien, tes réflexions personnelles, tu les gardes pour toi. Je voudrais que tu me laisses maintenant. J'ai encore à faire. Et toi aussi, non ?

- Oh oui ! Avec ce que tu viens de me raconter, ma toile va prendre une orientation différente. Je te laisse…

Maréchal se dirigea vers la porte, s'arrêta puis se tourna vers son ami.

- Tu vas vraiment le faire ce voyage dans le temps, hein ? Et je n'ai aucune chance de te convaincre de ne pas le tenter ?

- Non, Maréchal, répliqua Archibald qui avait maintenant retrouvé sa sérénité. Rassure-toi ! Tout est au point : le choix de l'époque, le lieu de destination, la durée du saut spatio-temporel, et l'inversion du processus qui doit me ramener à mon point de départ.

- Où pars-tu ?

- QUAND pars-tu devrais-tu dire... C'est un secret pour le moment. J'attends de vérifier que c'est possible avant d'en parler.

Maréchal hocha la tête, franchit la porte du laboratoire, commença à remonter les escaliers, puis se tourna une dernière fois.

- Au nom de notre amitié, j'ai peur pour toi, Archibald.

- Au nom de notre amitié, aie confiance en moi, Maréchal ! Tout va bien se passer...

La porte du laboratoire se referma et sépara les deux hommes. Maréchal entendit la clef tourner dans la serrure. Maintenant il ne pouvait plus rien faire, sinon prier. Mais cette ultime solution avait peu de chance de résoudre le problème. Les prières, il n'en connaissait pas. En soupirant, il décida de remonter dans son atelier.

*

Miraldine nettoyait la cuisinière. Comment le lait avait-il pu déborder, gaz éteint. C'était un grand mystère. Mais surtout elle était intriguée par le comportement d'Archibald. Quand il rougissait, s'énervait ainsi, c'était sur des sujets sensibles qui l'embarrassaient. Par exemple, elle se souvenait de cette discussion qu'ils avaient eue une fois à propos du sida. Quand Maréchal avait affirmé que seul le préservatif était le moyen de lutte efficace, Archibald avait rougi et jeté un regard furtif à Miraldine. Maréchal lui avait demandé son avis. Il avait alors tenté d'émettre ses propres idées, mais il avait bafouillé, s'était embourbé dans une argumentation maladroite, puis finalement s'était énervé et avait quitté la table. Là, elle l'avait trouvé attendrissant, sensible, et c'était sans doute à cette occasion qu'elle avait commencé à tomber amoureuse de lui.

Mais aujourd'hui, sa fuite en avant n'avait pas été provoquée par un sujet "dérangeant". Miraldine réfléchit quelques instants et se remémora précisément les faits : la toile étrange du "peintureux", la maison qui tremble, les bris de verre, la descente dans l'escalier, puis le silence brutal, les miaulements de la chatte. Oui, pas de doute. Si Archibald avait perdu ses moyens et s'était emporté à propos du lait, il n'y avait qu'une seule raison : il voulait lui cacher quelque chose et elle l'avait pris en flagrant délit de mensonge.

11

Angie quitta l'appartement qui faisait face à Central Park qu'elle longea par la cinquième avenue. Le soleil claquait dans les vitres des façades des buildings et elle avait l'impression d'avancer entre des cascades gigantesques, chutes de verre divines qui plongeaient du ciel vers l'asphalte. Tout juste si elle ne se prenait pas pour Moïse traversant la mer Rouge. Sauf que là, son peuple était américain, avançait dans le même sens qu'elle ou la croisait, et le flot des cabs au milieu des autres véhicules cassait la magie de son analogie biblique. Elle bifurqua sur la quarante quatrième rue jusque Times Square et se dirigea rapidement vers la pizzeria où elle avait rendez-vous comme chaque samedi. Le vert et le rouge dominaient nettement la décoration de l'établissement. Les nappes et les serviettes, les portes et le bar, jusqu'à la tenue vestimentaire des serveurs et des serveuses, tout était prétexte à rappeler les couleurs du drapeau national. Luigi, un pur napolitain, arborait avec ostentation une moustache fournie mais parfaitement soignée, et grappillait les compliments de table en table. On ne pouvait pas ne pas le voir. Immanquable ! Affable, il était toujours debout quelque part, en conversation animée avec des clients, ponctuant des mains et des bras de longues tirades pimentées du soleil de son accent latino-méditerranéen, dans lesquelles il plaçait toujours quelques mots savoureux de sa langue d'adoption. Il avait préféré s'installer à Times Square plutôt que dans la Little Italy, quartier où il avait estimé avoir plus de difficultés à faire son trou, noyé parmi ses congénères avec lesquels cependant il avait conservé d'excellents contacts.

La pizzeria était toujours pleine, mais Angie rejoignit la table où l'attendaient ses amies qu'elle embrassa.

- On a cru que tu ne viendrais pas, commença Joy.

- Je me suis couchée tard, j'ai eu du mal à me lever ce matin.

- A cause de ton frenchie, ajouta malicieusement Shania.

- Ne dis pas n'importe quoi, même si nous parlons tard, quand il arrête à deux heures du matin, il n'est que vingt heures ici. Non, j'ai travaillé sur mon rapport de stage en entreprise…

Elle fut interrompue par Mariah, leur serveuse attitrée.

- Salut, les filles… comme d'habitude ?

- Non, je vais prendre une Margherita, annonça Shania.

- Moi aussi, enchaîna Joy.

- Pour moi, pas de pizza. Une assiette de carbonara s'il te plaît, Mariah…

- Et une carbonara… Et comme boissons ?

- Coca.

- Deux.

- De l'eau minérale, s'il te plaît.

- C'est parti.

Dès qu'elle se fut éloignée, Shania revint à la charge.

- Alors il vient bientôt ?

- Qui ? demanda Angie avec détachement.

- Ben, ton frenchie. Comment il s'appelle déjà ?

- Julien.

- Ah oui. Alors ?

Angie fit durer un peu le suspense, sûre de faire mourir de curiosité ses deux amies.

- Mardi.

- Ce mardi ? explosèrent ensemble les deux filles.

- Oui. Je vais le chercher à Newark.

- C'est vrai ? Oh, là, là… tu dois être impatiente ?

- Mouais, minauda Angie, pour accentuer son avantage.

Elle jubilait intérieurement et décida d'enfoncer le clou.

- Il m'a envoyé une photo récente…

- C'est vrai ? Montre !

Elle fouilla dans son sac en toile, qu'elle portait en bandoulière, et sortit un portefeuille duquel elle tira la photo de Julien. Les deux filles se jetèrent littéralement dessus.

- Et en plus il est mignon, soupira Joy, subjuguée par le portrait de Julien.

- J'aime bien ses cheveux blonds bouclés, surenchérit Shania. Il a quel âge ?

- Comme moi. Dix-sept.

- Ta mère est d'accord pour l'héberger ? Il reste combien de temps ?

- Tu vas lui faire visiter quoi ?

- Eh, doucement les filles ! Une question à la fois. Bien sûr que ma mère est d'accord pour l'héberger. C'est elle qui m'a proposé de l'inviter. Il reste dix jours. Je peux même vous dire…

Elle regarda autour d'elle, comme si, en bonne comédienne qu'elle était, elle craignait d'être espionnée.

- … vous ne le répèterez à personne hein ?

- Promis, juré.

- Pendant qu'il sera là, ma mère va partir trois jours à Los Angeles pour un séminaire…

Les bouches de Joy et Shania s'entrouvrirent de stupéfaction.

- Et… Et vous allez rester trois jours que tous les deux ?

Angie soupira.

- Ouais. C'est dur, hein ?

Les trois amies éclatèrent de rire. Mariah leur apporta ce qu'elles avaient commandé.

- Et tu vas lui faire visiter quoi ? demanda Shania la bouche pleine.

- Oh tu sais, comme c'est la première fois qu'il vient ici, on fera les trucs habituels incontournables. Peut-être qu'on se fera un show à Broadway.

Elles terminèrent leurs plats, réglèrent l'addition et se retrouvèrent sur le trottoir. Sur Times Square, l'animation était intense comme d'habitude. Les enseignes lumineuses, les immenses écrans vidéo publicitaires sur les façades des buildings, les slogans et les animations en tout genre rivalisaient de gigantisme dans une telle débauche de watts, que la luminosité artificielle ambiante semblait supérieure à la lumière du jour. Il n'était que 14 h 00.

Les trois amies se séparèrent sur une promesse d'Angie de leur présenter Julien quand il serait arrivé à New-York.

Elle s'engouffra dans le métro, monta dans une rame de la ligne 2 pour le sud de Manhattan où elle descendrait à Wall Street. C'est là qu'elle avait rendez-vous avec son père dans un Starbucks Coffee. Ses parents étaient divorcés depuis trois ans. Son père s'était remarié mais Angie ne s'entendait pas avec sa belle-mère. Aussi depuis deux ans en dehors des vacances et de quelques week-ends, avec son père, avaient-ils pris l'habitude de se voir les samedis après-midi. Comme ça. Juste pour se voir, échanger quelques nouvelles. Même si cela ne durait pas toujours très longtemps, tous les deux étaient attachés à cette habitude ; ni l'un, ni l'autre ne souhaitaient la rompre. Son père était financier, sa mère travaillait dans l'édition et le temps considérable que tous les deux consacraient à leurs tâches professionnelles avait été l'une des causes principales de leur divorce.

Angie sortit à l'air libre. Elle n'aimait pas le métro. Trop sale. Trop inquiétant. Elle ne le prenait que le samedi pour aller voir son père. C'était plus rapide. Sinon, en semaine, soit elle marchait à pieds, soit elle se faisait conduire par sa mère quand par chance, elle était disponible. Ou alors elle prenait un taxi. En ce samedi après-midi, le quartier de Wall Street était quasiment désert et contrastait avec la folie qui s'en emparait la semaine. Elle s'arrêta une seconde et leva la tête vers le building de la fameuse EAGLE : Economic And General Logistics for Environment. C'était une société pétrolière américaine importante, qui développait actuellement un projet lui permettant, non seulement d'enregistrer de considérables profits, mais en plus d'être numéro un dans les programmes écologiques de sauvegarde de la planète avec, ce n'était pas négligeable, le soutien inconditionnel de la population américaine. A l'étranger il y avait plus de réticences et de méfiance, comme pour tout projet novateur lancé outre-Atlantique. Bien avant que le film d'Al Gore n'attire l'attention sur les désastres écologiques du monde – l'EAGLE avait implanté dans les pays industrialisés des centrales d'absorption de CO_2. Le procédé était à la fois simple et génial. Selon le principe cher à Lavoisier - *rien ne se perd tout se transforme* – ces centrales fonctionnaient comme de gigantesques aspirateurs dirigés vers l'atmosphère, qui avalaient le gaz carbonique rejeté par les automobiles, les usines, les raffineries. Bien sûr, ce gaz aspiré était mélangé aux gouttelettes d'eau en suspension dans les nuages, mais les chimistes avaient trouvé le moyen de séparer CO_2 et H_2O. Le gaz récupéré était pour l'instant comprimé dans des réservoirs attenants aux différentes centrales, et après traitement, l'eau devenait potable et augmentait les réserves pour les populations. Les chimistes américains du laboratoire de la société avaient commencé la transformation du gaz comprimé en combustible pour les moteurs, afin de pallier le tarissement des ressources naturelles qui se profilait à l'horizon des années 2030. Les actionnaires qui avaient investi dans ces centrales avaient misé sur l'avenir et mettaient leurs espoirs dans ce nouveau combustible, avec l'assurance de gains considérables tout en favorisant un environnement propre. Une sorte de boucle sans fin. Une source d'énergie inépuisable qui pourrait alimenter indéfiniment les moteurs de la planète. Le nom de code du projet était DANAOS, en référence au roi d'Argos, dont quarante-neuf des cinquante filles, les Danaïdes, furent précipitées aux Enfers par Zeus pour avoir tué leurs époux, et condamnées à remplir et transporter sans fin une jarre percée.

C'est dans cette société qu'Angie venait de terminer un stage d'observation pour ses études de management. Elle avait été conquise tant par ses objectifs écologiques qu'économiques, et ne doutait pas un instant que ses valeurs philosophiques et philanthropiques devraient en faire rapidement une entreprise incontournable pour les pays industrialisés.

C'est là que je veux travailler songea-t-elle en poussant la porte du Starbucks, sans se douter qu'elle était observée derrière une des vitres teintées du troisième étage de l'EAGLE.

J'irai bien boire un pot avec elle songea Malcolm Stuart. Un gobelet de café à la main, il avait suivi des yeux par hasard la jeune fille aux cheveux courts, reconnaissable aux grands anneaux qu'elle portait aux oreilles, alors qu'il regardait machinalement dans la rue en sirotant sa boisson. Il l'avait croisée deux ou trois fois dans l'entreprise lorsqu'elle était en stage, sans oser franchement l'aborder. Et même s'il osait l'inviter, elle n'accepterait évidemment pas. Personne n'accepte de boire un coup avec Malcolm Stuart. Trop transparent. Trop petit. Trop gros. Trop effacé.

Malcolm Stuart, quarante ans, travaillait depuis douze ans à l'EAGLE. En bon américain par son père, il frisait l'obésité, mais français par sa mère, il se trouvait juste légèrement enrobé et compensait sa surcharge pondérale par des séances régulières de moving et de musculation dans une salle de sport dont la carte d'adhésion lui coûtait quelques trois cent dollars par mois. Il avait une épaule légèrement plus basse que l'autre, anomalie physique qui serait passée inaperçue s'il ne portait en permanence une veste en tweed trop grande d'une taille qui l'accentuait, donnant de l'ensemble du bonhomme une impression de déséquilibre ou de verticalité bancale. La bonne humeur qu'il affichait en permanence sur son visage poupin attirait cependant la sympathie de ses collègues. De par sa double nationalité, il maîtrisait parfaitement les deux langues. Cet avantage certain, couplé à un acharnement exemplaire au travail, lui avait permis de se hisser à un poste à responsabilités qui lui valait la direction d'un petit département financier du programme de gestion des forages. Bon, d'accord, ils n'étaient que cinq. Mais c'était lui le responsable. Il avait été aussi chargé par le passé de la formation des jeunes gestionnaires de certaines centrales du projet DANAOS. Cependant, ses responsabilités ne lui permettaient pas de siéger au conseil d'administration. Et justement aujourd'hui s'en tenait un, extraordinaire, dans la grande salle de réunion. Shrub, le CEO, sigle américain équivalent du PDG français, avait convoqué tous les actionnaires, mais Malcolm Stuart ignorait pour quelles raisons il avait été convoqué, lui, au bureau un samedi. Il n'allait pas tarder à le savoir.

Les portes de la grande salle de réunion s'ouvrirent, et les trente-deux membres du Conseil d'Administration apparurent, le visage fermé. A peine deux ou trois prolongeaient-ils discrètement les débats auxquels ils venaient de participer. Rosenstein, le directeur économique et financier général se dirigea vers le bureau de Malcolm Stuart. Il entra sans frapper. Malcolm s'arracha à la vision de la rue et du Starbucks où il dégustait mentalement un Frappuccino en compagnie de la jeune stagiaire aux anneaux, et se retourna vers son supérieur.

- Malcolm, le Président t'attend dans son bureau.

- Là, maintenant ? bégaya-t-il.

- Évidemment ! Pas dans quinze jours.

Malcolm Stuart rajusta sa veste, resserra son nœud de cravate, traversa les bureaux vides et se dirigea vers les ascenseurs. Il appela une cabine. Quelques secondes plus tard, les portes s'ouvrirent. Il pénétra à l'intérieur et appuya sur le bouton supérieur du tableau de programmation des étages, celui à côté duquel clignotaient en permanence les trois lettres C.E.O. La cabine s'ébranla à peine quand elle commença à s'élever dans un glissement feutré.

C'était la première fois que Malcolm Stuart était convoqué par Shrub en personne. Il l'avait aperçu une fois lors d'un meeting, et encore, par vidéo projection de son image sur des écrans qui encadraient la scène où il officiait. En réalité, il l'avait surtout vu dans les médias, dans des reportages spécifiques de journaux télévisés, ou en couvertures de revues économiques auxquelles il était abonné. Mais là, seul, en tête à tête avec lui, dans son bureau, c'était la première fois. Ce devait être important. Peut-être allait-il se faire virer ? Non, pourquoi ? Aucune raison ! Alors ?

Il n'eut pas le temps de pousser plus loin ses interrogations car une voix d'hôtesse d'aéroport annonça :

« Bienvenue dans l'espace présidentiel d'EAGLE. Le Président Shrub va vous recevoir. Passez un agréable moment ! ».

Les portes s'ouvrirent latéralement. Malcolm avança dans un couloir dans lequel un vigile en uniforme était assis à un bureau. Il avait une petite tête qui donnait l'impression d'avoir été posée sur l'uniforme tant celui-ci était imposant par sa rigueur, sa couleur bleu nuit, et la mention « EAGLE SECURITY » qui barrait la moitié de la veste. Il observait le nouveau venu.

- Votre nom ?

- Malcolm Stuart, bredouilla Malcolm.

Il contrôla sur un registre que le visiteur était bien attendu puis l'uniforme se leva, et l'agent qui se trouvait à l'intérieur commença une palpation corporelle minutieuse.

- Allez-y, lança-t-il en appuyant sur un bouton qui fit disparaître tout un pan de plexiglas dans le sol.

Malcolm, intimidé, avança dans un long couloir dont les murs étaient couverts de photographies aériennes des différentes centrales implantées dans certains états américains et dans le monde : San Francisco, Washington, Houston, New-York bien sûr, Londres, Berlin, Rome, Paris, Tokyo... toutes étaient identiques. Leur structure ressemblait à des centrales nucléaires, à la différence que les immenses cheminées n'étaient pas utilisées pour le rejet dans l'atmosphère de vapeurs d'eau de refroidissement des réacteurs, mais dissimulaient de puissantes pales d'aspiration du gaz carbonique qui saturait l'atmosphère.

Il parvint dans un espace plutôt convivial dont les larges baies offraient une vue panoramique sur Battery Park, le sud de Manhattan, et la statue de la liberté.

En différents endroits, comme posées de façon aléatoire, de larges banquettes en cuir entouraient des tables basses en verre fumé, comme autant d'espaces favorables à des conversations intimes. Un bar tout en miroirs, faisait face aux baies, mais paradoxalement tout le lieu paraissait mort, car déserté pour l'heure. Une voix détourna son attention. Elle émanait d'une grande jeune femme brune d'une beauté hallucinante. Elle était vêtue d'un tailleur noir, portait des hauts talons qui élançaient une ligne esthétique verticale, composée de jambes fuselées et d'un corps tout en longueur. Le genre de nana qu'on ne voit que dans les films, songea Malcolm.

- Monsieur ?

Subjugué, Malcolm se retourna, persuadé qu'elle s'adressait à quelqu'un derrière lui.

- Monsieur Malcolm Stuart ? répéta la jeune femme.

- C'est moi, réussit à articuler Malcolm en déglutissant.

- Veuillez me suivre je vous prie !

Elle se retourna et se dirigea vers deux larges miroirs muraux dressés sur des plans différents, qui ménageaient ainsi entre eux un espace invisible au premier coup d'œil. Malcolm la vit disparaître et se précipita sur ses pas. Elle avançait dans un nouveau couloir moins long que le précédent, moquetté sol, murs et plafond. Il la rattrapa et la suivit sans pouvoir détacher son regard de la croupe moulée qu'elle balançait ostensiblement à chaque pas, telle une funambule sur le fil invisible d'une sensualité à laquelle tant d'hommes avaient succombé et succomberaient encore. Elle parvint à une porte en bois exotique dont Malcolm ne sut définir l'essence. De toute façon, il s'en foutait. Elle l'ouvrit puis une main sur la poignée, elle s'effaça pour le laisser passer. Elle était plus grande que lui et quand il parvint à sa hauteur, Malcolm sentit les effluves de son parfum qui titillèrent ses narines et lui firent oublier une fraction de seconde, une éternité, l'imminence de la présidentielle rencontre.

Il regarda la fille, droit dans les yeux. Lui sourit. Elle fut troublée. Il poussa son avantage, passa une main dans le creux de ses reins, l'attira contre lui, et enfouit son visage dans son corsage entrouvert, juste entre deux magnifiques seins charnels, et en inspira profondément le parfum.

- Entrez Monsieur Stuart !

La voix masculine le tira de son fantasme. La fille avait toujours la main sur la poignée. Elle le regardait, hermétique. Il avança de quelques pas. La porte se referma derrière lui.

- Approchez ! N'ayez pas peur !

Malcolm aperçut et reconnut le Président. Il s'inclina respectueusement.

- Bonjour Monsieur le Président.

Il était exactement à l'image que l'on pouvait se faire d'un responsable de multinationale. Trop peut-être. Un brin caricatural. Fauteuil en cuir pivotant à large dossier, vaste bureau au design résolument moderne. Entre les doigts un Bolivar Royal Coronas, fleuron des cigares de luxe cubain. La soixantaine, des cheveux argentés parfaitement soignés, un sourire paternaliste mais qui, selon les circonstances, pouvait sans doute se transformer en sourire carnassier, froid, calculateur, prompt à broyer sa proie entre les dents acérées de sa toute-puissance.

- Asseyez-vous !

Pas une invitation. Un ordre à peine voilé. Malcolm s'enfonça dans un fauteuil si profond et voluptueux, qu'il imagina qu'il faudrait une grue pour le tirer de là. Ses bras. Que faire de ses bras ? Pas croisés. En cours de communication pendant ses études, il avait appris que croiser les bras était le symbole d'un manque d'assurance, un bouclier de protection. Il devait montrer une image positive. Poser ses mains sur ses cuisses. L'une sur l'autre. Ben oui, facile à dire... Avec les genoux quasiment au niveau du menton... Bon, allez ! Hop, position du mec cool... Même pas peur... Les mains croisées autour des genoux... Ouais, allez ! Président... je t'écoute...

- Vous êtes chez nous depuis douze ans, n'est-ce pas ?

- Euh... douze ans et six mois exactement, Monsieur le Président.

Shrub consultait un dossier ouvert devant lui. Cela dura quelques minutes que Malcolm trouva interminables.

- Bien. Je suppose que vous devez vous demander pourquoi vous êtes là ?

- Euh... oui, Monsieur le Président.

Crétin ! Arrête de commencer tes phrases par euh.

- Vos états de service sont irréprochables. Vos responsables m'ont vanté vos qualités professionnelles. C'est très bien.

- Euh... Merci Monsieur le Président.

Arrête avec tes euh.

- Bon. L'heure est grave Monsieur Stuart. Le Conseil d'administration vient de prendre une décision capitale à propos d'un événement, disons politique, qui met en péril notre société même.

- Ah ?

- Oui. Vous n'êtes pas sans connaître le principe du projet DANAOS.

- Tout à fait, Monsieur le Président.

- Bien. Brièvement, les centrales absorbent sans relâche le gaz carbonique de l'atmosphère. Malheureusement, avec de l'eau…

- Oui, mais nos chimistes ont…

- … trouvé le moyen de séparer les deux. C'est vrai. Mais à votre avis, d'où vient cette eau, Monsieur Stuart ?

- De… du ciel !

- Plus précisément, des nuages. Nous absorbons aussi les nuages, Monsieur Stuart. Voilà le nœud du problème. D'un côté nous fournissons de l'eau potable au tiers de la planète et de l'autre paradoxalement, nous l'asséchons. Pour les lobbies écologiques européens, nous sommes à l'origine des catastrophes météorologiques mondiales et ils ont lancé une bataille juridique contre nous pour cause de perturbations climatiques à l'échelle planétaire. Vous vous rendez compte ? Alors que notre objectif numéro un est la sauvegarde de l'environnement…

- C'est fâcheux, en effet.

Bien placé Malcolm ! Continue !

- La bataille ne fait que commencer. Nous mettons sur l'affaire les plus gros cabinets d'avocats de New-York.

- Vous avez raison, Monsieur le Président, il ne faut pas se laisser marcher sur les pieds...

Excellent Malcolm ! Montre que tu comprends le problème !

- En attendant, nous ne pouvons plus tourner à plein régime. Vous voyez où je veux en venir ?

Attention Malcolm, c'est peut-être un piège...

- Tout à fait, Monsieur le Président.

Bien évité ! Champion Malcolm !

- Compression de personnel. Voilà ce qui vous attend.

Malcolm blêmit. Celle-là, il ne l'avait pas venu venir.

- Je... Je suis licencié ?

- Mais non, voyons ! Quelle idée !

Malcolm desserra, son nœud de cravate, ouvrit le bouton de son col et respira.

- Un voyage en business class... Ça vous tente ?

- En b... Euh... Non... Euh... Si, Monsieur le Président... mais je ne comprends pas...

- Je vais vous expliquer Monsieur Stuart. Vous voulez boire quelque chose ? Whisky ? Vodka ? Martini peut-être ?

- Euh... un Mountain Dew. Si vous avez...

Shrub se leva et se dirigea vers un bar habilement masqué par une aquarelle de Winslow Homer, *"Après la tempête"*, qui représentait une barque échouée avec un homme étendu sur la plage. Tout en servant la boisson gazeuse dans un verre, Shrub poursuivit.

- Nous ne pouvons pas conserver l'effectif actuel dans nos centrales, puisque nous devons réduire notre production. C'est mathématique.

- C'est mathématique, confirma Malcolm les yeux plissés, d'un hochement de tête qui tendait à prouver qu'il était sur la même longueur d'onde.

- Plusieurs responsables financiers, dont vous faites partie, vont être envoyés en mission dans les différentes centrales mondiales. Je crois que vous connaissez vous-même deux de nos centrales en France, dans la région Parisienne.

- Oui, oui, je les connais bien.

- C'est justement pour cela que nous avons fait appel à vous, Monsieur Stuart. Vous connaissez ces deux centrales, et vous parlez parfaitement le français.

Malcolm ne voyait toujours pas où il voulait en venir.

- Vous connaissez également les gestionnaires de Paris n'est-ce pas ?

- Euh... oui Monsieur le Président, j'ai eu moi-même l'honneur d'en former quelques-uns à la gestion spécifique de notre société...

- Bien. Voici votre mission, Monsieur Stuart. Lundi matin, vous serez à Paris et vous annoncerez en douceur, bien sûr, une sorte de chômage technique qui réduira l'effectif de moitié, comme le feront tous nos émissaires dans les autres pays concernés. Prenez contact avec les chaînes de télévision, les radios, la presse écrite. L'opinion doit être au courant de ces décisions puisque l'origine du problème vient d'Europe. Réduction de moitié Monsieur Stuart. C'est un coup médiatique. Nous allons prendre tous ces lobbies étrangers à contre-pied pour avoir un avantage psychologique dans cette guerre qui ne fait que commencer.

- De... de moitié ? Mais... mais cela représente... au moins deux cent cinquante personnes...

- Deux cent trente-huit exactement sur les quatre cent soixante-seize que comptent les deux centrales. Sur les dix mille employés de l'EAGLE à travers le monde, seuls cinq mille resteront en poste. Nous ne faisons pas du social Monsieur Stuart. Nous faisons du business. C'est la seule alternative possible. Vous ne pensez pas qu'il est préférable de sacrifier cinq mille salariés susceptibles d'être réembauchés plus tard quand nous aurons gagné le procès, plutôt qu'une banqueroute de notre multinationale ?

Vu sous cet angle... Enfin, l'essentiel, c'est que je sois dans les cinq mille restants...

- Oui, Monsieur le président, vous avez entièrement raison.

- C'est une question de survie pour toute la société. Et dès que nous aurons gagné ce bras-de-fer juridique, encore une fois, je le répète, nous pourrons alors peut-être ramener l'effectif à ce qu'il est aujourd'hui pour une reprise de la production à plein régime... Gardez bien cet élément en tête, il vous servira pour votre argumentation en France.

Shrub fit une pause pour permettre à Malcolm d'assimiler les informations qu'il venait de lui donner.

146

- Mais nous n'en sommes pas là. Votre place est réservée en business class sur le vol New-York Paris. Vous décollez ce soir à 20 h 30. Il est bien entendu qu'une prime de 35000 dollars dédommagera cette mission... spéciale.

Oh, merde ! Pas l'avion...

- Je...

Shrub avança vers lui et lui tendit son Mountain Dew. Le froid regard présidentiel le foudroya sur place et ne souffrait évidemment aucun refus.

- ... suis ravi de... de la confiance que vous m'accordez, Monsieur le Président et...

- ... je ne doute pas une seule seconde que vous vous acquitterez parfaitement de votre tâche. Au revoir Monsieur Stuart, et bonne chance. Vous verrez les formalités avec ma secrétaire, ajouta Shrub en lui tendant la main.

Malcolm s'y reprit en trois fois pour parvenir à se relever sans renverser le contenu de son verre qu'il reposa sans l'avoir bu sur le bureau. Il serra la main que lui tendait Shrub, déglutit pour éviter de crier de douleur à la virile compression de phalanges, remercia le Président et se dirigea vers la porte de sortie. Quand il en fut à quelques mètres, elle s'ouvrit d'elle-même par l'action de grâce de la déesse qui l'avait préalablement introduit, et malgré la stupeur engendrée par le but de sa mission et l'angoisse de prendre l'avion, il se réjouit de passer encore avec elle quelques savoureux moments, même si, et il le savait, le contact avec elle ne serait que visuel. Visuel certes, mais néanmoins électrique. Il allait franchir la porte quand la voix présidentielle le stoppa dans son élan.

- Au fait, Monsieur Stuart...

Il se retourna.

- Votre retour est prévu pour mardi. Mercredi matin, vous serez à votre poste, bien sûr...

- Bien sûr, Monsieur le Président. Au revoir Monsieur le Président.

Il passa devant la secrétaire qui referma la porte. Ah... ce parfum !

Elle le conduisit dans un bureau annexe plus traditionnel, spacieux malgré tout, avec vue sur Ground Zero en reconstruction. Elle lui fit part de toutes les informations nécessaires pour son vol sur Paris, lui remit ses billets, une carte American Express et une enveloppe contenant une liasse d'euros. Comme un automate, il empocha le tout sans pouvoir détacher ses yeux de la naïade.

- Soyez à l'aéroport de Newark pour 19h15. Vous êtes en business class. Le check' in se fera une heure avant le décollage. C'est l'avantage. Pas de temps d'attente.

- Merci mademoiselle, bredouilla Malcolm.

- Voici le dossier concernant votre mission. Vous avez le listing complet des deux centrales de Paris avec les états de service, âges, situations familiales, cursus universitaires et professionnels des personnels... Etudiez-le ! C'est vous qui devez établir la liste des deux cent trente-huit heureux élus...

Heureux élus ! Comme elle y va... C'est de l'humour, je suppose...

- Mettez à profit votre voyage pour préparer la confrontation. Vous avez des questions à poser ?

- Euh… oui. Vous accepteriez que je vous offre un verre par hasard ?

La fille le détailla de la tête aux pieds lentement d'un air hautain du style « Non mais tu t'es regardé ? ». Malcolm perçut l'allusion.

- Ok ! Je vois. Il faudrait vraiment que ce soit un hasard…

- Il y a peu de chances que nos destins se croisent à nouveau Monsieur Stuart. Même par hasard.

Elle l'invita d'un geste du bras à se diriger vers la porte et elle le reconduisit devant le sas en plexiglas où l'uniforme le réceptionna. Il pénétra dans l'ascenseur et appuya sur le bouton du rez-de-chaussée.

En descendant les étages dans le même glissement feutré qu'à la montée, il eut une seule pensée dont il ne se doutait pas qu'elle était prémonitoire :

Ma descente vers l'enfer…

12

Dimanche. 8h30. Miraldine avait dressé la table. Maréchal allait descendre prendre son plateau petit-déjeuner pour le remonter aussitôt dans sa chambre, comme il le faisait chaque matin depuis qu'il était hébergé. Elle surveillait le lait sur le gaz avec vigilance. L'épisode de la veille ne cessait de la tourmenter. Elle était certaine de ne pas avoir tourné le bouton de la cuisinière machinalement. C'était un mystère et le fait qu'elle ne puisse pas l'élucider la minait intérieurement. Elle fut interrompue dans ses pensées par Maréchal qui descendait les escaliers. Il apparut à la porte de l'office.

- Bonjour Miraldine…

Il fut stoppé net dans sa bonne humeur matinale : le plateau de son petit-déjeuner n'était pas sur la table. Par contre, deux couverts se faisaient face.

- Asseyez-vous ! Monsieur Fenouillet. Ne faites pas cette tête-là. A moins que cela ne vous ennuie de prendre votre petit-déjeuner avec moi ?

- Non, non, pas du tout Miraldine. Je… Je suis juste surpris. C'est tout.

Il tira une chaise et s'assit devant un bol que Miraldine remplissait déjà de café. Elle versa le lait dans un pot, déposa du pain grillé dans une assiette. Elle s'assit à son tour et se servit du thé, estimant qu'il avait suffisamment infusé dans la théière en porcelaine de Bavière.

- Il faut que je vous parle Monsieur Fenouillet.

- Je me disais aussi…

- Je sais que je n'ai pas été très tendre avec vous, mais aujourd'hui, je suis inquiète.

- Inquiète ? répondit Maréchal, supposant quelle en était la source.

- Oui, pour Archib… Monsieur Goustoquet. Son comportement est bizarre, vous ne trouvez pas ?

- Ma foi. Il a toujours eu plus ou moins cette attitude un peu folklorique du chercheur physicien qu'il est. Je ne pense pas qu'il faille s'alarmer outre mesure.

- Il se passe quelque chose. Vous ne m'avez pas démenti. En d'autre temps vous m'auriez dit que je me faisais des idées, mais là, vous êtes allé dans le même sens que moi, au nom de la recherche. Que se passe-t-il Monsieur Fenouillet ?

- Allons, rien de bien grave, croyez-moi. Archibald va rentrer incessamment, et vous verrez qu'il est tout à fait comme d'habitude.

- Il n'est pas sorti.

- Vous êtes sûre ?

- Oui. La porte est fermée de l'intérieur. La clef est toujours dans la serrure.

- Il n'est pas allé prendre son café en ville, comme chaque matin ?

- Non. Il ne s'est pas encore levé. Je ne l'ai pas entendu.

- Ah ? Il a dû travailler tard. Ne bougez pas, je vais voir…

Maréchal se leva, posa sa serviette sur la table et grimpa au premier étage. Parvenu devant la chambre d'Archibald, il frappa plusieurs fois sans obtenir la moindre réponse.

- Archibald ? Archibald ? Réveille-toi, il va être neuf heures.

Pas de réponse. Il frappa du plat de la main sans plus de succès. Il vérifia que la porte était fermée. A sa grande surprise, elle s'ouvrit. Il pénétra dans la chambre et fut cloué sur place. Les rideaux n'étaient pas tirés. Le lit n'était pas défait. Il sortit en courant et dévala les escaliers.

- Il ne s'est pas couché.

Miraldine sentit que Maréchal était troublé. Elle crispa ses poings qu'elle serra contre sa poitrine. Sa respiration s'accéléra. Un picotement commença à se manifester aux extrémités de ses doigts. Maintenant, son inquiétude se transformait en angoisse.

- Oh mon Dieu. Pourvu qu'il ne lui soit rien arrivé.

- Venez avec moi !

Elle lui emboîta le pas dans l'escalier qui descendait à la cave. Parvenu à quelques marches de la porte du laboratoire, Maréchal s'arrêta, Miraldine sur ses talons. Il se tourna vers elle. Dans un flash, il revit les images qu'Archibald avait filmées pendant la fraction de seconde durant laquelle le temps était arrêté. Il réprima un frisson. La différence, à cet instant, c'est qu'ils maîtrisaient leur immobilité.

- Je n'entends rien. Il s'est peut-être endormi dans son fauteuil.

- Eh bien, qu'attendez-vous ? Allez voir !

Maréchal descendit les trois marches qui le séparaient de la porte du laboratoire. Elle était fermée. Il frappa trois coups.

- Archie ?... Archie ?...

Silence.

- Vous ne pouvez pas l'enfoncer ?

Il se remémora la taille de la clef dans la serrure.

- Euh... nous ne sommes pas dans un film, Miraldine. Cette porte est blindée. On ne l'ouvrira pas d'un coup d'épaule. Archie?...

Pas de réponse. Il haussa la voix.

- Archibald ?

- Mon Dieu. J'espère qu'il n'est pas mort.

- Oh ! Ne dites pas de bêtises !

Maréchal se souvint de l'expérience avec la souris et de l'entrée de Ficelle par le vasistas.

- Ne bougez pas ! Restez là, je vais essayer de passer par le jardin.

- Le jardin ? Mais il n'y a pas d'autre issue...

- Si. Le vasistas.

- Mais vous ne pourrez jamais passer, c'est bien trop petit.

- Dites tout de suite que je suis gros…

- Ce n'est pas ce que j'ai voulu dire…

- Je sais. Laissez-moi faire !

Il grimpa quatre à quatre les marches de l'escalier, déverrouilla la porte d'entrée, se retrouva sur le perron. Il pleuvait. Une pluie fine et froide de Lorraine. Il fit demi-tour, enfila un vieux ciré de la marine marchande et retourna dehors. Les nuages étaient bas et plombaient l'atmosphère d'une chape grise, qui allait encore altérer le moral de la population, gommer les sourires d'hier, et transformer les visages en gueules fermées et déprimées. Maréchal haïssait cette Lorraine-là.

Il contourna la maison, longea la « *gauguinette* » qui rouillait depuis plusieurs années et repéra le vasistas entrouvert derrière une plate-bande de crocus. La lumière était allumée dans le laboratoire. Miraldine avait raison. Il ne parviendrait jamais à se faufiler par là. Différence de taille entre Ficelle et lui. Il tenta d'apercevoir Archibald, en vain. L'espace offert par la mince ouverture du vasistas ne lui permettait pas de voir au-delà de quelques mètres à l'intérieur.

- Archibald ? Archibald ?

Toujours pas de réponse. Il devait trouver un moyen. Il passa un bras dans l'ouverture et tenta de faire sauter les deux guides du rail des glissières latérales. Macache ! Casser la vitre ? En admettant qu'elle se brise, il ne parviendrait toujours pas à s'introduire. A la limite, s'il réussissait à faire sauter le cadre, peut-être parviendrait-il à se glisser à l'intérieur... pas avec la main, il faudrait un outil... A moins que...

Il se remémora un épisode vécu sur un bateau. Alors qu'il s'était introduit dans une conduite avec un camarade, pour réparer une alimentation d'air pulsé à basse température dans les frigos du navire, quelqu'un avait par mégarde réenclenché le système automatique. Un puissant ventilateur s'était remis en route, leur interdisant le passage de retour. Il leur avait fallu ramper pendant plusieurs minutes, alors que la température chutait rapidement, jusqu'à une ouverture qui donnait sur un des frigos. Une grille l'obturait. Ensemble ils avaient réussi à se retourner et en conjuguant leurs forces, ils l'avaient frappé à coups de pieds. La grille n'avait pas résisté longtemps, et ils purent sauter dans le frigo. La température s'était stabilisée autour de trois degrés au-dessus de zéro. Ils avaient eu beau crier pour se faire ouvrir la porte, personne ne les avaient entendus. Ils n'avaient été délivrés que trois heures plus tard, en hypothermie, quand le cuisinier était venu chercher de la nourriture pour la préparation du repas du soir.

Il s'allongea sur le dos dans la plate-bande, écrasant au passage quelques crocus. Il recroquevilla ses jambes et sans hésitation, projeta violemment ses pieds dans le cadre du vasistas, de chaque côté, au niveau des glissières d'ouverture et de fermeture. Sous la puissance du choc, les glissières furent arrachées du mur, et le vasistas pivota sur ses charnières inférieures dans un fracas de verre brisé. Les pieds en avant, Maréchal se faufila par l'ouverture, et se laissa glisser dans le laboratoire. Il se précipita sur la porte, dont il tourna la lourde clef dans la serrure. Il ouvrit à Miraldine.

- C'est vous qui avez fait tout ce bruit ?

- Oui, j'ai été obligé de défoncer le vasistas…

Miraldine regarda dans la direction indiquée et découvrit les éclats de verre et les traces de terre mouillée sur le mur et sur le sol.

- Quelle horreur ! Regardez ce que vous avez fait !

- Excusez-moi, Miraldine, mais il pleut. Il n'y avait pas de paillasson devant le vasistas. Je n'ai pas pu faire autrement. Je crois qu'il y a plus urgent non ?

- Oui, oui. Vous avez raison. Excusez-moi ! Il n'est pas là ?

- Non, il n'est pas là. Mais allons voir derrière !

- Derrière ? Derrière quoi ?

Maréchal allait sans doute trahir un peu son ami en montrant à Miraldine le laboratoire secret, mais il n'avait pas vraiment le choix. Archibald comprendrait.

- Oui, venez ! Vous allez voir…

Sous le regard éberlué de Miraldine, Maréchal se dirigea vers les étagères murales au fond de la pièce. Il tira plusieurs livres avant de tomber sur celui qui dissimulait le clavier numérique. Le code ? Ah, oui… le presse-papier… Il le souleva, le retourna, revint à l'étagère puis tapa les chiffres sur le clavier. Les étagères glissèrent. Miraldine était médusée. Maréchal avança dans l'obscurité. Aussitôt, comme la première fois où il était entré, une chaude lumière inonda le laboratoire secret. Miraldine collait Maréchal, peu rassurée. Le générateur ronronnait. Une sorte de vibration était presque palpable. Il s'approcha du plateau. Leva la tête vers la parabole. Quelques étincelles crépitaient en haut et en bas. Il chercha des yeux la TST sur les paillasses, sur le sol. Il ne la vit nulle part. L'électrode d'alimentation du flux de déstructuration moléculaire était branchée. Une odeur reconnaissable flottait dans l'air. Une odeur d'ozone caractéristique. Il n'y avait pas prêté attention lors de l'expérience de la souris ou de la pomme. Mais son inconscient en était imprégnée. Cette odeur signifiait que le processus de voyage dans le temps avait été enclenché. Il devait se rendre à l'évidence. Archibald avait été déstructuré. Archibald voyageait dans le temps. Où était-il à cette heure ? Ou plutôt, comme il le lui avait fait remarquer, quand était-il ?

- Qu'est-ce qui se passe, Monsieur Fenouillet ? J'ai peur…

Ah oui, Miraldine. Lui non plus n'était pas rassuré. Toute logique disparut de son esprit. Le secret devenait trop lourd à porter pour lui tout seul. Il devait le partager. Même avec Miraldine. La pauvre femme devait savoir.

- Asseyez-vous, Miraldine ! Je vais vous expliquer.

Elle se laissa tomber dans un fauteuil et l'intensité de son angoisse n'eut d'égale à cet instant que celle de l'attention qu'elle porta à Maréchal.

Il lui raconta tout depuis le début dans le détail. Les travaux d'Archibald, l'expérience de la pomme, de la souris, la surprise de Ficelle, la volonté d'Archibald de voyager dans le temps, la première tentative avortée avec l'arrêt du temps. Pour la convaincre il dut mettre en route le caméscope qui était toujours branché au téléviseur, et lui montrer le bout de film qu'Archibald avait tourné pendant l'arrêt temporel. Quand elle se vit figée à l'écran avec Maréchal, Miraldine ne put contenir un cri d'effroi, non parce que son cerveau ne parvenait pas à décrypter ce qu'elle voyait, mais parce qu'en cet instant, elle comprenait que Maréchal disait la vérité.

- Mais... mais alors... là... il est...

- Oui, Miraldine ! Il est quelque part, dans une autre époque, et je ne sais ni où, ni quand... Il me semblait bien avoir perçu un bruit sourd pendant mon sommeil. Mais mon subconscient n'a pas réagi.

Miraldine s'effondra. Les larmes coulaient sur son visage et l'immense tristesse qu'y lut Maréchal le bouleversèrent profondément. Il lui prit les mains et l'attira vers lui. Elle sanglotait contre sa poitrine, et maladroitement, il lui tapotait le dos pour tenter de la calmer.

- Chut... Il va revenir...

- C'est terrible, parvint-elle à articuler. S'il lui arrivait quelque chose, je ne m'en remettrais pas...

Maréchal la repoussa doucement, lui mit une main sous le menton et redressa son visage vers le sien, jusqu'à ce que leurs regards se croisent. Ses yeux étaient plein de larmes qui ruisselaient sur ses joues. Il lui sourit tendrement.

- Vous l'aimez tant que ça ?

Miraldine hocha la tête et se rejeta contre lui en pleurant de plus belle.

*

Quelques instants plus tard, Miraldine était assise dans le fauteuil d'Archibald et buvait un peu d'eau à petites gorgées dans le verre que Maréchal lui avait rempli.

- Alors, c'est vrai, Archibald est vraiment quelque part dans le passé ?

- Ou dans l'avenir, je ne sais pas. Il ne m'a donné aucune indication...

- Il aurait dû vous dire où il allait quand même. S'il lui arrivait quelque chose, on ne saurait même pas où chercher...

- *Quand* chercher, Miraldine. C'est un voyage dans le temps. Il n'est pas parti pour une simple excursion à la montagne où effectivement il est conseillé de donner à quelqu'un l'itinéraire que l'on va emprunter. Mais là, Miraldine... il a utilisé sa machine à voyager dans le temps et... il n'y en a qu'une... Il est parti avec...

- C'est terrible ce que vous me dites là. Il pourrait très bien avoir un accident et ne jamais revenir...

Les larmes coulèrent à nouveau sur ses joues, et Maréchal lui tendit un mouchoir dans lequel elle se moucha.

- Vous êtes gentil, Monsieur Fenouillet...

- Appelez-moi Maréchal...

- Je voudrais m'excuser pour mon comportement à votre égard...

Maréchal voyait très bien ce qu'elle voulait dire et il lui sourit pour l'engager à poursuivre.

160

- Oui, je n'ai pas été très gentille avec vous. Je sais bien que j'ai été agressive…

- Allez, n'en parlons plus, Miraldine. Je sais très bien qu'en entrant dans cette maison il y quelques années, je devenais le grain de sable dans les rouages sentimentaux de votre relation avec Archibald…

- Mais il ne s'est jamais rien passé entre nous, protesta-t-elle.

- Je sais, je sais. Ne vous énervez pas ! J'ai tout à fait compris la situation, vous savez. Il suffit de vous observer tous les deux. Archibald et ses bafouillages quand le sujet tourne autour des sentiments, et votre acharnement à lui faire comprendre à mots couverts ce que vous ressentez pour lui. Le problème avec Archibald, c'est qu'à mots couverts, il ne comprend rien. Ou alors, il fait semblant de ne pas comprendre.

- C'est un homme bon qui, accaparé par ses recherches, ne s'est vraiment jamais intéressé aux femmes. Mais je sais qu'avec moi, il a perçu quelque chose.

- Femme fatale ?

- Ne riez pas. Il y a bien longtemps que je sais que mon corps ne fait plus illusion. Non, mais je me considère un peu comme une jardinière, qui arrose sa terre sèche et aride, pour que jour après jour, par-ci par-là, des fleurs éclosent et qu'au gré de son regard, son cœur s'ouvre au jardin de la tendresse…

- Bien jolie votre définition de l'amour…

- Je ne sais pas si c'est de l'amour, mais ce dont je suis convaincue, c'est de la force qui me fait avancer à ses côtés. C'est pour cela que je suis désemparée à l'idée qu'il n'existe plus aujourd'hui, mais qu'il existe ailleurs, à une autre époque. Vous saviez tout cela depuis longtemps, alors ?

- Il m'a tenu au courant de l'avancement de ses travaux il y a un mois ou deux. Mais cela s'est précipité cette semaine avec l'expérience de la pomme et de la souris...

- C'est pour cela alors que vous les avez peints sur son épaule ?

- Oui, tout à fait. J'avais dans l'idée que le tableau prendrait de la valeur, à l'image des timbres oblitérés au premier jour d'un évènement pour les philatélistes. Mais maintenant je ne suis plus très sûr de cette opportunité. Je dois vous avouer que l'absence d'Archibald m'inquiète malgré tout.

- Oui, eh bien, ce n'est pas cela qui va me rassurer...

Maréchal se dirigea vers la première salle du laboratoire. Miraldine ne voulant absolument pas rester seule, le rejoignit.

- Qu'est-ce que vous faites ?

- Rien. Je cherche un indice qui pourrait nous mettre sur la voie. Quelque chose qui pourrait nous renseigner sur l'époque qu'il a choisie pour son premier voyage. Je ne sais pas, une inscription sur une feuille, une trace quelconque... Vous voulez bien chercher avec moi ?

- Oui, mais quoi ?

- Un indice. Soyons perspicace. Regardez partout ! Sur le bureau, dans les tiroirs, sur le pupitre, les étagères...

Ils se mirent à observer scrupuleusement tout le laboratoire à la recherche de l'élément révélateur. Après avoir passé au peigne fin les deux pièces, ils durent admettre leur échec.

- Si j'ai bien compris ce que vous m'avez expliqué, Archibald pourrait revenir à la même heure à laquelle il est parti ?

- Oui. Où voulez-vous en venir ?

- S'il revient à la même heure, on ne saura jamais qu'il est parti ?

- Si, Miraldine. Si tel avait été le cas, il serait là, avec nous. Et effectivement nous ne nous serions même pas aperçus qu'il était parti.

- Donc j'ai raison.

- Non, Miraldine. Parce que justement, il n'est pas là. Il ne reviendra pas à l'heure où il est parti. Mais plus tard. Nous n'avons plus qu'une chose à faire. L'attendre. Nous n'allons pas rester là tous les deux. Je vous propose de nous relayer, de manière à ce que l'un de nous deux soit là au cas où il ait besoin de notre aide quand il va réapparaître. Je commence. Revenez dans une heure !

- D'accord. Appelez-moi s'il se passe quelque chose !

- Comptez sur moi !

Miraldine se dirigea vers la porte du laboratoire et machinalement, son regard se porta sur un livre qui

163

était posé bien en vue sur le sous-main du bureau d'Archibald. Elle s'en approcha et lut le titre sur la couverture. Elle s'empara du livre et retourna dans la seconde pièce.

- Regardez ! Je crois savoir à quelle époque il est parti...

Maréchal allait prendre le livre qu'elle lui tendait quand un vrombissement monta du générateur. Miraldine sursauta.

- Que se passe-t-il ?

Ils se précipitèrent dans la seconde salle. Un éclair éblouissant jaillit de sous la parabole à la rencontre d'un autre qui montait du plateau. Des crépitements s'ajoutèrent au mugissement du générateur. Une onde vibrante commença à matérialiser une forme indéfinissable entre les deux éclairs.

- Mais bon sang, Maréchal, dites-moi ce qui se passe, hurla cette fois Miraldine.

Maréchal jeta vers elle un regard rapide puis stupéfait, les yeux exorbités, le glas dans le cœur, il fixa à nouveau l'ectoplasme sur le plateau et articula quelques mots que Miraldine ne saisit pas.

- Quoi ? hurla-t-elle de plus belle.

Cette fois, Maréchal cria pour se faire comprendre.

- Il revient.

L'intensité de la lumière chuta aussi rapidement qu'elle était apparue. Archibald se tenait debout au centre du plateau, légèrement hébété, la TST à la main. En quelques secondes il retrouva ses esprits et aperçut Maréchal et Miraldine qui ne le quittaient pas des yeux. Il leur sourit.

- Merveilleux ! C'est merveilleux Maréchal, ça marche ! Ça marche, j'ai vu mon père !

Maréchal, à voir l'enthousiasme débordant de son ami, commençait à se rassurer sur son état de santé.

Archibald se focalisa un instant sur Miraldine.

- Que faites-vous là, dans mon laboratoire ? Qui vous a autorisée à entrer ?

Miraldine ne put retenir ses larmes. Maréchal explosa.

- Ah non, Archie ! Tu ne vas pas reprocher à Miraldine d'être là. Je lui ai tout raconté : la pomme, la souris, l'arrêt temporel... Avec tout le raffut que tu as fait, elle a eu cent fois l'occasion de mourir. Elle s'est inquiétée pour toi. Tu comprends ça ? Elle s'est inquiétée.

Archibald toussota pour se donner une contenance. Il comprit au ton de Maréchal qu'il avait dépassé les bornes.

- Excusez-moi Miraldine ! Je ne savais pas.

- Allez, raconte-nous plutôt ton expérience ! le coupa Maréchal.

Archibald sauta sur l'occasion que lui proposait son ami pour se sortir de cette situation embarrassante.

- Asseyez-vous mes amis ! Je vais essayer de vous faire ressentir tout ce que je viens de vivre. Tout d'abord, quand j'ai pris la décision de tenter ce voyage dans le temps, j'ai été un peu désemparé. Vers quelle époque allais-je me tourner ? Le passé ? Le futur ? Le passé est fascinant, mais toutes les époques le sont. Alors ? Machinalement je jetai un œil sur ma bibliothèque. Mes livres... Ils allaient me donner la solution. Je parcourrai les titres les uns après les autres, jusqu'à ce que je tombe sur celui que vous tenez entre les mains Miraldine...

13

L'Art Nouveau... L'École de Nancy... Voilà la destination de mon voyage...

Il prit le livre, le feuilleta quelques instants et s'arrêta sur des photographies représentant des œuvres des Frères Daum, des céramiques et des meubles d'Emile Gallé ou des vitraux de Grüber. Toute une époque qui le fascinait. Il reposa le livre sur le sous-main de son bureau et se dirigea vers le pupitre de la seconde salle du laboratoire. Il s'empara de la TST, vérifia que tout était connecté, y compris le conducteur du flux moléculaire et électrique de la déstructuration. Pour programmer la date de destination sur la TST, il songea à l'année de naissance de Barjavel, auteur du *"Voyageur imprudent"* merveilleux roman sur le voyage dans le temps qu'il avait dévoré pendant sa jeunesse. Il tapa 1911 sur le clavier incorporé. L'École de Nancy était créée depuis dix ans et peut-être rencontrerait-il quelques membres du mouvement, peut-être même des membres fondateurs, qui sait ? Il devait entrer également les coordonnées géographiques du lieu où il souhaitait se matérialiser. Il fallait bien choisir. Il était hors de question d'apparaître en public, ou pire, à l'endroit occupé par une personne de l'époque. Impossible de se restructurer à l'emplacement d'un autre corps. Ce serait la catastrophe. Un mélange physiologique détonnant. Une confusion moléculaire. Une bouillie atomique. Ses dernières réflexions le firent hésiter. Non, il fallait bien réfléchir, c'est tout. Impossible de reculer maintenant. Il choisit l'Excelsior comme « lieu d'atterrissage », et il sortit son GPS dans lequel toutes les coordonnées de la brasserie qui l'intéressaient étaient mémorisées. Il était hors de question d'apparaître dans la grande salle où il avait ses habitudes. Il porta son choix sur les toilettes en sous-sol dont il avait enregistré les coordonnées, un jour où, même là, il avait été impressionné par la décoration Art Nouveau. En programmant 8h30 comme heure d'arrivée, il espéra n'y rencontrer personne.

Tip, tip, tip…

L'écran à cristaux liquides afficha 08:30:00.

Pour ne pas prendre de risques inutiles, il décala les coordonnées de quelques degrés afin de stabiliser le point de chute sur la salle voisine des toilettes, réservée aux manifestations en soirées. Il introduisit la longitude, la latitude et l'altitude sur le clavier numérique de la TST.

Tip, tip, tip…

Les coordonnées s'affichèrent.

Il valida.

Il n'y avait plus qu'à espérer qu'à cette heure matinale, personne ne viendrait traîner par là. Le bouton cubique rouge se mit à clignoter. Archibald respira un grand coup et le cœur battant enfonça la touche. Plus de clignotement mais une lueur rouge permanente alors que le générateur lançait son mugissement progressif. Il leva la tête. Des éclairs blancs crépitèrent au-dessus de lui, au centre de la parabole. A ses pieds, d'autres éclairs zébraient le plateau. Il observa la TST. La tension montait mais devait atteindre les cinquante méga volts avant qu'il n'appuie sur la touche verte qui allait clignoter dans quelques instants. Les éclairs supérieurs et inférieurs se transformèrent en anneaux concentriques incandescents qui commencèrent à envelopper son corps qu'il sentit frémir. Instinctivement, il envisagea de couper le circuit du générateur, mais sa curiosité scientifique l'emporta. Des tremblements maintenant agitaient ses jambes, et c'est à cet instant que la touche verte se mit à clignoter. Cette fois, sans hésiter, il enfonça la touche. Le grondement du générateur s'amplifia. Il retrouva la sensation visuelle de flottement de l'image du laboratoire, puis soudain, un flash terrible happa l'existence autour de lui. Noir. Une seconde. Deux peut-être. En tout cas, un temps suffisamment long pour qu'il s'imagine avoir perdu conscience. Nouveau flash. Moins violent. Avant de tenter un quelconque mouvement il entreprit une analyse de ses sensations. Apparemment, physiquement, tout allait bien. Un léger étourdissement peut-être. Un picotement au niveau des vertèbres cervicales. Psychologiquement, il avait le souvenir de tous les éléments de son expérience. Aucune altération de sa mémoire ni de son raisonnement. Il ouvrit les yeux. Une salle avec des tables couvertes de nappes blanches se matérialisa lentement autour de lui. Il reconnut immédiatement l'endroit où il se trouvait : le vestiaire de la salle de réception au sous-sol de l'Excelsior. Il ôta sa blouse blanche dans laquelle il enroula la TST. Inutile de se faire remarquer avec cet appareil, surtout s'il était en 1911. Il regarda autour de lui et décida de glisser son précieux paquet sous un meuble qu'il identifia comme une desserte. Il réajusta son nœud papillon, tira sur son gilet un peu froissé. Il aurait préféré avoir sa veste mais bon, l'enthousiasme engendré par l'imminence de son expérience lui avait fait négliger ce détail vestimentaire. Il regarda l'heure à une magnifique pendule style Art Nouveau sur la desserte, décorée de fines ciselures sculptées à la main représentant des feuillages, et dont le cadran était orné d'une gerbe de roses finement dessinée : 14h31. Il y avait six heures de différence avec sa programmation. Il devrait corriger plus tard ce défaut. Maintenant qu'il se savait à l'Excelsior, il lui fallait vérifier quand il était... En quittant la salle, il croisa un serveur qui descendait l'escalier au même moment. Ils se figèrent ensemble et chacun détailla la tenue vestimentaire de l'autre. Il était vrai qu'Archibald avait de quoi intriguer le serveur. Si on était effectivement au début du XXème siècle, la coupe de son pantalon en velours pouvait à la rigueur passer. Son gilet de flanelle beige et sa montre à gousset aussi. Mais son nœud papillon à carreaux verts et jaunes... Et ses chaussures basses en cuir... sans guêtres... Quant au serveur, au-dessus d'un gilet à rayures noires et jaunes sur une chemise blanche, il portait un long tablier noir, sur lequel étaient brodées

170

en lettres d'or le mot "Excelsior". Il arborait une moustache finement dessinée au-dessus de ses lèvres, dont la mimique exprimait clairement l'agacement de rencontrer quelqu'un en cet endroit à cette heure.

- Monsieur cherche quelque chose de particulier ?

- Euh... oui, les toilettes s'il vous plaît ?

- C'est en face, Monsieur, cette partie de l'établissement n'est pas ouverte au public, insista-t-il en montrant du doigt la salle de réception.

- Excusez-moi !

Trop heureux de s'en tirer à si bon compte, Archibald pénétra dans les toilettes dans lesquelles il s'enferma. Il attendit quelques instants avant de tirer la chasse d'eau et de ressortir. Le serveur avait disparu. Archibald gravit les marches de l'escalier et se retrouva au rez-de-chaussée, dans le hall d'entrée de la brasserie. Il entendit des conversations qui venaient de la grande salle qu'il reconnut sans difficulté. De nombreuses personnes, en majorité des hommes, étaient debout, un verre à la main, la tête levée vers le plafond, et semblaient commenter la décoration. Archibald remarqua à ce propos que si rien n'avait changé, l'ensemble avait cependant le faste et la rutilance du neuf qui avait disparu au XXIème siècle, il devait le reconnaître. Il saisit un journal posé sur un présentoir, le déplia et resta bouche bée devant ce qui était un exemplaire de l'Est Républicain. Le grain du papier, la mise en page de la une, l'imprimerie à la linotype, la qualité des illustrations et des photographies n'avaient rien à voir avec le quotidien qu'il connaissait. Son regard se porta sur la date imprimée en haut de la page. Son cœur bondit : 26 février 1911. Il ferma les yeux et se retint au présentoir, le temps que se dissipe le vertige engendré par l'information troublante. Ainsi donc, son expérience avait réussi. Il avait remonté le temps de presque un siècle. C'était énorme. Fantastique ! Prodigieux ! Il en avait les larmes aux yeux. Cet instant justifiait enfin les quarante années de recherche qu'il avait consacrées au voyage temporel. Il en était tout bouleversé. Un groupe d'hommes entra dans le hall, passa devant lui sans lui prêter attention et rejoignit la grande salle. Archibald chancelait encore sous le coup de l'émotion et décida de s'asseoir quelques instants et de demander un café. Il entra. Des hommes et des femmes échangeaient leurs impressions, partagées à la fois entre étonnement, émerveillement et incompréhension parfois. Des hommes étaient assis autour de quelques tables, et leur volubilité témoignait de leur enthousiasme pour la décoration de la brasserie. Il aperçut avec un trouble certain la table et la banquette, neuve, pas du tout élimée comme celle où, bien plus tard, il s'assiérait chaque matin pour manger son croissant et boire son café. Elle était libre comme la plupart des banquettes car la majorité des invités étaient debout. Il y prit place. Une sorte de maître de cérémonie apparut aussitôt et se pencha vers lui discrètement.

- Excusez-moi Monsieur, mais cette soirée est privée. A moins que vous n'ayez une invitation officielle ?

- Non, je suis désolé.

- Alors moi aussi Monsieur, vous ne pouvez pas rester…

Archibald se leva. Sa tête tournait et il perdit légèrement l'équilibre. Un homme qui passait à proximité à cet instant, lui agrippa le bras pour le soutenir.

- Eh bien, cher Monsieur, vous allez bien ?

Archibald le dévisagea et lut dans son regard comme une sorte d'amusement. Il devait croire qu'il avait trop forcé sur l'alcool. Vexé, il se redressa.

- Je n'ai rien bu, Monsieur. J'ai juste trébuché.

- Vous n'avez rien bu ? Mais c'est inconcevable.

Il passa un bras sur ses épaules. Le maître de cérémonie s'offusqua.

- Mais ce monsieur n'a pas de…

- Laissez, Victor ! Monsieur est mon invité. Venez-vous joindre à nous, Monsieur ?...

- Goustoquet. Archibald Goustoquet.

L'homme s'inclina respectueusement devant lui.

- Weissenburger.

Archibald écarquilla les yeux.

- Weissenburger ? Lucien Weissenburger, l'architecte ?

- Lui-même.

- Mais… mais alors, c'est vous qui…

Il acheva sa phrase d'un geste circulaire du bras qui se voulait embrasser l'espace de la grande salle.

- En partie, sourit son interlocuteur. Venez avec moi ! Je vais vous présenter.

Ils se dirigèrent vers un groupe d'hommes qui conversaient en riant.

- Mes amis, les interrompit l'architecte, je vous présente Archibald Goustoquet euh.... Vous faites quoi au fait ?

Archibald était estomaqué. Il avait reconnu la plupart des personnes qui étaient là, et dont l'identité allait lui être confirmée.

- Euh... Chercheur. Physicien.

- Splendide. Voici Alexandre Mienville, mon partenaire pour les plans de l'Excelsior...

L'homme inclina la tête.

- Louis Majorelle que vous devez connaître...

- Oui, oui, dit-il en serrant la main que lui tendait Majorelle. L'ébéniste. La villa...

- La villa ?

- Oui, la villa Majorelle dont vous avez confié les plans en 1898 à Henri Sauvage, et qui fut terminée en 1902. Je suis fan...

- Vous êtes... « fane », répéta Majorelle étonné ?

Les difficultés liées à la différence d'époques commençaient pour Archibald. Ce mot n'existait pas au début du XXème siècle. Le mot fanatique, si, et encore dans le sens d'illuminé, mais l'apocope ne serait utilisé qu'en fin de siècle dans des contextes artistiques ou sportifs. Il devait absolument surveiller son langage.

- Oui, je veux dire enthousiasmé par ce chef d'œuvre de l'Art Nouveau.

- Ah, vous voulez parler de la villa Jika ?

Zut ! pensa Archibald. A cette époque, on ne l'appelait pas encore villa Majorelle mais de ce nom phonétique dû aux initiales de son épouse, Jeanne Kretz. D'ailleurs en 1911, la villa devait être construite près de ses ateliers dans un endroit champêtre de la banlieue de Nancy, et dont la rue qui porterait le nom de Louis Majorelle ne devait même pas encore exister.

- Tout à fait. Une merveille, ajouta Archibald.

- Je vous remercie, mais je n'étais pas seul…

- Voici d'ailleurs Jacques Grüber, qui en a assuré les vitraux, poursuivit Weissenburger, tout comme ici à l'Excelsior.

Les deux hommes se saluèrent de la tête.

- Antonin Daum… et Victor Prouvé.

- Vos recherches sont dans quel domaine de la physique, Monsieur Goustoquet ? demanda Daum.

Archibald réfléchit rapidement à sa réponse. Impossible de parler de son domaine privilégié. Où en était-on en 1911 ?... Einstein, pas encore… Les Curie, oui…

- Depuis que Pierre et Marie Curie ont eu leur Prix Nobel en 1903 en même temps que Becquerel, je m'intéresse à la radioactivité naturelle…

- Vous pensez vraiment qu'il y a de l'avenir dans ce domaine ?

- Oh bien sûr ! s'enthousiasma Archibald. Dans le domaine médical, la radiothérapie, la scintigraphie, la sécurité dans les aéroports, les centrales nucléaires, les…

Il stoppa net son énumération aux regards ahuris que lui lançaient les six hommes. Ils avaient la particularité de porter le même style de barbe, moustaches parfaitement entretenues, et chacun d'entre eux se caressait les poils du menton d'un air dubitatif. Archibald s'était emballé sans réfléchir. Il devait absolument faire attention.

- Je... je pense que ce sont des domaines où la radioactivité pourra se développer, corrigea Archibald, confus.

Lucien Weissenburger lui tendit une coupe dans laquelle il versa du champagne.

- Quel regard portez-vous sur l'Excelsior, Monsieur Goustoquet ? l'interrogea Victor Prouvé.

- C'est une merveille. Je suis sûr que dans cent ans, on s'extasiera encore sur cette décoration, chef d'œuvre de l'École de Nancy.

- On ne se projette pas jusque-là, répliqua Majorelle en riant, mais l'idée est séduisante. En tout cas, ajouta-t-il à l'intention des autres artistes, ce fut une belle inauguration...

- Sans doute ! ajouta Jacques Grüber. Mais remercions Lucien d'avoir eu la bonne idée de nous suggérer la date de Mardi Gras. L'ambiance n'est pas prête de s'éteindre.

La salle effectivement ne désemplissait pas. De temps en temps, des gens de passage les interrompaient pour les féliciter, ou tout simplement s'attirer, en parfaite hypocrisie, la sympathie de ces génies de l'Art Nouveau dont le tout Nancy vantait les qualités artistiques.

- Mes amis, j'ai à vous faire part d'une information intéressante, poursuivit Jacques Grüber. Vous vous souvenez tous de mon ami Paul Chevré et de la médaille de bronze qu'il a obtenue lors de l'Exposition universelle de Paris en 1900 ?

Les autres acquiescèrent.

- Eh bien, il m'a invité à l'accompagner au Canada pour l'inauguration de l'hôtel Château Laurier à Ottawa au printemps, pour laquelle il a exécuté un buste du Premier ministre canadien, Sir Wilfrid Laurier. Il me fera rencontrer Louis Comfort Tiffany.

- Tiffany ? Ce printemps ? demanda Louis Majorelle.

- Non, l'année prochaine.

Tous le félicitèrent pour cette future rencontre qui permettrait de confronter deux aspects intéressants de l'Art Nouveau.

Archibald fouilla dans ses souvenirs et se remémora que Paul-Romain Chevré était sculpteur, connu et reconnu entre autre à Québec pour sa formidable statue de Samuel de Champlain sur l'esplanade qui surplombe le Saint-Laurent, sous le château Frontenac. Quant à Louis Confort Tiffany, il était l'initiateur de ce courant américain appelé "Tiffany style", et qui effectivement se rapprochait de l'Art Nouveau.

- J'espère pouvoir discuter avec Tiffany du secret de son verre opalin.

- Formidable ! lança Daum enjoué. J'aurais aimé être des vôtres…

- D'autant plus…

Il s'arrêta de manière à ménager ce moment savoureux où le suspense crée cette fébrilité si étrange. Ses auditeurs étaient suspendus à ses lèvres.

- Vous n'êtes pas sans savoir que quelque part en Irlande se construit actuellement le plus grand navire insubmersible du monde…

- L'Olympic, proposa Mienville ?

- Pas l'Olympic. Il est terminé. De plus, j'ai dit « insubmersible », Alex. Je veux parler du Titanic. Paul m'a confirmé que le lancement aurait lieu ce 31 mai. Le voyage inaugural se fera en mars 1912 au départ de Cherbourg pour New-York via Southampton. Le 20. Nous en serons.

Tous les artistes congratulèrent leur ami. Archibald était bouleversé. Ce voyage dans le temps le confrontait à la réalité de l'actualité passée. Effectivement le Titanic serait lancé le 31 mai à Belfast mais le voyage inaugural n'aurait pas lieu le 20 mars comme venait de l'affirmer Grüber. Il serait repoussé au 10 avril 1912, à cause d'une collision de l'Olympic le 20 septembre avec un croiseur de la Royal Navy, lors de sa cinquième traversée transatlantique. Le transfert des ouvriers du Titanic sur la réparation de l'Olympic retarderait de ce fait la date du voyage inaugural. Il réfléchit à tout ce que cela impliquait. Bien sûr, il pourrait prévenir Grüber de ne pas participer à ce voyage, mais à quoi bon. Sans qu'il n'intervienne, Grüber mourra de toute façon en 1936. Donc le destin, de lui-même, l'aura empêché d'embarquer à bord du Titanic. Par contre, pour avoir lu un ouvrage sur ce drame, Archibald savait que Paul-Romain Chevré serait du voyage, et par chance serait l'un des survivants du tristement célèbre naufrage du 14 avril 1912. Il mourrait en 1914.

Jamais plus qu'en cet instant, Archibald ne prenait conscience de la réalité de son voyage. Il détailla ces artistes nancéens dont on parlerait encore dans un siècle. Ils étaient pratiquement tous vêtus de la même façon, sombres costumes bourgeois très sobres, taillés dans une étoffe noire, plastrons à col rabattu avec nœuds plus ou moins originaux. Les femmes présentes dans l'assemblée portaient des robes du soir avec débauche de dentelles, de bouillonnés de mousseline ou de décors brodés.

Et lui, Archibald Goustoquet, côtoyait ce beau monde d'une époque révolue qui ignorait qu'à trois ans de là, allait débuter l'épouvantable Première guerre mondiale. Son émotion était palpable.

- Vous allez bien, Monsieur Goustoquet ? s'enquit Lucien Weissenburger.

- Oui, oui. Ne vous inquiétez pas ! Un petit coup de fatigue. Si vous me permettez, je vais rentrer me reposer.

Il posa sa coupe sur une table et serra avec émotion une dernière fois les mains de Louis Majorelle... Antonin Daum... Jacques Grüber... Victor Prouvé... Alexandre Mienville... et Lucien Weissenburger... Il n'en revenait encore pas. Quand il raconterait cela à Maréchal, il serait estomaqué.

Il les quitta et se dirigea vers le hall d'entrée.

- Drôle de personnage, lança songeur Louis Majorelle. Qu'a-t-il voulu dire par "je suis fane" ?

- Les physiciens sont tous des marginaux, rétorqua Victor Prouvé. Lui c'est son langage et sa tenue vestimentaire, vous avez remarqué ?... En chemise, et ce nœud papillon... Quel mauvais goût !

- Et la longueur de ses cheveux sur sa nuque... Et son regard, surenchérit Antonin Daum. Vous avez vu l'épaisseur des verres de ses lunettes ?

- En tout cas, un original, conclut Jacques Grüber.

*

Quand Archibald se retrouva à nouveau dans le hall d'entrée, il descendit directement au sous-sol pour récupérer sa blouse et surtout la TST. Sans elle, pas de retour possible. Il ne croisa heureusement personne et put s'introduire dans la salle interdite. Il s'agenouilla devant la desserte pour récupérer son précieux bien. Se releva, quitta la salle et se lança en sens inverse dans l'escalier. Quelqu'un descendait. Un serveur. Pas de chance. De plus, le même qu'à son arrivée. Il le regarda d'un air suspicieux.

- Euh... Excusez-moi ! J'ai des problèmes intestinaux, se justifia maladroitement Archibald.

Sans attendre la moindre remarque du serveur, il poursuivit la montée de l'escalier, atteignit le hall, poussa les portes à battants et se retrouva sur le trottoir.

Il fut saisi par l'air sec et froid de cette fin février 1911. D'autant plus qu'il ne portait pas sa veste. Il se dirigea vers la place Thiers. Il fut médusé de constater l'absence de la tour du même nom et d'y découvrir des réverbères dressés autour d'une végétation dense avec quelques plantes tropicales mal en point. Le climat lorrain ne devait certainement pas leur convenir. La gare avait encore sa façade originale de 1852. Impressionnant. Il poursuivit son chemin et passa entre les Magasins réunis, futurs locaux de la Fnac, et les futurs bureaux de l'Est Républicain, dont le bâtiment style École de Nancy n'était pas encore inauguré. Il ne le serait qu'en 1913. Et ces bureaux seraient d'ailleurs délaissés en 1985 pour le site d'Houdemont, plus moderne, dans la périphérie sud de Nancy.

Archibald longea la place Saint-Jean qui ne s'appellerait place Maginot qu'à partir de 1940, toute arborée, jusqu'à la rue du même nom, entièrement pavée, et ne manqua pas d'admirer la Banque Renauld avec sa tourelle d'architecture Art Nouveau, inaugurée en 1910, et qui deviendrait, plus tard, une agence de la BNP. Les rails du tramway de l'époque étaient là, devant lui, un peu sur le même tracé que celui qui serait exploité commercialement avec pas mal de difficultés techniques en Février 2001. Il eut l'impression d'entrer dans une photographie d'époque, la couleur sépia en moins. Les hommes portaient tous des couvre-chefs, les femmes de larges chapeaux et des manteaux sur des jupes longues, ou des costumes-tailleurs qui venaient d'exploser dans la mode

181

féminine de ce début de XXème siècle. Des calèches tirées par des chevaux croisaient quelques Ford-T ou des De Dion Bouton, et s'écartaient parfois pour laisser passer une rame de tramway.

Archibald avançait comme dans un rêve. A observer, ému, les façades, les gens qu'il rencontrait, émerveillé comme un touriste à la découverte d'une nouvelle ville, il se retrouva sur la place Stanislas. Ancienne bien sûr. Il ne put s'empêcher de trouver que la rénovation qu'elle subirait en 2005 en ferait vraiment la plus belle place du monde, comparée à ce qu'il en découvrait aujourd'hui.

Quand il pénétra sur la place au coin de la rue Gambetta, un enfant qu'il ne vit pas venir, se jeta dans ses jambes, et il le rattrapa par le bras avant qu'il ne tombe.

- Eh bien, jeune homme ! Tu as l'air bien pressé…

- Pardon, M'sieur, j'ai pas fait exprès…

Archibald croisa le regard de l'enfant et quelque chose s'alluma dans son esprit. Il ne savait pas quoi. Une sorte de signal dont il ne pouvait déceler la cause. Pas encore.

- Gabélius ! Je t'ai déjà dit de me donner la main et de ne pas courir. Excusez-le Monsieur !

- Ce n'est pas grave, bafouilla Archibald.

Il observait avec stupéfaction la jeune et jolie femme devant lui. Il la connaissait. Ou plutôt, il la reconnaissait. Pour une fois, il ignora sa timidité maladive.

- Excusez-moi, Madame ! Ne seriez-vous pas Madame Goustoquet ? Christoflette Goustoquet ?

182

- Oui, c'est moi. Nous nous connaissons ?

Oh oui, Madame, vous êtes ma grand-mère... Mais il ne pouvait lui dire. Elle l'aurait pris pour un fou. Il la regardait avec beaucoup d'admiration, mêlée d'une émotion intense, qui encore une fois le troublait profondément.

- Euh... non. À vrai dire je connais votre mari.

- Ah, très bien. Mon fils ne vous a pas fait mal au moins ?

- Non, non. Ne vous inquiétez pas !

Il s'accroupit pour avoir son visage au niveau de celui du gamin. Ils se fixaient tous les deux intensément. Archibald lui caressa tendrement la joue. Si Christoflette Goustoquet était sa grand-mère, alors ce petit Gabélius était...

14.

- ... ton père ? s'écria Maréchal.

- Tout à fait. Mon père à quatre ans. C'est extraordinaire, non ?

- Tous ces artistes de l'Art Nouveau que vous avez rencontrés... c'est bizarre, ajouta Miraldine.

- Que voulez-vous dire ?

- Je ne sais pas. Vous êtes tellement fasciné par cette période... le livre sur le bureau... qu'est-ce qui vous prouve que vous avez vraiment vécu ce voyage ? Qu'est-ce qui prouve que vous n'avez pas perdu connaissance et que tout ce que vous nous avez raconté n'était pas un rêve ?

- Je ne pense pas que ce soit un rêve Miraldine, enchaîna Maréchal. Nous avons assisté, vous et moi, à l'apparition ectoplasmique du corps d'Archibald ici même, convenez-en ! Ou alors, c'est nous qui avons rêvé ce que nous avons vu. Mais je doute fort que nous fassions le même rêve, ensemble, vous ne croyez pas ?

- Ce ne serait pas la première fois que l'on parlerait d'hallucination collective.

- Ce n'est pas une hallucination, ce n'est pas de l'hypnose, ce n'est pas une illusion, ce n'est pas de la magie, asséna Archibald avec véhémence.

- Comment expliquez-vous les images qu'Archie a filmées dans l'escalier ? Vous croyez qu'il s'agissait aussi d'une hallucination collective quand nous étions figés tous les deux ?

- Non, vous avez raison. C'est vraiment incroyable. Tellement... Tellement incroyable !

- Je n'ai pas de doute sur ce que tu nous as raconté, Archie. C'est... C'est fabuleux.

- Merci Maréchal, car c'est la vérité. Je vous demanderai de garder le secret absolu sur ce qui se passe en ce moment dans cette maison. Rien ne doit filtrer avant le congrès de mardi. Ce serait une catastrophe pour moi s'il y avait une fuite. Avec une telle invention, je vais faire des jaloux, c'est évident. Et puis je crains l'espionnage scientifique.

- L'espionnage scientifique ?

- Oui. L'expérience que je viens de vivre, c'est une bombe. Les gouvernements, les militaires se battraient pour être en possession de ce moyen de déplacement spatio-temporel qu'ils utiliseraient comme arme. Une arme redoutable pour assouvir leur soif de pouvoir et de contrôle du monde. L'histoire s'écrirait différemment et Dieu sait ce qu'il adviendrait de l'humanité. Un exemple... Imaginez qu'un dictateur comme Hitler ait été en possession de mon invention. Il aurait pu changer l'issue de la guerre. Quand il était retranché dans son bunker à Berlin en 1945, la défaite était proche. Avec mon invention, il aurait pu revenir dans le passé, un an avant, et donner des ordres pour concentrer toutes ses forces en Normandie et non dans le Pas-de-Calais. Cela aurait entraîné de bien lourdes conséquences. Le débarquement aurait été un échec total. Les alliés n'auraient pu s'introduire dans le pays et aujourd'hui nous serions vraisemblablement allemands.

- C'est terrible, conclut Miraldine. Heureusement, Hitler est mort, et le scénario que vous venez de nous décrire ne peut heureusement plus se dérouler.

- Détrompez-vous ! Miraldine. Ce ne sont pas les dictateurs qui manquent... Et rien n'empêcherait un néo-nazi actuel qui s'emparerait de mon invention d'aller prévenir Hitler en 1944 de l'imminence du débarquement en Normandie.

Maréchal réfléchissait à la démonstration d'Archibald.

- Encore faudrait-il qu'il puisse l'approcher, ce qui ne devait pas être du tout cuit à l'époque, et en admettant qu'il y parvienne, qu'il puisse ensuite le convaincre. Son Etat-major n'a déjà pas réussi. Il devrait justifier la source de son information. Je l'imagine mal annoncer qu'il vient de 2008.

- Ca, c'est une autre histoire. Mais il n'est pas dans mon intention que quiconque s'empare de ma découverte. Aussi, la seule possibilité d'éviter ce type de scénario catastrophe est que la communauté scientifique verrouille mon invention lors du congrès de New-York mardi, après que je lui aurai développé ma thèse, remis le dossier complet, et convaincu de

187

l'authenticité du voyage dans le temps. D'où l'importance que vous gardiez impérativement le secret.

- Tu peux compter sur nous. Que vas-tu faire maintenant ?

- Modifier la TST, il y a eu une erreur de six heures sur la programmation de l'horloge. Ensuite, je pense pouvoir encore la miniaturiser car elle est un peu encombrante, et puis repartir.

- Repartir ? s'insurgea Miraldine.

- Oui, Miraldine. J'ai rencontré mon père lorsqu'il avait quatre ans. J'aurais pu intervenir auprès de Jacques Grüber pour lui dire d'empêcher son ami sculpteur Paul-Romain Chevré de monter à bord du Titanic. J'aurais pu changer le destin de cet homme. Je ne l'ai pas fait parce qu'il en réchappera. Mais je veux savoir comment mon père a disparu en 1943, et éventuellement tenter de le convaincre de prendre un autre trajet que celui qu'il a emprunté ce jour-là.

- Mais rappelle-toi ce que tu m'as expliqué, Archie ! Si tu modifies le passé, cela peut avoir une incidence sur le futur, et ça, tu ne le maîtrises pas.

- Je sais, Maréchal. C'est le seul risque que je m'autorise à courir. J'ai l'opportunité de croiser, ne serait-ce que quelques instants, le regard de mon père et peut-être influer sur le cours de son existence. Je ne veux pas passer à côté. S'il y a des incidences, alors, il faudra les assumer et les gérer en temps voulu.

Pendant qu'ils parlaient, Miraldine, intriguée, s'était placée sous la parabole et en détaillait l'installation.

- Non, Miraldine, surtout ne montez jamais sur ce plateau. Si vous étiez là pendant un de mes voyages, et que je revienne à ce moment précis, ce serait une catastrophe. Nos corps fusionneraient, nos molécules se fondraient, ce serait épouvantable, et pour nous deux, la mort assurée.

Miraldine le regardait songeuse et troublée. Elle descendit du plateau et se dirigea vers lui.

- Je ne comprends pas très bien ce que tout cela signifie sur le plan scientifique, mais sur un autre plan, j'aime bien quand vous me parlez comme ça…

- Que voulez-vous dire ? réagit Archibald, à mille lieues de ce qu'il allait entendre.

Elle prit la direction de la porte du laboratoire, et au moment de la franchir, se retourna.

- J'aime assez l'idée de mourir ensemble quand nos corps fusionneront. Cela a une connotation romanesque séduisante.

Elle s'éclipsa, le sourire aux lèvres.

- Mais qu'est-ce qu'elle a voulu dire ?

- Il est temps que tu ouvres les yeux, Archie. Tu comptes beaucoup pour Miraldine.

- Comment ça, je compte pour elle ?

- Je crois que tu ne lui es pas indifférente…

- Que me racontes-tu là ? Miraldine est mon employée. Excellente certes. Mais de là à imaginer que…

- Que ?

- Oh rien, laisse tomber ! Tu as trop d'imagination. Et Miraldine est trop romantique.

- Elle est peut-être romantique, mais excuse-moi de te le dire aussi crûment, elle en pince pour toi mon vieux...

- Elle en... Oh, allez ! laisse tomber je te dis ! Viens plutôt m'aider à modifier ma TST. Je vais avoir besoin de toi avant de repartir.

Les deux hommes se dirigèrent vers une des paillasses carrelées sur laquelle Archibald posa la télécommande.

- Repartir maintenant ?

- Non. Demain matin après quelques heures de sommeil.

- Tu ne crains pas pour ton organisme ? Tu n'as plus vingt ans, tu sais...

- Merci de me le rappeler. Je me sens excité comme un jeune homme.

- Dommage que Miraldine ne soit plus là pour t'entendre...

- Cela n'a rien à voir avec Miraldine, Maréchal...

- Je sais, je sais. Je plaisantais...

- Comment peux-tu plaisanter dans de telles circonstances ? Mon premier voyage ne m'a laissé que de bonnes impressions. Tu imagines ? Tu imagines ce que je peux ressentir ? Je suis le premier homme à me déplacer dans le temps. On n'est plus dans un roman d'H.G. Wells ou de Philip K. Dick, Maréchal. Ce n'est plus de la science-fiction. C'est la réalité. Nous sommes à l'aube d'une ère nouvelle. C'est un événement plus important encore que lorsque Neil Armstrong a marché sur la lune. Plus important que l'électricité, le téléphone, l'informatique ou la télévision... Et pourtant, toutes ces inventions ont contribué à ma propre découverte. Chacune d'entre elles est un rouage de la machine universelle qu'est l'humanité. J'ai voyagé dans le temps, Maréchal. J'AI VOYAGE DANS LE TEMPS ! Si le bonheur est un océan, alors je suis emporté par les courants, Maréchal, que dis-je, je suis en apnée permanente dans les eaux de l'enthousiasme, même pas... je respire dans les profondeurs océanes et me nourrit du plancton orgasmique de...

- Oh là ! Oh là !... Du calme, le coupa Maréchal. Tu vas me faire une crise cardiaque là...

Archibald fut stoppé net. Il était hagard et semblait découvrir Maréchal pour la première fois. Il plongea son visage dans ses mains, le temps de redescendre du nuage où son envolée lyrique l'avait emporté. Il expira profondément pour retrouver un apaisement relatif.

- De toute façon, tu ne peux pas comprendre. C'est une question d'adrénaline. Bon ! Il me reste peu de temps avant d'aller à New-York. Je dois expérimenter mon invention au maximum pour mon mémoire qui va bouleverser le monde scientifique

Il regarda sa montre.

- Allez, dépêchons ! Il n'y a plus une minute à perdre.

Il claqua la porte du laboratoire sans la fermer à clef, puis retourna dans la seconde salle. Il était complètement excité par son aventure, et par toutes celles qu'il allait encore pouvoir vivre.

- Je sais ce qu'il faut modifier pour que ce soit parfait, Maréchal. D'abord, réduire la TST à un simple boîtier que je pourrai glisser dans ma poche, ensuite, mettre en place la commande d'arrêt du flux électrique de la déstructuration moléculaire, tu sais, ce qu'avait fait Ficelle involontairement, une commande qui permet d'arrêter le temps, quelques écrans à cristaux liquides, une mémoire interne, et pour terminer affiner l'horloge temporelle. Mon erreur de six heures ne fut pas dramatique, mais dans d'autres circonstances, un tel décalage pourrait être fatal. Je vais aussi y inclure un système d'ondes préventives.

- Qu'est-ce que cela encore ?

- Lorsque je programmerai les coordonnées précises d'un lieu, longitude, latitude et altitude, mon système d'ondes préventives pourra les modifier de quelques degrés si d'aventures, je devais me restructurer à la place d'un solide existant, un objet, un mur, un autre corps humain. Juste pour éviter l'accident moléculaire que j'ai décrit à Miraldine toute à l'heure.

- Et tout cela sur un simple boîtier ?

- Tout à fait. C'est une affaire de quelques heures. J'avais déjà planifié tout cela, il ne me reste plus qu'à me lancer dans l'application technologique. Et demain matin, retour en 1943 à la rencontre de mon père. Peux-tu me tenir ces outils s'il te plaît, tu me les passeras quand je te les demanderai…

- On se croirait dans un bloc chirurgical pour une opération, souligna Maréchal.

- Oui, tu as raison. Une opération à cœur ouvert. Le cœur du temps.

15

Malcolm Stuart montra son billet à l'hôtesse et fut invité à s'engager dans une des passerelles télescopiques pour passer de la salle d'embarquement à l'avion. Il fut accueilli comme une dizaine d'autres passagers privilégiés par une seconde hôtesse et un steward et fut introduit dans l'espace de la classe affaire. Il s'installa dans un large fauteuil en cuir contre un hublot. Un homme d'une cinquantaine d'années ôta sa veste qu'une hôtesse alla ranger dans un vestiaire, et s'installa sur le siège voisin de celui de Malcolm. Il le salua de la tête et lui adressa un large sourire qui se voulait engageant. On leur apporta une paire de chaussons qu'ils enfilèrent après avoir ôté leurs chaussures et on leur remit une trousse comportant à la fois brosse à dent, dentifrice, paire de ciseaux, lotion après rasage, eau de toilette, mais aussi un équipement basique de couture.

- C'est sympathique, confia l'homme à Malcolm. Mais à force j'en ai une commode pleine à la maison...

Malcolm lui adressa un sourire poli et tenta de se concentrer sur les sièges dont le confort aurait dû être rassurant, mais qui pourtant ne parvenait pas à occulter sa phobie. Depuis les attentats du 11 septembre 2001, il avait une peur viscérale et incontrôlable de l'avion. A chaque fois, c'était panique à bord. Une hôtesse apporta une flûte de champagne en guise d'apéritif qui pourrait se prolonger à la guise des passagers. Malcolm ne put refuser la flûte mais il était décidé à ne pas en boire la moindre goutte. Pour deux raisons. La première est qu'il avait la gorge tellement nouée par le stress, qu'il lui était totalement impossible d'ingurgiter un quelconque liquide. La seconde est qu'il voulait garder l'esprit clair. Rester lucide au cas où. Rester maître de ses réflexes.

- À votre santé, lui lança son voisin en levant son verre.

- À la vôtre, bredouilla Malcolm.

L'homme vida sa flûte d'un trait comme un vulgaire jus de fruit. Malcolm détourna le regard.

- Vous ne buvez pas ?

- Non, merci. Le champagne ce n'est pas trop ma tasse de thé…

L'homme éclata de rire.

- Elle est bien bonne. Je me présente, ajouta-t-il en lui tendant une main aux doigts boudinés que Malcolm serra à contrecœur. William Lowstone. Je suis avocat. Mais vous pouvez m'appeler Bill.

- Enchanté Bill. Je suis Malcolm Stuart. Je travaille pour L'EAGLE.

- Ah oui… le combustible à partir du CO2… Dites-donc, il paraît que ça ne va pas fort en ce moment ?

- Que voulez-vous dire ?

- Il paraît que l'Europe veut vous mettre des bâtons dans les roues ?

- Oui, enfin, pas l'Europe ! Certains lobbies qui…

Tais-toi Malcolm ! Ce type fait peut-être de l'espionnage industriel. Surtout ne pas le brancher sur le droit. Comme il est avocat…

- Qui… ?

- Oh rien ! La routine quoi, mais ça va s'arranger…

Comprenant que son interlocuteur souhaitait ne pas s'aventurer sur ce terrain, il changea de sujet.

- Je suis de Newburgh… Quand je pense que cet après-midi, j'étais en train de nettoyer ma piscine en regardant voler les cormorans au-dessus de l'Hudson… un coup de fil m'a arraché à ma contemplation. Je dois être demain à Paris, et lundi à Alger. Heureusement qu'il y a la business class. Il y a toujours de la place. Dommage que ce soit un peu cher. Quand même… trois mille dollars l'aller, ce n'est pas rien.

Heureusement pour moi, c'est la boîte qui paye, songea Malcolm. Je n'aurais jamais les moyens de m'offrir ce genre de billets, et d'une. Et de toute façon, même si mes moyens me le permettaient, ce n'est certainement pas en avion que je me déplacerais.

L'hôtesse leur proposa à nouveau du champagne. Malcolm déclina l'offre. Son voisin se fit remplir sa flûte, qu'il vida à la même vitesse que la première.

Elle leur demanda d'attacher leur ceinture, le décollage n'allait pas tarder.

Malcolm pâlit. Voilà, il y était. Passage obligé par l'enfer. Il eut une nausée et la réprima en fermant très fort les yeux.

- Alors camarade, toujours pas de champagne ? Il va chauffer…

Malcolm secoua la tête sans dire un mot.

- Je peux vous en débarrasser, si vous voulez ?

Malcolm acquiesça de la tête. Son voisin s'empara de sa flûte et avala le contenu aussi rapidement que celui des deux premières. Il éructa bruyamment.

- C'est bien ce que je pensais. Un peu chaud.

Malcolm sentit un haut-le-cœur monter de ses entrailles. Il détacha rapidement sa ceinture et se précipita aux toilettes.

Quand il revint quelques minutes plus tard, il avait vieilli de dix ans. Une hôtesse s'empressa de lui venir en aide.

- Vous êtes malade Monsieur ? Vous voulez un somnifère ?

- Surtout pas ! Surtout pas !

- Vous dormiriez et vous vous sentiriez beaucoup mieux.

- Mais je ne veux pas dormir, je veux rester éveillé. Au cas où.

- Au cas où quoi, Monsieur ? ajouta l'hôtesse d'un sourire qui se voulait rassurant.

- Rien. Laissez tomber ! Ça va aller mieux. Je vous remercie.

- Bon. Retournez-vous asseoir alors et bouclez votre ceinture ! Nous allons décoller dans quelques minutes.

Malcolm regagna son fauteuil en soupirant.

- Des problèmes ? demanda le voisin.

Malcolm ne desserra pas les dents et répondit négativement de la main. Il tourna la tête vers le hublot et ferma les yeux pour faire comprendre à l'envahisseur qu'il ne souhaitait plus être dérangé.

Un somnifère ? Certainement pas. Je ne veux pas dormir. Surtout ne pas dormir. Etre conscient tout au long du voyage. Pouvoir intervenir sur le destin au cas où. Au cas où quoi Malcolm ? Eh bien, tu le sais bien, non... au cas où l'avion soit détourné, au cas où l'avion s'écrase, au cas où un missile détruise l'avion, au cas où... Ah oui ? Et tu ferais quoi, Malcolm ? Je n'en sais rien ce que je ferais... Mais ce qui est sûr c'est que jusqu'au bout, je chercherais à sauver ma peau. Ah bon ? Allons-y, pour voir... Si l'avion était détourné ?... Je mettrais hors d'état de nuire les terroristes... Si l'avion s'écrasait ?... Je me trouverais un parachute et je sauterais par une issue de secours... Si un missile détruisait l'avion ?... Je... Je... Je ne suis pas Indiana Jones, merde ! Je ne suis que moi, avec mes peurs, mes faiblesses, mes angoisses et ma trouille de l'avion... Oh bon Dieu ! Que j'aimerais déjà être à Paris...

Le Boeing 747 commença à rouler sur le tarmac. Malcolm riva ses bras aux accoudoirs. Après quelques minutes, le pilote positionna son avion dans la file des autres appareils qui attendaient en bout de piste le feu vert de la tour de contrôle. Toutes les minutes, les trois avions qui le précédaient s'élancèrent à tour de rôle vers le ciel.

Malcolm s'accrochait si violemment aux accoudoirs de son fauteuil, que les jointures de ses phalanges avaient blanchi. Il transpirait abondamment et ses tremblements devinrent si intenses que Bill alerta une hôtesse qui intervint aussitôt.

- Monsieur ? Monsieur ? Relaxez-vous Monsieur !

Les tremblements s'amplifièrent. Malcolm n'entendait rien d'autre que le ronronnement des moteurs qui dans quelques instants allaient vrombir et rugir pour arracher les centaines de tonnes de ferraille à l'attraction terrestre. C'est là que sa frayeur était au paroxysme.

L'hôtesse décrocha un téléphone intérieur et mit le commandant au courant de la situation. Après avoir pris acte de ses recommandations, elle raccrocha le téléphone et se dirigea vers un steward. Elle lui glissa quelques mots en lui indiquant la place où se trouvait Malcolm. Il sortit une trousse médicale, l'ouvrit, sortit une seringue dont il introduisit l'aiguille dans un petit flacon pour en pomper le liquide. Ensuite, il retourna la seringue, aiguille vers le haut, et tapota deux fois le réservoir pour faire remonter les bulles d'air, pressa légèrement la pompe pour les chasser en même temps qu'un peu de produit. Il se dirigea vers Malcolm tétanisé et sans que ce dernier s'aperçoive de quoi que ce soit, avec l'aide d'une hôtesse, il réussit à injecter le contenu de la seringue dans une de ses veines.

Malcolm dormait profondément quand le Boeing 747 quitta le sol américain.

*

Le ronronnement du moteur du bus qui le conduisait à Atlantic City le berçait dans un sommeil réparateur. Enfin des vacances ! Enfin un repos dont il allait profiter à deux cent pour cent ! Il irait arpenter les vastes plages de sable le long des fastueux hôtels de la côte, puis le soir, il tenterait sa chance au black jack ou au poker... Dans un smoking qu'il aurait loué, il ferait son apparition au milieu des joueurs éberlués, arborant fièrement un nœud papillon en soie rouge sur un plastron immaculé. Il approcherait d'une table où un croupier l'accueillerait avec un sourire carnassier et lui dirait :

- Bonsoir Monsieur ! Un petit chemin de fer ? A moins que vous ne préfériez l'avion ?

L'avion ? C'est un nouveau jeu ? L'avion... L'AVION !

*

Il ouvrit les yeux.
Mon Dieu, l'avion ! Je me suis endormi.
Il regarda autour de lui. La cabine était baignée d'une douce lumière et les réacteurs ronronnaient. Il

remarqua qu'il faisait nuit. En dessous, dix mille mètres plus bas, il devait y avoir l'océan. Malcolm frissonna. Il vérifia que son gilet de sauvetage était bien en place sous son siège. Ouf ! Il y était. Il se contorsionna pour regarder par le hublot. Le ciel, sur l'arrière de l'avion, était d'un noir d'encre alors que sur l'avant, au loin, une pâle lueur presque imperceptible annonçait déjà l'aube, comme une promesse de sécurité.

Il se tourna vers son voisin. Il dormait profondément, la bouche ouverte, un masque noir sur les yeux. Le dossier de son fauteuil abaissé au maximum formait, grâce à son inclinaison, un substitut confortable de lit.

Une hôtesse remarqua qu'il était réveillé et s'approcha de lui.

- Comment vous sentez-vous, Monsieur ? murmura-t-elle.

- Bien, merci.

- Vous souhaitez manger ? Vous avez passé le repas mais je peux vous le servir...

- Vous auriez dû me réveiller. Quel est le menu ?

- Caviar vodka, foie gras, filet de lotte flambé au cognac, accompagné d'un Meursault 98, et comme dessert...

Beurk !

- Non merci, je prendrai juste un thé. Nature, avec une rondelle de citron.

- Bien Monsieur ! Je vous l'apporte dans un instant.

En regardant une nouvelle fois par le hublot, il se remémora sa mission à Paris. Il alluma son plafonnier individuel et décida d'étudier le dossier que lui avait remis la secrétaire de Shrub. Une fraction de seconde, la silhouette élancée de la jeune femme percuta son esprit de plein fouet, mais le souvenir de la dernière phrase cynique qu'elle lui avait adressée fit exploser son souvenir. Il soupira.

Il ouvrit le dossier. Lui, Malcolm Stuart, allait devoir annoncer une compression de personnel. Deux cent trente-huit. Deux cent trente-huit employés sur quatre cent soixante-seize. Deux cent trente-huit hommes ou femmes devaient actuellement dormir sereins, ignorant l'épée de Damoclès qu'ils avaient au-dessus de leur tête et qui allait tomber du ciel pour décapiter leur destin professionnel, mais aussi personnel, familial. Quel monde ! Les pouvoirs décisionnaires des actionnaires et leur appétit croissant de gains l'avaient toujours révolté. Jouer à l'échelle humaine sur l'échiquier du profit avait quelque chose de scandaleux. Mais il fallait bien vivre et sur cet échiquier, il n'était qu'un pion. Et même si le principe de sa mission était cavalier, il n'en demeurait pas moins que les fous dans leur tour d'ivoire adulaient le roi dont la toute-puissance était reine.

Malcolm sourit de sa performance métaphorique, et conclut que pour 35000 dollars, il acceptait sans remords de jouer le rôle de ce pion. De toute façon, il n'avait pas le choix. Dans quelques heures, il serait à Paris. Il aurait le dimanche pour se reposer et préparer son intervention de lundi matin.

Il tourna la première page et entreprit d'étudier les profils des salariés français.

16

- Djamila… Apporte le thé, fissa, fissa !

Djelloul Fahti allongé sur les coussins, attrapa entre deux doigts une olive noire parmi les divers plats qui s'étalaient sur la table basse en verre, et la lança en l'air pour la récupérer dans sa bouche à la volée. Il portait un complet blanc légèrement froissé sur un sweat rouge moulant. Il était chaussé de mocassins blancs sans chaussettes. La coupe afro de ses cheveux noirs de jais encadrait un visage buriné aux traits marqués au milieu duquel pétillaient des yeux noirs, dont l'acuité était rehaussée par des sourcils épais. Rachid Ben Chahid lui faisait face en silence. Le cheveu était court et frisé et une moustache noire fournie accentuait l'épaisseur de ses lèvres. Il portait un keffieh autour du cou sur un tee-shirt qui avait dû être blanc autrefois. Assis en tailleur sur un pouf en cuir, il aspirait régulièrement la fumée de chicha au tuyau d'un narguilé composé d'un vase en verre soufflé bleu décoré de motifs orientaux de couleur or et d'un corps en métal argenté.

- Notre homme est prêt ? demanda Djelloul Fahti.

Son vis à vis souffla vers lui un nuage de fumée qu'il chassa nerveusement d'un revers de main.

- Excuse-moi !... Ahmed ? Oui, il est prêt. On attend quoi, là ?

- On doit m'appeler de…

Une jeune femme vêtue d'une djellaba bleu nuit brodée de fil d'or entra avec un plateau sur lequel étaient posés deux verres et une théière en argent qu'elle déposa sur la table. Elle se baissa pour servir le thé.

- *Sahakoum bi koulchi Djamila. Khalina y'a jib n'ntakalem !*[1]

La jeune femme s'éclipsa laissant derrière elle des effluves de Bornéo 1834, de Serge Lutens, à base de patchouli. Djelloul Fahti la suivit du regard, les yeux plissés pendant qu'elle s'éloignait. Il fit couler adroitement le thé à la menthe dans les verres ciselés, en élevant la théière de plus en plus haut selon la tradition, afin d'obtenir un mélange parfait.

- J'attends un appel de Jabaliya pour une confirmation de vol et d'horaire.

- Quel vol ? Quel horaire ?

- Une branche secrète du Hamas a intercepté une communication confidentielle et a appris qu'une délégation israélienne, dont le premier ministre, va être reçue à l'Elysée avant de gagner pour quelques jours la Maison Blanche à Washington. C'est là qu'Ahmed va intervenir.

---

[1] Je m'en occupe Djamila. Laisse-nous ! On doit parler.

- À la Maison Blanche ?

- Tu le fais exprès ou quoi ? À Roissy. Dès que nous connaîtrons le jour, l'heure et le vol qui les emmènera à Washington, Ahmed pourra intervenir à ce moment-là, non ?

- Oui, bien sûr ! Mais je doute fort que dans l'aéroport il puisse approcher la cible. Il sera arrêté à la moindre approche et on découvrira sur lui les explosifs.

- Pas de ceinture, Rachid ! Pas de ceinture !

- Ahmed est un fidèle. Il est prêt. Tu peux lui faire confiance. Il rejoindra avec fierté les martyrs du Jihad.

- Plus d'attentats-suicides, Rachid. Notre peuple commence à en avoir assez que l'on utilise ses fils et ses femmes pour servir notre cause. D'un côté, Tsahal tue nos enfants et en représailles nous envoyons à la mort les enfants qui nous restent ? Non, Rachid, les temps changent. Stratégiquement parlant, nous ne sommes plus crédibles. Ahmed sera plus utile vivant que mort.

- Que veux-tu dire ?

- Il est bagagiste à Roissy. C'est pour cela que nous l'avons choisi.

- Il ne pourra pas non plus passer de ceinture par ce biais.

Djelloul Fahti frappa la table en verre de la paume de la main et haussa le ton.

- Par Allah, cesse de me parler de ceinture ! Il n'est pas question, encore une fois, d'attentat-suicide. Je sais bien qu'en tant que bagagiste, Ahmed doit subir une fouille tous les jours avant de rejoindre son poste de travail. Mais là, ils pourront le fouiller de la tête aux pieds, ils ne trouveront rien. Et il aura accès comme tous les jours aux soutes des avions.

- Je ne comprends rien à ce que tu me racontes ? S'ils ne trouvent rien, c'est qu'il ne pourra rien passer...

Djelloul Fahti soupira, ravala sa nervosité en même temps qu'une gorgée de thé.

- Laisse-moi t'expliquer ! Quand Ahmed se...

Il fut interrompu par la mélodie raï de la sonnerie de son téléphone portable qu'il porta immédiatement à son oreille.

- *Allo ?*

- *...*

- *Hatha an'a !*[2]

- *...*

- *In' tather ! Saakhoudhou kalamen... Ha ya !*[3]

- *...*

- *Ketebt a thoulatha essaniata hachara oua nouss. Taïra AA674 n'teh el American Airlines lé Newark ? Zanemtou nahoum thelibouna illa Washington ?*[4]

- *...*

- *Saha la mouchkila. Rabi m' hék !*[5]

---

[2] Oui, c'est moi !
[3] Attends ! Je prends un crayon. Vas-y !
[4] Oui, j'ai noté. Mardi. 12h30. Vol AA674 de l'American Airlines... Pour Newark ?... Mais je croyais qu'ils allaient à Washington ?
[5] D'accord. Pas de problème. Dieu soit avec toi !

Il coupa la communication et rangea le téléphone dans la poche intérieure de sa veste. Il regarda d'un air dubitatif les informations qu'il avait griffonnées sur un bout de papier.

- Un problème ? l'interrogea Rachid Ben Chahid.

- Ils ne vont pas directement à Washington. Ils passent d'abord par New-York. Ils seront reçus à l'ONU.

- Ça change quelque chose pour nous ?

- Non. Rien. Il suffit que tu préviennes Ahmed.

- Oui, eh bien justement, je veux bien le prévenir mais je lui dis quoi ? Tu allais me l'expliquer avant qu'on t'appelle...

*

Djelloul Fahti sortit d'une poche de son pantalon une boîte d'allumettes et la lança à son compagnon qui, d'un prompt réflexe, l'intercepta.

- Regarde !

Il la tourna et la retourna, puis adressa à Djelloul Fathi un regard interrogateur.

- Ouvre-là !

Rachid Ben Chahid s'exécuta.

- Des allumettes ! Oui, et alors ?

- Regarde mieux !

Il observa à nouveau l'intérieur de la boîte minutieusement. Il sortit une allumette, la gratta. Elle s'enflamma aussitôt. Il la secoua pour éteindre la flamme puis referma la boîte et la lança sur la table.

- Et alors ? Elles ont quoi de spécial ces allumettes ?

Djelloul Fathi afficha un sourire sarcastique, se saisit à nouveau de la boîte et la fit sauter en l'air plusieurs fois de suite dans sa main sans quitter son vis-à-vis des yeux. Puis il la maintint entre le pouce et l'index devant le visage de Rachid, et son mutisme volontaire qui accompagna son geste donna à l'instant une tension soudaine et mystérieuse.

- Regarde bien !

Il ouvrit la boîte avec la dextérité d'un prestidigitateur et la retourna au-dessus de la table. Les allumettes tombèrent et s'éparpillèrent. Il retira le tiroir de son étui et entreprit d'en plier les quatre bords. Il put ainsi soulever un double fond pour faire apparaître une fine plaque brunâtre d'à peine un demi-millimètre d'épaisseur et de quelques centimètres carré.

- C'est quoi ? demanda Rachid, à la fois attentif et stupéfait.

Djelloul fit durer le suspense quelques secondes.

- Nos artificiers ont mis au point un nouvel explosif. Mais attention hein ! C'est du top secret.

- Ça ? Un explosif ? Pour faire sauter quoi ? Une valise ?

- Imbécile ! Ce que tu vois là est mille fois supérieur à l'hexogène, à la pentrite ou au plastic traditionnel. Il y aurait là assez de puissance pour rayer Barbès de Paris et tout le dix-huitième arrondissement avec, mais même si je le voulais, je ne pourrais pas le faire. Ça ne fonctionne pas ici.

- Ben alors ? A quoi ça sert ?

- Ici sur terre, ça ne marche pas. Mais là-haut, si. Il suffit qu'Ahmed glisse la boîte d'allumettes dans la soute, dans n'importe quel sac, n'importe quelle valise de voyageur ou même à n'importe quel endroit entre les bagages et boum !

- Boum ? Quoi, boum ?

- Boum, l'avion ! Boum les israéliens !

- Quoi ? Ce petit… machin !

- Ce petit machin comme tu dis, est suffisamment puissant pour pulvériser n'importe quel avion.

- Et qui déclenchera l'explosif en vol ?

Djelloul Fahti se leva et regarda par la fenêtre. Son regard tomba sur la rue Dejean que dominait l'appartement. Sur les trottoirs saturés, une foule bigarrée se mouvait lentement entre les étals permanents du marché africain, où épiceries diverses et boucheries musulmanes côtoyaient les vendeurs de bijoux fantaisie. Bien que la fenêtre fût fermée, Djelloul Fahti sentait par réminiscence les parfums des épices qui se mêlaient aux effluves des épis de maïs cuits, vendus à la sauvette. Les voitures, pare-chocs contre pare-chocs, progressaient péniblement centimètre par centimètre. Il leva les yeux vers le ciel puis se retourna vers Rachid Ben Chahid.

- La Palestine, la terre de nos Pères, peut s'enorgueillir de compter dans ses rangs un des plus grands chimistes du monde. Cette plaquette extra plate est un explosif génial.

- Mais je ne vois ni fils, ni détonateur…

- Cette invention va nous permettre de gagner le Jihad, Rachid. Tu as raison. Il n'y a aucun fil, aucun détonateur. C'est inutile. C'est une invention de génie. La composition chimique de la matière de cet explosif réagit à une certaine pression atmosphérique.

- Je ne comprends pas.

- C'est compliqué et simple à la fois. Lorsque l'avion montera en altitude et dépassera les dix mille mètres, la pression descendra en-dessous de 0,25 bar et entraînera une modification moléculaire de l'explosif et alors là... Boum !

- Boum ?

- Oui. Boum ! Ne me demande pas de t'expliquer le principe chimique ou technologique, mais je peux te dire que c'est la pression dans la soute à cette altitude qui déclenchera la réaction chimique qui conduira à une explosion si puissante que l'avion sera déchiqueté avant qu'un seul appel de détresse ne puisse être lancé par l'équipage. Boum les israéliens !

- Oui, et boum tous les passagers ! soupira Rachid.

- Comme on dit en France, on ne fait pas d'omelette sans casser des œufs ! Et tu sais quoi ?... Quand l'avion décollera nous serons dans le hall de l'aéroport. Je veux être présent quand l'avion explosera en plein ciel... Juste pour jouir de notre victoire contre l'état hébreu dans la panique ambiante...

17

Archibald sortit sa montre de la poche de son gilet. Une heure du matin. Il posa ses lunettes sur les feuilles qu'il était en train de rédiger, massa ses paupières fermées du pouce et de l'index vers la racine du nez, rechaussa ses lunettes et entreprit de relire ses notes. Un bâillement prolongé interrompit sa lecture. Bien qu'il eût aimé poursuivre l'organisation de son dossier pour le congrès de New-York, il éprouva le besoin de se reposer quelques heures. Il se leva, se dirigea vers la sortie du laboratoire, ferma la lumière, ouvrit la porte qu'il franchit et la tira derrière lui. Il songea à la fermer à clef, mais il considéra qu'il n'y avait plus rien à craindre puisque Miraldine et Maréchal étaient maintenant au courant de ses expériences. Il gravit les escaliers et se retrouva dans le hall d'entrée. La maison était calme. Maréchal devait déjà dormir, tout comme Miraldine d'ailleurs. Il s'arrêta devant l'office et l'imagina virevoltant entre casseroles, épices, vaisselle, légumes à éplucher... Quoi qu'il en dise, elle faisait partie de sa vie. Il n'imaginait plus la maison sans elle. Il entra et se servit un verre d'eau au robinet de l'évier. Il ouvrit le réfrigérateur et se laissa tenter par une assiette à dessert sur laquelle reposait une part de cake aux raisins arrosée de crème anglaise, une des nombreuses spécialités de Miraldine. Il tira une chaise et s'installa devant son assiette et son verre d'eau. Il but avec plaisir une longue gorgée puis s'attaqua au dessert devant lequel il n'avait pas su résister. La première bouchée exhala un doux parfum de vanille mélangé à celui du rhum dans lequel Miraldine avait fait macérer les raisins de Corinthe. C'était succulent.

- Alors ? On se laisse aller ?

Archibald se leva d'un bond et se tourna penaud vers Miraldine en robe de chambre. Elle affichait un sourire malicieux, une épaule appuyée contre le chambranle de la porte. Il se sentait comme un petit garçon pris en flagrant délit de chapardage. Il rougit et tenta de se justifier en bredouillant.

- Euh ! Je... Je... Excusez-moi ! Je... J'avais un petit creux...

- Vous n'avez pas besoin de vous justifier, vous savez. Vous êtes chez vous.

Archibald réussit à sourire.

- C'est vrai. Vous avez raison. Je suis bête parfois. Je suis tellement ancré dans mon monde et mes expériences, que j'en oublie parfois le sens des réalités.

- Je comprends que vos expériences vous perturbent. Ces histoires de voyages dans le temps... C'est tellement bizarre, tellement surréaliste... On se croirait dans un roman.

- Et pourtant, Miraldine, c'est la réalité. C'est un miracle que je sois parvenu à atteindre l'objectif de toute une vie.

- Vous n'avez jamais songé à vous marier ?

Archibald rougit de confusion.

- Allons ! Vous n'allez pas vous réfugier dans votre bulle à chaque fois que l'on aborde ce type de sujet. Je vous pose cette question à titre d'information. Je ne vous demande pas de m'épouser.

- Excusez-moi ! Je ne voulais pas... euh... vous vexer.

Il s'assit à nouveau et regarda sa part de cake entamée qu'il avait reposée dans l'assiette à dessert.

- Vous savez...

Il inspira profondément.

- Oui ?

- Mes recherches m'ont pris tellement de temps... J'ai vécu avec ma mère jusqu'à sa mort. J'avais quarante-trois ans. Elle a été la seule femme que j'ai vraiment côtoyée. Quand elle est décédée, j'ai ressenti un grand vide, un gouffre béant que j'ai cru ne jamais pouvoir combler.

- Nous ressentons tous cela après la perte d'un parent proche.

- Alors pour tenter d'échapper à cet abîme dans lequel je m'enfonçais de plus en plus, j'ai décidé de redoubler d'efforts dans mon travail, et de me consacrer exclusivement à mes recherches sur le voyage dans le temps. Et là Miraldine, j'y suis. C'est merveilleux. Mardi, au congrès de New-York, je pourrai enfin présenter mes travaux.

- Je suis vraiment heureuse pour vous, Archibald, que... Oh pardon ! Excusez-moi ! Je suis confuse. Je ne voulais pas. Cela m'a échappé...

Archibald la regardait maintenant avec étonnement. Pas fâché. Non. Mais juste étonné. Quelque chose venait de se produire qu'il ne maîtrisait pas. Miraldine à son tour, était rouge de confusion. Figée sur place, elle attendait une réaction de sa part qui tardait à venir. Le trouble d'Archibald lui donnait une apparence qu'elle ne lui connaissait pas. Il s'était levé et tourné vers elle. Il était pâle et fixait Miraldine comme jamais il n'avait osé la regarder. Toujours dans l'attente d'une réaction, elle ne le quittait pas des yeux et cherchait à deviner ce qu'il ressentait intérieurement. Sur son visage, elle ne parvenait à lire la moindre émotion. Finalement, elle perçut son silence comme un reproche, et éclata en sanglots. Décontenancé, Archibald découvrait le désarroi provoqué par une émotion qui lui était étrangère. Il eut envie de réconforter Miraldine. Des pensées qu'il ne maîtrisait pas se formèrent dans son esprit, et engendrèrent une suite incohérente de mots qui, au contact de ses lèvres tremblantes, se transformèrent en un borborygme des plus étranges. Un nœud se forma dans sa gorge, paralysant ses cordes vocales. Luttant de toutes ses forces pour abaisser le bouclier de sa timidité, il réussit à faire un pas vers elle en écartant maladroitement les bras. Miraldine perçut ce mouvement comme un refuge et se précipita contre lui en pleurant de plus belle contre sa poitrine avant qu'il n'ait pu faire un autre geste.

- Oh mon Dieu, pardon, pardon Monsieur !

Les bras toujours écartés, Archibald avait involontairement fermé les yeux. Le contact du corps de Miraldine contre le sien provoquait en lui des décharges électriques continues. Une vague tumultueuse inconnue bouleversait son organisme : ça montait de l'estomac, submergeait sa poitrine, perturbait sa respiration, accélérait son rythme cardiaque et envoyait en même temps des messages à son cerveau où des millions de neurones clignotaient comme autant de signaux d'alarme. Quand il ouvrit les yeux, ses bras s'étaient refermés sur Miraldine. Il était comme en catalepsie mais malgré tout, sentait monter de ses cheveux un parfum insoupçonné dont il s'imprégna inconsciemment.

Miraldine s'était calmée et restait blottie contre lui. Elle réalisait que la situation était ambiguë mais paradoxalement n'osait plus bouger de peur que ne se rompe le charme.

Finalement, Archibald la repoussa doucement en toussotant pour cacher son embarras. Miraldine plongea ses yeux dans les siens et lut, dans son regard, qu'elle avait semé une graine dans la fameuse terre aride et sèche de son jardin secret.

- Bonne nuit Monsieur ! murmura-telle.

Archibald ne répondit pas. Il ne pouvait toujours pas émettre le moindre son.

Elle tourna les talons et commença à gravir l'escalier qui conduisait aux chambres du premier étage.

Archibald avança lentement, posa une main sur le pommeau sphérique en cuivre de la rampe, et la regarda monter, s'éloigner de lui. Il sut à ce moment-là, pour la première fois de sa vie, qu'il allait se dépasser et s'extirper du carcan invisible de ses complexes. Il se laissa envahir par le souvenir du corps de Miraldine contre le sien et sentit, juste à cet instant, sa gorge se dénouer. Ses cordes vocales s'assouplir. Son cœur bondir dans sa poitrine.

- Miraldine ?

Elle se retourna vivement, alors qu'elle atteignait le palier.

- Oui, Monsieur ?

Archibald la fixa un long moment que Miraldine aurait souhaité une éternité.

Cette femme venait de balayer en un instant magique ses certitudes. Ses incertitudes. Elle venait de lui tendre la main pour le sortir de son abîme. Et en plus, elle était belle.

- J'aime quand... quand vous... quand vous m'appelez Archibald...

Miraldine crut que son cœur allait exploser. Elle porta une main à sa poitrine et un sourire divin se dessina sur ses lèvres. Archibald lui renvoya un sourire maladroit, mais qui ne laissait planer aucun doute sur sa sincérité.

- Merci... Bonne nuit... Archibald, chuchota-t-elle émue.

- Bonne nuit Miraldine.

*

Archibald se tourna vers son vieux réveil qui datait des années soixante et dont il accompagnait depuis un quart d'heure d'un tapotement de doigt régulier sur son nez, le rythme métronomique du mécanisme d'horlogerie. Trois heures. Impossible de fermer l'œil. Évidemment la rencontre avec Miraldine l'avait bien secoué. Il ne cessait de penser à elle. Mais progressivement, les souvenirs de son voyage au début du vingtième siècle et sa rencontre avec les artistes de l'Art Nouveau avaient repris le dessus. Il songea aussi à sa rencontre avec son père enfant et sa grand-mère. Son père... Gabélius Goustoquet ! Il devait le rencontrer, il fallait qu'il le prévienne. Maintenant. Impossible d'attendre l'aube. Il se leva, choisit une de ses traditionnelles chemises blanches, enfila son pantalon, passa son gilet, remonta sa montre qu'il glissa dans une des poches, ajusta son nœud papillon à carreaux verts et jaunes face au miroir de la salle de bain attenante à la chambre, revint au pied du lit pour chausser ses souliers dont il noua les lacets, glissa son GPS dans une poche de son pantalon, et sortit en refermant doucement la porte derrière lui. Il descendit l'escalier dont deux marches grincèrent. Il se figea un instant, pour vérifier qu'il n'avait réveillé personne. Aucun mouvement dans la maison. Bien. Il se dirigea vers le hall d'entrée où il attrapa sa veste pendue au portemanteau perroquet pour ne pas voyager en

219

chemise et gilet comme la première fois. Il ouvrit la porte de la cave et remarqua qu'elle grinçait. Il pressa l'interrupteur et constata que l'ampoule donnait des signes de faiblesse. Il songea qu'il devrait demander à Maréchal de la changer. Il s'engagea dans l'escalier, et ramena rapidement d'un geste calculé la porte derrière lui afin que le grincement qu'il venait de percevoir à l'ouverture soit le plus bref possible. Il faudrait qu'il demande aussi à Maréchal de graisser les gonds. Il s'enfonça dans la semi obscurité générée par la lumière vacillante vers son laboratoire.

*

Trois heures dix. Quelqu'un est descendu. J'ai entendu les marches.

Miraldine et Maréchal se firent la même réflexion au même moment.

Ils se retrouvèrent ensemble dans le couloir des chambres, l'un en pyjama et l'autre en robe de chambre.

- Vous avez entendu ? demanda Maréchal.

- Oui, quelqu'un est descendu, affirma Miraldine.

- Ce n'est ni vous, ni moi, donc c'est Archibald.

- Vous croyez que...

Maréchal ouvrit la porte de la chambre d'Archibald sans frapper. Le lit était défait mais vide. Il ressortit de la chambre.

- Vite, venez ! Il m'avait bien semblé entendre grincer la porte de la cave. Il va tenter un nouveau voyage...

Il se précipita dans l'escalier, suivi de Miraldine. Ils parvinrent rapidement au laboratoire dont la porte était entrouverte. Les néons de la première salle étaient éteints. Les deux pans ouverts de la bibliothèque laissait filtrer la lumière chaude et bleutée de la seconde pièce. Archibald, affairé sur une paillasse, se retourna quand il entendit entrer Maréchal et Miraldine.

- Vous devriez dormir, leur lança-t-il sans quitter des yeux Miraldine.

- Mais toi aussi, Archie. Nous savons ce que tu es capable de faire. Nous voulons savoir ce que tu mijotes. Tu veux repartir maintenant, c'est ça ?

- Oui. Il faut que je sache comment et pourquoi mon père a disparu.

- Mais cela peut être dangereux, s'insurgea Miraldine. Je ne veux pas qu'il vous arrive quelque chose. Je ne le supporterais pas.

- Surtout que tu n'as quasiment pas dormi depuis ton dernier voyage.

- Ecoutez mes amis. Il me reste deux jours pour affiner mes expériences. Lorsque j'aurais pu démontrer au congrès la réalité de ma découverte, je vous promets que je me reposerai. Mais avant cela, je dois accumuler des preuves, vous comprenez ? Et de plus, je ne supporte plus ce point d'interrogation dans mon esprit au sujet de la disparition de mon père. C'est personnel. Et vital pour moi.

Miraldine s'approcha de lui, lui prit les mains et le regarda dans les yeux.

- Promettez-moi d'être prudent Archibald, promettez-moi que vous ne tenterez rien qui puisse mettre votre vie en danger !

- Mais Miraldine, c'est une expérience scientifique de la plus haute importance, comprenez-le !

- Promettez-moi !

Archibald la regarda intensément et fut troublé par cet éclat particulier que venait de prendre son regard.

- Je vous le promets Miraldine.

Elle ferma les yeux et parvint à esquisser un sourire. Quand elle les rouvrit, elle déposa un baiser rapide sur les lèvres d'Archibald, lui lâcha les mains et quitta le laboratoire.

- Vous... vous ne voulez pas assister à l'expérience ? lui cria-t-il alors qu'elle était déjà dans l'escalier.

- Non, merci. Savoir que vous voyagez dans le temps est déjà suffisamment angoissant pour moi. Je vous ai déjà vu apparaître de nulle part, je n'ai pas envie de vous voir disparaître. C'est trop me demander.

Archibald méditait les dernières paroles de Miraldine quand Maréchal l'interpela.

- Eh bien dis-moi, je vois qu'entre vous, ça roucoule...

- Ne dis pas n'importe quoi ! Nous avons simplement échangé quelques points de vue sur l'existence c'est tout.

- Ah oui ? Et le baiser sur les lèvres, c'est aussi un échange de point de vue ? Remarque, cela ne me dérange pas. Au contraire. Vous êtes adultes. Cet échange-là, aurait plutôt tendance à me réjouir, tu vois…

- Eh bien tant mieux ! Mais laisse cela de côté, tu veux, nous sommes assez grands pour gérer cela nous-mêmes. Passons aux choses sérieuses. Viens ! Approche que je te montre mes dernières modifications. Regarde ! Voici la TST modifiée…

- Oh mince alors ! On dirait un jeu vidéo des années quatre-vingt-dix, tu sais, on appelait ça une "Game boy".

- Ce n'est pas un jeu, Maréchal. C'est la télécommande de la machine à voyager dans le temps. Mais tu me donnes une idée. Le sigle TST n'est pas assez percutant. Je vais appeler ma télécommande la « Time Boy ».

- Time Boy ?... Mouais !... Ça ne veut rien dire mais ça sonne bien !

- Maintenant regarde ! Ce clavier permet de programmer les degrés de latitude et de longitude, ainsi que l'altitude de l'endroit où l'on souhaite aller ainsi que la date et l'heure d'arrivée à l'endroit choisi. Ici, activation du système d'ondes préventives, tu sais pour l'auto correction de la trajectoire et m'éviter de me fondre dans un autre corps qui serait exactement au point géographique des coordonnées que je programme, ce qui me serait fatal. Là, ce curseur à quatre paliers commande tout le principe du voyage. Premier seuil, arrêt. Deuxième seuil, enclenchement du processus de déstructuration. Troisième seuil, mise à feu, ou si tu préfères, activation de la déstructuration dès que j'ai atteint la tension nécessaire de cinquante méga volts. Quatrième seuil, inversion du processus pour le retour. Et tiens-toi bien ! Grâce à la miniaturisation des circuits sur les puces, toute la technique est interne à la Time Boy. De plus, et c'est là ma grande trouvaille, elle est à réaction thermique, c'est-à-dire qu'il suffit d'être en contact avec elle pour que cela fonctionne...

- Tu veux dire qu'il suffit de toucher la télécommande et de lancer le processus pour que tu voyages dans le temps.

- Exactement.

- Et ce petit levier-là, il sert à quoi ? demanda Maréchal.

- Tu te souviens de ce que Ficelle avait provoqué en déconnectant involontairement la fiche du flux moléculaire et électrique de la déstructuration.

- Oui, elle avait arrêté le temps...

- Exactement Maréchal. Exactement. Ceci est un interrupteur qui reproduit le même effet. Il suffit de l'actionner vers le haut à n'importe quel moment pour que le temps s'arrête instantanément, et vers le bas pour qu'il reprenne son cours. Si je le désire, je pourrai alors me déplacer à nouveau dans une photographie en trois dimensions comme j'ai pu te le montrer sur le film où vous étiez figés, Miraldine et toi.

- Quel est l'intérêt ?

- Euh… Je n'en sais rien. Mais on ne sait jamais. Je pars malgré tout vers l'inconnu. Cela peut m'être utile. Bon, allez ! J'ai tout ce qu'il me faut. Tu veux bien filmer le départ avec mon caméscope s'il te plaît ? Il est prêt sur le trépied. Quand j'aurai disparu, tu pourras couper l'enregistrement. Les images feront foi au congrès.

Maréchal se dirigea vers le caméscope. Archibald vérifia encore les connexions sur la parabole.

Tip, tip, tip…

Il programma la latitude, la longitude, et l'altitude du lieu d'arrivée mémorisées dans son GPS : Nancy, trottoir de la rue Gambetta, en face du magasin d'antiquité que ses parents tenaient à l'époque. Il réfléchit quelques instants. Il savait avec certitude que son père avait disparu le samedi 9 octobre 1943, en matinée. Il lui fallait donc programmer cette date assez tôt le matin afin de pouvoir suivre son père à la sortie du magasin.

Tip, tip, tip…

09-10-1943 pour la date…

Tip, tip, tip…

07-30-00 pour l'heure…

Il vérifia les chiffres affichés sur l'écran digital de la Time Boy avec un certain trouble. Il allait revoir son père. Enfin… en principe !

Il ressentit de manière aussi soudaine qu'inattendue une vive émotion. Ses yeux se brouillèrent. Il ôta ses lunettes qu'il posa sur la paillasse, sortit un mouchoir, s'essuya les yeux et se moucha avant de le ranger dans une poche de son pantalon. Il sourit à Maréchal qui avait respecté ce moment pathétique, et s'installa sur le plateau avec la Time Boy.

- C'est bon Maréchal, tu peux enregistrer...

- Ça tourne ! lança Maréchal après avoir vérifié que la touche REC clignotait sur l'écran LCD.

Archibald fixa l'objectif de la caméra et commença les explications de son expérience à l'intention des physiciens du monde entier qui seraient présents au congrès.

- Chers confrères, chers amis. C'est avec une réelle émotion que je m'apprête à faire devant vous l'expérience la plus importante depuis la théorie de la relativité d'Einstein. Vous allez assister en direct à une déstructuration moléculaire du corps humain, avec déplacement spatio-temporel, c'est-à-dire un voyage dans le temps. Je m'apprête effectivement à me rendre sur la place Stanislas à Nancy le samedi 9 octobre 1943 à 7 h 30...

Il présenta à la caméra les chiffres alignés sur l'écran à cristaux liquides de la Time Boy.

- ... et notamment pour savoir comment mon père a disparu ce jour-là. Voilà. Regardez-bien !

Maréchal suivait l'enregistrement sur l'écran LCD et depuis quelques secondes, quelque chose le chiffonnait sans qu'il sache exactement quoi. Archibald fit un signe d'au revoir à l'intention de son ami et vraisemblablement de ses collègues physiciens, et poussa d'un cran le curseur d'enclenchement du processus.

Quelque chose ne collait pas. Quoi ?

Les éclairs zébrèrent le plateau sous les pieds d'Archibald et crépitèrent sous la parabole. Des anneaux lumineux commencèrent à l'envelopper en remontant le long de son corps graduellement par palier... les chevilles... les mollets...

Bon sang, il y a une anomalie, se répétait Maréchal.

... les genoux... les cuisses... le bassin...

- Nom d'une pipe ! hurla Maréchal, ses lunettes...

Il avait oublié ses lunettes... Sans elles, il ne pourrait jamais programmer son retour. Il tourna la tête et les vit posées sur la paillasse...

... l'abdomen... la poitrine...

Archibald sentit le début de la déstructuration moléculaire mais... mais que se passait-il ?... Une ombre diffuse se déplaçait rapidement dans le laboratoire qui commençait à disparaître... Maréchal ?... Il se sentait happé vers le néant, vers l'espace...

Maréchal bondit sur les lunettes puis aussitôt vers le plateau où Archibald se dématérialisait... La lumière était aveuglante. Il ferma les yeux et lui tendit les lunettes en gesticulant pour qu'il le repère...

... Archibald allait basculer définitivement dans l'espace-temps quand, dans un sursaut de lucidité, il comprit que l'ombre qui s'agitait près de lui était vraiment Maréchal qui, de son bras, lui tendait... lui tendait... ses LUNETTES... Mon Dieu ! Il avait absolument besoin de ses lunettes. Dans un effort surhumain il tendit son bras en direction de Maréchal, et tâtonna quasiment en aveugle. Ce qui se passa ensuite ne dura qu'une fraction de seconde. A l'instant où Archibald toucha les lunettes et que Maréchal les tenait encore, un éclair blanc, plus violent que ceux qui avaient enveloppé le corps d'Archibald, éclata dans le laboratoire dans un déchirement assourdissant, figeant leurs deux silhouettes immobiles comme sur le négatif d'une photographie. La pellicule vira au bleu pâle, puis au violet avant de s'évanouir dans un rouge incendie. Le silence s'installa dans le laboratoire, entrecoupé de temps en temps par quelques grésillements, qui finalement s'estompèrent.

Miraldine, affolée par le bruit, accourut quelques secondes plus tard. Une odeur d'ozone flottait dans l'atmosphère. Elle pénétra dans la seconde salle et ne trouva personne.

- Archibald ?... Maréchal ?...

Pas de réponse. Elle jeta rapidement un regard autour d'elle et remarqua une petite lampe témoin rouge allumée sur l'avant de la caméra. Elle s'en approcha. Observa l'écran LCD. Les lettres REC clignotaient dans un coin de l'écran. Elle n'était pas trop portée sur la technologie, mais elle comprit que la caméra enregistrait des images. En tâtonnant, elle appuya sur un bouton et remarqua que les lettres REC avaient fait place aux lettres STBY. Elle aperçut un téléviseur sur une paillasse auquel était raccordé un fil avec trois prises jaune, blanche et rouge. Elle étudia minutieusement le caméscope, et trouva sur un côté de l'appareil un couvercle en plastique qu'elle ôta délicatement. Trois petits orifices apparurent. Ils étaient différenciés par leur couleur : un jaune, un blanc et un rouge. Miraldine fit aussitôt le rapprochement avec le fil qui était connecté au téléviseur. Elle ne parvint pas à enlever le caméscope du trépied, aussi l'approcha-t-elle sur son support. Elle introduisit les trois fiches dans les orifices de couleur correspondants. Bon. Ensuite que fallait-il faire ? Elle observa à nouveau avec attention le caméscope, à la recherche d'un moyen de lire les images enregistrées. Elle remarqua sur l'arrière un bouton que l'on pouvait faire pivoter sur trois repères : REC, OFF et PLAY. Comme il était positionné sur REC elle le fit pivoter sur PLAY et comme par magie, une bande en caoutchouc s'alluma sur la partie supérieure du caméscope. Elle reconnut les différentes touches lumineuses qui correspondaient à celle du magnétoscope du salon. Elle alluma le téléviseur et appuya sur la touche PLAY du caméscope. Une lueur bleutée apparut quelques secondes à l'écran qui fut envahi quelques secondes plus tard par des parasites noirs et blancs.

- Zut ! Il n'y a rien…

Puis soudain, elle se souvint que ce qu'elle voyait à l'écran correspondait aux fins de cassettes qu'elle louait autrefois dans un vidéo club. Dès que le film était terminé, il y avait ces parasites. Donc cela signifiait que sur la cassette qui est dans le caméscope, des images avaient pu être enregistrées avant. Elle appuya sur la touche de rembobinage de la cassette quelques secondes. STOP. Puis PLAY. Cette fois-ci des images apparurent sur l'écran du téléviseur. Elle se vit immobile avec Maréchal filmés en gros plan par Archibald pendant l'arrêt du temps. Elle reconnut en off ses explications.

... réalité de cet état de fait : le temps est arrêté. Tu peux constater, au moment où je te parle, que toi et Miraldine êtes figés dans une position impossible...

Elle appuya sur la touche d'avance rapide jusqu'à un écran bleu puis de nouvelles images. Une angoisse l'étreignit quand cette fois-ci elle reconnut Archibald sur le plateau sans ses lunettes dans de nouvelles explications.

Chers confrères et néanmoins amis. C'est avec une certaine émotion que je m'apprête à faire devant vous l'expérience la plus importante depuis la théorie de la relativité d'Einstein. Vous allez assister en direct à une déstructuration moléculaire du corps humain...

Elle assista ensuite à l'expérience, vit passer Maréchal en pyjama en trombes devant l'objectif de la caméra, puis se précipiter vers Archibald pour lui tendre ses lunettes, jusqu'à l'explosion finale où tous les deux disparurent. Elle ne réalisait pas ce qu'elle venait de voir. Elle ne quittait pas le téléviseur des yeux, comme si elle s'attendait à une suite. Quelques secondes plus tard, elle aperçut sur l'écran une silhouette se déplacer devant l'objectif. C'était elle qui, affolée, regardait partout. Elle s'entendit appeler les deux hommes. Elle se dirigea ensuite vers le caméscope où elle coupa l'enregistrement. Soudain, elle se figea d'horreur.

- Tous les deux ! Ils sont partis tous les deux…
Mon Dieu !…

Sa tête se mit à tourner. Ses jambes flageolèrent. Le sol se déroba sous ses pieds. Elle s'effondra, sans connaissance.

18

- Mais qu'est-ce qui s'est passé ?... Qu'est-ce qui s'est passé ? bafouillait Maréchal, assis sur le trottoir.

Archibald posa sur son nez les lunettes qu'il tenait à la main et regarda aussitôt les écrans à cristaux liquides de la télécommande. Impeccable ! La date et l'heure de départ se confondait avec celle d'arrivée : 09-11-1943/07-30-00. Ce qui signifiait que le voyage dans le passé s'était déroulé comme prévu. Il réalisa à cet instant que Maréchal était assis sur le trottoir en pyjama à ses côtés.

- Nom d'un perroquet ! s'exclama-t-il sans desserrer les dents.

Il réfléchissait à toute vitesse pour comprendre ce qui venait de se produire. Maréchal se releva, hébété. Il regardait autour de lui sans comprendre.

- Incroyable ! s'exclama soudain Archibald. Tu as voyagé dans le temps avec moi...

- Co... Comment ?

- Tu as subi la déstructuration moléculaire en même temps que moi et tu sais pourquoi ?

- N... Non !

- Tu as été en contact avec moi par le biais des lunettes que nous avons tenues en même temps. C'est arrivé pile au moment où nous avons atteint les cinquante méga volts de tension prévus. C'est une conséquence supplémentaire de ma découverte à laquelle je ne m'attendais pas. C'est extraordinaire, Maréchal, tu te rends compte ? Il suffit que quelqu'un soit en contact avec moi au moment de la déstructuration et hop ! nous sommes deux à faire le grand saut. Tu ne trouves pas cela fantastique ?

- Je… Je ne suis pas rassuré Archie. Ramène-moi à la maison, tu veux ?

- Attends ! Réfléchis une minute ! Tu voyages dans le temps, Maréchal. Regarde la Time Boy. Elle indique que nous sommes le samedi 9 octobre 1943 dans la rue Gambetta à Nancy. Il est maintenant 7h35 et mon père va sortir par cette porte-là, en face. Tu vois ce magasin d'antiquités, c'est là que mes parents travaillaient. Ma mère l'a vendu peu après la disparition de mon père et nous nous sommes définitivement retirés dans la maison que tu connais. C'est de ce magasin que mon père va apparaître dans la matinée.

- S'il te plaît, rentrons Archie, supplia Maréchal en claquant des dents. J'ai froid. Et puis on va me remarquer avec mon pyjama…

- Ecoute-moi Maréchal ! Je suis revenu ici pour tenter de comprendre comment mon père a disparu. Je touche au but. Je te promets que dès que je le saurai, nous repartirons en 2008. Attends ! Mets-toi sous cette porte cochère, je reviens. Surveille le magasin au cas où mon père sorte...

Maréchal recula dans le renfoncement alors qu'Archibald s'éloignait. Il revint au bout de cinq minutes avec une sorte de toile épaisse, sale, trouée et déchirée par endroits.

- Tiens ! Mets cette couverture sur tes épaules, ça te réchauffera un peu. Tu n'as vu personne ?

- Non. Tu appelles ça une couverture. C'est un haillon. Où as-tu déniché ça ?

- Ne t'en fais pas !

Il recouvrit le dos de son ami.

- Pouah ! Ça pue ! Tu as trouvé ça dans une poubelle ou quoi ?

- Ce n'est pas le moment de faire le difficile. Allez ! Maintenant, on attend.

- On dirait vraiment un clochard. Pourvu qu'on ne tombe pas sur l'Armée du Salut. Je risquerai de me faire embarquer. Espérons que ton père ne sortira pas en fin de matinée !

- Je ne sais plus à quel moment c'est arrivé, tu penses, c'était il y a tellement longtemps. Allez mon vieux ! Courage ! Fais-ça pour moi !

Maréchal soupira et de ses deux mains contre sa poitrine serra la protection improvisée dans laquelle il s'était enroulé à contrecœur.

La rue commençait à s'éveiller. Un peu plus haut, le propriétaire d'une quincaillerie sortit devant chez lui et balaya le trottoir. Une Daimler blanche rutilante avec chauffeur militaire transportant deux officiers SS remonta la rue Gambetta et croisa une estafette Renault noire de la gendarmerie qui s'engagea sur la place Stanislas. Des piétons commençaient à défiler, et certains leur jetaient un œil intrigué en passant à leur niveau.

- Il ne faudrait pas que l'on se fasse arrêter, s'inquiéta Maréchal. Je n'ai même pas mes papiers.

- De toute manière, même si tu les avais eus, ils n'auraient fait que compliquer la situation. Comment expliquerais-tu le fait de posséder des papiers qui ne seront établis que dans une cinquantaine d'années ?

- Alors là, tu ne me rassures pas du tout. Comme quoi, hein, nous courons quand même un vrai danger.

Tout en bas de la rue, la place Stanislas commençait à s'animer. Deux soldats allemands passèrent devant eux en discutant, sans leur prêter la moindre attention.

- Moi, je crois qu'on ferait mieux de retourner tout de suite en 2008, Archie…

- S'il te plaît, tu peux te taire cinq minutes. Tant que nous restons là, nous ne craignons rien. Par contre, si…

Archibald s'interrompit brusquement. La porte du magasin de l'autre côté de la rue venait de s'ouvrir. Un homme apparut sur le trottoir, un enfant dans les bras, suivi d'une jeune femme. Archibald nota mentalement l'heure à sa montre gousset : 9h05.

- Regarde Maréchal ! Regarde ! Ce sont mes parents. Et le gamin, c'est…

- C'est toi ! réagit Maréchal, tout à fait attentif maintenant à ce qui se déroulait devant eux.

- Mon Dieu ! C'est mon père... ma mère... et moi à trois ans... Dire que mon père n'a que trente-six ans, là... tu imagines ? J'ai trente-deux ans de plus que lui...

Aux vibrations de sa voix, l'émotion qui l'étreignait était palpable et Maréchal lui mit une main sur l'épaule, comme si ce simple geste pouvait le soulager dans cette épreuve. Lui-même ne quittait pas des yeux les deux adultes et surtout l'enfant. Il était subjugué par ce gamin dont il avait des difficultés à imaginer qu'il était le petit Archie. Il se demanda à cet instant précis s'il n'était pas en train de perdre la raison avec ce voyage dans le temps. S'il n'était pas mené en bateau. Un comble pour un ancien de la marine marchande !

L'homme portait un costume rayé gris et un borsalino qu'il releva d'un doigt sur son front pour embrasser son fils tendrement. Il le posa sur le trottoir. Il embrassa ensuite son épouse qui prit le petit Archibald par la main.

- Soit prudent Gab !

Gab ? Ma mère appelait mon père Gab ? Ça alors !

- Ne t'inquiète pas ! Je serai de retour demain soir si tout se passe bien...

- Mais tout se passera bien ?

Il la regarda amoureusement en lui caressant le visage d'une main.

- Oui. Tout se passera bien.

Il l'embrassa encore une fois puis tourna rapidement les talons comme pour ne pas éterniser ce moment de séparation dont il ignorait qu'elle serait définitive. Il traversa la rue Gambetta, et se retrouva, sans les regarder, à quelques mètres d'Archibald et Maréchal. Archibald, figé de stupeur, dévorait son père des yeux. Parvenu à l'entrée de la place Stanislas, Gabélius Goustoquet se mêla à d'autres badauds, se retourna, et adressa aux siens un au revoir de la main. Le petit Archibald et sa mère agitèrent leur bras dans sa direction.

Archie avait raison, le tableau que j'ai peint ressemble vraiment à cette scène...

Après que l'homme eut disparu sur la place, la femme et l'enfant rentrèrent dans le magasin. La porte se referma sur eux. Archibald était fasciné. Pétrifié. Les ombres du passé se superposaient avec les images réelles encore imprimées au fond de sa rétine.

- Vite Archie ! Ton père... Suis-le si tu veux savoir ce qui lui est arrivé !

- Nom d'un perroquet, tu as raison. Reste-là ! Tu te ferais remarquer dans cette tenue. Attends-moi !

- Hé ! Reviens, hein ! Ne me laisse pas en pyjama en 1943 !

Archibald lui tourna le dos et s'éloigna, une main ouverte au bout de son bras levé dans sa direction pour lui signifier qu'il avait bien reçu le message. A cette époque, une voie de circulation contournait encore la place. Il la traversa et évita de justesse une Renault Vivastella PG5 de 1932 dont le chauffeur le klaxonna.

Déjà en ce temps-là, il y avait des maniaques de l'avertisseur…

Il se retrouva rapidement au centre de la place, sur les marches au pied de la statue de Stanislas Leszczynski. Il tenta de repérer son père et l'aperçut alors qu'il s'engageait dans la rue Emmanuel Héré. Il se dirigea dans sa direction, et se rapprocha rapidement, tout en respectant entre eux une distance d'une vingtaine de mètres. Alors que son père débouchait sur la place de la Carrière après être passé sous l'Arc de Triomphe, deux hommes à la silhouette identique l'accostèrent. Hormis leurs chemises blanches, tout ce qu'ils portaient était noir : le chapeau en feutre, la cravate, le long manteau en cuir. La seule différence entre eux était une paire de petites lunettes rondes que portait l'un des deux et derrière lesquelles il plissait les yeux, lèvres pincées, fines comme une lame de rasoir. Archibald les identifia aussitôt comme des membres de la Gestapo. Tout s'accéléra. Alors qu'il se rapprochait en ralentissant son allure, il put entendre leurs paroles.

- Monsieur Gabélius Goustoquet ?

- Oui, c'est moi.

- Veuillez nous suivre s'il vous plaît !

A cet instant, son père tenta de les surprendre par une tentative de fuite, mais les deux policiers allemands furent prompts à le maîtriser. Gabélius Goustoquet se débattit énergiquement, mais une Citroën Traction avant noire approcha rapidement et freina à leur niveau dans un crissement de pneus strident. La portière côté passager s'ouvrit brutalement. Un allemand, vêtu comme les deux premiers, bondit de la traction avant et asséna à Gabélius un coup de matraque derrière la tête. Il s'effondra comme une poupée de chiffon, maintenu par les deux premiers policiers. Le dernier arrivé ouvrit la portière arrière du véhicule dans lequel ils jetèrent le père d'Archibald. L'un des deux s'engouffra derrière lui en claquant la portière. Le second monta à l'avant et le dernier contourna la voiture pour s'installer de l'autre côté à l'arrière, et encadrer ainsi leur victime inanimée. Le chauffeur fit rugir le moteur et démarra en trombes. L'ensemble de l'action dura à peine vingt secondes. Quelques passants, pour éviter d'être témoins, avaient fait demi-tour ou accéléré le pas. D'autres qui avaient assisté de loin à la scène se dispersèrent. Archibald, médusé, suivit des yeux la voiture jusqu'à ce qu'elle disparaisse au bout de la place de la Carrière, vers la vieille ville, en emportant définitivement son père. Maintenant, il savait. Une ombre de tristesse voila son regard. Ainsi donc, son père, résistant, avait vraiment été arrêté par la Gestapo. La violence de la scène à laquelle il venait d'assister l'avait déstabilisé et il se demanda ce qu'il aurait pu faire. La réponse tomba, cinglante. Rien. La rapidité avec laquelle les deux policiers avaient immobilisé son père dans sa tentative de fuite, plus l'arrivée du troisième, lui permettaient de tirer la seule conclusion qui s'imposait : que pesaient ses soixante-huit ans dans la balance ? Malheureusement, pas grand-chose. Bouleversé, il fit demi-tour et décida de rejoindre Maréchal.

Il traversa la place Stanislas dans l'autre sens, perturbé et ému. Quand il atteignit la rue Gambetta, il sortit subitement de sa prostration car il remarqua qu'à l'endroit où il avait laissé Maréchal, étaient entassés des cartons de différentes tailles, des vieux sacs de jute et des poubelles. Il le trouva assis derrière ce fatras, dans le renfoncement de la porte cochère, complètement dissimulé sous la couverture pour tenter de passer inaperçu. Un moment, Archibald pensa même qu'il n'était peut-être plus là, car rien ne laissait filtrer le moindre signe de vie. Il approcha et posa sa main sur la couverture.

- Maréchal ? Tu es là !

Surpris, Maréchal poussa un cri de frayeur et se redressa aussitôt.

- Wouaouh ! Tu m'as fichu la trouille… Alors, ton père ?

Archibald grimaça.

- C'est foutu. Ma mère avait raison. C'est la gestapo qui l'a emmené. Je n'ai rien pu faire. Ils l'ont emmené dans une voiture avant que je puisse tenter quoi que ce soit.

- Tu aurais pu faire quelque chose ?

- C'est là que tu comprends ce qu'est un héros. Et moi, je n'en suis pas un. J'étais impuissant, paralysé à la fois par la brutalité de son agression, et ma lâcheté.

- Attends ! Qu'est-ce que tu me racontes, là ? Tu n'as pas remonté le temps pour jouer les Zorro. Je te signale que ton objectif était de savoir comment ton père avait disparu. C'est tout. Et maintenant tu le sais. Mission accomplie.

- Tu as raison. Mais le genre de scène à laquelle j'ai assisté renvoie forcément à des interrogations existentielles. Si je l'avais secouru, il ne serait pas mort. S'il n'était pas mort, j'aurais vécu mon enfance à ses côtés. Si j'avais vécu mon enfance à ses côtés, il m'aurait transmis des valeurs et des expériences que tout père prodigue à son fils. Ma destinée aurait sans doute été différente.

- Eh bien, quoi ? Qu'est-ce qu'elle a ta destinée ? Elle ne te plaît pas ? Dans une autre vie, tu n'aurais peut-être pas fait cette découverte sur le voyage temporel... Avec des « si »... tu connais le dicton...

- C'est vrai, Maréchal, tu as raison. Excuse-moi ! Mais ce que je viens de vivre est tellement déroutant... Et du coup, je n'ai fait qu'apercevoir ma mère, tant j'étais focalisé sur mon père... Et ce gosse que j'étais... C'est à peine si j'ai réalisé l'absurdité de cette collision temporelle. Se rencontrer soi-même avec soixante-cinq ans d'écart... C'est fou ! Je n'étais pas préparé à cela. C'est tout.

- Bon, on rentre alors ?

- On rentre. Mais on ne peut se permettre de disparaître là, dans la rue. C'est trop risqué.

Il se hasarda à pousser la porte devant laquelle ils se trouvaient. Elle s'entrouvrit. Il jeta un œil à l'intérieur. Un vaste couloir donnait sur une cour intérieure. Personne.

- Viens ! Laisse tomber la couverture. Si tu débarques dans le laboratoire avec ça sur le dos, Miraldine va pousser des hauts cris.

Ils se glissèrent dans l'entrebâillement et repoussèrent la porte derrière eux.

- Allez ! Programmation de retour. Coordonnées du laboratoire...

Tip, tip, tip...

- J'ajoute cinq minutes à notre heure de départ...

Tip, tip, tip...

- Et surtout n'oublie pas de rester en contact avec moi si tu veux rentrer à bon port !

- Pas de danger que je veuille traîner en pyjama tout seul en 1943, l'assura Maréchal en posant une main sur son épaule.

- Prêt ?

- Prêt !

- Alors, c'est parti !

- Attends !

- Quoi ?

- Et si cette fois-ci ça ne marchait pas ?

- Il n'y a aucune raison que ça ne marche pas. Allez ! Accroche-toi !

Instinctivement, Maréchal se colla contre lui et lui étreignit le bras dans une puissante crispation.

- Hé, doucement ! J'ai dit « contact ». Pas « incrustation ».

- J'ai peur, Archie !

- Aie confiance en moi, mon ami. Tout va bien se passer.

Maréchal appuya son front contre son épaule. Archibald plaça le curseur sur *Inversion*. La télécommande diffusa d'abord un halo lumineux. Puis soudain, un flash aveuglant. Ils n'eurent pas le temps de réagir. La déstructuration fut si instantanée, qu'ils se désintégrèrent au moment où le concierge de l'immeuble sortait de sa loge. Il s'immobilisa et n'ayant vu que subrepticement le flash, s'insurgea contre un improbable journaliste :

- Hé là !... Pas de photos sans autorisation...

Le silence qu'il obtint en guise de réponse, l'incita à sortir dans la rue. Quand il découvrit l'amoncellement que Maréchal avait rassemblé, il explosa.

- Mais qu'est-ce que c'est que ce foutoir ?

Et comme il était seul et n'obtenait aucune réponse, il jura et tout en maugréant, entreprit de remettre de l'ordre devant la porte de l'immeuble.

19

Flash. Restructuration instantanée sous la parabole. Crépitements decrescendo. Le retour dans le laboratoire fut si brutal, que leurs jambes se dérobèrent et ils s'effondrèrent sur le plateau. Ils reprirent conscience progressivement de la réalité et se relevèrent péniblement. Archibald vérifia la Time Boy. Apparemment elle n'avait subi aucun dommage. Maréchal se remettait de ses émotions quand il aperçut le corps de Miraldine sur le sol.

- Archie !... Miraldine !...

Le sang d'Archibald ne fit qu'un tour. Il se précipita auprès d'elle et deux doigts posés sur sa carotide, vérifia qu'elle était en vie.

- Ça va ! Elle respire. Qu'a-t-il bien pu lui arriver ?

- Je ne sais pas, répliqua Maréchal, alors qu'il cherchait autour de lui un indice quelconque.

Son regard s'arrêta sur le caméscope et fut étonné qu'il soit relié au téléviseur alors qu'il filmait Archibald avant son départ inopiné, et qu'il était face au plateau. L'écran était bleu. Il s'approcha et remarqua que la caméra était en mode lecture. Il rembobina le film. Il lâcha la touche. Lecture immédiate. Sur l'écran du téléviseur, Archibald était en train de se déstructurer. Il se vit lui apporter les lunettes puis réalisa, au moment où un éclair violent les faisait disparaître tous les deux, que Miraldine avait dû voir ces images. La preuve… il la vit traverser le champ de la caméra à leur recherche, et l'entendit les appeler.

Archibald tapotait les joues de Miraldine.

- Miraldine ?... Miraldine, réveillez-vous, c'est Archibald…

Pas de réaction.

- Tu crois qu'il faut appeler le médecin, ou le SAMU ?

- Oui, c'est ça ! Et puis les pompiers et un hélicoptère… Arrête Archie ! Miraldine a juste perdu connaissance parce qu'elle a subi un choc en nous voyant disparaître tous les deux.

- Elle nous a vus ?

- Oui, regarde le caméscope. Elle l'a branché sur le téléviseur. Tout a été filmé.

- Nom d'un perroquet ! Je vais la transporter là-haut et l'allonger sur le divan du salon. Elle sera mieux.

Il passa ses bras sous le corps de Miraldine et à la première tentative pour la soulever, réalisa qu'il en serait incapable.

- Le chevalier au secours de sa belle… mais la belle n'est pas d'une première jeunesse, et le chevalier non plus, le taquina Maréchal.

- Tu as raison ! Je n'ai plus vingt ans. Encore une fois Maréchal, je suis loin d'être le héros que je croyais être. Donne-moi un coup de main ! Je vais la porter sous les bras et toi, prends-la par les jambes.

Tant bien que mal, ils la transportèrent dans l'escalier, et après plusieurs pauses, parvinrent dans le salon où ils l'allongèrent sur le divan. Tout essoufflés après cet effort qui ne leur était pas coutumier, ils s'affalèrent dans un fauteuil.

- Et maintenant, on fait quoi, demanda Maréchal ?

- Va chercher un verre d'eau. De mon côté je vais aller imbiber un gant de toilette pour le lui passer sur le front.

Il tira sa montre de sa poche, en ouvrit le couvercle.

- Trois heures vingt ! La nuit va être courte.

- Notre périple n'a duré que cinq minutes ?

- Pour nous il a duré plus longtemps. Environ une heure. Mais ici, notre absence n'a effectivement duré que cinq minutes. Rappelle-toi qu'il n'aurait pu s'écouler qu'une seconde, si telle avait été ma programmation de l'heure de retour. Nous aurions pu tout aussi bien revenir exactement à l'heure où nous sommes partis. Tu te souviens de la première expérience de la pomme. Elle revenait exactement au même point de départ.

- Dans ce cas, pourquoi ne pas repartir dans le passé et revenir à l'heure de notre départ précédent ? Cela éviterait que Miraldine ne découvre le film et perde connaissance…

- J'y ai songé Archibald. Mais je ne suis pas sûr à cent pour cent que deux voyages aussi rapprochés ne nuisent pas à notre organisme. Là, c'est moi qui dois faire preuve de prudence. Allons chercher l'eau et le gant de toilette !

*

Après qu'ils l'eurent fait boire et rafraîchi son visage, Miraldine ouvrit les yeux. Elle regarda autour d'elle et sourit quand elle remarqua qu'Archibald lui tenait la main.

- Où suis-je, demanda-t-elle ? Que s'est-il passé ?

- Tout va bien Miraldine ! Ne vous inquiétez pas ! Vous avez eu un petit malaise.

- C'est bizarre, je ne me souviens pas comment c'est arrivé. Mais ce ne doit pas être bien grave, Archibald, puisque vous êtes à mes côtés, c'est que tout va bien.

- Oui, Miraldine, je suis là. Tout va bien.

Elle tourna la tête et quand elle aperçut Maréchal en pyjama, les images enregistrées qu'elle avait vues sur le téléviseur fusèrent dans son esprit. Elle poussa un tel cri de frayeur qu'Archibald se leva d'un bond, en même temps qu'elle. Elle reculait, les mains sur la tête, comme si elle avait le diable en personne en face d'elle. Ses yeux écarquillés traduisaient une frayeur qu'elle ne parvenait pas à endiguer. Elle lançait des regards hallucinés tour à tour aux deux hommes paralysés par son comportement, comme si maintenant elle se trouvait face à des fantômes ou des zombies.

- Vous êtes morts, vous êtes morts, martelait-elle avec une frénésie qui frisait maintenant l'hystérie. Je vous ai vus vous volatiliser tous les deux... Disparaître... Fondre... Vous dissoudre dans l'air... Vous évaporer... partir en fumée... Oh, mon Dieu ! C'est affreux !

Dans son mouvement de recul pour s'éloigner d'Archibald et Maréchal, elle heurta une chaise sur laquelle elle tomba assise. Elle éclata en sanglots. Archibald s'approcha d'elle et posa un bras qui se voulait réconfortant sur son épaule. Quand elle sentit son contact, elle leva ses yeux débordants de larmes vers lui et quand elle y lut de l'inquiétude, elle se leva et s'effondra en pleurs contre lui. Il l'entoura cette fois-ci consciemment de ses deux bras et attendit patiemment qu'elle se calme. Encore un contact avec son corps. Le second en peu de temps. Quand, après quelques minutes où personne ne prononça le moindre mot, Maréchal sentit qu'elle commençait à se détendre, il se dirigea vers le couloir.

- Je te laisse lui raconter, Archie. Je vais me coucher. On dit que les voyages forment la jeunesse. A mon âge, celui-là m'a déformé. Je suis éreinté. A toute à l'heure !

- À toute à l'heure, Maréchal. Merci.

- Merci ? Mais de quoi ?

- Pour ce que nous avons vécu ensemble. Que tu sois à mes côtés m'a aidé à surmonter cette épreuve.

Maréchal balaya d'un geste amical les propos de son ami.

249

- Laisse tomber ! Allez, bonne nuit !

- Bonne nuit !

Il disparut dans le couloir, et Archibald l'écouta monter les marches de l'escalier jusqu'à ce qu'il entende la porte de son atelier se refermer.

Miraldine essuya ses yeux, tira un mouchoir d'une poche de sa robe de chambre et se moucha.

- Qu'avez-vous voulu dire par « surmonter l'épreuve » ? De quelle épreuve parliez-vous ? Archibald, soyez franc avec moi ! Vous avez réellement disparus ?

- Venez-vous asseoir sur le divan, Miraldine ! Je vais tout vous raconter. Installez-vous ! Je vais faire un peu de café. Nous allons en avoir pour un moment.

*

Il était presque cinq heures quand Archibald termina la narration de leur voyage. Miraldine était toute chamboulée par ses révélations. Elle avait aussi ressenti de la tristesse pendant qu'il lui racontait l'épisode de l'arrestation de son père, et son remord de ne pas s'être porté à son secours. Elle ne l'avait jamais interrompu, ne lui avait jamais posé de questions. Elle se sentait si proche de lui, elle percevait tellement la confusion qui l'animait. Il était partagé entre enthousiasme et chagrin, émerveillement et regrets, excitation et amertume, triomphe et désespoir. Un paradoxe à fleur de peau.

- Voilà, Miraldine. Vous savez tout. Ma découverte aura des conséquences scientifiques illimitées. Demain, je terminerai mon dossier pour mardi. Il me restera à monter les images vidéo de l'expérience pour présenter un film cohérent en appui à mes théories. Mais rassurez-vous, Miraldine, je ne partirai plus. Le voyage dans le temps est possible, je l'ai expérimenté. Ma découverte est indéniable. Mais j'arrête là. Car il me serait facile de tomber dans l'addiction. Et ça, je veux l'éviter. Maintenant, allons dormir un peu ! Nous en avons besoin tous les deux. Je veux avoir les idées claires demain. La communauté scientifique va être en émoi. Je dois enfoncer le clou avec mon dernier chapitre que j'intitulerai *"l'accès au champ des possibles ou la théorie de la spirale infinie "*.

- Quel titre ! Mais je n'y comprends pas grand-chose…

- C'est simple. Je vais vous expliquer.

Il se leva et commença à arpenter la pièce comme pour donner plus de conviction à son argumentation.

- Chaque scientifique, dans son domaine privilégié, pourra se déplacer dans le temps s'il le souhaite, pour rencontrer les génies du passé grâce à qui la science s'est développée, et favoriser ainsi leurs propres découvertes. Un chercheur en microbiologie par exemple, pourra rencontrer Flemming, et lui annoncer comment le corps humain, avec le temps, s'est adapté aux antibiotiques. Et comme c'était un génie, à partir de cette connaissance de l'avenir qu'il n'avait pas à l'époque, il prolongera ses recherches, fera de nouvelles découvertes qui entraîneront ainsi de nouvelles conséquences dont bénéficiera l'humanité. Un autre exemple plus probant... Imaginez qu'un scientifique parte à la rencontre de Newton et de Galilée, pas en même temps bien sûr, puisque le premier est né l'année de la mort du second. Sans eux, nous n'en serions pas à lancer des télescopes géants dans l'espace tels que Hubble, ou à envoyer des sondes sur Mars. Maintenant si notre scientifique leur explique ce qu'a engendré la découverte de la gravité terrestre pour le premier, et la première lunette astronomique pour le second, dans un premier temps, ils le prendront pour un illuminé, c'est certain. Mais petit à petit, il leur montrera des photos de Hubble, de la navette spatiale Discovery, de Mars. Il pourra même les ramener au XXIème siècle si le cœur lui en dit, les faire se rencontrer, et ils pourront rejoindre le gotha mondial de la science... Newton et Galilée ensemble... vous vous rendez compte... Et comme tous les deux sont des génies, ils élaboreraient de nouvelles théories qui engendreraient de nouvelles applications, qui elles-mêmes donneraient naissance à de nouvelles théories et ainsi de suite, voilà ce que j'appelle la théorie de la spirale infinie ou l'accès au champ des possibles. Et tout cela grâce à ma propre découverte du voyage dans...

Il s'arrêta net. Dans l'euphorie de ses explications, le regard perdu au plafond du salon ou dans les rencontres imaginaires avec Newton et Galilée, il ne s'était pas aperçu que Miraldine s'était endormie sur sa chaise. Il s'approcha d'elle, posa une main sur son épaule et murmura doucement son prénom. Miraldine ouvrit des yeux ensommeillés.

- Oh, excusez-moi Archibald ! Je me suis assoupie.

- Ne vous excusez pas ! Vous savez il est cinq heures et quart. Montons nous coucher ! Le soleil se lève dans deux heures.

Il lui donna la main, dans laquelle elle glissa volontiers la sienne, pour l'aider à se lever, et tout naturellement, ils ne se lâchèrent pas pour monter les escaliers. Parvenus devant la chambre de Miraldine, ils se séparèrent.

- Bon, eh bien, je vais me coucher… Bonne nuit Miraldine, même si c'est une petite nuit.

- Bonne nuit. Essayez de dormir ! Vous en avez plus besoin que vous ne croyez.

- Tout cela est tellement excitant. Mais vous avez raison, je vais dormir un peu. Bonne nuit Miraldine…

L'embrasser sur le front… ou sur la joue… peut-être que…

- Bonne nuit Archibald…

Elle entra dans sa chambre et allait refermer la porte quand Archibald l'interpela.

- Ah ! Miraldine…

Elle rouvrit la porte et passa sa tête.

- Ne vous levez pas pour faire le petit-déjeuner demain ! Je le préparerai moi-même…

- Oh, je vous entendrai vous lever vous savez. Alors…

Elle ponctua son dernier mot d'un sourire et d'un geste évasif qui exprimaient ensemble autant la fatalité de l'heure de son réveil, que le plaisir qu'elle aurait à prendre le petit-déjeuner avec lui. Elle lui adressa un petit signe amical de la main et referma la porte. Il resta planté quelques secondes dans le couloir à tenter de déchiffrer le sens de son sourire et de son geste, puis agacé autant par son manque de sagacité que d'audace, il pénétra dans sa chambre dans laquelle il s'enferma.

*

Vers dix heures Maréchal entra dans la cuisine où Miraldine préparait déjà le repas de midi.

- Archibald est encore couché ?

- Non. Il est dans son laboratoire. Il a à peine déjeuné.

- Dans son lab... Pas pour un voyage j'espère... s'affola Maréchal.

- Non pas pour un voyage. Il a décidé de ne plus partir. Il rédige son rapport pour le congrès de New-York ! Mais ne restez pas debout !

Elle lui servit du café noir dans un bol et poussa vers lui une corbeille de viennoiseries.

- Il faut que je vous parle d'une idée qui m'est venue à propos d'Archibald.

Maréchal tira une chaise sur laquelle il prit place. Miraldine s'assit en face de lui. Il plongea deux sucres, et saisit dans la corbeille en osier un croissant croustillant et encore tiède, qu'il trempa dans le café avant d'en mordre une bouchée dégoulinante. Il s'essuya le menton d'un revers de main.

- J'ai des serviettes, vous savez... Vous en voulez une ?

Maréchal refusa en secouant la tête tout en mordant une seconde fois dans le croissant.

- Alors cette idée... C'est quoi ? l'interrogea Maréchal la bouche pleine.

Miraldine grimaça, irritée par son manque d'éducation. Elle hésita quelques secondes puis décida de se lancer.

- Voilà. Archibald m'a raconté l'épisode avec son père.

- Ça l'a bien bouleversé, enchaîna Maréchal, en mastiquant avec délice son croissant.

Miraldine soupira.

- Plus que ça, Monsieur Fenouillet. Ce matin, il s'est levé à 6h30. Vous vous rendez compte. Il a dormi à peine une heure. Je me suis levée pour lui préparer son petit-déjeuner. Il n'a quasiment rien mangé. Ça ne passait pas, m'a-t-il dit. Alors, mine de rien, je l'ai cuisiné un peu. Eh bien, figurez-vous Monsieur Fenouillet...

- Oh !... Dites, Miraldine, vous ne pourriez pas m'appeler Maréchal une fois pour toute ?

C'était la seconde fois qu'il lui faisait cette proposition. Elle faillit dire non. Elle n'appréciait pas les manières du peintureux. Mais aussitôt, elle se ravisa car elle venait de se souvenir comment il l'avait soutenue dans le laboratoire, face aux récriminations d'Archibald au retour de son premier voyage dans le temps, qui l'avait conduit en plein Art Nouveau au début du XXème siècle.

- Soit.

- Splendide ! Allez-y ! Poursuivez votre idée !

- Bien. Donc, non seulement Archibald a été bouleversé par l'arrestation de son père, mais en plus il se sent coupable de n'être pas intervenu...

- Oui, je sais. Il a des remords. Mais que pouvait-il faire face à trois policiers de la gestapo ?

- Rien, Maréchal, évidemment ! Mais il en est malade. Il est entré dans une sorte de déprime, et cela m'inquiète.

- Elle sera passagère. Il va reprendre le dessus, croyez-moi !

- Vous ne l'avez pas vu ce matin. Il a des cernes sous les yeux, on dirait qu'il a pris dix ans d'un seul coup.

- Je crois que vous exagérez un peu, Miraldine. Je connais bien Archibald. Vous allez voir. Il va remonter la pente. Il va prendre le dessus...

La porte de la cave s'ouvrit.

- Le voilà. Il pourra vous le dire lui-même. Hein, Archibald ?

En réponse, un soupir et un bruit sourd comme un gros sac qu'on laisse choir sur le sol, parvinrent du couloir.

Maréchal se leva d'un bond suivi de Miraldine. Inconscient, Archibald était étendu sur le carrelage.

- Décidément, c'est une manie dans cette maison, s'exclama Maréchal.

Ils le redressèrent comme ils purent et alors qu'il reprenait ses esprits, ils le conduisirent sur une chaise à la cuisine. Miraldine lui servit un verre d'eau qu'il but lentement, à petites gorgées.

- Vous n'avez rien mangé ce matin. Vous ne dormez presque pas. Et voilà ce que ça donne...

- Oui, vous avez raison. Mais je suis tellement perturbé par ce qui est arrivé à mon père...

- Eh bien justement. J'ai trouvé une idée.

- Vous, Miraldine, vous avez trouvé une idée ?

Miraldine réagit au quart de tour.

- Hé, quoi ! Je suis une femme, alors je ne dois pas avoir d'idée ? Je ne dois pas réfléchir ? C'est ça ?

- Si, bien sûr, Miraldine, ne vous offusquez pas ! Je voulais dire, vous avez trouvé une idée à propos de mon père ?

Miraldine, légèrement vexée, avait croisé les bras et regardait par la fenêtre.

- Allez, venez, Miraldine ! Ne faites pas la tête ! Toute cette aventure est si étrange qu'il y a de quoi y perdre son latin. Asseyez-vous et expliquez-nous votre idée !

- Bon. Je veux bien. A une condition Archibald. Que vous me laissiez vous préparer un petit repas énergétique pour vous refaire une santé...

- Mais je n'ai pas faim, Miraldine...

- Pas de repas, pas d'idée...

De guerre lasse, Archibald capitula. Et pendant que Miraldine s'activait aux fourneaux, elle développa son idée.

- Cette nuit, après m'avoir raconté votre aventure, vous m'avez dit que vous ne feriez plus de voyage. Et j'en ai été ravie. Seulement ce matin, quand j'ai vu dans quel état vous étiez, et que l'arrestation de votre père en était la cause, je me suis dit que, peut-être, vous pourriez faire un dernier voyage pour le sauver...

- Mais je vous ai dit que...

- Attendez ! Laissez-moi vous expliquer. Croyez bien que ce n'est pas de gaîté de cœur que je vous incite à repartir. Mais je crois que c'est la seule solution pour que vous soyez bien dans votre tête et dans votre corps.

Elle se tut quelques instants, juste le temps de sortir des œufs et du bacon du réfrigérateur.

- Je ne peux pas intervenir. Je ne peux pas intervenir, se lamenta Archibald. C'étaient des vrais chiens enragés.

- Intervenir pendant... non ! Mais avant...

Les deux hommes la regardèrent, interloqués.

- Avant ? Avant quoi, Miraldine ? la pressa Maréchal.

- Avant l'arrestation. Vous ne pouvez pas intervenir quand les Allemands vont s'emparer de lui, c'est sûr, vous ne faites pas le poids. Mais avant l'arrestation, vous pouvez intervenir. Je ne sais pas, le contacter pour le prévenir avant qu'il n'atteigne le lieu où il se fera arrêter...

Un long silence s'installa dans la cuisine. Une lueur venait de jaillir. Archibald réfléchissait à toute vitesse. Maréchal se remémorait comment toute l'aventure de 1943 s'était déroulée.

- Elle a raison, Archibald. Tu peux aller voir ton père dans le magasin avant qu'il sorte, ou quand il est sur le trottoir, ou encore quand il traverse la place Stanislas... En tout cas, tu peux l'accoster avant qu'il ne rencontre la gestapo, qu'en penses-tu ?

Archibald cogitait. Soudain il se leva.

- Miraldine, vous êtes géniale. Venez dans mes bras !

Il s'approcha d'elle, l'enlaça et l'embrassa sur les deux joues. Miraldine ne sut pas si cette bouffée de chaleur qui venait de monter à son visage était due à la confusion, ou au plaisir d'être dans ses bras et qu'il l'ait embrassée.

- C'est tout simplement fantastique, Maréchal. Comment n'y ai-je pas songé moi-même ? Je retourne là-bas, au même endroit, à la même date, à la même heure, et quand mon père sortira, j'irai lui dire que je sais que la gestapo va l'arrêter s'il emprunte le chemin qu'il devait prendre. Lui faire comprendre qu'il doit absolument éviter la place de la Carrière. Il faut qu'il me croie.

- Pourquoi ne te croirait-il pas ?

- Je ne sais pas. Il était résistant. Il pourra penser que je lui tends un piège...

- Pas si tu ne lui indiques pas toi-même quel autre chemin il doit prendre...

Archibald se pinça la racine du nez en fermant les yeux, et réfléchit quelques secondes à la suggestion de son ami.

- Bien vu, Maréchal. Merci mes amis. Je me sens revivre.

- Je ne veux pas jouer les rabat-joie mais il y a peut-être un problème…

- Lequel ?

- Admettons que ton père suive ton conseil, et qu'il échappe à l'arrestation… le cours de l'histoire peut changer…

- Le risque en vaut la chandelle, Maréchal. Je suis prêt à le prendre.

- Ta réaction n'a rien de scientifique, ajouta Maréchal.

- Tu as raison. Mais essaie de comprendre ! Pour la première fois peut-être dans ma vie, ma réaction est filiale, humaine en fin de compte. Je ne suis qu'un fils qui peut sauver son père.

- À n'importe quel prix ?

- Je ferai un emprunt.

- Quoi ?

- Oui. Quand un prix est trop élevé, on fait un emprunt à une banque, non ? se justifia-t-il dans un puissant éclat de rire.

- Oh, là, là ! Si tu te mets à faire de l'esprit c'est que tu vas mieux, toi…

- Je me sens comme un jeune homme, Maréchal. Allez hop ! en route pour un dernier voyage, ajouta-t-il en se levant.

- Pas question, le coupa Miraldine en déposant les œufs au plat sur une tranche de bacon grillée, le tout sur une assiette de spaghetti au basilic. Vous mangez d'abord, et vous partirez après...

Archibald sourit et s'installa volontiers à table.

- Merci Miraldine. Je ne pourrais plus me passer de vous.

- J'espère bien, répondit Miraldine avec un sourire radieux.

- Ça sent bon. Je ne sais pas si c'est l'odeur de votre plat, où le sel de votre idée, mais voilà un avenir que j'envisage avec plus de sérénité. En tout cas, grâce à vous. Le temps d'avaler tout cela, et je pars...

- Non, Archie !

Archibald se tourna vers Maréchal avec étonnement.

- Tu ne pars pas. NOUS partons. Je ne te laisse pas seul pour affronter cet ultime voyage.

- Maréchal... tu es vraiment mon ami.

- Hé !... 'faut bien que je serve à quelque chose de temps en temps !

20

- J'ai réfléchi cette nuit, enfin cette nuit… ce matin devrais-je dire, à la possibilité d'une ultime modification de la Time Boy, Maréchal.

- Tu veux dire alors que tu n'as pas dormi du tout ?

- Oui, c'est exact. Et ce matin j'ai mis en application une dernière théorie.

- Ce matin ? C'est donc pour cela que tu n'as pas déjeuné avec Miraldine ?

- En partie. J'étais à la fois bouleversé par mon inertie dans l'arrestation de mon père et excité par cette dernière touche technique à la télécommande. Je l'ai apportée et cela fonctionne, Maréchal.

- Qu'est-ce qui fonctionne ? Qu'as-tu encore inventé ?

- Pas inventé, Maréchal ! Peaufiné. Parachevé. Lustré. Poli. Tu vois cette Time Boy que je tiens en main ? Dorénavant, je peux voyager dans le temps depuis n'importe quel lieu…

- Ben… comme avant, non ?

- Non, Maréchal ! Pas comme avant ! Pour me déstructurer, je n'ai plus besoin de la parabole. Je n'ai plus besoin de me mettre en dessous. La déstructuration se fait à partir de la Time Boy par simple contact, comme nous le faisions pour le retour. J'ai tout simplement abouti à une machine à voyager dans le temps... portable.

- Je suppose qu'il y a là un intérêt fondamental...

- Tout à fait. Au-delà de la souplesse d'utilisation, je n'ai plus besoin de mon film pour aller à New York mardi. Je ferai la démonstration in situ au congrès. Mon succès est garanti, Maréchal. Les scientifiques du monde entier vont en pâlir de jalousie.

Il éclata de rire, et bien que ce rire eût pu être communicatif, Maréchal ne parvenait pas à partager l'hilarité de son ami. L'aboutissement d'une vie de recherche était évidemment une réussite, mais il avait le pressentiment que cette euphorie allait retomber bientôt. Et pourtant, il était encore loin de se douter qu'il avait raison.

*

Miraldine les avait rejoints dans le laboratoire à la demande d'Archibald.

- Voilà ! Asseyez-vous là ! lui dit-il en lui indiquant son fauteuil personnel. Je veux que vous apprivoisiez cette expérience scientifique. Nous allons disparaître, Maréchal et moi, mais cette fois, sans éclats, sans éclairs, sans bruit. Ce sera moins traumatisant que les images que vous avez vues sur le téléviseur.

- Je... Je ne suis tout de même pas tranquille, Archibald. Vous me demandez beaucoup.

- Ecoutez-moi, Miraldine ! Nous allons disparaître le temps d'un claquement de doigts, d'un flash d'appareil photo avec le son que produit un pétard mouillé. Pas plus que cela. Et comme je programme le retour à la seconde que je choisis, je vous promets de revenir une seconde après notre départ. D'accord ? Ça va comme ça ?

- Vous voulez dire que vous allez disparaître et réapparaître aussitôt ?

- Exact. Juste une seconde après. Le temps de dire ouf pour vous, et pour nous le temps d'aller au-devant de mon père pour le prévenir, et revenir.

- Je vous fais confiance Archibald. Je n'ai pas le choix. C'est moi qui vous envoie en 1943 cette fois-ci...

Archibald lui sourit affectueusement. Ils s'enlacèrent en silence. Ils se regardèrent pour la première fois les yeux dans les yeux avec une telle intensité, qu'Archibald crut que le sol se dérobait sous ses pieds. Cependant, c'est en toute simplicité qu'il déposa sur ses lèvres un tendre baiser. Archibald ressentit une bouffée de... d'amour ?... Troublé, il se sépara de Miraldine.

- Allez ! Nous partons. A tout de suite Miraldine.

- À tout de suite Archibald, répondit-elle en s'asseyant dans le fauteuil qu'il lui avait approché.

- À nous, Maréchal. Place-toi à mes côtés ! Une main sur mon épaule ! Et surtout ne me lâche pas tant que nous ne sommes pas arrivés à destination.

- Pour… Pourquoi tu me dis ça ?

- Parce que je pense que nous allons traverser une zone de turbulence temporelle.

- C'est… C'est quoi ?

- Dans la mesure où nous ne bénéficions plus de la parabole, le laps de temps pour la déstructuration devrait être un peu plus long. Une dizaine de secondes, tout au plus.

- Et il se passe quoi pendant ces dix secondes ?

- La turbulence temporelle peut prendre différents aspects. Et comme c'est la première fois que je vais en traverser une, je ne peux pas te dire exactement ce qui va se passer. Mais ne t'inquiète pas ! Rien de douloureux. Mais il valait mieux que tu sois préparé psychologiquement.

- Euh… Je ne suis plus tout à fait rassuré là…

- Si tu veux, tu peux rester. Je peux très bien m'en sortir tout seul.

Maréchal serra les dents et regarda Miraldine.

- Allez ! Ça va. On y va, dit-il en posant une main sur l'épaule d'Archibald.

- Ne te sens pas obligé !

- Allez ! En route je te dis !

- D'accord. C'est parti.

Tip…

Il activa d'une touche les coordonnées mémorisées de la rue Gambetta…

Tip, tip, tip...

... programma à nouveau le samedi 9 octobre 1943...

Tip, tip, tip...

... ainsi que 9h03 sur le clavier digital car il se souvenait de l'heure à laquelle ses parents étaient sortis du magasin avec lui, enfant : 9 h 05.

C'était une bonne chose d'avoir regardé ma montre. Cela nous évitera d'attendre.

- Prêt Maréchal ?

- Prêt !

Il sourit à Miraldine.

- Une seconde, Miraldine, une seule.

Bien qu'elle ne fût pas particulièrement rassurée, elle lui fit un petit signe d'adieu de la main. Archibald se concentra sur la Time Boy. Respira profondément. Appuya sur la touche de déstructuration. Ils s'évanouirent instantanément dans un bref éclair comme si un Méliès chimérique avait filmé la scène quand ils étaient présents, arrêté le tournage, leur avait demandé de sortir du champ de la caméra, puis repris son tournage pour simuler leur disparition. Sauf que là...

Archibald avait raison... un simple claquement de doigt... un flash... un pétard mouillé...

*

- Archie ? Qu'est-ce qui se passe ?

- Rien. C'est la turbulence temporelle.

- Quelle turbulence ? Il n'y a pas de mouvement, pas de son. Et je ne vois rien. Il fait noir.

- Je vois bien qu'il fait noir. C'est sans doute la forme que prend la turbulence. Ne me lâche surtout pas.

- Alors là, il n'y a pas de danger…

C'était étrange. Une sorte de caisson hermétique à la lumière et au bruit, un univers utérin pour adultes. Angoissant et rassurant à la fois.

- Encore quelques secondes, et cela devrait se termi…

L'éclair les surprit tous les deux. Ils se trouvaient devant la porte cochère sur le trottoir de la rue Gambetta, face au magasin d'antiquités. Ils reconnaissaient bien la rue. La Time Boy indiquait bien *samedi 9 octobre 1943, 9h03*.

- Mon père va sortir dans deux minutes.

- Nom d'un perroquet ! lança une voix derrière eux.

Surpris ils se retournèrent ensemble et écarquillèrent les yeux. En face d'eux, ils les reconnurent immédiatement. Impossible de se tromper. L'un des deux était en pyjama sous une vieille couverture déchirée, et le second portait un costume en velours marron, un gilet de flanelle beige sur une chemise blanche en coton, un nœud papillon à carreaux verts et jaunes, et des lunettes de myope. Oui, ils étaient en face de leurs doubles.

- Archie, qu'est-ce qui se passe ? s'écrièrent ensemble les deux "Maréchal".

268

Les deux "Archibald" se regardaient avec le même air suspicieux, les mêmes interrogations dans le regard, mais la surprise passée, un seul prit la parole. Celui qui venait d'arriver.

- Je sais ce qui se passe. Je vais vous expliquer. Vous vous souvenez tous de l'expérience de la pomme et celle de Ficelle avec la souris ? Eh bien, c'est la même chose. Vous deux, vous avez fait le premier voyage ici pour savoir comment mon père a disparu, exact ?

- Exact, répliqua l'autre Archibald, mais pas VOTRE père... MON père...

- Écoute-moi, Archibald ! Je sais que c'est fou ce qui nous arrive, mais toi et moi, nous sommes une seule et même personne, ainsi que ces deux "Maréchal". Si je ramène ça aux expériences, toi, tu es la pomme A et moi la pomme B, et ton Maréchal est Ficelle A et le mien est Ficelle B.

- Nom d'un...

- ... perroquet ! Oui je connais, tu vois. Je suis sûr de ce que j'avance, car ce que vous attendez en ce moment nous l'avons déjà vécu avec mon Maréchal.

Mon... enfin, NOTRE père va sortir dans...

Il regarda sa montre.

- ... une minute.

- Nom d'un perroquet ! Mais comment...

- Nous avons déjà vécu cette situation, je te le répète. Il n'y a pas de temps à perdre. Ecoutez-moi bien ! Notre père va s'éloigner par la place Stanislas et se faire arrêter sur la place de la Carrière par trois policiers allemands de la gestapo. Ca se passe tellement vite que je n'ai rien pu faire la première fois. Je crois que même à quatre nous ne pourrions rien faire. Pour nous battre, nous sommes trop...

- ... lâches ? enchaîna Archibald A.

- Non... enfin un peu... tu te connais aussi bien que je me connais, nous sommes une seule et même personne. J'allais dire surtout que nous sommes trop vieux. Par contre si nous sommes revenus avec Maréchal B, c'est pour tenter de dissuader notre père de prendre ce chemin qui le conduit à la mort. C'est une idée de Miraldine.

- De Miraldine, répéta Archibald A interloqué ?

- Oui. Elle a fait du chemin depuis votre premier départ. Mais ce n'est pas le plus important. Je pense, nous pensons, que s'il change de trajet, il a des chances de s'en...

En face la porte venait de s'ouvrir. Gabélius Goustoquet apparut avec le petit Archibald dans ses bras, le borsalino sur la tête.

Archibald B vit Archibald A regarder l'heure à sa montre gousset.

- Regarde Maréchal ! Regarde ! Ce sont mes parents. Et le gamin, c'est...

- C'est toi ! réagit Maréchal, tout à fait attentif maintenant à ce qui se déroulait devant eux.

- Mon Dieu ! C'est mon père... ma mère... et moi à trois ans... Dire que mon père n'a que trente-six ans, là... tu imagines ? J'ai trente-deux ans de plus que lui...

- Bon, laissez tomber ! Ça nous l'avons déjà vécu. Réfléchissons ! Quel est le moment le plus propice pour le prévenir ?

Gabélius posa son fils sur le trottoir. Il embrassa ensuite son épouse qui prit le petit Archibald par la main.

- Soit prudent, Gab !

- Eh oui, notre mère appelait notre père Gab, murmura Archibald B à l'attention d'Archibald A dont il savait qu'il était en train de se faire la réflexion.

- Nom d'un perroquet ! murmura Archibald A sans quitter des yeux ses parents.

- Ne t'inquiète pas ! poursuivait Gabélius. Je serai de retour demain soir si tout se passe bien...

- Mais tout se passera bien ?

Il la regarda amoureusement en lui caressant le visage d'une main.

- Oui. Tout se passera bien.

Il l'embrassa encore une fois puis tourna rapidement les talons comme pour ne pas éterniser ce moment de séparation qui logiquement ne devait pas être définitive.

Maréchal B intervint pour la première fois.

- Archie ! Il faut que tu y ailles là, sinon, si tu lui laisses trop d'avance tu risques de ne pas le rattraper...

- Oui tu as raison. Mais écoute-moi deux secondes. Tu vas aller te poster à l'entrée de la rue Emmanuel Héré. Comme ça, si je ne parviens pas à le convaincre de changer de trajet, tu feras en sorte de le retarder le plus possible pour lui éviter de rencontrer les allemands.

- Et comment tu veux que je le retienne ?

- Trouve quelque chose ! Bon sang, c'est toi l'artiste, tu ne dois pas manquer d'imagination... Je ne sais pas moi, demande-lui une adresse, un renseignement, du feu... que sais-je ?

- Compris. J'y vais...

Maréchal B descendit la rue Gambetta et disparut sur la place.

- Tu veux que je vienne avec toi ? demanda Archibald A.

- Non, merci... mon frère ! Notre père va déjà se poser des questions sur moi quand je vais l'aborder, imagine sa réaction s'il se fait accoster par des jumeaux !

- Tu as raison. Bon courage ! On t'attend ici.

Archibald B descendit rapidement la rue Gambetta sans changer de trottoir, et il atteignit la place Stanislas juste au moment où son père se retournait pour faire signe à sa femme et au petit Archie. Archibald prit un peu d'avance sur la place, aperçut Maréchal qui allait se mettre en position, puis s'étant assuré que son père avait repris sa marche, il se retourna et avança à sa rencontre. Voilà. Il y était. C'était le moment de mettre en place sa stratégie. En espérant que cela fonctionne.

- Excusez-moi de vous déranger, Monsieur Goustoquet, commença Archibald d'une voix mal assurée, est-ce que je peux vous parler deux minutes ?

- C'est que...

Méfiant, Gabélius regarda sa montre.

- Je n'ai pas trop de temps. J'ai un rendez-vous important.

- Oui je sais, murmura-t-il en approchant son visage de son oreille. Vous faites partie de la résistance et...

Gabélius se cabra et eut un mouvement de recul.

- Ne vous inquiétez pas ! Je suis... un ami. Je suis là pour vous aider.

- M'aider ?

Archibald plongea ses yeux dans le regard clair de son père. Il avait fière allure avec son borsalino. Plutôt bel homme.

- Pour vous sauver la vie. Venez boire un café ! Je vais vous expliquer. Venez !

Il le poussa en direction du grand Café Foy. Il jeta un œil en direction de Maréchal. Bien. Il était à son poste à l'entrée de la rue Héré. Alors que Gabélius passait le seuil de l'établissement, il l'interpela.

- Excusez-moi deux secondes !

Il fit rapidement quelques pas jusqu'à l'entrée de la rue Gambetta. Il repéra Maréchal A en pyjama sous sa couverture et Archibald A. Ils attendaient et discutaient. Sans doute de l'invraisemblance de leur rencontre. Il rejoignit son père.

- Vous... vous êtes suivi ? l'interrogea ce dernier, inquiet.

- Non, non. Rassurez-vous ! Mais on n'est jamais assez prudent.

273

Ils s'installèrent à une table, un garçon vint prendre la commande.

- Vous êtes qui ? demanda Gabélius.

- Il vaut mieux que vous ne connaissiez pas mon nom. Vous savez ce que c'est, de nos jours avec toutes ces oreilles étrangères qui traînent…

- Certaines oreilles françaises ont aussi une bonne ouïe…

Archibald hocha la tête car il comprenait parfaitement l'allusion aux collaborateurs de cette période. Gabélius intrigué par son vis à vis, le détaillait scrupuleusement comme s'il décelait dans les traits de son visage un vague souvenir familier.

- Je vous écoute, Monsieur. En quoi puis-je avoir besoin de votre aide ?

Le garçon apporta les deux cafés. Archibald consulta rapidement sa montre gousset.

Bien ! Encore trois minutes et la gestapo fera chou blanc.

- Un informateur m'a signalé une arrestation probable d'un résistant de votre réseau par la gestapo, Monsieur Goustoquet. Place de la Carrière. Juste après l'arc de Triomphe. Ce matin. Ça vous dit quelque chose ?

Gabélius pâlit.

- Ne deviez-vous pas emprunter ce trajet, Monsieur Goustoquet ?

- Euh… Si. Mais…

- Alors…

Archibald but une gorgée de café, regarda une nouvelle fois sa montre, provoquant ainsi un temps de suspense involontaire.

- Alors... c'est terminé, Monsieur Goustoquet. Vous ne craignez plus rien. La gestapo est repartie.

- Co... Comment pouvez-vous être si sûr de vous ?

Archibald sourit et dévisagea, heureux, une dernière fois son père à qui il venait de sauver la vie.

- Disons que mon informateur est un vrai professionnel.

Ils terminèrent leur café puis se levèrent. Gabélius s'empara de l'addition rédigée à la main, puis mit une main dans sa poche à la recherche de quelques sous pour régler l'addition.

Archibald, grand seigneur, saisit le papier qu'il venait de reposer sur la table.

- Laissez ! C'est pour moi.

Gabélius le remercia d'un bref mouvement de tête. Archibald chercha à son tour de la monnaie dans sa poche et quand ses doigts touchèrent les quelques euros qu'il avait toujours sur lui, il réalisa que sa monnaie ne correspondait pas à l'argent en usage en 1943. Rouge de confusion, il regarda son père.

- Vous ne vous sentez pas bien ?

- Euh... Si... Mais... Euh... Je crois que je me suis avancé. J'ai laissé euh... ma bourse chez moi. Je suis désolé.

- Ce n'est pas grave. Si vraiment vous m'avez sauvé la vie, ces deux cafés sont vraiment peu de chose comme remboursement de dette.

- Je… Je vous remercie.

Gabélius déposa quelques pièces en aluminium sur la table, et ils se retrouvèrent peu après sur la place Stanislas. Ils étaient debout face à face. Se regardèrent une dernière fois. Chacun pressentit confusément à ce moment-là, sans savoir pourquoi, que leur vie prenait un virage inattendu. Merci ! dit Gabélius.

- Vous n'avez pas à me remercier. C'est moi qui vous remercie.

- Pour quelle raison ?

- Je ne sais pas. Peut-être pour l'amour que vous avez donné à votre fils Archibald ces trois dernières années.

- Co… Comment savez-vous…

- J'ai un très bon informateur, je vous dis.

Il ponctua sa réplique d'un clin d'œil qu'avec l'effet loupe de ses verres de lunettes son père ne pouvait pas manquer.

- Adieu ! ajouta Archibald.

- On ne se reverra pas ?

- Non. On ne se reverra pas.
Hélas, Papa !

- Alors adieu.

Les deux hommes se séparèrent, et prirent chacun une direction différente. Au premier pas, Archibald se retourna.

- Au fait…

Gabélius se retourna à son tour. Archibald le rejoignit et lui murmura :

- Si quelqu'un vous a dénoncé, à votre place, sans hésitation, je prendrai femme et enfant et je me ferai oublier. Souvenez-vous ! C'est la gestapo que vous avez aux fesses maintenant...

- Merci du conseil.

Gabélius lui tendit la main. Archibald, ému, lui donna la sienne. Un contact. Pas visuel. Pas auditif. Un vrai contact. Charnel. Avec son père. Ils croisèrent une dernière fois leurs regards. Troublant. Gabélius ressentit le malaise d'Archibald et en fut perturbé. Il toussota pour rompre cet instant déstabilisant. Leurs mains se lâchèrent.

- Adieu, dit Gabélius en tournant les talons.

Il se dirigea vers l'entrée du parc de la Pépinière.

Immobile, Archibald le suivit des yeux jusqu'à ce qu'il disparaisse. Il savait qu'il ne le reverrait plus. Il rejoignit la rue Héré pour récupérer Maréchal. Quand il y parvint, il regarda de tous côtés... Mais pas de Maréchal. Il passa sous l'arc de Triomphe. Tout semblait normal. Il aperçut tout au bout de la place de la Carrière une traction avant noire qui filait vers la vieille ville.

Ils ne l'auraient tout de même pas...

Il regarda autour de lui et repéra aux abords de la rue des maréchaux - *un comble si Maréchal avait disparu là* - une jeune femme derrière une charrette à bras, sur laquelle était arrangé un superbe étalage de fleurs automnales. Il se dirigea vers elle.

- Excusez-moi Mademoiselle...

La jeune femme leva la tête et adressa un superbe sourire à ce client potentiel avec son drôle de nœud papillon et ses grosses lunettes.

- Vous êtes là depuis longtemps ?

- Depuis sept heures, Monsieur, comme tous les jours. Qu'est-ce qui vous ferez plaisir ? ajouta-t-elle en glissant un camélia mauve et blanc entre deux cyclamens roses.

- J'aimerais avoir un renseignement...

La fleuriste contourna sa charrette en s'essuyant les mains sur son tablier.

- Si je peux vous aider...

- Voilà. Avez-vous remarqué une Traction avant noire avec des allemands par ici...

Il indiqua du doigt la sortie de l'arc de Triomphe.

- Tout à fait. Il y a à peine cinq minutes.

Le sang d'Archibald ne fit qu'un tour.

- Ils étaient quatre. Deux sont sortis de la voiture, sont restés sur le trottoir pendant que la voiture allait se garer plus loin.

- Et alors, que s'est-il passé ? l'encouragea-t-il anxieux.

- Ben... Rien ! Ils ont commencé à dévisager tous les gens qui passaient puis ils ont fait signe à la voiture qui s'est rapprochée. Ils sont montés dedans puis ils sont partis.

- Sans emmener personne ?

- Non. Il n'y avait qu'eux...

Il respirait. Maréchal n'avait pas été embarqué à la place de son père.

- Je vous remercie Mademoiselle.

- Je vous en prie. Vous ne voulez pas une petite fleur...

- Au revoir, Mademoiselle. Je repasserai.

Il remonta dans l'autre sens la rue Héré, en dévisageant chaque personne qu'il croisait.

Pas de Maréchal. Nom d'un perroquet. Où est-il passé ? Il a dû rejoindre les deux autres...

Il traversa la place, laissa passer successivement deux calèches, trois camions militaires allemands puis parvint à la rue Gambetta. Il se figea. Devant la porte cochère, son "équipe" n'était plus là. Il s'approcha de l'endroit où il l'avait laissée. Personne. Rien.

Mais où sont-ils passés ?

Il regarda tout autour de lui. Pas de trace de son double, ni des deux "Maréchal". Son regard se porta sur le magasin en face. Il aperçut Lauriange Goustoquet derrière la vitrine. La réponse allait peut-être lui venir de sa mère. Elle plaçait un vase Ming sur un guéridon Louis XV à côté d'un fauteuil de la même époque. Elle pourrait peut-être le renseigner. Mais pour cela il devait prendre sur lui. Il n'était évidemment pas simple de superposer son actuel physique de jeune femme avec le souvenir qu'il avait gardé d'elle à la fin de sa vie dans les années quatre-vingt.

Il allait devoir être près d'elle. Tout proche d'elle. Les yeux dans les yeux. Il frissonna par anticipation. Il devait absolument savoir où étaient Archibald A, Maréchal A et Maréchal B. Il traversa la rue. Respira un grand coup. Regarda encore une fois sa mère qui, de dos, ne l'avait pas remarqué. Il réprima son appréhension et finalement entra.

Quand la porte s'ouvrit, elle heurta un ensemble de tubes métalliques de différentes tailles, provoquant le cliquetis si caractéristique qui l'amusait tant quand il était enfant, ce cliquetis si particulier qui annonçait l'entrée ou le départ d'un client mais aussi et surtout, le retour de son père. Il s'attarda un moment sur la tubulure suspendue au plafond. Lauriange Goustoquet s'extirpa de la vitrine et vint à sa rencontre.

- Bonjour Monsieur. Je peux vous aider ?

Mon Dieu, qu'elle était belle ! Sa chevelure ondulée blonde tombait en cascade sur ses épaules. Et ses yeux... Des yeux vert noisette avec un scintillement de pépites d'or dans les prunelles qui donnaient le vertige. Le souvenir de ce regard troublant remonta des limbes de sa mémoire, et fit ressurgir des flots de tendresse maternelle dans lesquels il s'était tant de fois noyé.

- Monsieur ?

- Ah... Euh... Oui, excusez-moi ! Je... J'aimerais savoir si par hasard vous n'auriez pas aperçu deux hommes sur le trottoir en face de votre magasin ?

- C'est curieux que vous me posiez cette question. Vous étiez effectivement deux toute à l'heure, la personne qui était avec vous était en pyjama sous une vieille couverture. C'était d'ailleurs suffisamment ridicule pour que je le remarque.

- Vous dites que nous étions deux...

- Oui. Et puis c'est bizarre que vous soyez là maintenant tout seul. Vous étiez avec votre... euh... l'autre personne quand je suis entrée dans la vitrine, je vous ai observés quelques secondes, puis je me suis retournée pour déplacer ce guéridon. Ensuite, même pas trois secondes plus tard, je me suis à nouveau tournée vers la rue et là... Pfft ! Plus personne !...

- Plus personne ?

- Non. C'est comme si vous vous étiez envolés. Et puis à nouveau trois secondes plus tard, le temps de poser ce vase sur le guéridon et hop ! Vous voilà devant moi... Vous faites concurrence à Harry Houdini ?

- Harry Houdini ?

- Oui. Vous savez, le fameux magicien américain...

- Ah... Oui ! Houdini... Non, pas du tout.

Archibald réalisa d'abord que sa mère le prenait pour Archibald A, ensuite que les deux, Archibald A et Maréchal A, avaient disparu subitement. Sans doute étaient-ils repartis à leur point de départ en 2008. Peut-être même Maréchal B les avaient-ils rejoints et était-il reparti avec eux... Bon, il n'avait qu'une seule façon de s'en assurer, c'était de repartir retrouver Miraldine à l'heure de départ, plus une seconde. Il y avait de fortes probabilités pour que Maréchal B soit déjà avec elle, et qu'Archibald A et Maréchal A soient revenus quelques heures avant, et aient trouvé Miraldine inconsciente, comme ils l'avaient eux-mêmes trouvée la première fois. Le problème, c'est qu'il n'avait à eux trois qu'une seule Time Boy, donc ils ne pouvaient se déplacer que tous les trois ensemble pour la même destination temporelle… A moins que… Bon, ça commençait à devenir compliqué. Il devait absolument repartir en 2008.

Il regarda à nouveau sa mère. Visiblement elle attendait une explication. Pas le moment de s'attarder. Il tenta de faire diversion.

- Euh… Combien votre vase là, sur le guéridon ?

- Il vous plaît ? C'est un authentique Ming. Il date de 1460. Il est à 15000 francs.

- Bon, eh bien, je vais réfléchir. Je vous remercie beaucoup.

Les dents blanches et bien rangées de sa mère apparurent par l'enchantement d'un sourire divin.

Mon Dieu, qu'elle était belle !… qu'elle est belle !…

- Je vous en prie. Au revoir Monsieur…

- Au revoir, Madame.

Il ouvrit la porte qui déclencha comme à son arrivée le tintinnabulement mélodieux des tubes métalliques les uns contre les autres, et s'apprêtait à sortir quand il entendit une voix d'enfant derrière lui.

- Maman, maman… le gling gling… C'est Papa ?

Il se retourna. Son cœur se mit une nouvelle fois à battre la chamade. Décidément, ce voyage le mettait à rude épreuve.

Ce gosse… c'était… C'était LUI à trois ans. Il fixa le gamin qui stoppa net dans sa course pour le fixer en retour. Ils restèrent ainsi une dizaine de secondes sans bouger. Quand le gosse qu'il était autrefois aperçut sa mère sur le côté et se mit soudainement à hurler, tout le souvenir de cette scène lui revint en mémoire. C'était soixante-cinq ans en arrière. Le jeune Archie se précipita vers sa mère et cacha son visage dans sa jupe longue et droite.

- Maman, le monstre il est méchant. Il a une tête de crapaud…

- Chut ! Ne dis pas ça Archie ! Ce n'est pas beau. Excusez le Monsieur !

Elle lui passa une main dans les cheveux dans un tendre geste de réconfort.

- Ce n'est rien, Madame, laissez !

Il voyait sur l'écran de sa mémoire cette image de lui-même que lui avait renvoyée ce vieil homme avec ses lunettes de myope. Il comprenait à présent qui était ce monstre aux yeux de crapaud de son enfance. C'était hallucinant. L'enfant, c'était lui. L'homme en face de l'enfant, c'était lui également. Malgré toute l'invraisemblance de la situation, Archibald ne laissa rien paraître de son trouble intérieur. Il aurait aimé prendre le gamin dans ses bras, le rassurer, afin qu'il évite de faire des cauchemars pendant plusieurs mois. Ces cauchemars récurrents qui avaient envahi ses propres nuits après cette fameuse rencontre avec le monstre. Mais il ne pouvait se prendre lui-même dans ses bras. Ce serait pousser le paradoxe au-delà de tout réalisme. Et il sut qu'il ne le ferait pas. Comme d'ailleurs le monstre de son enfance ne l'avait pas fait.

Il adressa un dernier sourire à sa mère, comme pour induire une complicité qui ne viendrait jamais parce qu'il la savait impossible, et quitta le magasin.

Lauriange Goustoquet ne savait pas que l'homme qu'elle suivait des yeux, n'était autre que son fils avec trente-cinq ans de plus qu'elle.

Il traversa la rue Gambetta sans se retourner. Comme la première fois avec Maréchal, pour se déstructurer, il devait à nouveau s'isoler. La porte cochère. Il s'y précipita, poussa sur la lourde porte qui s'entrouvrit sans difficulté. Même vaste couloir. Même cour intérieure. Il sortit la Time Boy de la poche portefeuille de sa veste...

Tip, tip, tip...

... chargea les coordonnées du laboratoire...

Tip, tip, tip...

... tapa l'heure de retour, ajouta une seconde à l'heure où ils étaient partis. Touche enfoncée. Vibrations internes. Maintenant. Au moment où l'onde frémissante de la déstructuration commençait à parcourir son corps, il entendit la porte de la conciergerie s'ouvrir derrière lui. Il positionna le curseur sur *inversion*. Au même instant, il se dématérialisa spontanément dans un bref éclat lumineux.

- Hé là ! Pas de photos sans autorisation, s'écria le gardien qui pénétrait dans le couloir mais n'avait perçu qu'un éclair.

Le silence qu'il obtint en guise de réponse, l'incita à sortir dans la rue. Des badauds. Et puis des boches. Comme d'habitude, quoi ! Il fit un signe de la main à Madame Goustoquet qui rangeait sa vitrine en face.

Elle lui rendit son bonjour avec un sourire radieux. Un bien joli brin de femme que cette madame Goustoquet. Il passa le porche et referma la porte derrière lui.

21

Ce dimanche soir d'avril, la foule avait envahi les terrasses de la place Stanislas. Julien buvait un diabolo menthe à celle du café du Commerce en compagnie de Marianne. Il l'avait invitée après qu'elle eut couché sa mère. Le lundi était son jour de repos, et c'est elle qui le conduirait à la gare pour son départ vers les Etats Unis. La température était agréable et il fallait en profiter car la météo n'annonçait pas un temps exceptionnel pour les jours à venir. Marianne tournait son sachet de thé dans la théière qu'un serveur lui avait apportée, afin d'accélérer l'infusion.

- Ton avion décolle à quelle heure ?

- Midi et demie. Tu n'oublieras pas d'être là mardi à six heures, hein ?

- Non, ne t'inquiète pas. C'est la troisième fois que tu me le rappelles.

- J'ai tellement peur de rater mon train.

- Tu m'as dit qu'il était à 7h30. Si je viens à six heures, il n'y a pas de danger…

- C'est important tu comprends. Même si je dois être à Roissy une heure avant le décollage au lieu de deux habituellement parce que je suis en classe affaire, si je manque le train, je manque l'avion…

- En classe affaire ?

- Il n'y avait plus que cela, je m'y suis pris trop tard. Angie m'a invité à venir chez elle il y a seulement dix jours. Je n'ai pas eu trop le choix.

- Ce n'est pas une critique. Si ton père était d'accord, tu as bien fait…

Elle aperçut un court instant une ombre fugitive dans son regard. Mais il dût chasser rapidement les images qui l'avaient assailli car aussitôt il enchaîna.

- Tu te rends compte que depuis un an qu'on parle ensemble sur Skype, on va enfin pouvoir se voir…

- Tu m'enverras une carte postale ?

- Évidemment ! Tu n'as même pas besoin de me le demander.

- C'est un beau voyage que tu vas faire…

Julien se laissa emporter par son imagination fertile. Marianne remarqua cette fois un sourire se dessiner sur ses lèvres et se garda d'interrompre ses rêves d'adolescent.

*

Malcolm Stuart s'était promené dans Paris toute la journée. Il s'était octroyé une balade sur la Butte Montmartre conseillée par un guide touristique, puis avait arpenté, toujours à pieds, le Jardin des Tuileries depuis la Concorde jusqu'au Pont-neuf. Il s'était offert, au frais de la maison, une croisière-déjeuner à bord d'un des bateaux mouches sur la Seine. Là, il était 22h00. Il était allongé sur son lit dans son hôtel, les jambes fatiguées, et feuilletait le dossier que lui avait remis la secrétaire de Shrub. Demain serait le grand jour. Celui où lui, Malcolm Stuart, ferait son entrée dans l'arène, investi du sacro-saint pouvoir présidentiel, pour annoncer les deux cent trente-huit licenciements dans les deux filiales françaises de l'EAGLE. Il avait dressé la liste noire après avoir analysé les différents profils des employés, les plans de carrières, les situations familiales, afin d'être, pour se rassurer, le plus équitable possible. Mais pouvait-il l'être à partir de l'instant où il allait plonger plus de deux cents trente êtres humains dans le désarroi ? Et de toute façon, pourrait-il échapper à la colère qui ne manquerait pas de se déchaîner contre lui. Il songea aux paroles de Shrub.

... nous ne faisons pas du social Monsieur Stuart. Nous faisons du business. C'est la seule alternative possible. Vous ne pensez pas qu'il est préférable de sacrifier cinq mille salariés susceptibles d'être réembauchés plus tard quand nous aurons gagné le procès, plutôt qu'une banqueroute de notre multinationale ?

Oui, le Président avait raison. La multinationale d'abord. Il soupira, conscient qu'il essayait malgré lui de se convaincre de la légitimité de sa mission, tout en n'ignorant pas les drames familiaux qu'il allait provoquer. Demain, quand le directeur des ressources humaines commun aux deux centrales viendrait le prendre au pied de son hôtel, il serait considéré comme le glaive dans la main de Shrub. Cette position le mettait à l'abri de toute attaque personnelle, c'est ce qui l'importait le plus. Faire son job, sans conséquences fâcheuses. Il ne risquait rien, puisqu'avant son départ, comme le lui avait conseillé Shrub, il avait envoyé une dépêche à l'AFP qui annonçait un *reshuffle* des deux filiales de l'EAGLE. Il avait joué fin. Un petit mot anglais pour *remaniement*, et il était certain que demain, les télévisons, les radios et la presse écrite se bousculeraient à son arrivée. Il descendrait de voiture comme une star. Des micros se tendraient vers lui, des caméras filmeraient en continu. D'un signe de main, il refuserait le moindre commentaire et donnerait rendez-vous un peu plus tard aux journalistes au coin presse. Là, il lâcherait l'information qui ferait l'effet d'une bombe. Le but était, comme l'avait prévu Shrub, de monter l'opinion non pas contre les actionnaires de New-York, mais contre les lobbies européens qui affirmaient que les prélèvements atmosphériques des centrales étaient la cause des catastrophes météorologiques de la planète. L'opinion publique européenne n'aimait pas les coupes sombres dans les effectifs des entreprises installées sur son territoire. Même quand elles étaient américaines. Le bras de fer juridique ne faisait que commencer, et Shrub savait ce qu'il faisait. La meilleure défense, c'était l'attaque.

Malcolm se sentit fier de participer à ce combat intercontinental, et définitivement, il se rangea du côté de Shrub. Demain serait son jour de gloire.

Sa main au bout de son bras tendu au bord du lit lâcha le dossier qui glissa sur la moquette de la chambre. Des feuilles s'éparpillèrent. Une sirène de police hurlait quelque part dans Paris. Malcolm ne l'entendit pas. Déjà, il ronflait bruyamment.

*

Dans un bistrot de Pigalle, Rachid Ben Chahid parlait à voix basse. Les conversations ambiantes et la musique couvraient le son de sa voix et Ahmed Zeitoun était obligé de se rapprocher pour comprendre le sens des paroles de son interlocuteur.

- Quand tu passeras au contrôle, personne, tu m'entends, personne ne soupçonnera une seconde que tu portes sur toi un explosif.

Ahmed ne saisissait pas bien où Rachid voulait en venir. Il lui avait expliqué qu'il ne porterait pas de ceinture donc qu'il ne serait pas un martyr du Jihad. Par contre, il tentait de le convaincre qu'il pourrait passer les rayons sans problèmes. Mais il savait, Ahmed, que les rayons détecteraient le moindre explosif. Il était dans le flou le plus complet.

- Comment je peux passer un explosif sans me faire prendre ?

Rachid Ben Chahid lui adressa un clin d'œil.

- Tout dépend de la forme de l'explosif Ahmed.

- Explique-toi, mon frère !

Rachid Ben Chahid sortit une boîte d'allumettes qu'il lança sur la table. Ahmed Zeitoun la regarda machinalement, comme s'il s'attendait à ce que Rachid sorte un paquet de cigarettes.

- Tu vois cette boîte, Ahmed ? C'est ton explosif.

Ahmed Zeitoun s'attarda plus longuement sur la boîte mais sans la toucher. Visiblement, il attendait une explication.

- Un de nos chimistes a mis au point un nouvel explosif, très petit. Il tient dans cette boîte. Regarde !

Rachid Ben Chahid ouvrit la boîte d'allumettes et lui fit la démonstration que Djelloul Fahti lui avait faite la veille. Ahmed était éberlué.

- Quand tu l'auras dans ta poche, tu pourras passer sans problème le contrôle, oui ?

- Euh... Oui, sûrement ! Mais...

- Alors écoute-moi bien Ahmed. Une fois que tu auras passé le contrôle, quand tu chargeras les bagages dans l'avion que je t'indiquerai, il suffira que tu laisses tomber par mégarde cette boîte dans la soute, entre les valises et les sacs. C'est tout ce que tu as à faire.

- Mais qui va déclencher l'explosion ?

- Personne.

- Personne ?

- Allah !

Ahmed Zeitoun commençait à se poser des questions sur la santé mentale de Rachid Ben Chahid.

- Quand l'avion sera assez haut dans le ciel, c'est la pression qui déclenchera l'explosion.

- La pression ?

- Oui, la pression atmosphérique. Elle est moins forte que sur terre, et elle va libérer des trucs dans l'explosif et alors boum !

- Boum ?

- Boum ! Plus d'avion Ahmed. L'état hébreu sera décapité.

C'était la phrase magique qu'il fallait prononcer pour qu'Ahmed Zeitoun réagisse. Il s'empara de la boîte d'allumettes qu'il glissa dans une des poches de son blouson en cuir marron, et se leva.

- Je ne comprends pas vraiment comment ça fonctionne mais tu peux compter sur moi, Rachid. *Rabi m' hék !*[6]

Alors qu'il commençait à s'éloigner, Rachid Ben Chahid se demandait s'il était bien l'homme de la situation.

- Ahmed !

L'homme au blouson de cuir se retourna. Rachid Ben Chahid lui fit signe de revenir.

- La boîte d'allumettes…

- Je l'ai dans ma poche, confirma Ahmed Zeitoun d'un clin d'œil complice.

- Je le sais bourricot ! Tu vas la mettre dans quel avion ?

Ahmed se tapa sur le front.

- Pardonne-moi ! J'ai tellement envie d'agir… Alors c'est lequel ?

- Mardi. Vol AA674 de l'American Airlines pour Newark. Décollage à 12 h 30…

Il sortit un stylo de son blouson et inscrivit en arabe l'information au dos de la boîte d'allumettes.

- C'est comme si c'était fait.

---

[6] Dieu soit avec toi !

Ahmed posa sa main droite sur son cœur en signe de foi, se leva et quitta le café. Quand il fut sur le trottoir, il inspira profondément, non pas pour prendre une bouffée d'air pollué de la capitale, mais par fierté. C'était un homme d'action. Toute sa vie, il avait juré de se battre contre Israël, quelle que soit la forme que prendrait son combat. Et cette inspiration lui donnait toute la force de la lutte, toute l'énergie vitale, toute la jouissance d'une mission dont il serait le héros. Il traversa la chaussée sur un passage protégé et rejoignit sa Yamaha 750 stationnée sur le trottoir. Il déverrouilla l'antivol, passa son casque intégral, enfourcha son engin, et démarra le moteur. Il donna deux coups d'accélérateur à vide. Le hennissement d'un pur-sang arabe !

Il enclencha la première et s'éloigna vers son destin de terroriste.

22

Noir. Pénible cette zone de turbulence temporelle. Il devrait remédier à cela. Flash. Et... à nouveau le noir ! Enfin, semi obscurité détermina-t-il quand ses yeux s'adaptèrent à ce manque de lumière. Miraldine avait dû l'éteindre pour dormir en les attendant. Mais non. Pourquoi Miraldine aurait-elle dormi puisqu'ils devaient réapparaître une seconde après leur départ ?

- Miraldine ?... Miraldine ?... Vous pouvez ouvrir la lumière s'il vous plaît ?...

Pas de réponse. Voilà qui était curieux. De plus, le son de sa voix n'avait pas la réverbération habituelle du laboratoire. Il se déplaça d'un pas et remarqua que le bruit de son soulier sur le carrelage était non pas clair, mais mat.

Nom d'un perroquet ! Qu'est-ce que... ?

Il huma l'air et ne reconnut pas non plus l'odeur si caractéristique d'ozone. Par contre il sentait parfaitement des relents de moisi, en tout cas une sensation d'humidité. Que se passait-il dans le laboratoire ?

Avec le peu de lueur qui émanait du vasistas, il se dirigea vers l'interrupteur, à droite de la porte d'entrée. A tâtons, il le dénicha et pressa le bouton. Une lumière jaunâtre envahit le...

Nom d'un perroquet ! Mais qu'est-ce que...

Archibald n'en croyait pas ses yeux. Ce n'était pas possible, il devait rêver. Le laboratoire avait disparu. Plus de paillasses. Plus de bureau. Les étagères secrètes, les livres, les plans, la parabole, tout avait disparu. Il ne restait rien. Par contre, il se crut victime d'hallucinations quand il aperçut des alignements de casiers à bouteilles de vin plus ou moins poussiéreuses, avec des ardoises dont les noms écrits à la craie blanche ne laissaient aucun doute quant à leur origine : 1-Alsace, 2-Beaujolais, 3-Bordeaux, 4-Bourgogne, 5-Champagne, 6-Côtes du Rhône, 7-Jura, 8-Loire... Au hasard, il tira du casier un Aloxe-Corton 1975. Oui, la bouteille était pleine, comme toutes les bouteilles d'ailleurs. Il n'était pas chez lui. Un instant il lui sembla avoir résolu cette énigme. Oui, bien sûr ! Il avait commis une erreur dans la programmation des coordonnées du laboratoire et il avait dû apparaître dans la cave d'une maison voisine. Il se ravisa rapidement. Non, les coordonnées étaient en mémoire. Il était impossible de commettre cette erreur. Alors ?

Il décida de monter à l'étage. Prudemment.

Quelqu'un parlait. Il ne distinguait pas les mots mais c'était une voix d'homme. Maréchal ? Il poussa la porte de la cave et se retrouva dans le couloir. Enfin ce qui devait être le couloir de SA maison. Car rien, ici, n'était comparable avec ce qu'il connaissait. Tous les murs étaient couverts d'un enduit blanc et présentaient des aspérités décoratives. Des tableaux, qu'il identifia comme des copies de Matisse, de Magritte et de Picasso, donnaient au couloir l'apparence d'une galerie d'art. Où étaient ses boiseries en chêne ? Ses lourdes tentures qu'affectionnaient Miraldine ? Le miroir et son cadre en acajou de Majorelle ? Il avançait lentement comme s'il découvrait une caverne à la manière d'Ali Baba. C'est-à-dire en découvrant des trésors qui ne lui appartenaient pas. Sauf que là, aucun de ces trésors ne lui faisait l'effet de richesses enfin accessibles, mais plutôt d'une répulsion, d'une abomination, d'une réalité obscène dans laquelle il ne se reconnaissait pas. Il s'approcha du vaste salon salle à manger. Il faillit s'évanouir. Tous les meubles qui le rattachaient sentimentalement à ses parents étaient remplacés par du mobilier moderne : plaque de verre fumé posé sur un entrelacs de courbes chromées en guise de table, chaises-fauteuils en cuir rouge vif, horloge digitale insérée dans un coffre de voiture américaine en relief incrusté dans le mur. Adieu, horloge comtoise ! Adieu table en chêne aux pieds lourds et massifs ! Adieu vaisselier lorrain paré d'assiettes en faïence de Longwy ! Adieu, fauteuils Louis XV et guéridon style empire qui l'avaient accompagné depuis son enfance. Une page semblait être tournée sur un passé révolu. Archibald eut la désagréable impression de s'être trompé de vie. Dans le fond de la pièce, le dossier d'énormes chauffeuses contemporaines blanches était tellement haut, qu'il ne distinguait pas qui pouvait y être assis. Car il supposa que quelqu'un regardait l'énorme écran plat mural sur lequel défilaient des images commentées par cette voix masculine qui avait été à l'origine de sa méprise. Et ces images, ce commentaire le subjuguèrent. Sans quitter l'écran des yeux, il avançait lentement, hypnotisé par ce qu'il voyait, tant le contenu du reportage était irrationnel. Le commentateur disait que, suite à l'annonce des dernières réformes du président, des manifestations avaient lieu dans toutes les grandes villes du pays. Des banquiers, des notaires, des avocats, des médecins, des chirurgiens, des chefs d'entreprises, tout ce que la société comptait de notables, professions libérales, responsables d'entreprises en tout genre, était descendu dans la rue. Des banderoles cauchemardesques étaient brandies au-dessus des cortèges : « Retour aux licenciements, sinon on fout le camp », « Baisse des salaires ou ce sera la guerre », « Annulation de l'ISF, pour ne pas être SDF »... Des bataillons de CRS étaient alignés tout le long du parcours plus pour protéger les manifestants que leur taper dessus, car le petit peuple — la France d'en bas — qui les regardait défiler, semblait vindicatif et pressé d'en découdre avec cette bourgeoisie provocatrice qui prétendait faire machine arrière dans les avancées sociales.

Une journaliste sur un plateau de télévision prit le relai et annonça une intervention en flash spécial du président de la république. Jusque-là, rien d'extraordinaire, mais l'étonnement d'Archibald fit place à la consternation quand le jeune président ceint de son écharpe tricolore prit la parole. Il nagea en pleine irrationalité quand le bandeau de sous-titrage apparut en bas d'écran : *Monsieur Olivier Besancenot, Président de la République Française.* Archibald faillit s'étrangler. Besancenot président ? Nom d'un perroquet ! Par quel prodige… Les mots du Président qui parvinrent à son esprit achevèrent de le déstabiliser.

… ne reviendrai jamais en arrière. C'est sur ce projet de réformes que les Français m'ont élu, c'est sur ce projet qu'ils me jugeront. La rue ne dictera pas sa loi. Nous sommes en démocratie, il est hors de question de céder aux chantages du patronat et au diktat du CAC40…

- Ouais ! Tu l'as dit bouffi. Tu as vu comme…

Un adolescent d'environ dix-huit ans, s'était levé aux paroles présidentielles et en se retournant s'était figé de stupéfaction. Il éclata de rire. Archibald ne le connaissait pas et se retourna pour comprendre ce qui était à l'origine de son hilarité. Il ne vit rien de spécial et en conclut que c'était lui. Il observa à nouveau le jeune, et cette fois-ci, une femme d'une soixantaine d'années, bien conservée, était debout à ses côtés, et ahurie, le détaillait avec attention.

- Oh, là, là ! Trop zarbi Papy tes fringues…
Zarbi ? Papy ?

- Qu'est-ce qui t'a pris de te déguiser comme ça Chouchi ?
Chouchi ?

- Pourquoi ces lunettes épouvantables ?
Mais qu'est-ce qui m'arrive ?

- Eh bien alors… si tu veux passer inaperçu, c'est plutôt raté. Allez, va vite te changer…

Archibald ne comprenait rien à tout ce qui se passait. Apparemment ces deux individus le connaissaient, mais ne l'avaient jamais vu dans ces… *fringues* ? Il réussit à prendre la parole.

- Euh… Excusez-moi ! Nous nous connaissons ?

L'adolescent repartit de plus belle. Il portait un baggy en jean sous un long tee-shirt de la NBA bien trop large, et portant le numéro 8 de la San Antonio Spur team. Un bonnet noir en coton ne parvenait pas à cacher une chevelure châtain dont des mèches longues dépassaient tout autour.

- Tu n'es pas drôle Archibald, cette fois-ci. Allez, va te changer ! Et remets tes lentilles. Ces lunettes te donnent l'air d'un… d'un crapaud.

Le jeune était littéralement écroulé de rire dans la chauffeuse.

- Bon, maintenant ça suffit Jay-Jay. Ton grand-père n'est pas amusant…

… grand-père ?…

- … je ne sais pas ce qui lui a pris. Allez va te changer, j'aimerais bien écouter la fin de l'intervention d'Olivier…

Olivier ? Ah oui… le président…

Archibald s'était maintenant ressaisi et réfléchissait à cette situation abracadabrante. Cette… femme l'avait appelé Archibald, donc il s'agissait bien de lui. Mais ce gosse l'avait appelé Papy. Il était son grand-père. DANS CETTE VIE-LÀ ! Il devait avoir bouleversé quelque chose en empêchant son père de se faire arrêter par la gestapo. Maréchal avait raison. En changeant le destin de son père, il avait aussi changé le sien. Il décida d'entrer dans leur jeu pour en savoir davantage sur cette faille temporelle dans laquelle il était tombé involontairement.

- Jay-Jay ? lança-t-il à l'attention de l'adolescent.
- Ouais…
- Tu peux venir une seconde s'il te plaît.
- J'arrive…

Il se leva de la chauffeuse comme si toute la misère du monde était tombée sur ses épaules. Quand il vit Archibald dans le couloir, avec ses vêtements ridicules, il se dirigea vers lui avec un dernier sourire qu'il balaya d'un geste de la main et d'un mouvement de tête, coin des lèvres relevé, qu'Archibald traduisit par « *complètement givré le papy* ».

- Viens ! Approche !

Ils se dirigèrent vers la cuisine. Berk ! Toute la cuisine intégrée était de style contemporain et froid. Archibald se mit assis sur un tabouret du bar américain.

- Assieds-toi, il faut que je te parle.

Le jeune s'exécuta.

- Je me suis cogné la tête et j'ai un petit trou de mémoire, tu veux bien m'aider ?

Il le regarda d'un œil suspicieux mais resta silencieux.

- Ton prénom c'est comment ?
- Ben… Jay-Jay. Pourquoi ?
- Non. Jay-Jay, ce n'est pas un prénom. Ton prénom… c'est quoi ? Jérémy ?
- T'es ouf. Mon connard de père avant de se tirer de la maison, m'a appelé Gabélius.

Archibald explosa.

- Gabélius ?

- Ouais. Gabélius Junior. C'est complètement naze. Moi, mes potes m'ont appelé Jay-Jay. C'est mieux.

- Pourquoi Jay-Jay ?

- Oh, merde, Papy, t'es pas drôle, là... Jay-Jay... G... G... les initiales de Gabélius Goustoquet...

- Nom d'un perroquet !

Il était complètement abasourdi. Les sources génétiques étaient les mêmes, évidemment, mais tout avait pris une autre tournure.

- Tu disais que ton père était parti ?

- Hé, Papy ! C'est ton fils, hein... T'as pas oublié quand même ?

- Non, non, bien sûr ! Il est parti...

- ... avec une meuf trois mois après ma naissance...

- Oui, oui... une neuve... une neuve quoi ?

- Papy ! Tu le fais exprès ou quoi... Une meuf... pas une neuve... une meuf... une femme quoi !

- Ah, une femme... oui, évidemment ! Et je l'avais appelé ?...

- Ben, Gabélius ! Franchement c'est pas ce que tu as trouvé de mieux...

- Comme mon père... bien sûr !

L'image de son père à trente-six ans sur la place Stanislas lui traversa fugitivement l'esprit.

- Maréchal est là ?

- Qui ?

- Maréchal. Mon ami.

Il haussa les épaules.

- 'connais pas.

- Tu es sûr ?

- J' connais pas j' te dis.

- Bon. Ne t'énerve pas ! Donc tu es bien mon petit-fils...

- Ben oui. A quoi tu joues, là ?

- J'essaye de me rappeler... Miraldine... ça te dit quelque chose ?

- Bon, ça y est ? Tu vas pas me sortir le nom de tous tes potes... J'ai pas que ça à faire moi...

- D'accord ! D'accord ! Encore une question. La dernière. Est-ce que tu m'as déjà entendu parler de mon laboratoire ?

- Quel laboratoire ?

- À la cave, où je faisais de recherches...

L'adolescent se leva.

- Bon allez, j'y vais. Papy, j'sais pas si t'avais un laboratoire à la cave. Ça, j'en sais rien. Mais je suis sûr d'un truc : tu commences à avoir une araignée dans le plafond. Allez ciao ! J' me casse...

Archibald se retrouva seul dans cette cuisine où soudain, Miraldine lui manquait. Un besoin de sentir son parfum. La toucher. L'embrasser peut-être ? Et s'il ne la revoyait jamais. Il devait absolument repartir. Retourner en 1943 pour éviter qu'Archibald B modifie le destin de son père. Oui, il fallait l'en empêcher. Cette vie-là ne lui appartenait pas. Mais avant il devait vérifier une chose. Il retourna dans le couloir. Il s'arrêta à l'ouverture qui donnait dans le salon salle à manger où des images s'enchaînaient toujours sur l'écran mural. La femme – sa femme dans cette faille temporelle – devait sans doute encore suivre le programme.

Je t'en foutrais moi des Chouchi...

Il ouvrit la porte d'entrée et une fois sur le perron, retint un cri qui s'étouffa dans sa gorge : le double escalier avait été démoli, et là, un seul, droit, taillé dans la masse d'un béton grossier recouvert d'un carrelage d'extérieur permettait de descendre sur une allée goudronnée. Plus de gravillons, plus de massifs fleuris. Juste une pelouse mal entretenue. Quelle vie ! Comment un tel monde pouvait-il exister. Allez ! Encore une chose à vérifier et il repartirait.

Il contourna la maison et sur l'arrière, il ne trouva aucune trace d'une quelconque "gauguinette". Donc dans cette faille, Maréchal n'existait pas, en tout cas, pas dans cette maison. Machinalement, il leva la tête vers ce qui avait été l'atelier, sous le toit, dans une autre vie. Une silhouette était assise, immobile, derrière la fenêtre du chien-assis. Maréchal ! Il était là. Il revint devant la maison, gravit les marches de l'escalier deux à deux, poussa la porte d'entrée qu'il avait laissée entrouverte, et se retrouva dans le couloir, face à sa "femme".

- Tu ne t'es pas encore changé ?

- J'y vais, j'y vais. Euh... dis-moi, il est là-haut n'est-ce pas ?

- Ben, oui ! Comme d'habitude. Pourquoi ?

- Oh ! Pour rien.

Il passa devant elle rapidement et s'engagea dans l'escalier qui menait aux étages.

- Je vais le voir. Je reviens.

- Oui. Et change-toi !

Archibald ne répondit pas. Il était trop heureux. Il allait revoir son ami. Enfin un visage connu dans cette tourmente temporelle. Quand il parvint essoufflé, dans le dégagement qui conduisait à l'atelier, il entendit une voix de femme. Au ton, il supposa qu'elle lisait à haute voix.

Sacré Maréchal ! Dans cette vie, il s'est trouvé une compagne...

Par politesse, il frappa à la porte. La voix féminine interrompit la lecture.

- Entrez !

Archibald tourna la poignée et pénétra dans l'atelier. Encore une fois, il se figea sur place. Une femme d'environ soixante-dix ans, les cheveux blancs tirés en arrière et enroulé en un chignon parfait, un livre ouvert à la main, s'était levée dès qu'elle l'avait aperçu.

- Bonjour Monsieur ! Oh, Monsieur s'est habillé drôlement. Et puis ces lunettes...

- Bonjour Madame !

- Madame ? Vous ne m'appelez plus Fleur ?

- Fleur ?

- Ben oui, Monsieur. Fleur Archambault, votre gouvernante. Vous me faites marcher ?

- Euh... oui, oui. Je vous faisais marcher euh...
Fleur !

Il regarda vers la fenêtre. Un très vieil homme était assis dans un fauteuil et fixait le ciel dans un immobilisme digne d'une effigie du musée Grévin. Sans doute la silhouette qu'il avait aperçue depuis le jardin.

- C'est... C'est qui ? l'interrogea Archibald.

- Pardon ?

- Ce vieil homme... C'est qui ?

- Oh mon Dieu, Monsieur, vous me faites peur, pleurnicha la gouvernante. Ce n'est pas bien de jouer ainsi avec moi.

- Mais je ne joue pas. Je veux juste savoir qui c'est...

- Mais enfin, Monsieur, c'est Monsieur Gabélius, votre père.

- Mon... mon père ?

Il s'approcha du vieillard et troublé, le dévisagea. Ne subsistait du jeune homme avec qui il avait discuté au grand café Foy, que la clarté de son regard. Mais il avait en plus quelque chose de vide, d'absent. Et puis, vieux... Si vieux...

- Il a quel âge ?

- Vous ne vous souvenez plus ?... Il va faire cent un ans cette année, Monsieur...

- Cent un ans ?... Il est là depuis longtemps ?

La femme éleva la voix.

- Cela suffit, Monsieur. Pardonnez mon emportement, mais il y a des limites que vous ne devez pas franchir.

- Juste cela. S'il vous plaît, Fleur. Juste cela. Je vous en prie, c'est important…

La femme fut troublée par cette demande si poignante qu'elle prit finalement sa respiration pour débiter d'un trait :

- Votre père est chez vous depuis 1944. Enfin, d'abord chez votre grand-mère avec vous, puis ensuite chez vous quand vous avez pu vivre de vos propres ailes et que votre grand-mère est décédée. Vous avez toujours refusé de le mettre dans un asile. Et c'est moi qui m'en occupe depuis que vous m'avez embauchée il y a trente ans.

- Mais comment savez-vous tout cela Fleur ?

- Mais, Monsieur, c'est vous-même qui me l'avez raconté. Vous le faites exprès ou quoi ?

- Non, non. Ne vous inquiétez pas ! Mais dites-moi, si mon père est comme cela depuis 1944, j'ai dû vous expliquer ce qui lui est arrivé, non ?

- Bien sûr. C'est à cause de la gestapo…

- La gestapo ?

- Oui, Monsieur. La gestapo a arrêté sa femme, votre mère. Elle est décédée en prison après avoir été torturée. Elle n'a jamais dénoncé son mari. Il ne s'en est jamais remis.

Archibald eut un vertige et il s'assit sur une chaise en regardant son père, Gabélius. Ainsi donc, en sauvant son père, il avait contribué à l'arrestation puis à la mort de sa mère. Incroyable !

- Quand je suis arrivé, vous lui faisiez la lecture... Il vous entend ?

- On ne sait pas, Monsieur. Il est toujours ainsi, à regarder le ciel. Je viens une heure par jour lui lire des poèmes de Victor Hugo. C'est ce qu'il aimait avant, m'avez-vous dit. Mais Monsieur, pourquoi vous me posez toutes ces questions ? Vous connaissez les réponses, non ?

Archibald se leva et prit un ton très académique.

- Oui, Fleur. Je connaissais les réponses. Mais c'était un examen pour vous tester sur l'histoire de la famille. Et vous savez quoi ?

- Non !

- Vous l'avez passé avec succès. Je vous garde à mon service, Fleur.

- Oh ! Merci, Monsieur !

*

Archibald n'avait qu'une idée en tête en redescendant les escaliers. Retourner en 1943 pour tout remettre dans l'ordre. Il avait voulu jouer à l'apprenti sorcier, et il se rendait compte que tout n'était pas aussi simple qu'il l'avait cru. Parvenu au rez-de-chaussée, il croisa encore sa « femme ».

- Mais enfin, Chouchi, tu le fais exprès ou quoi ? Tu ne t'es pas encore changé ?

Elle m'énerve celle-là avec son Chouchi...

- Excuse-moi ma gazelle en sucre, encore un petit travail à terminer à la cave et promis, je me change.

- Oh…. Chouchi, c'est trop mignon… ma gazelle en sucre…

Nom d'un perroquet ! Il est vraiment temps que je me sauve…

Elle se glissa sur un petit nuage dans le salon. Il enfila le couloir jusqu'à la porte de la cave. Il allait l'ouvrir quand par la porte d'entrée entrouverte, il aperçut une Mercédès qui se garait en bas de l'escalier. Il eut un pressentiment. Il épia encore quelques secondes. Il posa une main sur sa bouche. Le conducteur venait de descendre. C'était LUI. Encore une fois, il se rencontrait lui-même. Dans cette autre faille. Ce nouvel Archibald avait le cheveu poivre et sel, court, bien peigné, il portait un pantalon à pinces anthracite et un pull bleu ciel. Il se baissa pour attraper sur le siège arrière une veste en daim qu'il plia sur son bras. Il ne portait pas de lunettes, et sa démarche était sportive. Il grimpa les marches de l'escalier quatre à quatre, juste le temps pour Archibald de se glisser dans l'escalier de la cave et refermer en douceur la porte sans la claquer. Il allait descendre quand il entendit la remarque que la femme adressait à son mari.

- Eh bien, dis donc ! Tu es un rapide toi.

- Quoi ? Qu'est-ce que tu racontes ?

- Tu as fait vite, pour te changer et retrouver ta gazelle en sucre…

- Hé ! Tu as bu ou quoi ?

- Mais non mon Chouchi d'amour… J'ai peut-être des idées pour nous deux ce soir…

Archibald décida de ne pas écouter la fin de l'échange. Il n'était vraiment pas fondamental, pour ce qu'il avait à faire, de savoir comment ce scénario allait se terminer.

*

Il s'enferma dans la cave à vin humide. Pendant qu'il reprenait ses esprits, il se résuma mentalement son aventure.

En changeant le destin de son père, il avait créé un processus irréversible du temps. A l'instant où il l'avait convaincu de prendre un autre chemin, tout avait été modifié : Archibald A, Maréchal A et Maréchal B avaient disparu parce qu'ils n'existaient pas. Sa mère, Lauriange Goustoquet avait été arrêtée par la gestapo en 1944, puis avait succombé sous la torture. Sans parler. Une vraie héroïne. Son père ne s'était jamais remis de son absence. Lui-même n'avait pas consacré sa vie à la physique, puisqu'il n'y avait pas de laboratoire dans la maison familiale. Il s'était marié, avait eu au moins un fils, puisqu'il avait rencontré Jay-Jay, Gabélius Junior, son petit-fils qui portait le même prénom que son père et que son arrière-grand-père. Et pour couronner le tout, il n'avait jamais rencontré ni Miraldine, ni Maréchal. Non, décidément, il devait remédier à cela.

Il sortit la Time Boy de la poche intérieure de sa veste. Il devait revenir ce même samedi 9 octobre 1943, au moment où Archibald B expliquait aux autres comment il allait sauver Gabélius. Il réalisa qu'ils allaient se retrouver à cinq rue Gambetta : lui, plus Archibald et Maréchal A en pyjama, et Archibald et Maréchal B. A force, ils allaient finir par se faire remarquer.

Tip, tip, tip…

… programmation des coordonnées mémorisées de la rue…

Tip, tip, tip…

… 9h04 sur le clavier digital. Il aurait une minute pour convaincre Archibald B de laisser tomber et ne rien changer.

Il enclencha le déstructurateur moléculaire. Petite vibration habituelle dans le corps. Curseur sur *inversion*.

C'est parti…

Rien. Silence.

Allons bon ! Qu'est-ce qui se passe ?

Il prit conscience en une seconde que si la Time Boy tombait en panne, il se trouverait coincé à vie dans cette faille temporelle. L'horreur.

Non. Impossible. Je dois repartir…

Il secoua la Time Boy. Effectua une seconde programmation…

Tip, tip, tip…

Retapa l'heure sur le clavier digital…

Tip, tip, tip…

… Lancement du déstructurateur. Inversion. Toujours rien. Silence radio.

Nom d'un perroquet ! Je ne vais pas me coltiner la gazelle jusqu'à la fin de mes jours, et de toute façon, l'autre Archibald de cette faille n'aurait sans doute pas envie de la partager. D'ailleurs, je la lui laisse bien volontiers.

Il retourna la Time Boy et s'aperçut qu'il manquait une pièce cubique qui assurait le contact entre le système électronique de la programmation et le déstructurateur. Il regarda à ses pieds. Rien. Il élargit le cercle de sa recherche. Toujours rien. S'il ne retrouvait pas cette pièce, il n'avait aucune chance de repartir. Il pourrait éventuellement fabriquer une pièce de rechange, fruit d'une vie de recherche dans son laboratoire, mais dans sa vie en 2008. Autrement dit, il avait intérêt à retrouver ce contacteur. Après réflexion, il ne pouvait l'avoir perdu que dans cette cave, soit en rangeant la Time Boy dans sa poche, soit en la sortant. Donc inutile de sortir d'ici. Il se mit à genoux pour regarder sous les casiers à bouteilles. Il avait peut-être roulé en dessous. Il ne voyait pas grand-chose ici. Il glissa sa main à l'aveuglette sous un des casiers. Mise à part les toiles d'araignées, il…

- Je peux vous aider ?

Nom d'un perroquet !

23

Surpris, il se releva rapidement et se tourna vers la porte de la cave.

- Vous cherchez quelque chose ?

LUI. Encore lui. Son double. En face à face. Il rangea la Time Boy dans la poche intérieure de sa veste et fit un pas dans sa direction pour se justifier. Se justifier ? Mais de quoi ? Quand il passa sous l'ampoule qui pendait du plafond, il remarqua à la façon dont sa mâchoire tomba, que son double venait de saisir, malgré ses lunettes, la ressemblance qui existait entre eux. Bouche bée, les yeux prêts à jaillir des orbites, il fit promptement demi-tour, claqua la porte, et tourna la clef dans la serrure, avant qu'Archibald n'ait pu faire le moindre mouvement. Expliquer quoi, d'ailleurs ? Aurait-il pu donner une explication rationnelle sur sa présence dans la cave ? Il décela une réelle frayeur contagieuse dans l'injonction qu'il entendit à travers la porte.

- Vite, Marie, Jay-Jay, appelez la police ! Il y a un voleur bizarre dans la cave…

Hors de question de rester là à attendre la police. Trop compliqué. Interrogatoire. Empreintes digitales.

Peut-être même recherche d'ADN. Et alors là... comment expliquer que tout serait identique ? Voleur, victime, une seule et même personne. Une histoire de fous. Bon, il fallait absolument disparaître maintenant. Il sortit la Time Boy de sa poche et vérifia que le contacteur indispensable n'était pas tombé au fond. C'est en y glissant sa main, qu'il remarqua qu'elle était trouée.

Nom d'un... !

Il ôta sa veste qu'il observa avec attention. Comme la plupart des vestes, elle était doublée d'un tissu plus fin, cousu à l'intérieur. Il le palpa frénétiquement en espérant que le contacteur s'y trouvait, et surtout que la doublure n'était pas elle aussi décousue par endroits. Il poussa un soupir de soulagement quand il sentit au travers du tissu le petit cube qui lui faisait défaut. Pas le temps de le faire glisser jusqu'au trou dans la poche. Il y avait urgence. Et à tout caractère d'urgence, action d'urgence. Il déchira la doublure sur une dizaine de centimètres et sourit quand le contacteur tomba dans la paume de sa main. Il renfila sa veste rapidement, positionna la pièce dans son logement. C'est à ce moment qu'il entendit des pas dans l'escalier.

- Venez ! C'est par là ! Je l'ai enfermé dans la cave...

Tip, tip, tip...
Coordonnées activées.

- Il est armé ?

- Je... Je ne crois pas...

Tip, tip, tip...

… Samedi 9 octobre 1943…

- Police… Monsieur, nous allons ouvrir. Nous vous prions de lever les bras en l'air…

Tip, tip, tip…

… 9 h 04… Déstructurateur…

Son cœur battait à cent à l'heure. Vite. Les ondes commencèrent à vibrer sur son corps…

- Vous êtes sûr qu'il n'est pas armé ?

- Euh… je ne suis pas certain, je n'ai pas vu…

- … et si vous avez une arme, vous la déposez sur le sol près de la porte et vous reculez au fond de la pièce. Les bras levés… Monsieur ?… Vous m'entendez ?… Nous entrons… Allez-y, brigadier, ouvrez !

Maintenant… Inversion…

Il poussa le curseur au moment où la porte s'ouvrait. Les deux policiers et le double d'Archibald furent ébloui l'espace d'une demie seconde par un flash. Puis, plus rien.

Les deux policiers avaient dégainé leurs armes qu'ils pointaient en direction de la cave à bout de bras tout en se protégeant, à la recherche d'une ombre, d'une silhouette, de l'homme, du voleur, mais très rapidement, après avoir fouillé le moindre recoin de la cave, ils durent se rendre à l'évidence : il n'y avait personne dans la cave.

- Vous êtes sûr qu'il y avait quelqu'un quand vous avez fermé la porte ?

- Tout à fait. Même qu'il avait un nœud papillon à carreaux verts et jaunes, et une paire de lunettes de myope toute rondes…

- Mais là, il n'y a personne. Y a-t-il une autre issue ?

- Non. Le vasistas, là. Mais un homme de sa corpulence n'aurait pu s'y hisser sans quelque chose en dessous pour l'atteindre.

- Il était comment physiquement ?

- Euh… comme moi, oui, comme moi. Un peu plus rond peut-être…

Le policier s'approcha du vasistas.

- De toute façon, il est fermé de l'intérieur. Moi, je pense qu'il n'y avait personne. Ou alors, quelqu'un est venu lui ouvrir…

- Non, personne n'a pu lui ouvrir. Je suis resté près de la porte de la cave dans le couloir, le temps que vous arriviez. Je vous affirme que personne d'autre n'est descendu avant vous.

- A votre avis, sergent, demanda le brigadier, c'était quoi cet éclair quand on a ouvert la porte ?

- Oui, hein, cet éclair, c'est bien la preuve qu'il y avait quelqu'un, non ?

- S'il vous plaît, Monsieur Goustoquet.

Le sergent regarda autour de lui, sur le sol, dans les casiers, à la recherche d'un indice quelconque qui aurait pu lui permettre de donner un début d'explication. Alors qu'il fouinait entre les bouteilles de vin, il fut ébloui par un rayon de soleil qui pénétrait dans la cave par le vasistas, et par réflexion sur le verre. Ce fut pour ainsi dire, l'illumination.

- Allez, brigadier, on s'en va. Monsieur Goustoquet, je crois qu'il n'y avait personne dans la cave. Nous avons sans doute été éblouis par un reflet du soleil en ouvrant la porte.

- Mais je sous assure…

- L'affaire est close.

Les deux policiers remontèrent les escaliers. Le double d'Archibald, déconfit, jeta un dernier regard sur la cave, puis de guerre lasse, referma la porte.

24

- Vous vous souvenez tous de l'expérience de la pomme et celle de Ficelle avec la souris ? Eh bien, c'est la même chose. Vous deux, vous avez fait le premier voyage ici pour savoir comment mon père a disparu, exact ?

- Exact, répliqua l'autre Archibald, mais pas VOTRE père... MON père...

- Écoute-moi, Archibald ! Je sais que c'est fou ce qui nous arrive, mais toi et moi, nous sommes une seule et même personne, ainsi que ces deux « Maréchal ». Si je ramène ça aux expériences, toi, tu es la pomme A et moi la pomme B, et ton Maréchal est Ficelle A et le mien...

Un flash soudain. Archibald C apparut juste au milieu de leur groupe de quatre. Les deux « Maréchal » reculèrent ensemble d'un pas en poussant une exclamation.

- Nom d'un perroquet ! s'exclamèrent ensemble Archibald A et B.

Archibald C prit la parole, légèrement secoué par ce dernier saut temporel et surtout par le stress qui l'avait précédé dans la cave.

- Archibald B a raison. Tout ce qu'il vient de vous dire est vrai...

- Mais alors, le coupa Archibald B, toi tu es...

- Toi. Mais après que tu aies réussi à sauver ton père. Je suis donc une troisième copie de vous deux. Donc Archibald C. Ça devient un peu complexe, je vous l'accorde, mais je vais tenter de vous résumer la situation. Toi, Archibald A, tu as fait un premier voyage pour savoir comment ton père a disparu. Tu as appris qu'il avait été arrêté par la gestapo.

- C'est vrai, répondirent en chœur Archibald A et B.

- C'est à moi qu'il parle, trancha Archibald A.

- Non, ce qu'il raconte là, je l'ai vécu aussi, réagit aussitôt Archibald B.

- En fin de compte, je m'adresse à vous deux, puisque je vous rappelle que nous sommes tous les trois une seule et même personne, avec le même vécu. J'ai juste un peu d'avance sur vous deux. Vous me suivez ?

Les deux autres, confus, baissèrent la tête.

- Bien. Ensuite tu es reparti avec Maréchal, et vous avez trouvé Miraldine inconsciente dans le labo car elle a vu votre déstructuration filmée sur le téléviseur. C'est elle qui par la suite t'a mis dans la tête de sauver notre père en modifiant son destin.

- C'est exact.

- Quand vous êtes repartis avec Maréchal, à votre second saut en 1943, c'est-à-dire là, en ce moment, vous venez de rencontrer vos doubles du premier voyage. B allait expliquer à A sa stratégie pour sauver notre père, Gabélius…

- J'allais effectivement leur expliquer.

- Alors écoutez-moi…

- Ils tournèrent tous les cinq la tête vers le magasin.

En face la porte venait de s'ouvrir. Gabélius Goustoquet apparut avec le petit Archibald dans ses bras, le borsalino sur la tête.

Archibald C vit Archibald B observer Archibald A qui regardait l'heure à sa montre gousset.

- Regarde Maréchal ! Regarde ! Ce sont mes parents. Et le gamin, c'est…

- C'est toi ! réagit Maréchal…

- Bon, laissez tomber ! l'interrompit Archibald B. Ça, c'est déjà du vécu. Réfléchissons ! Quel est le moment le plus propice pour le prévenir ?

Gabélius posa son fils sur le trottoir. Il embrassa ensuite son épouse qui prit le petit Archibald par la main.

- Soit prudent Gab !

- Eh oui, notre mère appelait notre père Gab, murmura Archibald B à l'attention d'Archibald A dont il savait qu'il était en train de se faire la réflexion.

- Nom d'un perroquet ! murmura Archibald A sans quitter des yeux ses parents.

- Ne t'inquiète pas ! poursuivait Gabélius. Je serai de retour demain soir si tout se passe bien…

- Mais tout se passera bien ?

Il la regarda amoureusement en lui caressant le visage d'une main.

- Oui. Tout se passera bien.

Il l'embrassa encore une fois puis tourna rapidement les talons comme pour ne pas éterniser ce moment de séparation qui logiquement ne devait pas être définitive.

Maréchal B intervint pour la première fois.

- Archie ! Il faut que tu y ailles là, sinon, si tu lui laisses trop d'avance tu risques de ne pas le rattraper…

- Oui tu as raison. Mais écoute-moi deux secondes. Tu vas aller te poster à l'entrée de la rue…

- Laissez-le filer !

Archibald C venait de plomber la frénésie ambiante.

- C'est ce que j'allais vous expliquer.

Il regarda Archibald B dans les yeux.

- Je vais te dire exactement ce qui va se passer. Je sais que tu vas aller à sa rencontre. Tu vas l'inviter au grand café Foy. Tu le retiendras suffisamment pour qu'il ne soit pas au rendez-vous de son destin. Et ça marchera ! Mais ce que tu ne sais pas encore, c'est que non seulement tu vas changer sa destinée, mais tu vas changer aussi la tienne, celle de notre mère, et la nôtre.

Ils aperçurent Gabélius qui, parvenu sur la place Stanislas, faisait signe de la main à son épouse et à son fils. Puis il s'éloigna.

- Il faut que j'y aille maintenant, s'écria Archibald B, il va être trop tard.

Archibald C lui mit la main sur l'épaule.

- Si tu lui sauves la vie, ta mère sera arrêtée par la gestapo et torturée. Elle mourra en prison. Tu ne la reverras jamais. Ton père ne s'en remettra jamais et sombrera dans la folie, bien que centenaire. Tu ne feras jamais de recherches, tu n'auras jamais de laboratoire, tu seras marié à une femme qui t'appellera Chouchi, tu auras un fils qui abandonnera femme et enfant, et c'est toi qui élèveras ton petit-fils qui s'appellera Gabélius, comme notre père, mais qui se fera surnommer Jay-Jay. Et le président de la république s'appellera Olivier Besancenot. Voilà le destin qui nous attend si tu sauves la vie de Gabélius Goustoquet, notre père.

- Mais pourtant on pourrait…

- Et Miraldine n'existera plus. Maréchal non plus.

Cette dernière phrase acheva d'ébranler Archibald B. Archibald A avait écouté, stupéfait, les prédictions d'Archibald C. Les deux « Maréchal » étaient effarés. Archibald B laissa errer son regard vers la place. En face, Lauriange et son gamin étaient rentrés dans le magasin. Archibald A intervint pour couper court à ses réflexions sur son plan qui tombait à l'eau.

- Je crois qu'il a raison. Même si cela nous bouleverse pour notre père, il est plus raisonnable de ne rien changer. Je n'ai pas du tout envie de connaître ce monde qu'il nous a décrit. Chouchi… Mon Dieu, quelle horreur !

- Et puis, j'aimerais bien continuer d'exister, ajoutèrent en chœur les deux « Maréchal ».

Archibald B regardait toujours au loin en direction de la place Stanislas. Une larme perla au coin de son œil droit, puis roula sur sa joue. Il l'essuya du dos de son poignet.

- Ok ! murmura-t-il.

À cet instant précis, en un éclair, il se dématérialisa, tout comme Maréchal B et Archibald C.

Sur le trottoir de la rue Gambetta, ce samedi 9 octobre 1943 à 9h12, il ne restait qu'Archibald A et Maréchal A en pyjama sous sa couverture.

- Nom d'un perroquet !

- Où sont-ils passés ? cria Maréchal, épouvanté.

- Ils n'existent pas, Maréchal.

- Comment ça, ils n'existent pas ?

- Toi et moi, nous avons compris la démonstration du troisième Archibald, non ?

- Oui, bien sûr ! Ton père ne sera pas sauvé, puisque le second Archibald ne l'empêchera pas d'aller se faire arrêter, mais ça n'explique pas tout.

- Si Maréchal. Réfléchis ! Nous savons maintenant, nous qui sommes les originaux de ces sauts temporels, comment est mort mon père. Nous savons aussi qu'il ne faut pas modifier son destin. Donc, en rentrant au laboratoire, nous savons que nous ne repartirons pas. Quand Miraldine me suggérera son idée de prévenir mon père pour le sauver, nous lui expliquerons pourquoi ce n'est pas une bonne idée. Et si nous ne partons pas, alors il n'y aura ni Archibald B, ni Maréchal B. Ils n'existeront plus. Et s'ils n'existent plus, alors Archibald C non plus. Il ne connaîtra jamais ce monde cauchemardesque qu'il nous a décrit. C'est toute une logique que l'on doit respecter. En tout cas, dorénavant, je vais m'y employer.

- D'après ce qu'ils nous ont raconté, en rentrant au laboratoire, on devrait trouver Miraldine inconsciente ?

- Tout à fait, Maréchal ! D'ailleurs, il est temps pour nous d'aller la retrouver et lui prodiguer les soins appropriés.

- Mouais…

- Qu'est-ce qui te tracasse ?

- Comment ont-ils pu nous raconter que Miraldine était inconsciente dans le laboratoire s'ils n'existent pas ?

Archibald sourit à la remarque pertinente de son ami.

- Tu vois, Maréchal, c'est un des paradoxes du voyage temporel. Les trames se font et se défont, sans altérer la réalité. Imagine que tu sois en train d'observer une femme sur son métier à tisser. Son ouvrage progresse devant tes yeux. Admettons qu'il s'agit par exemple d'un tapis. Bien. Passage de navette après passage de navette, tu le vois prendre forme avec ses motifs qu'elle a en tête et qui apparaissent les uns après les autres. Si elle décide qu'un rang de motifs n'est pas conforme à son plan, que va-t-elle faire ?

- Elle pourra le défaire pour recommencer.

- Exactement. Elle va détisser, pour reprendre différemment son ouvrage. Mais toi, Maréchal, tu auras gardé en mémoire le rang des motifs, et pourtant ils n'existeront plus. Eh bien, nous avons toi et moi vécu la même chose, Maréchal. Archibald B et C et

Maréchal B sont des motifs que nous avons gardés en mémoire. Ce qui va nous permettre maintenant de reprendre notre existence, notre tapis si tu préfères, là où on l'avait laissé. Et cette fois-ci, sans commettre les mêmes erreurs.

Il se hasarda à pousser la porte devant laquelle ils se trouvaient. Elle s'entrouvrit. Il jeta un œil à l'intérieur. Un vaste couloir donnait sur une cour intérieure. Personne.

- Viens ! Laisse tomber la couverture. Si tu débarques dans le laboratoire avec ça sur le dos, quand Miraldine va revenir à elle, elle va pousser des hauts cris.

Ils se glissèrent dans l'entrebâillement et repoussèrent la porte derrière eux.

- Allez ! Programmation de retour. Même lieu. Même heure plus une seconde. Et surtout n'oublie pas de rester en contact avec moi si tu veux rentrer à bon port !

- Pas de danger que je veuille traîner en pyjama tout seul en 1943, l'assura Maréchal en posant une main sur son épaule.

- Prêt ?

- Prêt !

- Alors, c'est parti !

- Attends !

- Quoi ?

- Et si ça ne marchait pas ?

- Rassure-toi, ça marchera.

- Comment peux-tu en être sûr ?

- Si cela ne marchait pas, nous n'aurions pas rencontré nos doubles, et nous n'aurions pas assisté à tout ce que nous venons de vivre

- Allez ! Accroche-toi !

Instinctivement, Maréchal se colla contre lui et lui étreignit le bras dans une puissante crispation.

- Hé, doucement ! J'ai dit « contact ». Pas « incrustation ».

- J'ai peur, Archie !

- Aie confiance en moi, mon ami. Tout va bien se passer.

- En tout cas, une chose est sûre. On rentre et je me remets à la peinture. Et je ne fais plus que ça.

Maréchal appuya son front contre son épaule. Archibald plaça le curseur sur *inversion*. La télécommande diffusa d'abord un halo lumineux. Une douce vibration commença à envahir leur corps puis soudain, un flash aveuglant. Ils n'eurent pas le temps de réagir. La déstructuration fut si instantanée, qu'ils se désintégrèrent au moment où le concierge de l'immeuble sortait de sa loge. Il s'immobilisa et s'insurgea :

- Hé là ! Pas de photos sans autorisation…

Le silence qu'il obtint en guise de réponse, l'incita à sortir dans la rue. Quand il découvrit l'entassement de cartons, de sacs de jute et de poubelles ainsi que la couverture que Maréchal avait rassemblés, il explosa.

- Mais qu'est-ce que c'est que ce foutoir ?

Et comme il était seul et n'obtenait aucune réponse, il jura et tout en maugréant, il entreprit de remettre de l'ordre devant la porte de l'immeuble.

25

Le téléphone sonna dans la chambre. Malcolm Stuart décrocha.

- Allo ?... Ok ! Merci. Je descends dans une minute.

Il retourna à la salle de bain, passa une lotion d'après-rasage sur son visage, noua sa cravate face au miroir et rangea sa trousse de toilette. Il enfila ensuite un pardessus strict d'homme d'affaire, celui qu'il avait jugé adéquat pour affronter ce qui l'attendait. Il vérifia que tous ses dossiers étaient dans son attaché-case, le referma, verrouilla la combinaison des serrures et quitta la chambre. Il emprunta l'ascenseur et quelques secondes plus tard se retrouva dans le hall d'entrée où l'attendait le DRH des deux centrales qui, dès qu'il l'aperçut, se dirigea vers lui, main tendue.

- Bonjour Monsieur Stuart, je suis Antonino Garvi, directeur des ressources humaines d'EAGLE France. Vous avez bien dormi ?

Malcolm ne connaissait pas cet homme dans la quarantaine qui aurait pu faire de la publicité télévisée pour un dentifrice quelconque tant le sourire qu'il affichait, dévoilait deux rangées de dents parfaitement blanches et alignées. Il lui serra la main.

- Bonjour Monsieur Garvi. Oui, je vous remercie.

- Vous désirez prendre un café au bar avant de partir ?

- Non, merci. J'ai pris mon breakfast dans ma chambre.

- Alors, on y va. Suivez-moi, la voiture est devant l'hôtel.

*

Après avoir quitté la capitale par la porte de Bercy, la Mercédès de fonction filait à vive allure sur l'autoroute A4 en direction de Nancy-Metz. La circulation était dense. Comme sans doute tous les lundis matin. Comme sans doute dans toutes les capitales du monde.

Les centrales avaient été construites à l'est de la région parisienne. Les spécialistes avaient déterminé que les vents dominants venaient de l'ouest, et favorisaient le déplacement de la pollution francilienne vers l'est d'où l'implantation des deux centrales dans cette zone géographique. Malcolm songea à l'objectif de sa mission. Il n'en avait jamais été aussi proche.

- Vous êtes attendu, vous savez, lui lança le DRH de son sourire toujours aussi éclatant.

Malcolm lui retourna un sourire laconique. Devant son silence persistant, le DRH poursuivit.

- On se pose beaucoup de questions sur votre venue. Nous nous demandons bien pourquoi les médias font le pied de grue depuis six heures du matin devant l'entreprise...

Inquiet, Malcolm lui jeta un regard furtif, puis fixa l'autoroute qui défilait devant eux. Le DRH ressentit ce malaise dans le comportement du franco-américain mais n'y fit aucune allusion.

- Le Président Shrub n'a fait aucun commentaire à la direction en annonçant votre venue. Vous seul avez les réponses à ces questions. Vous pouvez me mettre sur la voie ?

Il était temps de mettre un point final à ce monologue exaspérant. Rien ne devait filtrer avant qu'il ne rencontre la direction. Ce fouille-merde de DRH commençait à l'énerver avec ses dents blanches. Il fallait l'envoyer promener mais *attention, Malcolm, avec classe, hein ! Version Shrub.*

- Monsieur Garvi, je suppose que vous êtes d'origine italienne ?

- Par mon père oui. Sicilienne à vrai dire.

- Bien. La Sicile est le berceau de la mafia, n'est-ce pas ?

- Euh... oui ! répliqua le DRH sans comprendre où il voulait en venir.

- Parfait. Alors Monsieur Garvi... L'omerta... Vous connaissez ?

Le DRH apprécia moyennement cette allusion, et devant la satisfaction impertinente de Malcolm, il rangea son sourire de top-modèle et ne lui adressa plus la parole jusqu'à leur arrivée.

*

Quand ils franchirent le portail d'accès au site principal, une foule de journalistes les attendaient, caméras ou micros aux poings, parmi lesquels Malcolm reconnut les sigles des plus grands médias internationaux.

Gagné ! Le sourire ambulant avait raison. Les télés, les radios et les journaux ont fait le déplacement... Ça va être du gâteau.

Quand le DRH descendit de voiture pour lui ouvrir la porte, une nuée d'oiseaux de proie l'entourèrent et déjà les micros se tendaient vers lui. Déjà les caméras tournaient. Il se redressa, ajusta son pardessus, son attaché-case à la main.

- Monsieur Stuart, quel est l'objet réel de votre visite ?

- Monsieur Stuart, pourquoi le Président Shrub ne s'est-il pas déplacé lui-même ?

- Est-ce qu'il va y avoir des licenciements ?

- L'avenir de l'EAGLE est-il en danger ?

- Monsieur Stuart...

- Monsieur Stuart...

Malcolm, comme il l'avait imaginé la veille dans son hôtel, balaya d'un geste de sa main libre toutes les questions qui fusaient, et comme ils comprirent qu'il voulait s'exprimer, les journalistes se turent.

- Je dois d'abord rencontrer la direction. Je vous donne rendez-vous dans une heure en salle de conférence… Elle est prête comme je l'ai souhaité ? demanda-t-il au DRH.

- Tout à fait, Monsieur Stuart.

- Bien ! Alors Mesdames, Messieurs, excusez-moi ! A toute à l'heure !

- Monsieur Stuart s'il vous plaît ?...

Malcolm ignora cette ultime interpellation et tout en se dirigeant vers les locaux à la suite d'Antonino Garvi, il mesura aux murmures qui bruissaient dans son dos l'intensité de la frustration des journalistes qu'il venait aimablement d'éconduire.

Bien, Malcolm ! Tu as été parfait. Shrub serait fier de toi…

*

- Quoi ? hurla le directeur d'EAGLE France.

Hors de lui, rouge pivoine, il se leva d'un bond.

- Il n'y a que Shrub pour foutre un bordel pareil…

Il tournait comme un lion en cage autour de la table, et plus il tournait, plus le ton montait.

- Lui et ses actionnaires se croient les maîtres du monde ma parole…

- Calmez-vous Monsieur le Directeur ! osa un des membres présents.

- Non, je ne me calmerai pas. Stuart, comment pouvez-vous croire un seul instant que je vais foutre à la porte deux cent cinquante personnes comme ça, du jour au lendemain ?

- Euh... Deux cent trente-huit, Monsieur le Directeur, corrigea Malcolm.

- Ne vous foutez pas de moi en plus ! Ecoutez-moi bien ! Vous allez retourner sur le champ d'où vous venez par le prochain avion. Et vous direz à ce requin de Shrub qu'il peut aller se faire mettre par ses actionnaires de merde, vous m'avez compris ?

En cinq minutes de temps, Malcolm avait perdu de sa superbe. Il n'était plus du tout le glaive de Shrub, mais un simple piquet qui, sous les coups de masse rageurs, s'enfonçait petit à petit dans le terreau de sa médiocrité, finalement son trait de caractère principal.

- Calme-toi, Louis ! On peut réfléchir un peu, tenta le second directeur qui dirigeait l'autre centrale.

- Me calmer ? Me calmer ? Mais tu rêves ou quoi ? Tu ne vois pas que si nous appliquons ce qu'il nous demande, c'est tout le personnel que nous allons avoir sur le dos. Tu ne vois pas que si le personnel se met en grève, nous devrons cesser notre production et pour nous, ce sera la fin du projet DANAOS...

- Si je peux me permettre Monsieur le Directeur, réussit à placer Malcolm Stuart d'une voix tremblotante, vous n'êtes pas les seuls touchés. Cinq mille personnes en tout dans le monde vont être euh... licenciées. Alors les deux cent trente-huit chez vous, ce n'est qu'une goutte d'eau dans...

L'intervention de Malcolm Stuart réactiva définitivement le feu qui couvait. La coupe était pleine. Le directeur explosa. Il souleva un fauteuil qu'il

334

balança de toutes ses forces dans une des baies vitrées du bureau où se tenait la réunion avec un guttural *nom de dieu* dont la rage n'avait d'égale que la puissance. La vitre vola en éclats.

Dans la cour en bas, les journalistes eurent le temps d'éviter l'objet volant facilement identifiable qui s'écrasa dans un fracas de métal à leurs pieds. Ils levèrent instinctivement la tête vers le trou béant qui contrastait dans la façade entièrement composée de vitres opaques teintées, dans lesquelles se reflétait le ciel nuageux. Le directeur approcha de l'ouverture et regarda en contrebas.

- Fais-moi un gros plan, dit un journaliste à son cadreur, avec le reflet du ciel sur les éclats de vitres cassées sur les bords, on a une d'image d'enfer…

Les moteurs des caméras se mirent systématiquement à tourner. Les micros orientés vers le ciel. Le directeur hurla à leur intention.

- Je serai peut-être viré pour cette rébellion, mais je m'en fous. Moi à la tête de l'entreprise, il n'y aura pas de compression de personnel. Que Shrub vienne en personne mettre son plan en place ! Voilà ce que vous pouvez dire à vos lecteurs.

Le trou noir béant l'absorba. Les commentaires allaient bon train parmi les journalistes. Ils se précipitèrent vers la salle de conférence où Malcolm Stuart les avait conviés. Mais serait-il là après ce qui venait de se produire ? En tout cas, c'était un scoop qui exigeait des informations complémentaires.

Dans le bureau, l'atmosphère était tendue. Malcolm tenta d'abattre son ultime carte. Il ne voulait pas quitter la France sur un échec. Shrub ne lui pardonnerait jamais.

- Monsieur le Directeur, je…

- Stop Stuart. Je vous ai assez entendu. Je vous accorde un mot. Le dernier. Ensuite, vous dégagez.

- Merci, Monsieur le Directeur. Voilà. Le Président Shrub agit de cette façon pour contrer toutes les associations, tous les partis écologiques européens qui nous intentent un procès à cause des perturbations météorologiques planétaires dont ils nous rendent responsables. Ces licenciements ne sont que temporaires. Le procès une fois gagné, il a promis de réembaucher tout le monde…

Le directeur faillit s'étrangler.

- Foutez-moi le camp ! Foutez-moi le camp ! Shrub et ses actionnaires ne pensent qu'au profit. Il faudra des années avant que le dossier judiciaire de cette affaire politico-économique ne soit instruit. Il pourra ainsi prouver que les centrales du monde entier, avec deux fois moins de personnel, peuvent tourner à plein régime malgré tout. Ils engrangeront toujours autant de bénéfices et c'est une hérésie de croire qu'il réembauchera. Un leurre. Une imposture. Dehors Stuart ! Je vous ai assez vu. Dehors avant que je ne vous passe par la fenêtre rejoindre le fauteuil !

Malcolm n'insista pas. Il avait compris. Lèvres pincées, il rangea ses dossiers dans son attaché-case. Le referma. Attrapa son pardessus accroché à un portemanteau, quitta le bureau en laissant la porte ouverte, bien qu'il eût une violente envie de la claquer, pour se retrouver dans un couloir qui longeait d'autres bureaux anormalement vides pour l'heure. Intérieurement, il bouillait. Contre ce petit directeur minable, qui d'un coup de gueule venait de faire capoter sa mission. Bye bye les trente-cinq mille dollars de prime ! Bye bye peut-être son job !

- Bonjour Monsieur Stuart ! Vous vous souvenez de moi ?

Malcolm dévisagea son interlocuteur. En vain. Il n'avait pas le mental adéquat pour jouer aux devinettes.

- Guy Gerdave. Je faisais partie des comptables que vous avez formés à la gestion de la centrale il y a trois ans, vous vous souvenez ? Vous avez été super gentil avec moi. C'était moi le plus jeune et c'est moi qui avais le moins d'expérience.

Malcolm Stuart n'était pas physionomiste. Avec la situation catastrophique dans laquelle il se trouvait, il n'avait vraiment pas envie de faire d'efforts pour se souvenir de ce Gerdave.

- Ah oui ! Guy Gerdave, mais bien sûr. Comment allez-vous, demanda-t-il machinal et surtout hypocrite pour s'en débarrasser ?

- Moi ça va. Mais apparemment vous, vous avez des problèmes…

- Bof ! Je m'en remettrai, va. Ce n'est qu'un petit directeur. Ce n'est pas lui qui fera la pluie et le beau temps à l'EAGLE. Tiens, je vous parie que dans pas plus d'une semaine, il sera limogé !

- Non, je ne parle pas de ce qui vient de se passer avec lui. Mais de la réaction que son intervention a provoquée dans l'entreprise…

Malcolm Stuart se sentit pâlir.

- D'abord les journalistes sont dans la salle de conférence et ils vous attendent de pied ferme. Ça, ce n'est pas trop grave. Le plus ennuyeux, c'est le personnel…

- Le personnel ?

- Oui, ce que le directeur a balancé aux journalistes a fait le tour de l'entreprise comme une traînée de poudre. Les syndicats sont remontés, les non syndiqués les ont rejoints. L'explosion est imminente.

- Que voulez-vous dire ?

- Ils vous attendent Monsieur Stuart. Ils sont tous entassés avec les journalistes dans la salle de conférence. Moi, je serai à votre place…

- Ça va. J'ai compris. Pas besoin de me faire un dessin. Comment je peux quitter la centrale sans me faire voir ?

- Vous êtes venu avec le DRH ?

- Oui, dans une Mercédès.

- Je vois. C'est une des voitures de fonction. C'est lui qui la conduit en permanence. Il se l'est appropriée et il garde les clefs avec lui. Venez ! Suivez-moi !

Ils s'engouffrèrent dans un escalier de secours qu'ils dévalèrent sur plusieurs étages. Parvenus au rez-de-chaussée, Gerdave poussa une porte métallique et ils se retrouvèrent dans un nouveau couloir par lequel on avait accès à des salles d'archives. Ils le traversèrent en courant, gravirent quelques marches. Là, il poussa sur la barre d'ouverture d'une issue de secours et ils jaillirent sur un parking où stationnaient quelques voitures.

- Tenez ! dit-il en lui tendant un trousseau de clefs.

- Qu'est-ce que c'est ?

- Ce sont les clefs de ma voiture. C'est la Mégane bleue, là…

Malcolm resta interdit.

- Allez, dépêchez-vous ?

- Mais… pourquoi vous faites ça ?

- Je vous l'ai dit. Vous avez été super avec moi pendant la formation. Je n'ai pas oublié.

De l'endroit où il était, il commanda le déverrouillage électrique.

- Allez, prenez-les ! C'est cette clef pour démarrer.

Malcolm s'empara du trousseau.

- Merci.

Il bondit vers la voiture. Ouvrit la portière. Prit place au volant. Claqua la portière. Actionna le démarreur. Passa la première. Embraya. Avança de trois mètres. Freina. Descendit la vitre.

- Où est-ce que je la laisse ?

- Je ne sais pas. Regardez dans la boîte à gants, il y a une carte avec mon numéro de téléphone. Prévenez-moi plus tard pour me dire où elle sera garée.

- Et les clefs ?

- Renvoyez-les par la poste. Mon adresse est aussi sur la carte.

- Ok. Bye et encore merci.

Guy Gerdave lui fit signe de la main et le regarda s'éloigner sur l'arrière de l'entreprise, par une petite route peu fréquentée qui sinuait entre des champs de friches où gambadaient des lapins sauvages et qui, après huit cents mètres, rejoignait un axe principal où il n'aurait qu'à suivre les pancartes qui le ramèneraient à Paris par l'autoroute.

Quand Guy Gerdave fit demi-tour pour revenir dans les locaux, la porte de secours s'était refermée. Impossible de l'ouvrir de l'extérieur. Il longea le parking, contourna le bâtiment et tomba sur des livreurs qui déchargeaient des palettes de produits alimentaires à destination de la cuisine du restaurant d'entreprise. Il se glissa par la porte ouverte, croisa le chef cuisinier.

- Hé ! C'est un passage réservé au personnel qualifié…

- Oui, je sais. Excusez-moi ! Je me suis retrouvé coincé sur le parking. L'issue de secours s'est refermée. Je ne voulais pas faire le grand tour.

- Ça va. Filez par-là, ajouta le responsable de cuisine en lui indiquant un couloir. Deuxième porte à droite et première à gauche. En haut de l'escalier, prenez à droite. Vous vous retrouverez dans la salle de repos des cadres.

- Merci. Bonne journée !

Après avoir suivi la direction conseillée, il se retrouva effectivement dans la salle de détente. Des distributeurs de boissons chaudes ou froides jouxtaient un stand où étaient exposés des quotidiens locaux et des revues spécialisées. Un panneau d'affichage était recouvert de notes de service, de bulletins syndicaux, et d'annonces en tout genre. Ce n'était pas un modèle de communication. Trop d'information tue l'information. La transmission des communiqués principaux passaient par le réseau Intranet de l'entreprise, mais il subsistait toujours des irréductibles pour revendiquer le droit à la bonne vieille feuille imprimée ou photocopiée, au nom de la transparence et de leur foi inébranlable en la trace écrite.

À cette heure, les cadres étaient tous sur la brèche. Avec la bombe qui venait de leur tomber sur la tête. Bon. Maintenant, il fallait se glisser sans se faire remarquer dans la salle de conférence. Avec le personnel.

Quand il y parvint, il comprit aussitôt que la précaution qu'il envisageait, ne serait pas nécessaire. Les employés comme les cadres arrivaient de tous côtés pour rejoindre le groupe agglutiné comme des abeilles sur un pot de confiture. Guy Gerdave, la petite ouvrière, se faufila sans difficulté dans le flot de ses congénères, et le spectacle hallucinant qu'il découvrit le stupéfia. Ça bougeait. Ça criait. Ça gesticulait. On se serait cru à une empoignade de courtiers à une séance d'ouverture de la Bourse.

Maintenant, il n'avait plus qu'à regarder et attendre avec les autres.

Attendre l'explosion.

26

Le cab déposa Archibald au sud de Central Park, à l'angle de la 7ème avenue et de la 57ème rue. Quand il leva la tête il reconnut le bâtiment en briques et pierres ocre de style renaissance italienne de Carnegie Hall. Au-dessus des portes principales, une large banderole bleu nuit parée des cinquante étoiles de la bannière américaine, tendue d'une extrémité à l'autre de la façade, annonçait en lettres d'or : "*44th World Congress of Physics*". Des limousines blanches démesurées déversaient les sommités internationales qui s'engouffraient dans le vaste hall. Il reconnaissait la plupart de ses collègues, et notamment ceux qui s'étaient illustrés dans le passé par leurs découvertes. L'allure altière que certains se croyaient obligés d'arborer, correspondait à l'image à laquelle Archibald refusait d'adhérer : l'artifice du prestige. Mais il remisa son jugement dans un coin obscur de son esprit, car pour l'heure, il jubilait à l'avance de l'effet qu'il allait produire sur l'assistance de ce quarante quatrième congrès de physique avec sa Time Boy. Allait-il directement la présenter sous cette appellation, ou tout simplement comme la première machine à voyager dans le temps ? Il opta pour la Time Boy, car l'aventure qu'il venait de vivre lui était maintenant intimement liée. Du reste, il attribuait plus le label *"machine à voyager dans le temps"* à la littérature d'Herbert George Welles, qu'à la réalité de son invention. En pénétrant dans le hall d'entrée, on lui demanda son invitation, qu'il présenta sans problème. On lui remit une carte plastifiée de membre, attaché à un mousqueton au bout d'une sangle qu'il passa autour du cou. Comme il se devait, il avait transmis sa requête de présentation par lettre officielle au comité directeur et elle avait été acceptée. Aussi, quand de jeunes et jolies guides contrôlèrent son badge et retrouvèrent son nom dans une liste spéciale, elles le conduisirent directement à l'un des fauteuils du premier rang, réservés aux chercheurs dont l'intervention avait été approuvée. Il remarqua que son entrée n'était pas passée inaperçue.

- Oh, vous avez vu ? C'est Goustoquet…

- Goustoquet ? Archibald Goustoquet ?...

- Oui, il paraît qu'il a fait une découverte fondamentale. Mais personne ne sait de quoi il s'agit.

*

Sur la cinquième avenue, Julien et Angie, main dans la main, regardaient le sommet de l'Empire State Building.

- Il paraît plus haut que je ne l'avais imaginé, murmura Julien.

344

- Attends ! Quand on sera au dernier étage, tu verras, c'est encore plus vertigineux.

- Parce qu'on monte ?

- Ben oui, je vais quand même te montrer Manhattan de là-haut. C'est plus pratique pour expliquer la configuration de New-York.

- Ouais, c'est cool !

Ils pénétrèrent dans le bâtiment. Angie acheta deux billets et ils rejoignirent la file d'attente. Ils attendirent quarante-cinq minutes avant de passer le contrôle de police.

- On est contrôlé comme dans les aéroports ?

- Oui, depuis les attentats du 11 septembre, tous les bâtiments touristiques de la ville subissent ces contrôles de sécurité. Il faut prendre son mal en patience.

*

Archibald jubilait de plus en plus. Il avait hâte d'être sur le podium. Il imaginait déjà la bombe qu'il allait leur jeter à la figure. Puis tout se précipita. Le doyen des physiciens, un japonais, ouvrit les festivités. Après un discours de bienvenue et un rapide rappel sur les principales découvertes qui avaient ébloui l'opinion internationale lors des dernières éditions, il fit une pause et ménagea quelques secondes de suspense avant de dévoiler le nom de l'animateur de ce quarante quatrième congrès. C'était toujours une surprise attendue. L'an passé, il avait été fait appel au gouverneur de la Californie, Arnold Schwarzenegger. Il s'en était à peu près bien sorti. Finalement le doyen appela George Clooney qui fit son entrée sur scène sous les applaudissements nourris de la salle. Archibald ne connaissait l'acteur que par une publicité pour une marque de café qu'il avait entrevue une fois alors que Miraldine regardait la télévision. Sans plus.

Après avoir lancé quelques blagues qui se voulaient spirituelles pour chauffer la salle, George Clooney entra dans le vif du sujet.

- Mesdames et Messieurs, j'ai l'honneur d'appeler sur scène pour débuter ce moment tant attendu des révélations de l'année, je veux parler bien sûr des découvertes scientifiques et non de leurs auteurs… (*rires dans la salle*)… j'ai l'honneur d'appeler le premier d'entre vous, Monsieur Archibald Goustoquet.

Archibald se leva. Quelques applaudissements polis accompagnèrent sa montée des marches. Quand il fut au pupitre sur lequel il déposa un chapeau claque qu'il mit en forme d'une main à l'intérieur, George Clooney lui serra la main et lui céda le micro.

- Mesdames, Messieurs, chers confrères, j'ai l'honneur de vous présenter le fruit de quarante années de recherches laborieuses, la Time Boy.

Silence poli.

Comme il l'avait souvent fait au cours de ses déplacements temporels, il sortit la télécommande de sa poche et la brandit en l'air face au public. Des caméras avaient zoomé sur l'appareil, qui maintenant apparaissait en gros plan sur les deux écrans latéraux de la scène.

- Ceci n'est ni plus ni moins qu'un appareil pour se déplacer dans le temps…

Un "ho" prolongé de stupéfaction ponctua cette dernière phrase.

- Mais pour vous convaincre, avant que l'on ne vous distribue le dossier de mes travaux, je vous propose une démonstration.

*

Une fois les formalités du contrôle de sécurité accomplies, Julien et Angie accédèrent à un des ascenseurs qui les propulsa en deux étapes jusqu'au 102ème étage. Quand ils se retrouvèrent en haut, Angie demanda à Julien de fermer les yeux et de se laisser guider. Elle le conduisit en pouffant sur la plateforme panoramique, et l'orienta vers le sud de Manhattan dont la vue donnait sur la célèbre skyline.

- C'est bon. Tu peux ouvrir les yeux…

Julien un moment ébloui par le soleil, eut une sensation étrange quand il s'habitua à la luminosité. Il eut l'impression de pénétrer dans une carte postale, ou peut-être de survoler New-York comme un oiseau. En tout cas, il eut le souffle coupé tant le panorama dépassait ce qu'il avait pu imaginer.

- Là c'est le sud de Manhattan, avec Wall Street, regarde là-bas, on voit la statue de la liberté… tu la vois ?

- Oui, elle paraît toute petite…

- C'est normal. D'abord on est plus haut, et en plus elle est loin, tu sais.

- Et le Word Trade Center... c'était où ?

- Par là... Tu vois l'ensemble de buildings, là, sur la droite... Il y a comme un espace au milieu... Eh bien c'est là... C'est Ground Zero...

Les avions survolaient Manhattan, percutaient les tours qui ensuite, l'une après l'autre, s'effondraient dans un nuage apocalyptique de cendres et de poussières... Ces images, qui à l'époque étaient passées en boucle sur toutes les chaînes de télévision, ressurgissaient maintenant dans son esprit pour se superposer à cette vue si sereine, si calme, si prodigieuse... Il frissonna.

Ils se déplacèrent vers le côté est.

- Là, c'est le pont de Brooklyn... Et là, le grand bâtiment, plus à gauche, c'est l'ONU...

Elle se servit de son bras tendu comme un professeur utiliserait une règle pour commenter une carte murale.

- Alors en partant du sud et en remontant vers le nord, tu as successivement Brooklyn, le Queens et tout au fond le Bronx.

Ils poursuivirent leur promenade panoramique et s'arrêtèrent sur la vue nord.

- Regarde ce building, là, avec son sommet composé d'arches identiques et surmonté d'une flèche... tu le vois... c'est le Chrysler building, et là-bas, tu vois, toute cette verdure...

- Oui, on dirait un terrain de foot avec des arbres…

Angie s'esclaffa.

- Oui, eh bien, c'est Central Park, et tout le quartier que tu vois au-delà, c'est Harlem…

- C'est génial…

Ils firent plusieurs fois le tour de l'étage panoramique car Julien ne se lassait pas de cette magie visuelle. A chaque passage, il découvrait de nouvelles choses sur lesquelles Angie ne manquait pas de lui donner des informations. Oui, c'était l'Hudson. Oui, de l'autre côté c'était le New-Jersey. Oui… Oui… Oui… Julien était insatiable.

*

Cette fois-ci, une rumeur s'éleva de la salle.

- Je vais demander à deux volontaires de me rejoindre… N'ayez pas peur ! Je ne les enverrai pas en pleine campagne napoléonienne…

Des rires accueillirent ce trait d'humour.

- Non. Ces deux personnes pourront témoigner de l'expérience à laquelle vous allez assister…. Alors… Personne…

Un homme d'une quarantaine d'années se leva, imité par un second, dont la barbe blanche situait confusément son propriétaire autour de la soixantaine.

- Bravo Messieurs ! Vous pouvez les applaudir…

Applaudissements. Quand ils l'eurent rejoint, Archibald poursuivit.

- Ces deux confrères, qui m'ont fait l'amabilité de monter sur scène, seront les garants que l'expérience n'est pas truquée, qu'il n'y a pas d'effets spéciaux, aucun miroir, aucun double-fond, ou quelque tromperie que ce soit. Messieurs, je vous prie de regarder avec attention notre environnement proche, le sol, le pupitre, bref, tout ce qui serait susceptible de cacher quoi que ce soit...

Les deux hommes s'exécutèrent et après une observation minutieuse du cadre immédiat, confirmèrent que tout était normal.

- Bien, alors je commence. Si l'on pouvait demander à un cadreur avec une caméra mobile de venir près de moi...

Un jeune technicien s'approcha d'Archibald avec une caméra d'épaule.

- Merci jeune homme ! quand je vous le demanderai, vous filmerez en gros plan ce que je vous indiquerai... Bien !

Il savoura quelques secondes le suspense volontaire qu'il ménagea.

- Bien que ce que je vais vous dire maintenant vous paraisse improbable, je vais, devant vous, exécuter un saut dans le temps de deux minutes. C'est-à-dire qu'après avoir programmé ma Time Boy, je vais disparaître devant vous, me volatiliser dans les airs, et réapparaître aussitôt. Nous patienterons alors ensemble, et exactement deux minutes plus tard, vous verrez apparaître à côté de moi, non pas une simple copie de moi-même, mais moi-même au cours de mon saut de deux minutes. Et ce double disparaîtra aussitôt pour retourner à ses coordonnées temporelles d'origine. Comme preuve de réussite de cette expérience, je vais mettre ce chapeau sur la tête…

Il s'empara du chapeau claque qu'il avait posé sur le pupitre en arrivant, et le donna aux deux témoins.

- Messieurs, regardez-bien ce chapeau haut-de-forme. A l'intérieur, il y a une étiquette blanche. La voyez-vous ?

Les deux hommes acquiescèrent.

- Bien voici un stylo-feutre. Inscrivez, je vous prie, ce que vous voulez sur cette étiquette, un mot, un repère, quelque chose de bien visible que vous présenterez à la caméra de manière à ce que toute la salle puisse bien identifier cette marque sans que je la voie moi-même… Allez-y !

Le plus âgé des deux hommes prit le stylo-feutre et écrivit quelque chose sur l'étiquette.

- Voilà, dit-il en lui rendant le stylo.

- Merci. Maintenant, veuillez, je vous prie présenter l'intérieur du chapeau à la caméra. Faites un gros plan sur l'étiquette, s'il vous plaît, dit-il au cadreur. D'où je suis je ne vois pas les écrans que vous, chers amis, voyez de chaque côté de la scène… Allez-y faites un gros plan sur l'étiquette…

Le technicien obéit et le public put découvrir en gros plan sur chaque écran ce qu'avait écrit le témoin : $E=MC2$.

Des rires amusés fusèrent du public.

- Bien. Maintenant merci de poser ce chapeau sur ma tête sans me montrer l'intérieur….

L'homme barbu obtempéra.

- Et maintenant chers amis, laissez-moi vous expliquer ce qui va se passer. Quand j'aurai programmé le saut temporel sur ma Time Boy, je disparaîtrai, le chapeau sur la tête. Et je réapparaîtrai deux secondes plus tard, mais sans ce chapeau. Pourquoi ? Eh bien, ce sera la preuve que le saut temporel a parfaitement fonctionné. Effectivement, deux minutes après cette première apparition, disparition, réapparition, nous allons voir mon corps, vivant, je précise, le chapeau sur la tête, apparaître à mes côtés. Et ce chapeau, j'envisage que cet autre moi-même le pose sur ce pupitre au cours du saut...

- Assez de blablas ! lança une voix dans la salle. Des actes !

Archibald ne fut pas déstabilisé pour autant.

- Un peu de patience ! Je souhaite que vous ne perdiez pas une seule miette de ce qui va se dérouler devant vos yeux. Veuillez faire un gros plan sur cet appareil, s'il vous plaît, demanda-t-il au cadreur en lui montrant la Time Boy.

La partie supérieure apparut sur les écrans latéraux vers lesquels étaient maintenant tournés tous les visages, et chacun allait pouvoir suivre les déplacements de l'index d'Archibald en gros plan, alors qu'il poursuivait son commentaire au micro.

- Bien. Je programme la date d'aujourd'hui...
Tip, tip, tip...

L'écran digital afficha des chiffres au fur et à mesure que l'index tapait sur les touches du clavier numérique.

- ... puis maintenant l'heure de départ....

352

Il regarda sa montre gousset dont il ouvrit le couvercle d'un doigt.

- Il est 11 h 28. Disons départ prévu à 11 h 30...

Il programma l'horloge...

Tip, tip, tip... 11:30:00...

- Et maintenant, l'heure d'arrivée. Comme je vous l'ai annoncé, je vais faire un saut de deux minutes dans le futur, donc prévu à...

Tip, tip, tip... 11:32:00

- ... 11 h 32... Voilà. Régie s'il vous plaît...

Une musique extraite de la bande originale de *Psychose*, le thriller culte d'Alfred Hitchcock, composée par Bernard Hermann, s'éleva des enceintes de l'auditorium, créant aussitôt une atmosphère envoûtante. Archibald était fier de lui. Il avait poussé la mise en scène de sa démonstration jusqu'à ce suspense spectaculaire renforcé par cette musique qu'il avait choisie.

Sur les écrans, l'index appuya sur la touche du déstructurateur. Archibald ressentit les vibrations habituelles. Quand la tension atteignit les cinquante méga volts nécessaires, il positionna le curseur sur *envoi*.

Flash. Quand Archibald disparut comme un vulgaire hologramme, le public, comme un seul homme, se leva d'un bond.

Dans la seconde qui suivit, Archibald réapparut, la Time Boy à la main, mais sans chapeau sur la tête.

Encore une fois, un « OH !... » unanime monta de la salle. Certains commencèrent à applaudir.

- Attendez ! Ce n'est pas terminé. Rappelez-vous !
Deux minutes…

*

Julien leva la tête et découvrit l'antenne de
télévision de soixante-cinq mètres qui surplombait le
building.

- Ça me fait penser à King Kong. Tu as vu le film ?

- Yeah ! Mais je n'ai pas aimé la dernière version.
Trop d'effets spéciaux. Et puis ces dinosaures sur l'île
où il se fait capturer, je trouve que ce n'est pas crédible.
Moi, je préfère la première version. Celle de 1933. Il y
avait une poésie qui a disparu dans la dernière. Celle
de 2005.

- Bof, poésie ou pas, il y a toujours ce gratte-ciel
qu'escalade le gorille…

Joignant le geste à la parole, Julien sauta en
s'agrippant à la grille de protection qui entourait la
plateforme, en poussant des hurlements comme un
singe et en mimant ses attitudes simiesques. Les autres
visiteurs riaient de ses acrobaties.

- Non, Julien, descend. Si les gardiens te voient, tu
vas nous faire expulser…

*

Le silence retomba aussitôt. Une stupéfaction
muette flottait dans l'atmosphère. La musique se
poursuivait, toujours aussi angoissante. Les deux
minutes semblaient ne jamais s'écouler. Le suspense

était interminable. Archibald était immobile et attendait, avec un sourire radieux. Lui savait.

Soudain, dans un éclair aussi violent que bref, le double d'Archibald apparut en souriant, à un mètre de lui. Il avait la Time Boy à la main et le chapeau sur la tête. Il prit la parole.

- Voilà ! dit-il en écartant les bras. Je suis Archibald Goustoquet, mais celui d'il y a deux minutes. Juste le temps d'accomplir ma mission et je repars de deux minutes dans le passé.

Il ôta le chapeau, le posa sur le pupitre, reprit la place qu'il occupait à son arrivée. Il s'adressa au cameraman.

- Vous pouvez filmer en gros plan s'il vous plaît ?

La Time Boy apparut sur les écrans. L'heure indiquait 11:32:15...

- Je programme maintenant le retour…

Tip, tip, tip… 11:30:02…

- Voilà. Et maintenant, déstructuration moléculaire…

L'index en gros plan appuya sur une touche. Vibrations progressives. L'index poussa le curseur sur *inversion*. Flash. Le double disparut instantanément.

La salle était sous le choc. En catalepsie. Archibald savait qu'il allait maintenant enfoncer le clou. Il invita le plus jeune de ses témoins à prendre le chapeau et d'en présenter l'intérieur à la caméra. Le technicien fit la mise au point, et sur les écrans latéraux, chacun put lire les lettres qui apparurent : E=MC2.

Julien sautait de grilles en grilles, souple comme un acrobate, à la grande joie des enfants qui étaient là avec leurs parents.

- Julien, arrête, je t'en prie. Julien ! Julien !

*

Les physiciens du monde entier étaient hypnotisés par ce qu'ils voyaient. C'était... ahurissant ! Fantastique ! Extraordinaire ! Personne n'avait jamais vu ça.

Archibald, sûr de lui et de sa démonstration, attendait patiemment les réactions. Elles ne tardèrent pas à venir.

Tous les physiciens présents sans exception offrirent à Archibald une "standing ovation" qui lui sembla durer éternellement. Les bravos, les sifflets et les hourras se mêlaient à des applaudissements à tout rompre. Maintenant, il en était persuadé. Il serait le prochain prix Nobel de physique. Le public enthousiaste scandait son prénom en chœur.

- Archibald ! Archibald ! Archibald !
- Hein ? Quoi ? Qu'est-ce qui se passe ?

*

- Julien ! Julien ! Julien !
- Hein ? Quoi ? Qu'est-ce qu'il y a ?

*

- Réveille-toi ! Le taxi arrive dans une heure, répliqua Maréchal.

- Le taxi ? Quel taxi ?

- Pour aller à la gare…

- A la gare ?

- Tu prends le train, Archie. Tu pars pour New-York. Ton heure de gloire est arrivée…

- Ah oui ! Mais je croyais que tu m'emmenais avec la « *Gauguinette* »…

- Bah, j'ai essayé de la démarrer. Ça fait tellement longtemps qu'elle n'a pas roulé que la batterie est complètement à plat. Et puis de toute façon, tu te vois, toi, futur Nobel de physique, arriver à la gare dans mon tas de ferraille ?

*

- Debout, Julien ! C'est aujourd'hui que tu t'envoles pour New-York, lui rappela Marianne.

- New-York ?

- Oui, tu prends l'avion pour aller chez Angie. Tu as oublié ? Il est six heures cinq.

Le prénom le ramena aussitôt à la réalité.

Incroyable ! Comment avait-il pu oublier qu'il allait à New-York pour la retrouver. Le rêve qu'il venait de faire lui revint à l'esprit. L'Empire State Building… *J'espère qu'on y montera…*

- Dépêche-toi de t'habiller. Après ton petit-déjeuner, je t'emmènerai à la gare.

Angie…

Rien que son prénom suffit à le propulser sous la douche.

*

Archibald fut presque déçu de réaliser qu'il avait rêvé. Tout paraissait si réel. Bon. Tout restait à faire. Il devrait recommencer toute sa démonstration au Carnegie Hall demain. Il s'assit sur le bord du lit et décida qu'en fin de compte, son rêve était sans doute un bon présage. Une toute petite voix au fond de lui espéra de tout son cœur qu'il était bien prémonitoire.

Il se leva, prit une douche, se parfuma, s'habilla, empoigna sa valise qu'il avait préparée la veille, vérifia qu'il n'avait oublié ni le chapeau claque, ni le CD de la bande originale du film d'Hitchcock et descendit retrouver Miraldine qui, la connaissant, sachant qu'il allait voyager, lui aurait sans doute préparé un petit déjeuner pantagruélique.

27

Julien chargea sa valise dans le coffre de la Twingo de Marianne. Tout s'accélérait : son cœur, le temps, la descente des étages à pieds, le chargement de la voiture… Et en avant la musique !... Le billet de train… poche droite… oui il y est ! Le billet d'avion… poche gauche… POCHE GAUCHE !... VIDE !

- Marianne ! Je n'ai pas mon billet d'avion…

- Tu n'as pas de billet d'avion Julien, répliqua Marianne en souriant. Tu as pris ta réservation par Internet… Tu as juste la confirmation de réservation que tu présenteras à l'embarquement à l'aéroport…

- La lettre ! La lettre ! Elle est où ? Je ne l'ai pas non plus…

- Calme ! Calme, Julien ! Je l'ai mise dans la petite poche avant de ton sac à dos. Tu pourras d'ailleurs le conserver comme bagage à main dans l'avion. Ne t'inquiète pas !

Julien se rejeta contre le dossier de son siège et contre l'appui-tête. Il souffla de soulagement. Les dollars… Bon sang, les dollars…

- J'ai mes dollars, Marianne ?

- Mais oui, tu les as glissés dans ton portefeuille après les avoir comptés pour la dixième fois devant moi dans la cuisine.

- Qu'est-ce que je suis stressé ! Tu crois que ça fait toujours ça quand on part en voyage ?

- Toujours un peu, je suppose.

Marianne était amusée intérieurement de cette anxiété qui prouvait si besoin était, que Julien était heureux d'aller aux Etats Unis, certes, mais surtout de rencontrer Angie. Elle s'était abstenue, par tact, d'y faire la moindre allusion.

Julien regardait sa montre toutes les dix secondes.

- Il n'y a aucun risque qu'on te la vole…

- Quoi ?

- Ta montre… on ne peut pas te la voler…

- Ben… Non. Pourquoi tu dis ça ?

- Tu ne cesses de la regarder. Tu vas l'user, à force…

- Oh, tu es nulle, hein ! J'ai peur qu'on arrive en retard, c'est tout. Habituellement il y a moins de circulation.

- Julien…

Il la regarda, inquiet.

- Tous les mardis matin, la circulation est toujours la même. Nous allons arriver à la gare dans cinq minutes, tu auras une demi-heure d'avance…

- Oui, eh bien, ce n'est pas de trop. On ne sait jamais. Des fois que le train parte plus tôt que prévu…

- C'est cela oui. Avec la SNCF, on parle plus souvent de retards de trains que de trains en avance. Ce serait une première.

La Twingo contourna la tour Thiers et Marianne maugréa car toutes les places de stationnement devant la gare étaient prises. Elle jeta un coup d'œil dans le rétroviseur. Personne n'arrivait derrière elle. Elle s'arrêta sur la bande réservée aux taxis, sans couper le moteur. Ils descendirent de la voiture et Marianne ouvrit le coffre. Son sac en bandoulière sur une épaule, Julien s'empara de la valise.

- Je suis mal garée, je te laisse y aller tout seul comme un grand. Je dois aller retrouver ta mère.

- Ok ! Ne t'inquiète pas, je m'en sortirai. Tu ne crois pas que mon père aurait pu m'accompagner ? Je ne l'ai même pas vu depuis deux jours…

- C'est ton père Julien. Tu le connais. Ça ne veut pas dire qu'il ne t'aime pas, tu sais.

- Ouais, eh bien, il a une façon bizarre de me le prouver.

- Ce n'est pas parce qu'on ne montre pas son affection aux autres qu'on ne les estime pas.

- Oui, peut-être, mais des fois, ça ferait du bien. Bon, allez, j'y vais. J'ai trop la trouille de rater mon train.

Ils s'embrassèrent rapidement.

- Allez, bon voyage ! Et profite bien de ton séjour !

- Je vais me gêner, dit-il en ponctuant son affirmation d'un clin d'œil.

Un taxi klaxonna juste derrière la Twingo.

- Bon, j'y vais, lança Marianne, alors que d'un signe au conducteur impatient, elle lui faisait comprendre qu'elle allait partir dans deux secondes.

- Je t'enverrai une carte, lui assura Julien en s'éloignant déjà.

- J'espère bien.

Ils agitèrent leur main pour un au revoir dont il ne se doutait pas que ce serait le dernier. Ils ne se reverraient jamais.

Marianne remonta au volant, démarra et disparut dans la circulation.

Le taxi avança à l'endroit qu'elle venait de quitter. Le chauffeur descendit ouvrir le coffre. Archibald, Maréchal et Miraldine sortirent sur le trottoir.

- Vous avez bien vos réservations ? s'inquiéta Miraldine.

- Mais oui, mais oui, cela fait trois fois que vous me posez la question…

Le chauffeur déposa une valise sur le trottoir et une seconde, moins imposante, à côté de la première. Maréchal régla la course au chauffeur et souleva la valise la plus petite, qui paradoxalement était la plus lourde.

- Pourquoi avoir pris tous ces dossiers ? se plaignit Maréchal sous l'effort.

- Ce sont des copies de la synthèse de mes travaux. Après ma démonstration au congrès, il est important que j'en fasse distribuer au moins cinq exemplaires par pays représenté.

- C'est pour ça que tu m'as demandé d'aller en faire autant de photocopies hier... poursuivit Maréchal.

- Tout à fait. L'expérience va tellement les fasciner qu'ils voudront connaître ensuite la démonstration implacable des équations qui auront abouti à mon invention. De plus, pour le prix Nobel, il faut obtenir la validation de plusieurs sources mathématiques et scientifiques différentes. Et là, encore, je n'ai fait que présenter l'enchaînement des formules, pas leur développement. Sinon, le dossier aurait fait plus de trois cent pages. Alors que là, il n'y a que dix pages.

Ils se dirigèrent tous les trois vers le hall de la gare. A cette heure matinale, il y avait de l'agitation. Les voyageurs qui rejoignaient les quais pour différentes destinations, croisaient ceux qui descendaient à Nancy.

Julien revenait du kiosque à journaux où il s'était acheté deux magazines pour le voyage. Il venait de dépasser Maréchal, Miraldine et Archibald au centre du hall de gare, quand la valise de ce dernier, sans doute à cause de la vétusté des serrures, s'ouvrit, déversant sur le sol l'ensemble de ses vêtements et sous-vêtements. Sous le choc, le chapeau claque se mit en forme de lui-même dans un claquement sec. Confus, Archibald se baissa aussitôt pour ramasser ses affaires, aidé de Maréchal et Miraldine. Difficile de passer inaperçu avec ce gag impromptu, mais les voyageurs poursuivaient leurs déplacements dans la plus complète indifférence. A peine leur jetaient-ils un coup d'œil. Devant le spectacle désolant de ces trois personnes âgées en difficulté qui, tant bien que mal, essayaient d'enfourner les vêtements dans la valise afin d'écourter cette situation ridicule, Julien proposa de les aider.

- Non, merci, c'est gentil, répondit Miraldine, nous avons terminé.

Julien lui sourit puis se dirigea vers le quai.

- Ça fait plaisir de voir qu'il existe encore des jeunes avec l'esprit citoyen, affirma Archibald tout en enfouissant rapidement des caleçons en boule tout au fond de la valise.

Maréchal avait posé la plus petite valise, la plus lourde, pour aider Archibald à soulever la sienne, d'ailleurs toujours ouverte, pour la poser sur un banc, replier les vêtements pour les ranger efficacement, et refermer à nouveau la valise. Quand ce fut fait, Archibald ferma les deux serrures à clef afin qu'une telle péripétie ne se renouvelle pas. Le TGV en direction de Paris fut annoncé et ils se dirigèrent vers les quais. Archibald venait à peine de composter son billet qu'il remarqua que Maréchal ne portait plus la valise des dossiers.

- Maréchal ! La valise !
- Quoi ? Elle s'ouvre…
- Mais non, la tienne… avec les dossiers…
- Nom de…

Il se précipita dans le hall de la gare où un policier commençait à tourner autour de la valise abandonnée bien en évidence.

- Ne vous inquiétez pas ! le rassura Maréchal, elle m'appartient. Je l'avais oubliée…

- Prenez garde ! répliqua le policier. Le plan Vigipirate est toujours déclenché. Nous sommes en alerte rouge. Deux minutes de plus et je donnais l'ordre de la faire sauter.

Maréchal tressaillit à l'idée que tous les dossiers d'Archibald auraient pu s'envoler en fumée par sa négligence. Il s'excusa une dernière fois et rejoignit Archibald et Miraldine sur le quai. Le TGV entrait en gare.

- Tu m'as fait craindre le pire, dit Archibald.

- Tout va bien. Rassure-toi !

Julien, de peur que le train ne parte sans lui, monta dans la rame juste en face de l'endroit où il se trouvait, sans vérifier s'il était dans le bon wagon, ou pas. Voilà. Il y était. L'aventure commençait. Il n'avait plus qu'à chercher sa place réservée.

Maréchal serra la main d'Archibald en guise d'au revoir.

- Je sais que tu vas les scotcher, Archie.

- Merci pour ta confiance et ton amitié, Maréchal. Prends soin de Miraldine pendant mon absence.

- Tu peux compter sur moi. Je vais en profiter pour reprendre ma peinture. Avec ce que nous venons de vivre, je sens monter les ondes vibratoires de la créativité. Je crois que grâce à ta découverte, j'ai en moi le potentiel pour créer un nouveau mouvement de peinture. Il me restera à lui trouver un nom. Je vais m'inspirer de...

Il comprit aux regards insistants de ses deux compagnons qu'ils aimeraient être seuls pour les adieux. Il souhaita un bon voyage à Archibald et lança à l'attention de Miraldine :

- Je vous attends à la station de taxi.

Il disparut dans le hall. Miraldine prit les mains d'Archibald dans les siennes.

- Promettez-moi que cette démonstration sera votre dernier voyage temporel ?

- Je vous l'ai déjà promis, Miraldine, après le retour de notre saut en 1943.

- Tout ce que vous m'avez raconté, la mort de votre père, puis le changement de son destin qui a entraîné une autre vie pour nous tous, puis à nouveau sa mort... tout cela me fait peur Archibald.

- Ayez confiance en moi Miraldine ! Juste un dernier petit voyage de deux minutes sur scène devant les physiciens du monde entier, et ensuite ce sera terminé. Ma découverte ne m'appartiendra plus. La science en fera ce que la sagesse voudra qu'on en fasse.

- Vous savez, je dois vous dire une chose. J'ai beaucoup réfléchi à cette aventure incroyable. Quand vous avez renoncé à cette autre vie, celle où vous étiez marié et que vous avez décidé de ne pas changer le destin de votre père afin de me retrouver, cela m'a beaucoup touchée. Je sais que vous ne trouvez pas toujours les mots pour parler de vos sentiments, mais cette décision que vous avez prise, c'est pour moi encore plus fort que... qu'une déclaration d'amour...

Archibald rougit à ces mots, puis, quelque chose au fond de lui agita son émotion pour la transformer en certitude : oui, le courant passait entre Miraldine et lui. Elle lut dans ses yeux son bouleversement intérieur, et perçut l'éclat de ce nouveau sentiment qui s'affirmait de jour en jour. Il l'attira contre lui, ne sentit de sa part aucune résistance. Elle leva son visage vers le sien, ce qu'Archibald interpréta comme un encouragement à aller plus loin. Alors, il posa ses lèvres sur les siennes et pour la première fois, elles s'entrouvrirent pour un pur baiser d'amour. Les yeux fermés, au même instant, ils ressentirent ensemble l'explosion volcanique qui sourdait depuis quelques jours, et la lave brûlante de leur frénésie brouilla leur esprit le temps de ce partage empreint de sensualité juvénile. D'ailleurs, aux regards attendris que leur accordaient les voyageurs qui les frôlaient, il était évident que ces deux-là, malgré leur apparence, avaient encore vingt ans.

Le sifflet du chef de gare mit fin à l'intensité de leur étreinte.

- Tu vois, Miraldine, murmura Archibald qui, sans s'en rendre compte, la tutoyait, j'ai inventé le voyage dans le passé, j'ai aussi découvert le moyen de figer la vie, mais rien plus que ce moment où tu étais dans mes bras ne m'a paru plus en dehors du temps. Un siècle d'intemporalité que nous retrouverons à mon retour, je te le promets.

Miraldine sentit les larmes lui monter aux yeux. Elle se sentait en parfaite osmose avec lui. Amoureuse.

- Je t'aime, Archibald ! chuchota-t-elle en banalisant à son tour le tutoiement comme il venait de le faire quelques secondes auparavant.

Ce simple verbe acheva d'ébranler Archibald. Un mot qu'il avait toujours redouté, car il était pour lui synonyme d'un engagement liberticide. En souriant malgré tout pour masquer son trouble, il se sépara en douceur de Miraldine, saisit ses deux valises et pénétra à l'intérieur du wagon, juste avant que les portes ne se referment. Le TGV s'ébranla et Miraldine agita sa main vers Archibald qui s'éloignait derrière les vitres en agitant la sienne, submergée de bonheur et tristesse mêlés, tout en étant persuadée qu'à cet homme-là, elle allait consacrer la fin de son existence.

*

Archibald repéra le numéro de sa place sur son billet. Le 64. Il remonta le wagon avec ses deux valises en consultant au passage les numéros de sièges. 58... 60... 62... Ah, voilà le 64... Il déposa ses bagages dans l'espace qui leur étaient dédiés et se laissa tomber sur son fauteuil. Ouf ! Que d'émotions !

Dans une heure trente il serait à la gare du Nord. Un changement par le RER B le conduirait ensuite au terminal 2 de l'aéroport Roissy-Charles de Gaulle. Le TGV était déjà sorti de l'agglomération nancéenne quand il ferma les yeux. Dans son esprit, l'image de Miraldine percutait de plein fouet son rêve à Carnegie Hall.

- Euh... Excusez-moi, Monsieur !

Archibald ouvrit les yeux et tourna la tête. C'était le blondinet qui s'était proposé pour les aider à remettre ses vêtements dans la valise. Il avait son billet à la main.

- Je... je crois que vous vous êtes trompé de siège.

- Ah, je ne pense pas, jeune homme, j'ai vérifié.

Il sortit son propre billet et fit remarquer à Julien que sa place portait bien le numéro 64. Julien compara avec son billet et repéra rapidement la source de l'erreur de cet homme rigolo avec ses grosses lunettes rondes et son nœud papillon à carreaux verts et jaunes.

- Excusez-moi d'insister, reprit Julien. Vous avez effectivement le siège 64, mais dans la voiture 14. Et là, nous sommes dans la 15...

- Ah bon ? Vous êtes sûr, balbutia Archibald.

- Oui, regardez ! continua Julien en juxtaposant les deux billets de manière à ce qu'Archibald puisse vérifier lui-même.

- Vous avez raison. Je suis confus. Je vous laisse votre place, confirma Archibald en se levant.

- Non, attendez ! Restez assis ! Si vous n'y voyez pas d'inconvénient, je vais occuper votre place dans l'autre voiture. Personnellement ça ne me dérange pas...

- Ma foi, si cela ne vous gêne pas, je veux bien, approuva Archibald. Cela m'évitera de transporter mes valises.

- C'est bien pour cela que je vous propose cette solution, Monsieur, ajouta Julien avec un large sourire.

- Alors merci beaucoup, jeune homme. Je suis très touché par votre attention.

- De rien ! Allez faites un bon voyage !

369

- Vous aussi, conclut Archibald, main levée, en guise d'ultime remerciement.

Julien retourna avec sa valise dans le compartiment précédent.

Décidément, c'est un bon petit gars...

Le trajet fut relativement court. Julien avait parcouru l'essentiel d'une revue consacrée aux astuces et nouveautés informatiques quand le TGV pénétra en gare du Nord. Archibald avait réussi à s'assoupir, histoire de rattraper le manque de sommeil de ces derniers jours. Tous deux se fondirent dans le flot des voyageurs pour remonter le quai jusqu'aux bâtiments et se laisser guider par la signalisation jusqu'au RER B pour prendre leur correspondance. L'air était chaud, un mélange d'atmosphère parisienne et de moteurs de motrices des TGV, alignés comme des serpents d'argent aux reflets bleutés. Ils empruntèrent à une cinquantaine de mètres d'intervalle, sans se voir, les mêmes escalators et les mêmes tapis roulants des mêmes couloirs pour rejoindre le même quai du RER. Quand une rame pénétra dans la station, ils s'engouffrèrent avec les autres passagers, casèrent comme ils purent leurs valises dans les porte-bagages, et restèrent debout, car toutes les places étaient occupées. Archibald remarqua que des jeunes étaient assis en écoutant de la musique dans leurs oreillettes vissées dans les oreilles. Pas un ne lui proposa sa place. *Pas comme le jeune dans le train...*

Julien ne se posait pas de question. Il était déjà entre rêve et réalité, entre France et Amérique, avec

Angie, et rien d'autre qui l'entourait n'avait d'intérêt à ses yeux.

Il était 10h30 quand le RER s'arrêta à la station « Aéroport-CDG 2 ». Descente des valises. Sortie sur le quai. Depuis une vingtaine de minutes, Archibald avait une envie de plus en plus pressante qui comprimait sa vessie. Flot des voyageurs. Escalator. Par chance, il aperçut une pancarte « Toilettes ». Ça tombait bien. Il prit la direction indiquée avec ses deux valises, entra, et put enfin, se soulager, alors qu'un type légèrement obèse tapait contre la porte d'une des toilettes de la paume de ses mains et tenait des propos étranges.

- Gabriel ? Gabriel ? Ne me laissez pas seul ! Dieu ? Dieu, vous m'entendez ? Je vous en prie, laissez-moi vous accompagner…

Assurément, il était bien sur Paris. Il avait déjà remarqué que dans la capitale de plus en plus de gens parlaient seuls à haute voix, ou apostrophaient leurs concitoyens pour leur tenir des propos incohérents. Peut-être une étrange maladie du XXIème siècle ? Le paradoxe de l'homme qui, au milieu de dix millions de semblables, souffrait de solitude ?

Il appuya sur le bouton poussoir de la chasse d'eau, se dirigea vers le lavabo pour se laver les mains.

- Dieu, par pitié, ouvrez-moi ! Moi aussi, je veux aller au paradis…

Inquiet, Archibald présenta ses mains sous l'appareil dont la soufflerie se déclencha. Quand elles furent sèches, il se dirigea vers la sortie avec ses valises, poussa de l'épaule la porte battante qui, une fois qu'il l'eut franchie, se rabattit en claquant. Il ne fut pas mécontent de laisser derrière lui cet individu vraiment bizarre.

Ses valises à la main, il retrouva la file des voyageurs dans le couloir. Encore un escalator. Il se retrouva dans le hall du terminal 2. Il posa ses valises sur un chariot à bagages, poursuivit à pieds jusqu'au comptoir de l'American Airlines qu'il repéra en porte B et se mit dans la file d'attente pour l'enregistrement des bagages. Devant lui, il reconnut la chevelure blonde et bouclée du jeune du train. Il lui tapota sur l'épaule.

- Décidément, on se suit... s'amusa Archibald.

Julien se retourna et sourit en reconnaissant le vieux bonhomme de Nancy.

- Apparemment encore pour un bout de temps. On a l'air de prendre le même avion...

- Oui, quelle coïncidence ! Je vais à New-York, et vous ?

- Oui, moi aussi. Mais je crois qu'on atterrit à Newark...

- Ah ! Peut-être je ne sais pas...

Miraldine s'était chargée de la réservation, et il n'avait pas eu connaissance de cette information. En tout cas, aucun d'eux ne mentionna qu'il allait voyager en classe affaire, par crainte que l'autre ne prenne cet aveu pour une fanfaronnade déplacée.

Archibald, reconnut le fou des toilettes dans la file, quelques mètres derrière eux. Il cherchait à se dissimuler entre les passagers, et jetait des regards de tous côtés, comme s'il avait peur d'être ou suivi, ou repéré.

Malcolm Stuart avait effectivement peur. Peur que le personnel des centrales ne soit sur ses traces. Il était venu jusqu'à Roissy avec la Mégane de Gerdave, l'avait garée dans un parking souterrain. Ensuite il avait acheté une enveloppe épaisse en kraft dans laquelle il avait glissé le trousseau de clefs, l'avait cachetée, avait recopié l'adresse de la carte qu'il avait effectivement trouvée dans la boîte à gants, et passé un coup de fil à Gerdave pour lui indiquer où la voiture était stationnée. Il l'avait rapidement remercié pour son aide puis avait raccroché aussitôt, de peur de se faire repérer. Il s'était réfugié pour la nuit dans un hôtel de la zone aéroportuaire, et là, maintenant, dans la file qui le conduisait à l'enregistrement, il redoutait de voir surgir la meute qu'il imaginait lancée à ses trousses.

Archibald et Julien parvinrent assez rapidement au comptoir, présentèrent à tour de rôle leur réservation, leur passeport, enregistrèrent leurs bagages dont ils se trouvèrent libérés. Ils se dirigèrent vers le contrôle de sécurité qui leur permettrait de se rendre dans la salle d'embarquement.

- Vous m'attendez deux secondes, dit Julien. J'ai une fringale. Je vais m'acheter un truc. Vous voulez quelque chose ?

- Non merci. On va nous servir à manger dans l'avion vous savez…

- Je ne tiens plus, là. Je vais juste me prendre un pain au chocolat. J'arrive.

- Je vous attends ici, ajouta Archibald en s'asseyant sur un siège dont la coque était en plastique moulé.

Julien se dirigea vers une mini cafétéria. Il trouva que la serveuse traînassait pour servir les clients et il s'inquiéta du temps qui s'écoulait.

Si après avoir servi ce couple de noirs, elle ne vient pas s'occuper de moi, tant pis, je repars...

Mais elle vint vers lui juste après. En réalité et dans son cas, le temps qui s'écoulait n'était qu'une vue de son esprit car en tout, cela ne lui prit que quatre minutes au bout desquelles il rejoignit Archibald, son pain en chocolat déjà bien entamé.

Ils gagnèrent ensuite la salle d'embarquement munis du ticket d'accès à leur avion et de leur passeport. Le contrôle de sécurité fut pointilleux au possible. Ils ôtèrent leurs chaussures, Julien sa ceinture, pas Archibald car il portait des bretelles. Par contre, il s'agaça d'enlever sa montre gousset, car l'anneau qui reliait la chaînette à la montre elle-même était difficile à ouvrir. Quand il réussit, après avoir bataillé quelques minutes, il la déposa dans une sorte de bac rigide qu'un policier lui présenta. Mais il fut dépité quand il lui demanda d'ôter aussi la chaîne. S'il avait su. Ce fut plus facile car elle était fixée à un passant de son pantalon par un mousqueton. Il la déposa avec la montre. Pendant que le bac passait aux rayons sur un tapis roulant, une femme en uniforme devant un écran de contrôle ne s'inquiéta pas de la Time Boy dans la poche intérieure de sa veste qu'elle prit pour un jeu électronique quelconque. Ils passèrent ensuite sous le portique qui évidemment resta muet. Après quoi, un autre policier promena un détecteur électronique manuel sur l'ensemble de leur corps, mais là encore, ce fut négatif. Il y avait quelque chose de rassurant dans ces contrôles, même si c'était une opération obligatoire à laquelle chacun se soumettait avec plus ou moins de complaisance.

Malcolm Stuart passa à son tour les différentes étapes. Ce fut seulement quand le contrôle de sécurité fut derrière lui et qu'il se retrouva dans la salle d'embarquement qu'il commença un peu à respirer. A vrai dire, et c'était vraiment absurde pour lui vu les réactions physiologiques qu'il ressentait au décollage, il se surprit à prier pour être le plus rapidement possible en plein ciel, ce qui le mettrait définitivement à l'abri de toutes représailles de la part des fauves en colère des deux centrales françaises.

*

Les dés étaient jetés. Leur sort allait maintenant dépendre d'un commandant de bord et de son équipage. Mais ils n'avaient aucune raison de s'inquiéter. Des milliers d'avions décollaient et atterrissaient tous les jours et c'était le moyen de transport le plus fiable, en terme de statistiques. A cet instant précis, ni Archibald, ni Julien, ni Malcolm Stuart, ne se doutaient qu'ils allaient non seulement voyager ensemble en classe affaire, mais en plus qu'ils allaient vivre l'aventure la plus bouleversante, la plus surprenante et la plus folle, qu'aucun homme avant eux n'avait vécue.

28

- Lieutenant ! Téléphone...

- Merci !

Au QG central, le chef de la police de l'air prit le combiné et s'entretint avec son interlocuteur.

- Allo...

- Oui, c'est Mérignac. Bon, nous sommes actuellement sur l'autoroute. La route est ouverte par les motos donc cela devrait aller relativement vite. Dix à douze minutes, au plus. Faites en sorte que le cordon de sécurité soit en place. Avec les trois israéliens, il y a six agents de sécurité à eux. Ils seront immédiatement conduits dans l'avion...

- Ils montent tous avant les autres passagers ?

- Sauf deux qui s'occuperont des formalités d'usage, des passeports et de l'enregistrement des bagages pour tout le monde. Arrangez-vous pour qu'il n'y ait pas d'attente pour eux.

- Ne vous inquiétez pas ! Ils seront prioritaires.

- Aussitôt l'enregistrement terminé, conduisez-les pour nous rejoindre ! Pendant ce temps, nous irons à l'avion avec les sept autres par le portail sud. Hors de question de les faire passer par le hall principal et de les faire attendre dans la salle d'embarquement avec les autres passagers. Mettez-nous une escorte dès notre arrivée !

- Compris !

Le lieutenant allait raccrocher quand, à l'autre bout, Mérignac hurla :

- Et n'oubliez pas. Nous sommes en alerte rouge. Donc, vigilance maximum. Je ne veux pas d'incidents diplomatiques.

Il raccrocha avant que le lieutenant n'ait pu répliquer quoi que ce soit.

Le lieutenant appela rapidement les responsables d'unités et dans les quinze secondes, tous répondaient présents. Le lieutenant aboya ses ordres.

- Ecoutez-moi ! La délégation israélienne va arriver dans dix minutes à l'aéroport. Avec leurs agents de sécurité, ils sont neuf en tout. Belval ! Prenez quatre hommes avec vous et soyez prêts à faire passer prioritairement au comptoir de l'American Airlines les deux agents qui vont s'occuper de l'enregistrement. Go !

- À vos ordres, lieutenant !

Belval s'éloigna au pas de course.

- Charrois ! Vigilance accrue avec vos hommes dans tout l'aéroport. Combien en avez-vous actuellement en patrouille ?

- Trente-deux !

- Doublez ! Prenez des hommes à Manel.

- À vos ordres !

Charrois gagna la sortie tout en donnant déjà des ordres dans son talkie-walkie.

- Gervaise, vous, restez ici ! Poursuivez le rapport sur les clandestins. On risque d'avoir la place Beauvau sur le dos d'ici peu. Quant à vous, Manel, vous restez au central, et vous gardez le contact pour coordonner toutes les unités. Si éventuellement nous avions besoin de renfort, demandez à Charrois de nous envoyer des hommes de son unité. Deniaud, vous venez avec moi. Combien avez-vous d'hommes et de véhicules disponibles ?

- Seize et six véhicules !

- Avec nous deux, ça fait dix-huit. Nous escorterons les voitures officielles depuis leur entrée dans l'aéroport par le portail sud, jusqu'à l'avion. Trois hommes par voitures. Dès que la délégation israélienne arrivera au portail sud, vous la précèderez dans les trois voitures de tête avec vos hommes jusqu'à l'avion. Je fermerai le cortège avec les neuf autres dans les trois voitures de queue. Allez, tout le monde à son poste !

- À vos ordres !

Dès que le lieutenant et Deniaud furent sortis, Manel, trop heureux que les circonstances lui facilitent la tâche, sortit son téléphone portable et d'un pouce agile sur le clavier, accéda rapidement à un nom dans le répertoire, lança l'appel puis porta l'appareil contre son oreille. Il pivota sur son siège de manière à tourner le dos à Gervaise. Après quelques secondes d'attente, son interlocuteur décrocha.

- C'est bon Djel'. Ils arrivent. Tu peux envoyer Ahmed…

Il coupa aussitôt la communication, sans que son interlocuteur n'ait prononcé le moindre mot. Il rangea son téléphone, et se tourna vers le standard. Dans le fond du bureau, Gervaise s'escrimait sur son clavier d'ordinateur.

Richard Manel remercia mentalement sa famille palestinienne par son père de porter un nom arabe à consonance européenne, et sa mère, française, d'avoir insisté pour lui donner un prénom français. Le métissage lui avait offert une physionomie plus européenne qu'arabe et c'est ainsi qu'il avait pu entrer dans la police. Sans difficulté. Avec cette rage au cœur contre l'état hébreu, dont il avait juré l'anéantissement.

*

- Ahmed ?... Oui, c'est Rachid. Tu as le feu vert... Ne perds pas une seconde ! Inch' Allah !

*

Ahmed Zeitoun, comme tous les matins, avait passé le contrôle de sécurité pour le personnel sans problème. La boîte d'allumettes n'avait pas attiré l'attention, et le mince explosif n'avait pas été détecté aux rayons. Ce mardi matin, il avait déjà chargé le Los Angeles, le Mexico et le Brasilia. Là, il était en pause pour deux heures. Il devait reprendre à 13 h 00 pour le chargement du Chicago. Il fallait qu'il connaisse l'équipe qui devait assurer le chargement du vol

AA674 de l'American Airlines pour Newark. Il alla voir le planning affiché dans la salle de réunion. Il suivit la liste des vols en partance en faisant glisser son index sur la première colonne d'un tableau. Quand il repéra le numéro de vol qui l'intéressait, il suivit la ligne jusqu'à la colonne *"Equipe"*. Il devait absolument échanger son poste avec un des trois collègues qui chargeait le Newark sans éveiller les soupçons. Sur les trois, il connaissait bien Brahim N'Gaa, un géant français d'origine camerounaise très porté sur le sexe et qui, de plus, serait en pause à 13 h 00. C'est avec lui qu'il devait permuter. *Allez Ahmed ! À toi de jouer !*

Il regarda l'heure à sa montre. Le chargement des bagages allait commencer dans dix minutes. Il se dirigea vers le vestiaire et aperçut Brahim qui se changeait près de son armoire. Il se dirigea vers lui.

- Brahim ! J'ai un service à te demander.

- Je t'écoute mon frère...

Ahmed Zeitoun regarda autour de lui comme s'il craignait qu'on l'entende. Il poursuivit à voix basse.

- Mais il faut que cela reste entre nous. Je ne voudrais pas que cela s'ébruite. Je peux compter sur toi ?

- Va, je t'écoute.

- Voilà. A midi, j'ai rendez-vous avec une jeune femme belle comme le jour. Elle a des yeux... Mmm !... des yeux de gazelle, Brahim, de gazelle... Sa peau... Sa peau, on dirait du cuivre tellement elle a de reflets d'or. Et son parfum... Ah, là, là, mon frère... Si tu sentais son parfum... Tiens ! C'est simple, quand elle te parle, c'est comme si toutes les odeurs d'Afrique sortaient de sa bouche...

Brahim N'Gaa salivait à l'écoute de ce portrait idyllique.

- Si toi, tu as rendez-vous avec une femme comme ça, le nirvana est pour bientôt mon frère...

- Oui, mais j'ai un gros problème. A l'heure où je dois la rencontrer, je dois charger le Chicago... Tu ne pourrais pas me remplacer ?

- Ecoute, là je dois charger le Newark, après je suis en pause...

- Ah, dommage !... Mais... J'y pense... J'ai peut-être la solution... Oui, bien sûr ! Moi, je suis en repos en ce moment... On n'a qu'à échanger nos postes, qu'en penses-tu ?

Brahim N'Gaa réfléchissait à cette proposition. Quel intérêt y trouverait-il lui ? Pas grand-chose. Mais il s'imagina à la place d'Ahmed. C'était un garçon sympathique. Et puis cette description qu'il lui avait faite de la fille... Il ne pouvait le laisser échouer à l'entrée du paradis... Il regarda son collègue en souriant de toutes ses dents nacrées.

- Alors ? le pressa Ahmed Zeitoun qui voyait les minutes s'écouler.

Brahim N'Gaa éclata d'un rire énorme et lui tendit la paume de sa main ouverte.

- Va, mon frère ! Des gazelles comme ça, on n'a pas le droit de les laisser s'échapper de nos filets...

Ahmed fut soulagé et tapa sa main dans la large paume qui lui était proposée.

- Merci Brahim ! A charge de revanche…

- Et si par hasard, la gazelle est une gourmande et que toi, tu es en panne sèche… appelle-moi ! lâcha-t-il dans un nouvel éclat de rire herculéen.

Ahmed leva le pouce sur son poing fermé dans sa direction et s'éloigna rapidement vers le tarmac.

*

Rachid lui avait dit *il suffira que tu laisses tomber par mégarde cette boîte dans la soute, entre les valises et les sacs.*

Facile à dire ! En tant que remplaçant de Brahim, ses deux collègues l'avaient affecté d'office au déchargement des chariots, une tâche pénible dont Brahim, avec sa musculature, s'acquittait avec aisance. Mais lui, Ahmed Zeitoun, n'avait ni son gabarit, ni ses biceps. Habituellement, il était dans la soute, à l'arrivée des tapis roulants, et ventilait les bagages selon leurs tailles, ou leur poids. Alors Rachid, il avait beau dire qu'il suffisait de. Il n'était même pas dans la soute. Et comme se profilait la fin du déchargement, il ne voyait pas par quel miracle il pouvait être amené à y pénétrer. Lancer la boîte au hasard par l'ouverture ? Non ! Trop risqué ! Si quelqu'un apercevait son geste, il serait dans une position fâcheuse.

Il commençait à apercevoir le fond du dernier chariot. Il restait environ une dizaine de sacs et valises à transférer. Il devait agir. Et vite… Rachid et tous ceux au-dessus de lui qu'il ne connaissait pas mais qui lui faisaient confiance, n'apprécieraient sans doute pas qu'il échoue dans sa mission. Par nature, et plus encore par endoctrinement, l'échec n'était pas une issue envisageable. Alors qu'il plaçait des bagages sur le tapis roulant, il observa rapidement ceux qui restaient sur le chariot. Si Rachid lui avait dit qu'il pouvait déposer la boîte n'importe où dans la soute, c'est que l'endroit n'avait pas d'importance. Il repéra un sac de sport dont la fermeture éclair était libre. C'est-à-dire non verrouillée par un quelconque cadenas ou autre. Il devait l'ouvrir et glisser la boîte à l'intérieur. C'était la seule solution. A l'endroit où il se trouvait, il était juste dans le champ de vision du collègue qui réceptionnait les bagages à l'entrée de la soute. Pour qu'il ne le repère pas quand il ouvrirait le sac, il chargea quatre valises successivement de manière à ce qu'elles soient très rapprochées sur le tapis. Elles allaient provoquer un encombrement à l'arrivée, et cela occuperait le collègue quelques secondes, ce qui serait largement suffisant pour ce qu'il avait à faire. Et c'est ce qui se produisit.

- Hé ! T'es fou ou quoi ?

- Oh, c'est juste pour terminer plus vite. On n'est quasiment au bout.

Ahmed le regarda du coin de l'œil tout là-haut, et dès qu'il se tourna et que les valises sur le tapis le masquèrent à sa vue, en une demi-seconde, il approcha le sac de sport, tira la fermeture éclair sur une dizaine de centimètres, sortit la boîte d'allumettes de la poche de son pantalon, et la glissa entre des serviettes de toilette. Il referma promptement la fermeture éclair et posa le sac sur le tapis, avec les deux derniers bagages, un sac à dos et un vanity-case.

- Voilà, cria-t-il aux collègues de la soute. On a fini.

Mission accomplie. Il ne restait plus à l'avion qu'à s'envoler vers son destin.

Ses deux collègues refermèrent la soute, contrôlèrent le système de sécurité et descendirent assis sur le tapis roulant dont ils avaient inversé le sens. Ils rejoignirent Ahmed qui discutait avec des mécaniciens chargés de remplir les réservoirs de kérosène, et tous les trois s'installèrent sur le siège du véhicule électrique. C'est en s'éloignant vers les hangars qu'ils croisèrent le cortège qui convoyait, toutes sirènes hurlantes, les officiels israéliens et leurs agents de sécurité.

29

- Je le reconnais, dit une hôtesse au steward. J'étais sur le vol aller en même temps que lui. Il a refusé de boire et de manger. Il nous a fait une crise terrible, il a fallu qu'on lui injecte un somnifère par intraveineuse.

- Comment il s'appelle ?

- Malcolm Stuart. Tous les décollages lui font le même effet. Je n'ai pas envie de revivre une nouvelle crise. Il faut prendre des dispositions.

- Bon. Je vais en référer au commandant. Lui seul peut nous autoriser à donner un somnifère à un passager à son insu.

*

- Pour une coïncidence, c'est vraiment une coïncidence, ne cessait de répéter Archibald à Julien, assis dans le fauteuil voisin. Quand je pense que je ne voulais pas vous dire que j'étais en classe affaire…

- Oh, c'est la première fois, s'excusa Julien, parce qu'il n'y avait plus de places en classe économique ou en première sur aucun avion à cette date.

- Tout comme moi, ajouta Archibald en souriant

Il lui tapota amicalement la cuisse.

- En tout cas, bienvenue dans le confort des transports aériens américains !

- Merci.

- Maintenant nous sommes de vieilles connaissances et nous ne nous sommes même pas présentés. Archibald Goustoquet. Je suis euh... chercheur en physique, compléta –t-il en lui tendant la main.

- Enchanté, répliqua Julien du tac au tac en serrant la main tendue. Julien Dorval. Lycéen.

- Oh, oh ! Et vous vous destinez à faire quoi ?

- Vous pouvez me tutoyer, vous savez, je préfère.

- Entendu !

- À vrai dire, je ne sais pas trop. J'aime beaucoup l'anglais alors pourquoi pas une carrière dans le commerce international...

- Ah, l'international... Tu as raison ! Avec la mondialisation, c'est l'avenir.

Julien regarda par-dessus son fauteuil l'ensemble de la cabine.

- On n'est pas beaucoup...

- Vu le prix des billets, ce n'est pas étonnant...

- On est douze. J'ai compté.

Il se rassit et baissa la voix.

- Il y a toute une équipe de l'autre côté là-bas, ils n'ont pas l'air de rire tous les jours.

- D'après ce que j'ai compris, il y a le premier ministre israélien, avec deux ministres de son gouvernement. Ne me demande pas leurs noms, je ne les connais pas.

- Et les autres ? On dirait des gorilles avec leurs oreillettes. Ça m'étonnerait que ce soit des baladeurs MP3…

- Sans doute des agents de sécurité.

Une hôtesse passa de fauteuils en fauteuils avec un plateau.

- Vous souhaitez un peu de champagne ? leur demanda une hôtesse avec un accent français impeccable.

- Je veux bien, répondit Archibald.

- Je ne bois pas d'alcool, murmura Julien dans l'oreille d'Archibald. Vous croyez que je peux demander autre chose ?

- Demande mon garçon ! Tu es en classe affaire. Tu es le roi. Tout est gratuit !

L'hôtesse tendit une flûte remplie à Archibald.

- Et Monsieur ?

- Euh… je pourrai avoir un coca s'il vous plaît ?

- Pas de problème.

Elle remplit un verre de glaçons, décapsula une canette de la célèbre boisson gazeuse et en versa le contenu sur les glaçons. Le pétillement fit saliver Julien. Elle lui tendit son verre puis s'adressa au passager assis juste derrière eux.

- Et pour vous Monsieur ?

- Rien. Je ne veux rien boire. Laissez-moi tranquille !

Julien et Archibald se regardèrent et s'adressèrent la même mimique dont le sens correspondait approximativement à *voilà un mal embouché*.

Le steward s'approcha de Malcolm Stuart et se pencha vers lui.

- Excusez-moi Monsieur ! Une de mes collègues était sur le vol de samedi dernier qui vous a amené en France. Elle a assisté aux difficultés que vous éprouvez au décollage. J'ai discuté avec le commandant. Il m'a autorisé à vous donner ces deux gélules afin que vous passiez ce moment disons, délicat, le mieux possible…

- Si ce sont des somnifères, vous pouvez vous les mettre où je pense. Je ne veux pas dormir ! Je ne veux pas dormir ! Vous m'entendez ? s'énervait Malcolm

- Ce ne sont pas des somnifères, Monsieur, juste un relaxant qui vous permettra de gérer au mieux vos appréhensions.

Malcolm le regarda, suspicieux.

- Je ne dormirai pas ?

- Pas si vous ne le souhaitez pas.

- Un relaxant ?

- Oui, juste pour amener votre corps et votre esprit dans un état de détente rassurant.

- Ça va. Donnez-moi un verre d'eau. Plate, hein ! Les bulles ça m'irrite l'estomac.

- Tenez ! ajouta le steward en lui tendant les deux gélules ainsi que le verre d'eau que venait de lui apporter l'hôtesse.

Malcolm regarda les deux gélules. Une rouge et une blanche. Il regarda encore une fois le steward dans les yeux, fit une grimace fugitive, puis posa les deux gélules sur la langue, et but une grande gorgée d'eau pour les avaler.

- Ah.... Monsieur Stuart ! Vous n'auriez pas dû prendre les deux en même temps...

- Pourquoi, réagit aussitôt Malcolm, la peur dans le regard.

- Vous êtes allé trop vite. Les deux combinées risquent de vous faire dormir un peu...

- Quoi ?

- Chut ! Calmez-vous ! Un léger endormissement. Un sommeil léger. Normalement il fallait les prendre à cinq minutes d'intervalle. Mais ce n'est pas trop grave...

- Pas grave, pas grave ! C'est vous qui le dites. Si je dors et qu'il arrive quoi que ce soit...

Il bâilla et cligna des yeux.

- ... je ne pourrai pas me...

Il bâilla une seconde fois.

- ... je ne pourrai rien faire pour...

Il bâilla une troisième fois et cette fois-ci, à s'en décrocher la mâchoire. Il faisait des efforts considérables pour garder ses paupières ouvertes.

- ... pour... pour sauver ma...

Ses yeux se fermèrent trois secondes, s'ouvrirent une dernière fois, pour finalement se révulser.

- … peauuuuu…

Il s'effondra dans son fauteuil.

Le steward se releva et soupira.

- Problème réglé, conclut-il à l'intention de l'hôtesse.

- Et quand il va se réveiller, on lui dira quoi ? s'inquiéta-t-elle.

- Pas de danger. Il suffira de lui répéter qu'il a ingurgité les deux gélules trop rapidement.

- Et c'était vrai ?

- Quoi ?

- Qu'il aurait dû les prendre séparément ?

- Non, pas du tout. C'est une astuce du commandant. La rouge est un somnifère qui assommerait un éléphant. La blanche est un placebo qui ne produit aucun effet sur l'organisme. Ce n'est qu'un stratagème pour qu'à son réveil il accepte de s'être endormi. Elles ont toutes les deux la particularité de se dissoudre immédiatement dans l'eau. Le produit libéré, au contact de la langue, provoque dans les dix secondes une perte de conscience que l'on peut assimiler à un sommeil artificiel. C'est un hypnotique très puissant mais avec une efficacité à durée limitée. Malgré tout, nous serons tranquilles pendant… il regarda sa montre… trois heures. D'ici là, nous serons au-dessus de l'Atlantique.

Le décollage s'était déroulé sans problème. Le Boeing 747 s'était arraché du sol à 12 h 30 précises. Le commandant annonçait qu'il ferait une escale à l'aéroport d'Heathrow avant de repartir pour une traversée de sept heures. La vitesse de croisière serait de 900 km heure, et ne serait stabilisée qu'à une altitude constante de trente mille pieds, altitude qui serait atteinte après avoir survolé...

*

- ... à peu près l'Irlande d'après mes estimations, assura Djelloul Fahti.

- Et c'est là que...

- Oui, Rachid. C'est là qu'explosera l'avion. Et les trois israéliens ne seront plus de ce monde. L'état hébreu sera décapité.

Les deux hommes étaient assis dans un 4x4 BMW X5 sur le parking A de l'aéroport.

- Ahmed a parfaitement accompli la mission que nous lui avons confiée. Je parlerai de lui. Bon. Revenons à l'explosion ! L'avion a décollé à 12 h 30 comme prévu. Il sera à Londres dans vingt minutes. Il sera alors 13 h 30. Une heure sur place pour que montent les derniers passagers. Et il doit repartir à 14 h 30, pour nous, car on a une heure de décalage avec l'Angleterre. Une heure après il aura dépassé les côtes d'Irlande et sera au-dessus de l'océan quand il franchira le seuil fatal de dix mille mètres. Il sera à peu près 15 h 30.

- Et nous nous serons loin...

- Non, Rachid. Nous serons dans l'aéroport, tranquillement assis à une table en train de boire un café. Je veux être aux premières loges quand l'information tombera. Quand la panique s'emparera de la foule. Quand les juifs en transit s'effondreront en larmes en apprenant qui sont les victimes de ce nouvel acte guerrier. Tu comprends Rachid ? Je veux jouir du spectacle. La souffrance des juifs est un spectacle en soi, tu verras...

Rachid Ben Chahid toussa afin de cacher son inquiétude. Le comportement de Djelloul Fahti l'incommodait parfois, quand il se laissait aller, comme à l'instant, à ce genre de confession personnelle. Il se sentait mal à l'aise, car il ressentait chez lui une haine si farouche qu'elle confinait à l'horreur, tant sa violence sans discernement était palpable à fleur de mots. C'était sans doute pour cette raison qu'il était un grand chef.

*

Après un copieux déjeuner à base de foie gras, langoustes et autres réjouissances, les échanges entre Julien et Archibald s'étaient naturellement multipliés.

- Ce sont tes parents qui t'envoient aux USA ?

Julien tourna la tête vers le hublot. Un voile passa dans son regard. Archibald sentit une réaction hostile et n'insista pas. Julien commençait à apprécier le professeur. C'est ainsi qu'il l'avait naturellement appelé. Il était sympa. Marrant même. Il avait depuis si longtemps cette boule sur l'estomac qui ne demandait qu'à fuser... Bien qu'il ait déjà parlé de ce sujet avec Marianne, il choisit de se livrer entièrement à ce vieil homme qui avait une oreille tellement attentive. Alors il raconta tout. Depuis le début. Depuis l'accident de Laurine. La fuite de son père dans le travail pour échapper à sa culpabilité. L'isolement dans la folie de sa mère dont la seule occupation était de laisser divaguer ce qui lui restait de raison dans les nuages du ciel et dans le vol des pigeons au-dessus des toits...

L'image de son père Gabélius surgit dans l'esprit d'Archibald. Il comprenait le désespoir de Julien car il se rappelait parfaitement ce qu'il avait ressenti en découvrant son père centenaire, qui passait également ses journées dans un fauteuil à fixer le ciel, et à écouter les poèmes de Victor Hugo que lui lisait cette... Fleur Archambault ! Dans une autre vie...

- Je comprends ce que tu ressens Julien. J'ai vécu la même situation avec mon père.

- Vous aviez mon âge ?

- Euh... Non ! J'étais un peu plus vieux. Mais tu sais quand on voit un de ses parents dans un tel délabrement physique et mental, l'âge n'a pas d'importance.

Julien enchaîna avec son remord d'enfant qui avait ressurgi depuis quelques jours, quand il avait réalisé qu'il aurait pu sauver sa sœur.

- Tu ne dois pas culpabiliser pour cet acte manqué, Julien. Tu étais trop petit. Ton appréciation de la situation a été altérée par la peur de ton père. Tu ne pouvais réagir avec clairvoyance.

- Vous avez sans doute raison, Professeur. Mais je vous assure que pour moi, ça a été un choc quand j'ai découvert comment ma sœur était décédée. Tout ce qui a précédé et suivi l'accident m'est revenu à l'esprit, et je crois que c'est là que j'ai commencé à avoir des remords.

- Tiens ! On descend... Nous allons atterrir à Londres bientôt...

- Et vous Professeur, vous m'avez dit que vous étiez chercheur... Dans quel domaine ?

- En physique. J'ai consacré ma vie à cette noble matière pour découvrir...

Il s'interrompit brusquement.

- Pour découvrir quoi ?

Il n'allait certainement pas lui dire qu'il avait inventé la Time Boy, ou pire, une machine à voyager dans le temps. Il le prendrait pour un cinglé.

- Oh, tout ce qui peut aider l'humanité à progresser positivement.

- Par exemple ?

- Tu sais, j'ai consacré toute mon énergie à chercher des explications dans des domaines aussi diversifiés que l'astronomie, tu sais, le Big Bang, la recherche de vies extraterrestres, les...

Non. Pourquoi lui mentir. De toute façon il était certain de ne pas être authentique en lui parlant de sujets pour lesquels lui-même n'éprouvait aucun intérêt.

- Non, Julien, je te dis n'importe quoi. Je ne m'intéresse pas à cela. Je n'ai qu'un secteur de recherche et crois-moi, suffisamment vaste pour occuper tout mon temps...

- Ah ? Et c'est quoi alors ?

- Eh bien, le temps justement. J'ai raisonné sur le postulat d'Einstein, pour tenter de trouver des pistes de découvertes autour du temps...

Pas trop loin Archibald... pas trop loin... Ton enthousiasme va te faire dépasser les limites que tu t'es fixées...

- Vous voulez dire... que vous cherchez à inventer une machine à voyager dans le temps ?

Archibald répondit négativement des deux mains, avec un rire que lui-même ne jugea pas sincère tant il sonnait faux.

- Non. Non. Non. C'est une chose impossible. Ce que tu dis là appartient à la science-fiction.

- Ah, dommage ! Ça devrait être bien de pouvoir se balader dans le passé... les dinosaures... le Moyen-âge... la Renaissance... Louis XIV... Napoléon... Ce serait cool de voir comment ça se passait à ces époques-là, vous ne croyez pas ?

- Je ne sais pas, rétorqua Archibald en songeant à sa rencontre avec son père en 1943 sur la place Stanislas. Ce que je crois, moi, c'est que de toute façon, nous avons tout intérêt à bien remplir nos vies, car ce que nous vivons aujourd'hui c'est le passé de demain.

- Vous pouvez répéter ?

- Je veux dire par là qu'il faut vivre intensément chaque jour. Et que plus tard, par la pensée, tu voyageras dans ta mémoire peuplée de souvenirs du passé. C'est la raison pour laquelle il faut vivre aujourd'hui à cent, deux cents pour cent, de façon à remplir la boîte à souvenirs de nos futurs voyages. Tu comprends ?

- Oui. Mais quand même... c'est dommage...

En souriant, Archibald lui tapota sa main qui était posée sur l'accoudoir central. Les signaux relatifs aux ceintures s'allumèrent, ce qui signifiait qu'ils devaient les boucler. L'atterrissage était imminent.

À Heathrow, trois hommes d'affaires complétèrent l'effectif de leur cabine, et quelques cinquante minutes plus tard, l'avion décolla à nouveau, mais cette fois-ci en direction des Etats Unis. Atterrissage prévu à Newark à 14h30, heure locale.

Julien songea qu'entre l'heure de départ et l'heure d'arrivée, il n'y aurait que deux heures virtuelles, puisque bien sûr, il fallait tenir compte du décalage horaire.

Le Boeing s'éleva comme un aigle gigantesque vers le ciel parfaitement bleu, sans le moindre nuage. La voix du commandant se fit entendre, d'abord en anglais, puis en français avec un accent américain fort prononcé.

- Mesdames, Messieurs, bonjour. Je suis Andrew Mc Dermott, le commandant de ce vol. Notre Boeing 747 atteindra dans trente minutes notre vitesse de croisière qui sera de 900 km heure à une altitude de trente mille pieds. La température extérieure sera alors de moins cinquante-huit degrés Fahrenheit. Je vous souhaite un agréable voyage.

Archibald convertit mentalement la température annoncée en degrés Celsius et trouva moins cinquante, tout juste. Il frissonna. Brrr... Ce ne serait pas le moment de prendre l'air. Il allait faire part de son résultat à Julien, mais il s'aperçut qu'il s'était endormi. Il devrait peut-être en faire autant... Non, il ne parviendrait pas à dormir. Pas avec ce qui l'attendait à New-York le lendemain matin !

Il sortit un dossier qu'il avait plié dans sa poche et vérifia pour la cinquantième fois l'enchainement des formules. Bah... elles étaient d'une telle logique, qu'il n'avait aucune inquiétude à ce sujet. Mais il s'avoua qu'il faisait preuve d'autosatisfaction, et reconnut que ce plaisir là aussi était bon à prendre. La notion de plaisir le renvoya à Miraldine. Ah... Miraldine ! Ce que cette femme avait pu apporter comme bouleversements dans sa vie ! Une tempête qui lui révélait des sentiments inconnus mais dont il se délectait encore rétrospectivement. Mmm ! Ses lèvres... sa bouche... son parfum... quelle ivresse ! Quel bonheur ! Lui Archibald Goustoquet, soixante-huit ans, découvrait les secrets de l'amour... Et voilà ! Il avait prononcé le mot fatal... Enfin... pas prononcé, mais pensé tellement fort qu'il se demanda un moment s'il n'était pas réellement sorti de sa bouche. Bon, apparemment les autres n'avaient pas réagi. Ah... Miraldine ! Peut-être qu'à son retour...

Une déflagration inouïe coupa brutalement le fil de ses pensées. L'avion se cabra en plein ciel. Des hurlements de terreur explosèrent en même temps de centaines de poitrines, hommes, femmes, enfants mélangés. Les masques à oxygène tombèrent du plafond au-dessus de chaque siège. Dans la cabine, toutes les trappes à bagages s'étaient ouvertes, déversant pêle-mêle les vêtements, couvertures, bagages à mains, appareils photos, caméscopes. Chaque passager était terrifié et tentait tant bien que mal d'attraper un masque et de se l'appliquer maladroitement sur le visage. Julien, en plein sommeil pendant le choc, avait glissé entre les fauteuils et essayait de se relever en s'agrippant à ce qu'il pouvait. Archibald, tétanisé, s'accrochait à son fauteuil sans pouvoir faire le moindre mouvement. Deux hôtesses étaient tombées dans l'allée centrale. L'une d'elle restait inconsciente sur la moquette après que sa tête eut heurté violemment le volant d'ouverture d'une porte. La seconde, Abigail, comme le mentionnait son badge, choquée, une arcade sourcilière fendue, le côté droit du visage en sang, se relevait en s'accrochant après les fauteuils et cherchait à remonter la cabine. Elle réalisa que l'avion penchait de plus en plus vers l'avant et qu'il était en train de perdre rapidement de l'altitude. Les réacteurs mugissaient dans un vacarme terrifiant. Mais que s'était-il passé ? Tous ces cris d'horreur, d'épouvante qu'elle entendait, venaient de l'arrière de l'avion. Elle avait maintenant des difficultés à respirer et, au sifflement et à la chute de la température ambiante, elle réalisa qu'ils étaient en pleine dépressurisation. Elle agrippa un masque dans l'espace cuisine de la classe affaire et se l'appliqua sur le visage. Cet apport d'oxygène lui permit de mettre de l'ordre dans ses idées. Il y avait une prise d'air, c'était évident. La dépressurisation en était malheureusement l'indice flagrant. Elle remarqua à la condensation qui s'accumulait sur le masque, que la température était dangereusement basse. Cette explosion... Cette explosion qu'elle avait entendue... Mon Dieu ! Une bombe... Une bombe avait dû exploser... Un attentat ! Ils venaient de subir un attentat ! Instinctivement, en vraie professionnelle, elle décida, malgré l'inclinaison de plus en plus prononcée de l'avion, d'aller porter secours aux passagers de l'arrière. Qu'allait-elle trouver ? Elle réussit à se hisser en s'agrippant d'une main à ce qu'elle pouvait alors que la seconde maintenait son masque à oxygène sur son visage jusqu'à l'entrée de la cabine des premières. Quand elle ouvrit la porte, elle heurta de plein fouet un passager de forte corpulence. Dans un mouvement de panique, il avait lâché son masque pour se rendre vers l'avant de l'appareil où, lui semblait-il, il trouverait son salut. Dès qu'il s'était levé, il avait perdu l'équilibre et avait été emporté par son propre poids. L'arrière de la tête d'Abigail percuta un extincteur derrière une vitre qui vola en éclats et elle perdit connaissance. Le passager roula encore plus loin et s'affala de tout son long dans l'allée de la classe affaire. Une de ses jambes se coinça sous un fauteuil, et sous l'effet de la masse de son propre corps en chute libre, elle se fractura dans un craquement osseux terrifiant. Sous la violence de la douleur, l'homme s'évanouit. Son corps ne put achever sa course, suspendu par son tibia et son péroné pliés, coincés dans les barres d'assises du fauteuil.

Julien avait réussi à se redresser sur son siège et avait saisi son masque dans lequel il reprenait un peu son souffle. Il grelottait maintenant, et quand il vit Archibald prostré dans son fauteuil, il le secoua et malgré la dépressurisation, les hurlements des passagers et la plainte assourdissante des réacteurs, il parvint à lui crier à l'oreille.

- Professeur ! Professeur ! Il faut réagir. On ne peut pas rester comme ça sans rien faire. Allez, Professeur ! Bougez ! Bougez !

Archibald tourna lentement la tête vers lui. Une petite étincelle s'alluma dans son œil.

Qu'est-ce qui se passe ? Où suis-je ? Mon Dieu, l'avion est en train de tomber... Que faire ? Prier ?

Julien le secoua de toutes ses forces.

- Bougez-vous, nom de Dieu ! Faites quelque chose, sinon on va mourir... Je ne veux pas mourir... Je ne veux pas mourir, sanglotait maintenant Julien.

Mourir ? Moi non plus, je ne veux pas mourir...

C'est le moment que choisit Malcolm pour se réveiller.

30

À peine ses yeux furent-ils ouverts, que Malcolm Stuart eut l'impression que ses globes oculaires allaient jaillir de leurs orbites, tant la monstruosité de ce qui l'entourait lui parut irréelle : vibrations infernales, vacarme assourdissant des réacteurs en flammes, panique hallucinée des Israéliens, le corps d'un homme pendu près de lui dans l'allée par une jambe à l'équerre sous son fauteuil, une hôtesse évanouie, des taches de sang un peu partout, inclinaison anormale de l'avion... Il était en train de tomber... DE TOMBER ?... Le cri de terreur qui allait exploser de sa poitrine se trouva étranglé dans sa gorge, car il eut l'angoisse supplémentaire d'étouffer... Il attrapa un masque qui se balançait au-dessus de sa tête et que, dans cette débâcle épouvantable, il n'avait même pas remarqué. Il inspira profondément et quand il sentit à nouveau l'air dans ses poumons, il l'ôta pour hurler de toutes ses forces :

- Réveillez-moi ! Au secours ! Réveillez-moi ! Sortez-moi de ce cauchemar !

Les trois ministres israéliens avaient sorti chacun un siddour, livre traditionnel de prières juives, qu'ils plaquaient d'une main contre leur poitrine, et ils psalmodiaient en chœur des litanies avec des balancements de tête réguliers. Quatre des agents de sécurité qui les accompagnaient et avaient, apparemment, gardé la tête froide, avaient tenté de monter à l'étage supérieur, juste au-dessus de la classe affaire, où se trouvait le cockpit, histoire d'agir et connaître le plan de sauvetage sans doute envisagé par le commandant pour redresser, si ce n'était la situation, du moins l'avion. On ne les avait pas revus. Les deux derniers maintenaient leur masque d'une main, tandis que de l'autre ils amassaient autour des trois ministres toutes sortes de vêtements, couvertures, coussins qu'ils pouvaient récupérer, comme si le tas constitué était susceptible de leur ménager une protection antichoc dans l'éventualité du crash, pourtant inévitable, qui se profilait.

- Je vous en supplie, Professeur, faites quelque chose !

Le visage de Julien était inondé de larmes maintenant. Malcolm Stuart criait sans discontinuer comme un porc que l'on conduit à l'abattoir, et dans la panique qui l'avait envahi, il gigotait comme un asticot sur son fauteuil pour se libérer de la ceinture qu'il n'avait même pas la présence d'esprit de détacher.

Miraldine… MIRALDINE… Mon Dieu, il faut que je la revoie… je dois la revoir…

Il regarda tout autour de lui à la recherche d'une solution. Le pauvre Julien était mort de peur. Derrière lui, le mal embouché ne cessait de beugler comme un taureau en rut, les Israéliens priaient, un homme et une hôtesse gisaient sur le plancher... Il devait absolument faire quelque chose... Il était évident que l'avion avait subi un attentat, l'explosion venait de l'arrière... Il se retourna et par un hublot aperçut sous une aile un réacteur en flammes... Et l'avion perdait de plus en plus d'altitude dans un hurlement épouvantable... il faisait froid... ils allaient s'écraser... en dessous, c'était l'océan... et même s'ils réchappaient du crash, ils seraient engloutis dans les profondeurs de l'Atlantique... L'image de Miraldine submergea toutes ses pensées... Il devait la revoir... Il l'aimait... Oui, lui, Archibald Goustoquet aimait... Il devait la revoir... pour lui dire combien il l'aimait... il se jura que s'il la revoyait, il lui demanderait sa main... Promis, juré !... Il l'épouserait...

Le hurlement se transforma en long sifflement dont l'intensité descendit brusquement vers les graves. Archibald essayait de raisonner de plus en plus vite, et par le hublot, pour la première fois il aperçut la surface de l'océan... et elle se rapprochait de plus en plus...

Mon Dieu ! Je crois que cette fois-ci c'est foutu... je n'aurai plus le temps de trouver une...

Il se figea, tétanisé par l'idée qui venait de lui traverser l'esprit. Le temps... mais bien sûr que si, il en avait du temps. Il glissa sa main dans la poche intérieure de sa veste...

La poche ?... La veste ?... Mince !...

Il était en chemise et gilet. Sa veste, il l'avait pliée et rangée dans le coffre au-dessus... Il leva la tête... Le coffre était ouvert, vide. Il regarda autour de lui, et l'aperçut, froissée, sous le corps de l'homme à la jambe fracturée et coincée sous le fauteuil de Malcolm Stuart. Il se pencha et attrapa une manche sur laquelle il tira. En vain.

- Julien ! Aide-moi !

Julien qui s'était accroché aux gestes d'Archibald, comme un naufragé à une bouée, lui prêta main forte. Ensemble ils tirèrent. La veste bougea de quelques millimètres.

- Encore ! Ça vient ! s'époumona Archibald

- Pourquoi vous voulez votre veste maintenant ? cria Julien en ahanant.

- T'occupe ! Tire !

La veste commença à apparaître un peu plus, mais Archibald paniqua quand il repéra que la couture de la manche commençait à céder. Il se tourna vers l'allée et se servit de ses pieds pour déplacer légèrement le corps de l'homme. Ce fut suffisant car la veste se dégagea d'un seul coup, complètement fripée. Archibald la retourna et chercha la poche intérieure. Enfin il la sentit. La Time Boy était là, sous le tissu. Au bout de ses doigts. Il la sortit rapidement et la retourna. Apparemment, elle n'avait subi aucun dommage.

- Vous croyez que c'est le moment de jouer à la Game Boy, s'égosilla Julien dans le brouhaha dont la violence sonore s'amplifiait.

Archibald jeta un coup d'œil rapide vers le hublot. Cette fois, l'eau était proche. Mille mètres ? Cinq cents peut-être ?

Le gamin. Il devait prendre le gamin avec lui. Pour quelles raisons, il ne le savait pas. Une intuition. Pas le temps de réfléchir.

- Julien, tiens mon bras ? brailla Archibald.

- Quoi ?

- Tiens mon bras !

- J'entends rien. Qu'est-ce que vous dites ?

Archibald lui agrippa le bras d'une main, et de l'autre il déplaça l'interrupteur du flux électrique qu'il avait installé depuis l'expérience avec Ficelle, et qui allait...

*

Ce fut instantané. Ils s'écrasèrent le nez tous les deux contre les dossiers des fauteuils qui étaient devant eux, et heureusement, le cuir amortit l'impact. Ils se redressèrent et progressivement découvrirent l'impensable, l'impossible, l'inconcevable atmosphère dans laquelle ils allaient maintenant devoir évoluer.

Les quatre éléments troublants qui s'imposaient étaient dans l'ordre le silence brutal et violent, l'absence de tout mouvement, la possibilité de respirer normalement sans masque à oxygène, et la température de l'air anormalement... normale, liée à une hausse instantanée de l'amplitude thermique.

Julien était sans voix, en état de choc. Archibald quant à lui, retrouva avec une émotion et un soulagement étroitement liés le souvenir de son expérience d'arrêt du temps dans le laboratoire. Bien qu'il s'attendît à retrouver l'immobilisme ambiant d'une photographie en trois dimensions, il n'en était pas moins ému, surtout parce qu'il prenait conscience que Ficelle, par son intervention inopinée lors de sa première tentative de voyage dans le temps, venait de lui sauver la vie. Ce fut sa première idée, car il savait bien que leur salut était temporaire. Une parenthèse. Ouverte entre ciel et mer. Sans aucune possibilité de la refermer, de retrouver la terre ferme, et sans la moindre chance de secours. Non, dans cette fixité permanente du temps, ils étaient... seuls.

Il essaya de cerner la réaction de Julien. Il était pâle. Il regardait tout autour de lui. Visiblement, il ne comprenait pas ce qui se passait. Comment lui en vouloir ? Il fallait lui donner l'explication très rapidement, avant qu'il ne subisse des perturbations psychologiques irréversibles.

- Julien ?

L'adolescent, les yeux écarquillés, tourna brusquement la tête vers lui, puis poursuivit son observation fiévreuse de la cabine. Archibald lui prit la main.

- Julien, regarde-moi !

Cette fois-ci, le garçon s'affala dans son fauteuil, comme foudroyé.

- On est mort ?

- Non, Julien, nous sommes en vie...

- Mais... regardez autour de nous ! Tout est mort, tout est... bizarre... Ce silence effrayant... L'avion figé en plein ciel... Rien n'est logique dans tout cela...

Archibald mesura à quel point combien ce que Julien découvrait pouvait être traumatisant. Après tout, il n'était que le second être humain à vivre et observer cet arrêt temporel. Plus que jamais, il lui devait une explication.

Alors il commença à tout lui raconter. Depuis le début. Ses quarante années de recherches. La pomme. Ficelle et la souris et comment elle lui avait permis d'arrêter le temps. Sa propre incompréhension quand il avait découvert Maréchal et Miraldine complètement pétrifiés dans l'escalier dans des positions invraisemblables qui défiaient toutes les lois de la physique. Sa volonté de savoir pourquoi son père avait disparu en 1943, puis ce besoin viscéral de le sauver et comment cela avait modifié le destin, ainsi que son choix de tout remettre dans l'ordre. Et enfin, ce voyage à New-York où il allait présenter aux physiciens du monde entier sa découverte extraordinaire : la Time Boy, qu'il avait affublée de ce drôle de nom par sa similitude apparente avec la fameuse Game Boy, une simple télécommande qui permettait de se déplacer à travers le temps et de l'arrêter.

Julien n'avait perdu la moindre miette de la narration d'Archibald qui avait duré une bonne demi-heure. Son teint avait repris une couleur normale, bien que la situation lui parût illogique, la sérénité de la voix du Professeur l'avait rassuré. Il s'adaptait petit à petit à l'irrationalité. L'invraisemblance. L'extravagance.

- J'ai faim !

Archibald avait respecté son silence et sa réaction soudaine révélait une acceptation de la situation, et de toute façon, un besoin physiologique sain avec un bel aplomb qui était l'apanage de la jeunesse.

- Viens avec moi ! On devrait trouver de quoi manger dans le coin cuisine des hôtesses.

L'avion était figé dans une position inclinée d'environ quarante-cinq degrés par rapport à la surface de la mer, et ils durent escalader les fauteuils vides pour atteindre le local. Quand Julien passa à côté de Malcolm Stuart, il ne put s'empêcher de frissonner devant sa posture grotesque. Archibald observa un instant cet homme. C'était troublant. Il avait l'impression de l'avoir rencontré... Mais où ?...

Il avait sans doute essayé de se cambrer malgré la ceinture qu'il n'avait toujours pas décrochée, mais il était arc-bouté en prenant appui sur ses pieds, et le torse était bombé alors que la tête était renversée contre le dossier du fauteuil. De sa bouche au large ouverte devait s'échapper un mugissement effroyable, un filet de salive rigide pendait à son menton, telle une concrétion calcaire. Sous ses paupières mi closes on distinguait le blanc de ses globes oculaires.

Julien parvint derrière la dernière rangée de fauteuils et aida Archibald à se hisser pour le rejoindre. Quand il vit Abigail, l'hôtesse inanimée, instinctivement il mit en application ce qu'il avait appris au lycée dans ses cours de secourisme. Il posa deux doigts sur sa carotide mais le contact froid et pétrifié de sa peau les lui fit retirer aussitôt.

- Cela ne sert à rien !

Julien leva la tête vers Archibald.

- Elle est morte, demanda-t-il dans l'attente d'un complément d'information ?

- Non. Le temps est arrêté. Son cœur aussi. Son corps s'est solidifié. Ce qui ne veut pas dire qu'elle est décédée. Allez, viens !

Ils pénétrèrent dans le local d'une ultime traction des doigts de leurs deux mains pliés sur l'arête de la cloison inclinée. Tout était sens dessus dessous. Le chariot de service était renversé. Les différentes bouteilles de vin et de champagne s'étaient fracassé les unes contre les autres. Des bouteilles en plastique d'eaux gazeuses ou plates avaient explosé et le contenu de certaines d'entre elles avait giclé dans une gerbe qui constituait ainsi un diadème pétrifié en pleine éclaboussures. Trente à quarante plats en inox avaient été stoppés dans leur chute à différents niveaux. Les couvercles étaient désolidarisés des plats, et des magrets de canards à l'origine sur lit de flageolets composaient maintenant une fantastique cascade alimentaire inerte.

- Vous croyez que je peux arracher un peu de viande à cette photo ?

- Ça m'étonnerait mais tu peux toujours essayer.

Archibald était dans l'expectative. Il avait pu passer sa main à travers les flammes de la cuisinière à gaz sans se brûler ni faire vaciller les flammes, soit. Après tout, les flammes sont immatérielles, impalpables, aériennes. Mais les aliments ? Avaient-ils subi la rigidité due à l'arrêt du flux temporel, comme les sacs poubelles dans la rue à Nancy ? Comme les corps de Maréchal, de Miraldine et de cette hôtesse de l'air ?

Julien eut la surprise de ne pouvoir déplacer quoi que ce soit ne serait-ce d'un millimètre. La viande en suspension, les plats, les bouteilles, les canettes... Il était impossible de déplacer le moindre objet, même s'il était suspendu dans l'air, en mouvement dans un immobilisme perpétuel.

- C'est dingue ! Pourquoi ne puis-je pas saisir un seul de ces magrets ? Un fruit en suspension ?

Archibald était aussi sidéré que lui. L'image des sacs poubelle emplis de végétaux qu'il n'avait pu soulever pour placer devant l'enfant sur sa bicyclette lui revint en mémoire. Son esprit cartésien se connectait déjà sur son raisonnement de chercheur physicien.

- Je crois savoir. Le temps donne la vie à tout ce qui fait partie de l'existence. Tout est enraciné dans un mouvement universel. En figeant le temps, chaque objet, chaque corps humain, chaque élément solide, liquide, minéral en est un des composants. On ne peut modifier cet état de fait. Ce serait comme enlever une seule pièce d'un château de cartes. Et bien que ce que je vais énoncer n'ait rien de scientifique, je suppose que quelqu'un veille sur ce château de cartes.

- Dieu ?

- Peu importe le nom qu'on lui donne, mais dans ce défi physique que je lui ai lancé, il reste le grand vainqueur. Bon, nous ne pouvons rien manger. Désolé ! Allons voir les premières, et la classe économique. Nous trouverons peut-être une solution, ou du moins un éclairage sur l'origine de cette catastrophe, car c'en est une...

Ils quittèrent le local cuisine et tout en s'accrochant à ce qu'il pouvait, ils atteignirent la porte d'accès aux premières. Ici, à croire que tout le monde s'était donné le mot, la quarantaine de passagers avait passé un gilet de sauvetage, et tous était penchés vers l'avant, les bras autour des genoux, la position de sécurité préconisée, songea Archibald. Rien d'intéressant ici. Comme en classe affaire, les compartiments à bagages étaient béants, et un contenu hétéroclite s'était déversé un peu partout. Des petits sacs, des appareils photos, des ordinateurs portables flottaient dans une immuable inertie, un peu partout dans l'espace de la cabine.

- Viens Julien ! Allons en classe économique, c'est là qu'il a dû se passer quelque chose.

En appuyant leurs pieds contre tous les dossiers de fauteuils en évitant de les poser sur des passagers, et en s'agrippant des mains, ils atteignirent un rideau de séparation en tissu qui, pour l'heure, voletait dans un mouvement statique comme un drap en hiver raidi par le gel sur un fil à linge. C'est après avoir franchi cet étendard original que l'épouvantable vision allait les affecter pour le reste de leur vie.

Il y eut plusieurs niveaux progressifs de lecture. Contrairement à une habitude généralisée qui consiste à lire une photographie du premier plan vers le plan le plus éloigné, leurs regards se portèrent immédiatement au fond de l'avion. Du moins, ce qui en restait… Une explosion inouïe avait carrément arraché la partie arrière et un trou immense dans la carlingue laissait apparaître la tache bleue du ciel. Comme une pluie de cailloux semés dans l'atmosphère, des passagers avaient été aspirés et Archibald eut le souvenir d'un vieux générique télévisuel de Folon, dans lequel des hommes en pardessus et chapeau s'envolaient, bras et jambes écartés. Il réprima un haut-le-cœur en imaginant l'état de ceux qui avaient subi de plein fouet l'explosion et qui devaient être quelque part en train de tomber en mille morceaux…

Dans ce qui restait de la carlingue, d'autres passagers subissaient aussi l'effet de la dépressurisation et pour éviter d'être aspirés, ils s'accrochaient à tout ce que leurs doigts ou leurs ongles avaient rencontré. Ils étaient pétrifiés dans une position de drapeau fouetté au vent, et si le temps reprenait son cours maintenant, ils seraient incontestablement engloutis par l'espace pour une mort atroce certaine. D'autres encore étaient la proie de flammes gigantesques immobiles et semblaient hurler à la fois de terreur et de douleur.

Le feu avait gagné le milieu de la cabine et une épaisse fumée noire, toute aussi immobile, courait le long du plafond, avalée par la gueule d'azur aux lèvres jaunes et carminées. Contre les parois et les hublots, des familles entières, et même des gens qui s'ignoraient au départ, luttaient contre l'aspiration et s'étaient regroupés, en larmes, la tête levée vers une force divine commune, pour de ferventes prières. Leur rigidité les faisait ressembler à une sculpture de disciples de Jésus, pleurant sa mort sur le Golgotha, après sa crucifixion. La position du corps de certains passagers dans les fauteuils, dans les allées, laissait supposer soit qu'ils étaient évanouis, soit qu'ils étaient morts. Et partout, des vêtements en désordre et en partie enflammés dans toutes les rangées… Des bagages étaient en suspension dans l'air, des corps en position précaire, des enfants perdus et désorientés en chutes fixes inévitables, et même, comble de l'horreur, des nourrissons qui braillaient leur inerte détresse en position horizontale ou tête en bas entre sol et plafond, comme de gros fœtus abandonnés dans la monstrueuse matrice de la carlingue à moitié détruite.

Archibald avait vieilli de dix ans. Il avait le teint terreux et s'appuyait contre l'écran sur lequel en période de vol normal étaient projetés des films pour passer le temps. Passer le temps… Jamais cette expression n'avait pris dans son esprit une telle signification… Et Julien ? Où était-il ? Il regarda autour de lui et l'aperçut sur sa droite, complètement recroquevillé, la tête enfouie dans ses bras. Julien ne voulait plus voir. Julien voulait être ailleurs. Julien sanglotait. Archibald se laissa glisser le long de la paroi jusqu'à lui, et l'aida à se relever.

- Allez, viens mon gars ! On va aller se reposer à nos places et réfléchir. Nous avons du temps pour ça…

Julien leva vers lui son visage baigné de larmes. Il trouva cependant l'énergie nécessaire pour se redresser, et entreprit de se laisser descendre sur les fesses dans l'allée suffisamment inclinée pour se transformer en toboggan. La glissade ne fut pas géniale, mais il put rejoindre ainsi rapidement son fauteuil. Archibald, essoufflé, se rapprocha de lui cinq minutes plus tard. Il reprit sa respiration, lança un regard glacé au paranoïaque derrière lui toujours aussi cambré, la tête en arrière, et il s'affala à côté de Julien en se servant, comme lui d'ailleurs, du dossier du siège qui le précédait comme repose-pieds.

- Professeur ! Dites-moi qu'on vit un cauchemar, je vous en prie...

- Oui, Julien, c'est un cauchemar, mais malheureusement éveillé.

- Mon Dieu, c'est horrible ce qu'on a vu... Ces bébés, ces enfants, ces femmes, ces hommes... ces flammes... et puis ces gens dans le ciel... C'est épouvantable...

Archibald compatit en lui tapotant la main. Décidément ce contact affectif était une manie... Apparemment le gamin était traumatisé. Il allait avoir des difficultés à s'en remettre. Lui aussi d'ailleurs. Les dernières images inhumaines de la classe économique avaient de quoi bouleverser le plus aguerri des hommes. Il fallait vraiment se pencher sur l'issue à donner à cette catastrophe. Il devait y avoir un moyen de s'en sortir. Et c'est tout naturellement que ses idées tournèrent autour de la Time Boy. Il voulut en parler à Julien, mais quand il se tourna vers lui, le garçon s'était assoupi. C'était souvent le cas après un choc psychologique violent. Bon, il fallait utiliser la Time Boy à bon escient. Ne pas se tromper. Il organisa ses réflexions et en quelques minutes il avait établi un plan. Mais encore une fois, il devait prendre le gosse. Pas le choix.

- Julien ?... Julien, réveille-toi !
Il se réveilla en sursaut.
- Oui, quoi, hein... Marianne ?

416

- Non, c'est moi ! Ecoute-moi bien ! J'ai un plan...

- Un plan pour quoi ?

- Pour nous sortir de cette horreur...

Julien se redressa, soudainement attentif.

- Comment on peut faire ?

Archibald sortit une nouvelle fois sa Time Boy.

- Je vais encore l'utiliser...

- Et vous allez faire quoi cette fois-ci ? Aller dans le futur ?

- Le futur ? Tiens ! C'est bizarre. Si on s'en sort, il faudra que, sérieusement, j'expérimente cela aussi un jour... Mais pour l'instant, nous allons faire un bond dans le passé...

- C'est vrai ? Vous pouvez vraiment faire ça ?

- Rappelle-toi ce que je t'ai raconté à propos de mon père... Remonter le temps, c'est possible. Alors voici ce que nous allons faire. Dans une première étape, je vais réenclencher le système pour que le temps reprenne son cours...

- Oh, là, là... On va tout se repayer : le bruit, les cris, le froid, les beuglements de l'autre derrière nous... C'est obligatoire ?

- Absolument. Il m'est impossible de programmer quoi que ce soit si le temps est arrêté. Logique ! Je ne peux utiliser l'horloge interne de la Time Boy que si l'univers est en mouvement. De plus, vu l'altitude où nous nous trouvons, on a intérêt à faire vite. Mais c'est jouable... Après que j'ai relancé le temps, je programmerai un saut temporel de...

Il tira sa montre de son gilet et la consulta.

- ... il est 15 h 45... ce qui fait... nous ferons un saut dans le passé de trois heures quarante-cinq... il sera alors 11 h 30...

- Ouah ! C'est l'heure où on a enregistré nos bagages, non ?

- Presque ! C'est l'heure où nous sommes arrivés à l'aéroport. La Time Boy a enregistré les coordonnées géographiques de tous les endroits où nous sommes passés. À 11 h 30, nous étions... sur le quai du RER... à 11 h 32... sur un des escalators... regarde la simulation visuelle...

Effectivement, sur un écran à cristaux liquides apparaissait une vue de synthèse en 3D des locaux, de l'escalator, mais sans personnages.

- Où sommes-nous ? On ne voit personne...

- Normal. Les êtres humains sont vivants par nature, donc leurs coordonnées géographiques varient selon leurs déplacements. C'est la raison pour laquelle la Time Boy ne peut les mémoriser en trois dimensions.

- C'est top ! Et après ?

- Après ? Il faut que je repère un endroit isolé... Tu imagines l'effet si nous débarquions de nulle part dans la foule... Attends !...Voilà !... Là, c'est parfait...

Toujours en images de synthèse, il reconnaissait l'intérieur des toilettes dans lesquelles il s'était arrêté à son arrivée à Roissy pour soulager une envie pressante. Dans son souvenir, dans la partie réservée aux hommes à cet instant-là, il n'y avait personne... Ah, si ! Un type, un illuminé, vaguement...

- C'est là que nous allons nous retrouver... à 11h36...

- J'ai du mal à réaliser... On se croirait dans « *Retour vers le Futur* »...

- Dans quoi ?

- Oh rien ! C'est un vieux film de science-fiction... Archibald se sentit offusqué.

- Mon garçon, nous ne sommes pas dans un film. Nous sommes au cœur d'une expérience bien réelle qui va bouleverser l'avenir de l'humanité.

- Excusez-moi, Professeur ! Je ne voulais pas vous blesser...

- Ça va. Bon, je programme les coordonnées de ces toilettes...

Ti, tip, tip...

- Voilà qui est fait. Maintenant l'heure...

Tip, tip, tip... 11h36...

- Quand nous serons dans les toilettes, qu'est-ce que nous allons faire ensuite ?

- Eh bien, ensuite je téléphonerai à la police de l'aéroport pour leur dire qu'il y a une bombe dans l'avion. Ils retarderont le départ, fouilleront la soute jusqu'à ce qu'il la trouve, puisqu'il n'y a que dans cet endroit où elle pouvait être cachée. Et alors, tout cela n'existera pas...

- Mais si la bombe a été déposée en même temps que les bagages, à l'heure où vous téléphonerez, ils ne s'y trouveront pas encore tous, puisque nous-mêmes nous ne serons pas encore passés à l'enregistrement...

- Nom d'un perroquet ! Tu as raison… Mais en même temps, nous ne sommes pas certains qu'elle n'aura pas été dissimulée dans l'avion avant… J'ai trouvé ! J'annoncerai à la police qu'il va y avoir un attentat et que l'avion sera détruit en plein vol à 15h30… Cela déclenchera leur processus d'alerte à la bombe…

- Trop fort, Professeur !

- Allez, attache-toi, ça va secouer encore un peu…

Ils bouclèrent ensemble leur ceinture. Archibald prit la Time boy entre les mains, regarda Julien une dernière fois.

- Prêt ?

Julien expira profondément l'air de ses poumons.

- Prêt !

Archibald, sans hésitation, enclencha l'inverseur qui allait relancer le flux temporel et appuya sur une touche.

*

Spontanément, l'univers reprit son mouvement perpétuel. Comme si un doigt divin avait lâché la touche arrêt sur image de la platine temporelle. Vacarme effrayant. Cris de terreur, regards hallucinés, tympans perforés. Température en dessous de 5°. Sifflements stridents et lugubres comme un glas lointain. Vocifération des réacteurs en feu. Crépitement lointain des flammes en classe économique. Malcolm Stuart au comble d'une démence dévorante avait réussi à arracher la boucle de sa ceinture et à cet instant, l'un des deux réacteurs gauches explosa avec une telle violence que l'aile fut arrachée et que le second réacteur explosa à son tour... L'avion trembla de partout et partit en vrille. Les agents de sécurité israéliens qui revenaient de la cabine de pilotage le visage en sang, furent projetés dans tous les sens comme des pantins désarticulés, et heurtaient les parois de l'avion dans des cris de douleur insupportables, renvoyés comme des balles de flipper contre le plafond ou des parois opposées. Les ministres priaient toujours en s'étreignant les uns les autres. Le Boeing 747 piquait de plus en plus vers l'océan qui se rapprochait à une vitesse vertigineuse. Julien ne faisait plus qu'un avec son fauteuil. Il était soudé, rivé, collé au cuir. Dans un effort de concentration surhumain pour s'arracher au tumulte et aux vrilles de l'avion qui lui faisaient perdre le sens de l'orientation, Archibald réussit à pousser le curseur sur *inversion* et à lancer le déstructurateur... Vibrations... *Nom d'un perroquet !...* Le gamin ne le touchait pas....

- JULIEN ! s'égosilla-t-il, ACCROCHE-TOI À MOI !... ACCROCHE-TOI A MOI !...

Julien, dont la tête bringuebalait dans tous les sens, pâle comme un mort, dut entendre l'injonction car il réussit à lever un bras, à le poser sur celui d'Archibald, et à y crisper ses doigts. Il perçut aussitôt de chaudes vibrations qui envahissaient son corps. Une nouvelle explosion arracha tout un pan de la paroi de la cabine, et Malcolm Stuart sentit son corps aspiré par le vide. Dans un instinct de survie, il parvint à s'accrocher à l'accoudoir du fauteuil de Julien, qui entrait en même temps qu'Archibald en phase de déstructuration. La dernière vision de Julien fut la vue de l'écume sur le crêt des vagues, Malcolm Stuart suspendu dans le vide à son accoudoir, le regard implorant, qui lui hurlait *AIDE-MOI ! HELP ! AU SECOURS...* Sans savoir pourquoi, peut-être une réminiscence de l'adage de base que lui avait inculqué un pompier instructeur dans sa préparation au brevet de secourisme *un jour, tu pourras sauver une vie...*, inconsciemment, il attrapa le poignet de Malcolm Stuart... Archibald attendit encore une seconde que l'intensité atteigne les cinquante méga volts nécessaires, puis enfonça la touche de déstructuration finale... Flash... Deux secondes d'obscurité et de silence absolument agressif puis...

31

La lumière crue des toilettes leur fit cligner des yeux. Archibald et Julien étaient assis sur le carrelage. Malcolm Stuart, lui, était couché sur le ventre. A moitié groggy par l'enchainement des évènements, aucun des trois ne put prononcer le moindre mot, émettre le moindre cri. Malcolm Stuart, en pleine confusion mentale, se redressa en regardant tout autour de lui, et murmura :

- *Oh my God ! I'm in heaven… Maybe I'll come across angels…*[7]

Archibald réalisa le premier que le retour dans le passé avait parfaitement réussi. Il se félicita de la précision des coordonnées de la Time Boy, se mit debout et tendit la main à Julien pour l'aider à se relever. Il se laissait pénétrer par ce nouvel univers, et essayait de concevoir l'incroyable bouleversement qu'il venait de subir.

- Comment est-ce possible, Professeur ? Comment avons-nous pu traverser l'espace et le temps ? Revenir

---

[7] Seigneur ! Je suis au ciel… je vais sans doute croiser des anges…

en arrière ? C'est du jamais vu… en vrai ! ajouta-t-il en éclatant de rire.

- Pourquoi as-tu attrapé celui-là au dernier moment ? l'interrogea-t-il, énervé. Il a subi la déstructuration moléculaire comme nous et le retour dans le passé. Nous allons devoir nous le coltiner…

- Je suis désolé. C'était… instinctif.

- *Are you an angel ?* Vous êtes un ange ? demanda Malcolm Stuart à Julien, dont la chevelure blonde et bouclée l'avait interpelé.

Apparemment la raison du type était en train de vaciller. Julien le regarda puis chercha la réponse dans le regard d'Archibald, dont l'humeur ne semblait pas l'autoriser à prendre de gants avec lui. Il n'avait surtout pas envie d'assister à de nouvelles crises de paranoïa comme dans l'avion.

- Oui, oui. C'est l'ange Gabriel. Et moi je suis Dieu. D'accord ! Bon, maintenant tenez-vous tranquille !

À cet instant, par reflet dans les miroirs au-dessus des lavabos, il vit entrer quelqu'un avec des valises à la….

Nom d'un perroquet ! C'est moi…

Il ouvrit la porte d'un cabinet, poussa Julien à l'intérieur, le rejoignit et referma la porte derrière eux, abandonnant Malcolm Stuart.

- Qu'est-ce qui se passe, Professeur ?

- Chut ! Je t'expliquerai…

Malcolm Stuart se mit à taper sur la porte.

- Gabriel ? Gabriel ? Ne me laissez pas seul ! Dieu ? Dieu, vous m'entendez ? Je vous en prie, laissez-moi vous accompagner...

Archibald retenait sa respiration et écoutait attentivement. La chasse d'eau de l'urinoir se déclencha. Des pas. De l'eau qui coule.

Le lavabo. Le robinet. Je me lave les mains. Le fou qui dit...

- Dieu, par pitié, ouvrez-moi ! Moi aussi, je veux aller au paradis...

La soufflerie... Je sèche mes mains...

Des pas... je sors... la porte...

Claqua. Il leva le loquet de fermeture et retrouvèrent Malcolm Stuart, tout heureux de les revoir.

- Ah, Dieu ! Gabriel ! Vous m'avez fait peur...

Archibald le prit par le col et le poussa contre une des portes.

- Ecoutez-moi bien ! Je veux bien que vous restiez avec nous, mais je ne veux plus vous entendre une seule fois parler de Dieu ou de Gabriel... C'est compris ?

Malcolm Stuart, effaré, acquiesça mollement de la tête. Archibald le lâcha et remit en ordre le col de sa veste.

- Bon, maintenant, il n'y a pas une minute à perdre, Julien. Il faut trouver un téléphone.

- Qu'est-ce qui s'est passé ? Pourquoi nous sommes-nous cachés ?

Archibald le regarda en réfléchissant. Oui, au point où il en était avec lui, il lui devait une explication.

- Viens ! Je vais t'expliquer en marchant. Nous devons rejoindre le hall du terminal 2.

Ils sortirent des toilettes et se joignirent aux voyageurs, Malcolm Stuart, silencieux, dans leurs pas.

- Il y a une chose que je ne t'ai pas dite. Quand on fait des sauts dans le passé comme celui que nous venons de faire, on ne se retrouve pas dans notre propre peau. Je veux dire que nous revivons la même situation déjà vécue, mais pas dans le corps qui a vécu cette situation. Tu saisis ?

- Euh… non, pas vraiment !

- C'est simple. Quand on retourne dans le passé pour revivre une situation déjà vécue, on se retrouve face à nous-mêmes… en double, quoi !

- Vous voulez dire que je peux me voir, enfin moi avant qu'on ne s'envole dans l'avion ?

- C'est ce que je veux dire.

- Ça alors !

- Si on s'est caché toute à l'heure dans les toilettes, c'est parce que l'homme qu'on a entendu, la chasse d'eau, le robinet, le sèche-mains…

- C'était vous ?

- Tu as tout compris…

- Ça alors !... Mais pourquoi s'être cachés ? En vous trouvant face à face avec vous-même, comme vous avez déjà vécu la situation, aucun de vous deux n'auraient eu peur, si ?

- Nous, non ! Mais toi ? Tu n'étais pas préparé à cela, j'ai préféré te ménager. Et puis, si on peut régler notre problème sans que j'explique à mon original pourquoi je suis revenu, ce n'est pas plus mal. Je n'ai pas trop envie de lui raconter tout ce qui va se passer dans l'avion après l'explosion...

- Je comprends. Enfin... je pense...

Ils marchaient d'un pas soutenu pour rejoindre la porte A, et tout en parlant, Archibald veillait à ne pas rattraper leurs copies originales. Quelques minutes après, ils se dirigèrent à l'opposé de l'espace d'enregistrement des bagages, à la recherche d'un téléphone. A Paris, personne ne regardait personne. Et personne, quelle que fût sa tenue vestimentaire, n'attirait le regard de personne. Pourtant, Archibald réussit cet exploit : ses lunettes rondes et son nœud papillon à carreaux verts et jaunes ne passaient pas inaperçus. Malcolm Stuart, qui veillait comme son ombre sur son équipe divine, remarqua bien ces regards qu'on jetait furtivement sur leur passage. Il prit ces coups d'œil pour de l'admiration, et il en fut très fier. Alors, tout en évitant de se faire surprendre par ses maîtres, il faisait rapidement un pas vers ces gens intrigués et débitait très rapidement à voix basse :

- C'est Dieu et l'archange Gabriel !

Surpris par cet assaut inopportun, les gens bifurquaient aussitôt pour fuir ce qu'ils assimilaient à une véritable agression verbale. Ça aussi, c'était Paris. Sauf une fois. Un homme qui s'était retourné en souriant à la vue du nœud papillon d'Archibald, et à qui Malcolm Stuart avait délivré sa phrase magique, lui avait répliqué, amusé :

- C'est cela. Et moi je suis Saint-Pierre !

Malcolm Stuart en avait été tout chamboulé. Incroyable ! Tout le paradis était descendu sur terre. Il en était là de ses réflexions, quand il se figea, face à un homme qui lui ressemblait comme deux gouttes d'eau, et qui lui aussi était comme paralysé en le regardant. Julien qui s'était retourné pour voir si le fou les suivait, s'aperçut de cette rencontre.

- Professeur ?

Archibald s'arrêta.

- Regardez !

Archibald tourna la tête dans la direction que Julien lui indiquait.

- Nom d'un perroquet ! Le fou a retrouvé son original...

Malcolm Stuart se mit à trembler.

Le personnel des centrales m'a retrouvé. Ils doivent être là, quelque part. Pour me piéger, ils m'ont envoyé un sosie. Ils espèrent sans doute que je vais avoir peur et que je ne pourrais pas leur échapper. C'est vrai. J'ai peur. Mais c'est normal non ? N'importe qui se retrouvant nez à nez avec son sosie sans qu'il s'y attende, aurait une réaction identique, pas vrai ?

La première émotion passée, Malcolm n'eut qu'une idée en tête. Fuir et échapper au sosie pour que le personnel ne le retrouve pas. Il fit demi-tour sur place et commença à s'éloigner à grandes enjambées.

L'autre Malcolm réagit aussitôt et se mit rapidement à lui emboîter le pas.

Comment ? J'avais un frère jumeau et on me l'avait caché... Et il se sauve en plus... Je dois absolument lui parler… Lui présenter Dieu et Gabriel… Lui aussi a droit à une place à leur côté… Il n'y a pas de raison…

Malcolm se retournait sans cesse. Oui, il avait vu juste. L'autre le suivait. Il fallait absolument lui échapper. Il se mit à courir en bousculant plusieurs personnes qui manifestèrent leur agacement. Son poursuivant l'imita, bouscula à peu près les mêmes personnes qui cette fois-ci, affichèrent franchement leur mécontentement.

- Attends-moi ! Attends-moi ! cria-t-il en agitant les bras au-dessus de sa tête.

Ils ne m'auront pas… Ils ne m'auront pas…

Il se retourna encore une fois pour voir s'il semait son sosie, mais ne remarqua pas qu'il se dirigeait tout droit vers un chariot abandonné au milieu du hall. Il trébucha et s'affala sur le porte-bagage qui sous l'impulsion de son corps se mit à rouler sur une dizaine de mètres jusqu'à un pilier contre lequel il s'arrêta. Sous le choc, Malcolm tomba à plat ventre sur le sol où il mit quelques secondes à réaliser ce qui venait de lui arriver. Quelques secondes qui lui furent fatales car déjà le sosie était penché sur lui et le retournait pour le prendre dans ses bras.

- C'est fini mon frère ! C'est l'heure…

- Non, non ! s'écria Malcolm. Laissez-moi !

Le sosie le maintint plus fermement.

- Calme-toi mon frère ! Tu n'as rien à craindre. Toi aussi, après le jugement dernier, tu entreras au paradis…

- Quoi ?

- Je suis avec Dieu et Gabriel... Ils vont nous conduire. Suis-moi mon frère !

Il voulut l'aider à se relever, mais dès qu'il relâcha son étreinte, Malcolm tenta de se relever brusquement pour échapper au cinglé. Prompt comme l'éclair, le sosie lui fit un plaquage digne d'un troisième ligne de rugby qui envoya Malcolm visage contre le sol. Son nez se mit à saigner. Il se retourna et balança son talon dans la figure de son adversaire dont le nez se mit à saigner également. Pour se venger de cette agression, le sosie le gifla violemment, et ils s'empoignèrent en se roulant sur le sol.

A peine dix secondes plus tard, quatre policiers intervenaient pour les séparer. Vingt secondes plus tard, ils les emmenèrent avec eux. De toutes les personnes qui avaient assisté à la scène, personne ne sut à quel endroit. Un bureau ? Une cellule ? Allez savoir...

Archibald avaient suivi tout cela de très loin, afin de ne pas se faire repérer.

- Allez, viens Julien ! Il faut téléphoner...

- J'ai une question, Professeur...

- Je t'écoute...

- Le fou, là... Il s'est rencontré lui-même avant qu'il ne prenne l'avion, non ?

- Oui, tu as parfaitement raison.

- Alors expliquez-moi ! La police vient de les arrêter tous les deux. Comment le fou pourra-t-il être dans l'avion avec nous s'il ne peut pas le prendre ?

- Voilà une question intelligente. Rassure-toi ! Pour que cette bagarre ait lieu, il sera obligé de prendre l'avion. Donc je pense que la police va le relâcher. Le fou, lui, avec ses propos incohérents sera sans doute interné...

- Mais si nous réussissons à faire en sorte que l'avion n'explose pas...

- Alors le fou n'existera pas... Mais ça, c'est une autre histoire que je te raconterai un peu plus tard. Tiens ! Regarde ! Il y a des cabines téléphoniques... Zut ! Il faut une carte...

Ils allèrent en acheter une dans un relais et revinrent vers la cabine.

- Bon ! Comment je vais appeler la police ? se demanda à haute voix Archibald.

- Là ! Regardez ! s'écria Julien en montrant du doigt un ensemble de numéros d'urgence imprimés sur une plaque, dont celui de la police de l'aéroport.

Archibald composait le numéro quand Julien aperçut dans le hall leurs originaux qui se dirigeaient vers la salle d'embarquement. Il se précipita dans un kiosque proche, et de l'intérieur, entre les magazines, les mots fléchés et autres sudokus, il suivit leur déplacement, subjugué par l'extravagance de cet incroyable dédoublement. Il se rappelait parfaitement être passé là, avec Archibald. Cet hindou à la longue barbe noire avec son turban. Ce petit garçon d'environ quatre ans qui braillait sans que sa mère, qui le tenait par la main, ne parvienne à le calmer. Et son double là, avec son blouson en jean et sa chevelure blonde, n'aurait-il pas pu être son frère jumeau ? Un frère, un

431

vrai, avec qui il aurait pu jouer, partager... pour remplacer Laurine ?... Son regard se brouilla. Il n'était plus dans l'aéroport. Juste au bord de la Moselle, les mains contre les oreilles... *une souris verte qui courait dans l'herbe...*

*

Au parking A de l'aéroport, deux hommes étaient assis dans leur 4x4 BMW X5.

- Alors... Qu'est-ce qu'il attend ? s'impatientait Djelloul Fahti.

- Ne t'affole pas ! répliqua Rachid Ben Chahid. Il faut que tous les bagages soient enregistrés pour qu'ils soient emmenés vers la soute. Ils ne font qu'un voyage pour éviter les oublis ou les erreurs d'aiguillage. Pas de panique ! Ahmed me préviendra quand ce sera fait.

*

Au central de communication de la police de l'aéroport, le téléphone sonna. Richard Manel décrocha.

- Allo, sécurité, j'écoute...

- Euh... Bonjour, balbutia Archibald. Je... Voilà. Je vous appelle pour vous dire qu'il va y avoir un attentat...

Le policier franco-palestinien pâlit et instinctivement enveloppa discrètement de sa main le microphone de son appareil.

- Oui… Je vous écoute, Monsieur…

- Voilà. Quelqu'un va placer une bombe dans l'avion de l'American Airlines euh… qui doit partir pour Newark à 12h30…

Nom de Dieu… Quelqu'un est au courant… Il faut prévenir les autres…

Tout en sortant son portable de sa poche, il poursuivit au téléphone en choisissant ses mots afin de ne pas attirer l'attention du collègue qui était avec lui, toujours occupé à taper son rapport.

- Attendez ! Comment pouvons-nous être sûrs de ce que vous avancez ?

D'un pouce adroit, il sélectionna le numéro de Djelloul Fahti dans le répertoire, lança l'appel et plaça le portable contre son oreille libre.

- Écoutez ! Cette bombe va faire des dégâts considérables. Elle va exploser vers 15 h 30 quand l'avion sera au-dessus de l'Atlantique, poursuivit Archibald.

Merde ! Il sait vraiment tout…

- Allo ? répondit brièvement Djelloul Fahti.

Richard Manel posa le téléphone du bureau contre sa poitrine et murmura dans le portable.

- Oui, c'est moi. J'ai un type au téléphone qui sait tout pour euh… notre affaire.

- Quoi ? Où ? Comment ? Ce n'est pas possible…

- Si, je l'ai au téléphone. Attends !...

Il consulta l'écran du serveur téléphonique. Il poursuivit, toujours à voix basse, en vérifiant que son collègue ne l'écoutait pas. Apparemment il était complètement hypnotisé par son écran.

- C'est notre jour de chance. Il est dans l'aéroport. Cabine 4. À proximité de la porte C. Magnez-vous !...

Il coupa la communication du portable et reprit le téléphone.

- Monsieur ? Vous êtes toujours là ?

- Oui, je suis là. Alors vous avez bien compris ce que je vous ai dit ?

Il faut que je le garde en ligne…

- Oui, oui. Vous m'avez dit sur quel avion, exactement ?...

- Attendez ! C'est sur mon ticket… Ah voilà ! C'est le vol AA674 de l'American Airlines…

- American Airlines ? Vous êtes sûr ? Ce n'est pas plutôt l'United Airlines ?

- Non, non, je suis certain. J'ai mon ticket d'embarquement sous les yeux. C'est bien l'American Air… Mais qu'est-ce… Mais lâchez-moi !... Je…

Manel raccrocha. Bien joué. Ils l'avaient trouvé.

*

Deux hommes plutôt basanés, de type arabe, encadraient Archibald de très près en l'immobilisant chacun par un bras.

- Mais que voulez-vous ?...

- La ferme ! Suivez-nous !

- Mais je…

Il sentit dans son dos, ce que de toute évidence il identifia comme un canon de revolver. Il n'avait jamais vécu ce genre de situation, mais aux visages froids et hermétiques de ses agresseurs, il n'avait aucun doute.

*

Une voix chaleureuse d'hôtesse, aérienne évidemment, tira Julien de la noirceur de ses souvenirs d'enfant... Le professeur avançait vers le contrôle de sécurité. Il le voyait de dos maintenant... De dos, est-ce qu'il ressemblait à celui qui téléphonait... Il regarda en direction de la cabine... Le combiné se balançait au bout du fil et deux hommes s'éloignait vers l'ascenseur en serrant le professeur de près... Qu'est-ce que...

*

Ils prirent un ascenseur et descendirent de deux niveaux. Julien n'appela même pas un ascenseur voisin. Trop long. Il sauta dans l'escalier jusqu'au niveau -1 où apparemment personne n'était sorti, replongea, toujours par l'escalier, à l'étage inférieur, juste pour les apercevoir à une cinquantaine de mètres disparaître par des portes vitrées à ouverture automatique.

*

Djelloul Fahti, Rachid Ben Chahid et Archibald avançaient rapidement entre les voitures stationnées sur un parking.

*

Il courut comme un fou jusqu'à l'endroit où ils avaient disparu, puis les vit sur le parking slalomer entre les voitures. Tout en restant courbé, il tenta de se rapprocher sans se faire remarquer.

*

Ils firent monter Archibald à l'arrière d'un 4x4. L'un deux, celui qui tenait le revolver et qui apparemment semblait être le chef, s'assit à côté de lui, en braquant le canon de son arme sous son œil. L'autre s'installa au volant.

- Qui vous a prévenu pour la bombe ?

Ah d'accord… C'étaient les terroristes… Et ils avaient un complice dans la police de l'aéroport… Forcément !

- Qui vous a prévenu ? hurla cette fois Djelloul Fahti.

- La bombe ?... Quelle bombe ?...

Les yeux de Djelloul Fahti s'injectèrent de sang.

- Ok ! On va vous faire parler ! Roule Rachid. Direction…

La portière claqua. Rachid Ben Chahid démarra, enclencha la marche arrière, recula dans l'allée, passa la première et s'éloigna dans un long crissement de pneus.

32

Julien, accroupi derrière une Xsara Picasso, se releva pour apercevoir le 4x4 qui prenait rapidement la direction de la sortie.

Merde… Qu'est-ce que je vais faire ? Mais qu'est-ce que je vais faire ?…

Il essaya de se calmer pour réfléchir sereinement à la situation. Sereinement… pas si simple, quand on est le clone de soi-même dans une vie qui n'est plus la sienne. Il pensa justement à la sienne, de vie… Il devrait sans doute être mort dans le crash de l'avion dans l'océan si Archibald n'avait pas d'abord arrêté le temps, puis n'était remonté dans le passé avec lui… Quelle histoire de fous ! Comment se sortir du bourbier dans lequel il était enlisé ? Sur qui pouvait-il compter dans ce monde… parallèle ?… même pas, comme le disait Archibald, ce n'était pas de la science-fiction, mais la réalité. A qui pouvait-il raconter ce qu'il était en train de vivre. Évidemment, personne ! Qui pourrait croire un seul mot de ces explications ? Personne !… Personne ? Mais si bien sûr ! Une seule personne était capable de comprendre toute cette histoire. Aussi incroyable qu'elle puisse paraître, une seule personne était capable de trouver une solution. Le professeur ! Celui qui en ce moment même allait passer le contrôle de sécurité pour entrer dans la salle d'embarquement…

Mince ! S'il passe la sécurité, je ne pourrai plus le contacter car il faut un ticket d'embarquement…

Il alla puiser au fond de lui pour trouver l'énergie nécessaire pour la course vitale qui serait son salut. En traversant le parking à toute allure, il faillit se faire renverser par deux voitures qu'il évita à chaque fois dans un bond instinctif de survie, franchit les portes vitrées dont l'ouverture automatique lui parut trop lente, grimpa les deux étages par les escaliers qu'il avait descendus peu de temps auparavant, se retrouva dans le hall, essoufflé. Il se précipita vers le contrôle de sécurité. La file d'attente s'était allongée mais pas de professeur. Pas de Julien non plus. Trop tard ? Il chercha à voir au-delà du portique électronique de contrôle mais rien. Pas de professeur.

Merde ! Merde ! Ce n'est pas possible…

Il remonta toute la file des passagers, mais dut se rendre à l'évidence, ils devaient déjà être pass…

Son cœur bondit dans sa poitrine. Le professeur ! Il était là. Assis sur une chaise. Il se rua sur lui.

- Ah ! Ça y est ? Vous avez eu votre pain au chocolat ?

- Quoi ?

- Ben oui, votre pain au…

Archibald resta le bras levé en direction de la mini cafétéria, et ouvrit la bouche de stupéfaction quand il vit là-bas, devant le comptoir, un second Julien qui attendait de se faire servir. Archibald, ne réalisait pas ce qu'il voyait. Il regardait alternativement les deux garçons et cherchait à comprendre ce qui se passait. Julien suivit son regard et comprit la raison de son silence.

- Écoutez-moi professeur ! Je suis ce garçon avec qui vous allez voyager, mais celui de dans quatre heures. Nous avons été obligés tous les deux de remonter le temps pour éviter une catastrophe. Vous m'avez expliqué votre invention, et vous l'avez utilisée avec moi…

- Une catastrophe ? répondit Archibald. Mais je suis où, moi, si nous avons remonté le temps ?

- Justement, Professeur, c'est pour cela que je suis là… Vous venez de vous faire enlever…

- Comment ? Qu'est-ce que vous dites ?

- Dépêchez-vous ! Venez avec moi ! Il faut faire quelque chose ?

- Je ne comprends rien à ce que vous me racontez. En tout cas, c'est sûr, ajouta-t-il en regardant Julien qui se faisait servir, on ne doit pas rester ici. Il ne vaut mieux pas que vous vous retrouviez face à votre original…

- Venez ! Allons vers le parking, il ne viendra pas vous chercher là quand il ne vous trouvera plus ici.

Ils s'éloignèrent tous les deux et Julien le conduisit à l'endroit où il avait vu son professeur pour la dernière fois, tout en lui rapportant les faits que lui avait vécus, et qu'Archibald s'apprêtait à vivre.

- Nom d'un perroquet ! Une bombe dans l'avion. Mais alors, il faut alerter la police de l'aéroport...

- C'est ce que vous faisiez quand vous avez été enlevé...

- Bon, alors le plus urgent maintenant est de me retrouver...

- Vous voulez dire retrouver votre original ?

- Ah non ! Je suis l'original. L'autre est mon double... Quand je vous ai raconté mes différents voyages je ne vous ai pas parlé de l'expérience de la pomme ?

- Si ! Et puis aussi celle avec votre chatte...

- Bon. Alors pour simplifier les choses, disons que comme pour la pomme, je suis A et que celui qui a été enlevé est B. Comme ça, nous serons sur la même longueur d'onde.

- D'accord !

- Comme vous, vous êtes... Quel est votre prénom au fait ?

- Julien... Vous ne vous rappelez plus, Professeur ? Je vous l'ai dit dans l'avion... Même que je vous ai dit que vous pouviez me tutoyer...

- Ah, ah... Je veux bien te tutoyer, mais excuse-moi mon garçon, tu t'y perds... Tu es Julien B et moi Archibald A. Je n'ai pas encore pris l'avion avec toi. C'est avec mon double que vous vous êtes présenté l'un à l'autre...

- Ah oui, pardon ! C'est compliqué...

- Bon, ce n'est pas grave. Pour l'instant, il nous faut retrouver ton professeur. Tu dis que c'est ici que tu étais quand ils sont partis ?

- Oui, j'étais accroupi là, derrière cette voiture.

Archibald sortit sa Time Boy de la poche intérieure de sa veste et appuya sur une touche.

Tip, tip, tip…

- Bien. Les coordonnées sont enregistrées. Tu sais à quelle heure c'est arrivé ?

- Il y a à peine cinq minutes…

Archibald regarda sa montre et tapa sur le clavier.

Tip, tip, tip… 11 h 50…

- Tiens-moi le bras ! On repart en voyage.

- On va où ?

- On reste là. Mais dix minutes en arrière. Cachons-nous derrière cette voiture, là où tu étais. Nous allons les attendre et peut-être allons-nous entendre leur conversation ? Peut-être aurons-nous la chance d'apprendre leur destination ?

- Et Julien A, qu'est-ce qu'il va faire quand il ne vous verra plus assis sur votre chaise ? Mince, voilà que je me mets à parler de moi à la troisième personne…

- Aucune importance ! Nous jouons avec le temps, n'oublie pas ! Nous pourrons toujours revenir pendant ce moment où tu es allé acheter ton pain au chocolat… Tiens-moi le bras !

Ils s'accroupirent derrière la Xsara Picasso. Archibald appuya sur le déstructurateur. Les chaudes vibrations remontèrent le long de ses bras et celui de

Julien, envahirent leur corps, léger tremblement général, cinquante méga volts de tension, position du curseur sur *inversion*.

Flash, deux secondes d'obscurité, nouveau flash et...

*

La BMW X5 apparut comme par enchantement sur la place qu'elle avait occupée avant de partir avec Archibald.

- Nom d'un perroquet ! Même si je suis habitué aux déplacements temporels, je suis toujours aussi surpris par ce que cela entraîne. Bon, apparemment tes kidnappeurs ne sont pas encore arrivés...

- Non, mais si nous sommes remontés de dix minutes, ça ne saurait tarder...

- Comment se fait-il que s'il y a eu une explosion dans l'avion, nous ne soyons pas morts ? demanda Archibald.

- Parce que nous étions en classe affaire à l'avant, alors que la bombe était dans la soute à l'arrière.

- Et il y a eu des blessés ?

Julien se redressa légèrement et regarda à travers les vitres s'il ne voyait pas venir les ravisseurs, puis se rabaissa. Il entreprit, avec émotion, de décrire à Archibald le cauchemar dans lequel il avait été plongé.

Archibald ne l'interrompit pas une seule fois, et aux yeux embués de Julien, il était conscient qu'il y avait derrière tout cela un vrai traumatisme. Il allait lui

444

proposer de mettre un terme à sa narration quand ils entendirent des pas qui se rapprochaient. Julien releva la tête.

- C'est eux ! souffla-t-il.

Djelloul Fahti et Rachid Ben Chahid maintenaient fermement Archibald chacun par un bras. Rachid Ben Chahid sortit un trousseau de clefs de sa poche et déverrouilla la fermeture électrique centralisée. Ils firent monter Archibald à l'arrière et Djelloul Fahti, le revolver braqué sur lui, s'assit à côté de lui. Une fois à l'intérieur, il claqua la portière et appuya le canon de son arme sous l'œil d'Archibald. Rachid Ben Chahid s'installa au volant.

- Qui vous a prévenu pour la bombe ?

Silence d'Archibald.

- Qui vous a prévenu ? hurla cette fois Djelloul Fahti.

- La bombe ?... Quelle bombe ?...

Les yeux de Djelloul Fahti s'injectèrent de sang.

- Ok ! On va vous faire parler. Roule Rachid. On va à...

La porte claqua. Rachid Ben Chahid, démarra, enclencha la marche arrière, recula dans l'allée, passa la première et s'éloigna dans un long crissement de pneus.

Archibald et Julien se redressèrent et regardèrent le véhicule prendre la direction de la sortie.

- Nom d'un perroquet ! s'exclama Archibald en se massant les reins. Je n'ai plus l'âge de jouer aux gendarmes et aux voleurs... Quel dommage qu'il ait fermé sa portière juste au moment où nous allions savoir où ils allaient…

- C'est foutu alors ?

- Non, mon garçon ! Nous allons anticiper leur départ.

- Comment ?

- On repart en arrière.

- Encore ? Mais vous avez bien vu… on ne peut rien faire ?

- Ici, non ! Mais on sait qu'ils quittent l'aéroport. Il n'y a qu'à les suivre en taxi… Il suffit d'être en embuscade près de la sortie d'où ils vont surgir, et vogue la galère !

- Vous êtes génial, Professeur ! Mais dites-moi ! Si nous les suivons, l'avion risque de partir sans vous…

- Et non ! Si tu es là, c'est que tu es revenu avec moi depuis cette catastrophe, donc, forcément, je vais prendre cet avion… À nous de faire en sorte qu'il décolle en toute sécurité. Et c'est en suivant ces ostrogoths que nous pourrons en savoir plus…

- Mais ils ont l'air dangereux et… nous ne sommes pas armés…

- Nous avons la Time Boy Julien ! Et ça, ça vaut toutes les armes du monde ! Allez ! Accroche-toi à moi ! On y va !

Tip, tip, tip… réactualisation de l'heure et des coordonnées mémorisées du dernier saut…

Activation du déstructurateur… Vibrations… *Inversion*… Flash… deux secondes d'obscurité… Flash et…

La BMW X5 apparut une nouvelle fois comme par enchantement, avec les deux ravisseurs mais sans leur otage.

- J'ai l'impression d'avoir déjà vécu ça, plaisanta Julien.

- Oui, mais cette fois-ci, on ne va pas attendre qu'ils partent et reviennent avec mon double prisonnier. Viens ! On va prendre un taxi…

Ils se dirigèrent vers les ascenseurs et remontèrent de deux niveaux. Ils se précipitèrent dans le hall. Aperçurent Archibald au téléphone. Julien eut un flash. Il regarda dans le relais et effaré, se vit entre les magazines, les mots fléchés et les sudokus, en train d'épier leurs originaux qui se dirigeaient vers le contrôle de sécurité. Il eut un vertige. A cette heure pile, il y avait dans l'aéroport trois "Julien" en même temps. C'était de la folie.

- Dépêche-toi Julien ! On va les rater…

Julien s'arracha à sa vision pour le moins perturbante, et rattrapa Archibald qui avançait à grands pas dans le hall.

- Vous allez où ?

- Prendre un taxi. Ici, nous sommes aux départs, les taxis déchargent leurs passagers avec leurs bagages et repartent aussitôt. Nous allons aux arrivées. Là-bas, ils sont en attente de clients. Mais il ne faut pas traîner, ce n'est pas tout près…

- On va les manquer…

- Ils doivent d'abord être averti de mon appel, enfin, celui de mon double, sortir de leur voiture, remonter dans le hall, redescendre avec mon double prisonnier, retourner à leur voiture, démarrer, passer le péage automatique… Avec un peu de chance, il y aura des voitures devant eux…

Ils parvinrent dans le bâtiment des arrivées cinq minutes plus tard. Archibald s'arrêta pour reprendre sa respiration.

- Ça va Professeur ? Vite ! Il va être trop tard !

Archibald, plié en deux, les mains sur les genoux, se releva et hocha la tête pour lui signifier que tout allait bien et qu'il le rejoignait. Ils sortirent du hall, se retrouvèrent sur le trottoir, repérèrent la file d'attente des taxis qu'ils remontèrent jusqu'à une Audi A6 TDI dans laquelle ils montèrent.

Le chauffeur, un homme d'environ trente-cinq ans, cheveux gominés parfaitement plaqués en arrière, Ray Ban sur le nez, les salua tout en tournant d'un geste routinier la clef de contact. Il démarra et tout en roulant sur le périmètre intérieur de l'aéroport, attendit l'adresse de destination, d'un regard interrogateur dans le rétroviseur. Ses passagers avaient l'air inquiet et observaient le parking en contrebas. Leur silence l'amena finalement à poser la question

- Où est-ce que je vous emmène ?

- Regarde Julien ! Voilà la sortie du parking !...
Il consulta sa montre.

- On ne devrait pas tarder à les voir… Vous pouvez vous arrêter un instant sur le côté, s'il vous plaît ?

- M'arrêter ? Mais je ne peux pas. Il n'y a pas de stationnement autorisé sur cette portion.

- Julien ! Surveille la sortie !... Ecoutez Monsieur ! Ce que je vais vous dire est très grave. Un attentat se prépare dans un des avions, et nous savons que les poseurs de bombe vont sortir d'ici une minute du parking. Je vous conjure de vous arrêter, même sur cette petite bande sur le côté. Ils sont dans le parking, ils vont sortir…

- Mais je vous répète que je n'ai pas le droit de m'arrêter ici. La police sera sur moi dans une minute quand elle repèrera ma voiture arrêtée…

- Dans moins d'une minute nous serons partis… Vous allez peut-être sauver la vie de centaines de personnes…

Le chauffeur observait toujours Archibald dans son rétroviseur et comprit que sa prière n'était pas feinte. Il vérifia qu'aucune voiture de police ne patrouillait aux alentours, mit son clignotant et stoppa son véhicule sur le côté droit de la voie de sortie vers Paris. Son arrêt dura à peine dix secondes.

- Professeur ! Les voilà !

- Vous voyez, ajouta Archibald à l'attention du chauffeur, je vous l'avais dit. Allez-y ! Suivez cette voiture, là, qui vient de sortir du parking…

- Eh ! On n'est pas dans un film policier…

- Justement. Non. C'est la réalité et c'est pire. Suivez là, s'il vous plaît, vite !

- Laquelle ? Le 4x4 ou la camionnette devant ?

- Non, le 4x4 ! Ne le perdez pas de vue !

Le chauffeur, après un coup d'œil dans le rétroviseur extérieur, se replaça sur la voie de circulation, après avoir laissé passer deux autres véhicules.

Peu après ils étaient sur l'autoroute en direction de PARIS. La BMW roulait à vive allure et Archibald se rendit compte qu'ils étaient en train de se faire distancer.

- On va les perdre ! Vous ne pouvez pas accélérer ?

- Vous avez vu le trafic ? Je ne vais quand même pas prendre de risques ?

Archibald réfléchissait sans perdre de vue le véhicule qui emportait sa copie vers une destination inconnue. Vraisemblablement Paris. Où passer le mieux inaperçu que noyé dans la fourmilière francilienne ?

- Combien la course jusque Paris ? demanda Archibald au chauffeur.

- Ça dépend où vous allez...

- Eh bien, à Paris ?

- Paris... Paris ? Parce que la plupart des gens disent qu'ils sont parisiens alors qu'ils habitent en banlieue... Ce n'est pas la même chose...

- Non, Paris... la capitale quoi ! gronda Archibald en haussant le ton.

- Oui, Paris intra-muros. J'entends bien. Ne vous fâchez pas !

- D'ici, quel est le point le plus éloigné dans Paris ?

- Le plus éloigné ?... d'ici, je dirai la porte de Versailles ou peut-être la porte de Saint-Cloud...

- Bien. Combien jusqu'à la porte de Versailles ou la porte de Saint-Cloud ?

- À vue de nez comme ça, je dirai soixante... soixante-dix euros...

- Vous prenez la carte bleue ?

- Pas en dessous de cent euros... J'ai eu trop de problèmes...

- Parfait ! Alors rapprochez-vous de cette voiture en la suivant malgré tout à distance ! Ne la perdez pas de vue, même si elle rentre dans Paris, et il y a mille euros pour vous à l'arrivée...

- Mille ?... siffla le chauffeur. Vous êtes sérieux ?

- Est-ce que j'ai l'air de plaisanter ?

- Ok. Pour ce prix-là, c'est même elle qui va nous suivre...

Il changea de vitesse et accéléra brutalement en slalomant entre camions et voitures jusqu'à ce que la BMW soit à nouveau en vue.

- Non, ne la doublez pas ! Je veux juste savoir où elle va ?

- Ne vous inquiétez pas ! Quand je dis qu'elle va nous suivre, c'était juste pour vous faire comprendre que pour le prix, j'étais ok pour y aller...

- Mille euros ? Vous êtes fou, Professeur avec tout le respect que je vous dois, murmura Julien.

- Ce n'est pas grand-chose comparé à la catastrophe que tu m'as décrite. Il n'y a jamais de prix suffisamment élevé pour sauver des vies, ajouta Archibald sur le même ton de confidence.

*

Dans le 4x4, Djelloul Fahti plantait maintenant son canon dans les côtes d'Archibald.

- Je veux savoir qui vous a mis au courant pour la bombe ?

- Je ne vois toujours pas de quoi vous voulez parler...

- Arrête de te foutre de moi ! C'est ce que tu as dit au téléphone à la police...

- Nous n'avons pas élevé les cochons ensemble, il me semble. Je vous prierai donc de me vouvoyer.

- La ferme !

J'avais raison. Il y a un policier véreux à l'aéroport et il a fallu que je tombe dessus...

La BMW entra dans Paris par la porte de la Chapelle, s'engagea sur la rue du même nom, traversa la place Paul Eluard, emprunta un petit bout de la rue Max Dormoy, avant de tourner à droite sur la rue Doudeauville jusqu'au boulevard Barbès. Elle s'engagea dans la rue Dejean. Après s'être faufilée dans la foule qui se déplaçait autant sur la chaussée que sur les trottoirs, elle parvint à s'arrêter en double file.

Le chauffeur de taxi refusa de s'engager dans la même rue, et s'arrêta sur le boulevard Barbès, au moment où Djelloul Fahti descendait avec Archibald avant de s'engouffrer dans un immeuble et que Rachid s'éloignait au volant du 4x4. Julien bondit de la voiture.

- Julien ! Sois prudent ! Essaye de voir où ils sont entrés pendant que je règle, Monsieur. Mais fais attention à toi ! lui cria Archibald en sortant sa carte bleue.

- Comptez sur moi, Professeur !

Julien s'éloigna en courant vers l'endroit où ils les avaient vus disparaître. Il s'arrêta devant la façade décrépite d'un immeuble qui, d'après les fenêtres, comportait huit étages. Comment savoir lequel et dans quel appartement ils se trouvaient ? Il avait bien vu la BMW repartir alors qu'Archibald était descendu avec un des ravisseurs. Il était sans doute parti la garer. Il n'avait qu'à attendre. Le chauffeur finirait sans doute par revenir. Il se positionna en face, juste entre deux bâches de stand.

*

Archibald se fit débiter les mille euros qu'il avait promis au chauffeur, ravi de l'aubaine.

- Si vous voulez, je peux vous attendre pour vous reconduire à l'aéroport…

- Non, je vous remercie. J'ai un moyen de transport plus rapide, répliqua Archibald en songeant à la Time Boy.

- Plus rapide que mon Audi, vous mourez, Monsieur !

- Si je devais mourir avec mon moyen de transport, alors je devrais être mort depuis longtemps. Allez ! Au revoir Monsieur ! Et merci pour le coup de main…

- De rien ! J'espère que ça va s'arranger pour vous.

Il passa la première, déboîta en forçant le passage, pour se glisser dans le flux permanent de la circulation.

Archibald avança sur la rue Dejean, entre les camelots et leurs marchandises bariolées. Il regardait chaque entrée d'immeuble avec attention, mais aucune trace de Julien, ni des ravisseurs, ni de son original. Il revint sur ses pas, mais cette fois-ci en marchant sur la chaussée de manière à avoir plus de recul, en quête d'une information qui pourrait le mettre sur la voie.

Alors qu'il passait au niveau du 12, il vit Julien sortir en trombes de l'immeuble, et à la manière dont il tourna la tête à droite et à gauche, Archibald comprit qu'il le cherchait.

- Julien, le héla-t-il en levant le bras.

Le garçon le repéra avec ses lunettes rondes et son nœud papillon à carreaux verts et jaunes.

Pas vraiment joli, mais efficace, songea Julien qui le rejoignit aussitôt.

- J'ai réussi à les repérer, Professeur ! Ils sont dans une chambre de bonne sous les toits…

Archibald leva la tête en soupirant, épuisé par anticipation.

- Tout là-haut, comment tu as fait ?

- Eh bien, j'ai pris l'escalier…

- Non, je veux dire, comment tu as fait pour les repérer ?

- J'ai attendu que le chauffeur revienne, et je l'ai suivi sans me faire voir.

- Ce n'est pas raisonnable. Tu as vu ? Ils ont un revolver ! Ils sont dangereux.

- Mais au moins maintenant on sait où ils se trouvent...

Archibald regardait à nouveau vers le haut de l'immeuble. Il réfléchissait. Et finalement, il trouva la seule solution possible, la plus folle, la plus extraordinaire depuis qu'il avait expérimenté ses voyages.

Il allait provoquer volontairement des multiplications de lui-même.

33

- Oh et puis non ! C'est trop risqué.

- Dites toujours, Professeur !

- Bon d'accord, parce que nous n'avons pas trop le choix. Mais promets-moi de ne prendre aucun risque superflu…

- Vous avez ma parole.

Il sortit la Time Boy de sa poche intérieure.

- Tiens ! Prends ça ! Tu vas te positionner le plus près possible de la porte de cette chambre où ils retiennent mon double prisonnier. Mais prudence, hein ! A la moindre alerte tu redescends aussitôt.

- Ne vous inquiétez pas ! Quand je serai là-haut, je ferai quoi ?

- Tu vois ce bouton sur la télécommande ? Bien ! Quand tu seras environ à cinquante centimètres devant cette porte, tu appuieras dessus. Cela en mémorisera les coordonnées, longitude, latitude, altitude.

- Pas de problèmes ! Et ensuite ?

- Ensuite ?... tu reviens me retrouver. Je t'attendrai sur le trottoir en face. Allez, va mon garçon ! Et fais attention à cet appareil. Ne le laisse pas tomber ! C'est notre destin que tu as entre les mains.

Julien s'empara de la Time Boy et s'engouffra dans l'immeuble. Jusqu'au cinquième étage, il ne rencontra personne. Au sixième, une jeune femme d'origine maghrébine sortit de son appartement avec trois jeunes enfants qui s'accrochaient en riant à sa longue djellaba noire. Ils descendirent l'escalier sans prêter attention à Julien. Il poursuivit son ascension, avec méfiance, prêt à bondir dans l'escalier si d'aventures, quelqu'un bougeait au huitième. Le silence relatif l'accompagna jusqu'au dernier étage. Il se posta à cinquante centimètres de la porte. Son cœur battait la chamade. Il retint sa respiration. De l'autre côté, c'était plutôt calme. Il maintint la Time Boy à deux mains, et appuya sur le bouton que lui avait indiqué Archibald. Aussitôt sa mission accomplie, il dévala les escaliers, se retrouva sur le trottoir de plus en plus noir de monde, traversa la rue et retrouva Archibald qui était en train de se choisir un pantalon et un blouson en cuir. Julien n'en crut pas ses yeux. Le Professeur dans du cuir ? Avec son nœud papillon vert et jaune, quelle classe !

- Je peux les essayer ? demanda Archibald au commerçant propriétaire du stand, un congolais avec des lunettes noires à la Blues Brothers dont les dreadlocks dépassaient d'un bonnet jamaïcain trop étroit pour la masse de ses cheveux.

- Oui, tu vas dans le camion derrière et tu tires le rideau…

- Merci. Viens avec moi Julien ! Et arrête de me regarder comme ça !

- Vous n'allez quand même pas mettre ses... trucs en cuir ?

- Non ! Tu imagines la dégaine que j'aurais avec ça...

- Ben justement, non !

- Tu vas juste rester devant le rideau pendant que je serai censé essayer ses habits...

- Censé seulement ?

- Oui, je ne peux pas voyager dans le temps au milieu de cette foule. C'est la raison pour laquelle je vais dans le camion. Ton rôle sera vraiment d'empêcher quiconque d'ouvrir le rideau pendant que je serai soi-disant derrière...

- Vous n'y serez pas ?

- Des fois oui, des fois non ! Je vais leur jouer un tour à ma façon à ces gangsters à la noix, un tour dont ils ne se remettront pas de sitôt.

- Comment vous allez faire ?

- C'est trop compliqué à t'expliquer. Retiens seulement que c'est une histoire de va-et-vient... Allez, j'y vais ! Et rappelle-toi ! Personne !

- Comptez sur moi professeur !

Archibald récupéra la Time Boy, entra dans le camion muni du pantalon et du blouson en cuir, et tira le rideau derrière lui. Quelques secondes plus tard, si quelqu'un avait jeté un regard vers le camion, il aurait aperçu fugitivement un bref flash de lumière derrière le rideau. Mais personne n'y prêta attention.

Archibald était assis sur une chaise, les mains attachées derrière le dos. Djelloul Fahti tira une longue bouffée sur sa cigarette qu'il inhala profondément, et il souffla longuement la fumée au visage d'Archibald. Il ne supporta pas et eut une violente quinte de toux.

- Alors Monsieur fouille-merde, qui t'a informé ?

Archibald ne pouvait prononcer le moindre mot tant la fumée lui piquait les yeux et irritait sa gorge.

- C'est sûr ! Ce n'est pas Richard, c'est lui qui nous a appelés, affirma Rachid Ben Chahid.

- Ne prononce pas de noms, bordel !

- Excuse-moi ! Mais je ne sais pas si celui-là va nous lâcher quoi que ce soit…

Archibald retrouva une respiration à peu près normale. Il avait cependant enregistré que le policier s'appelait Richard. Ça ne devait pas courir les rues les Richard. Surtout dans la police de l'air de Roissy !

Djelloul Fahti approcha le bout incandescent de son mégot près de la paupière inférieure de l'œil gauche d'Archibald.

- Oh, mais si qu'il va parler… hein, tu vas parler…

Archibald recula son visage pour éviter une probable brûlure de cigarette. Il en avait déjà perçu le picotement… Il tenta son va-tout.

- J'ai vu celui qui a posé la bombe !

- Ce n'est pas possible ! Il n'a pas pu voir Ahmed…

- Rachid, ta gueule !

Parfait ! Le poseur de bombe s'appelle Ahmed… J'espère que cela pourra me servir…

On frappa à la porte. Djelloul Fahti sortit son revolver qui était glissé dans son dos dans la ceinture de son pantalon, se plaqua contre le mur derrière la porte, et du canon de son arme fit signe à Rachid Ben Chahid d'ouvrir. Ce qu'il fit, sur ses gardes.

Quand il aperçut, dans l'entrebâillement de la porte, le visiteur qui était le portrait craché de leur prisonnier, il claqua la porte aussitôt.

- Ben alors ? C'est qui ?

Rachid Ben Chahid déglutit péniblement.

- C'est son frère jumeau !

- Quoi ?

- Je t'assure. Regarde toi-même !

Djelloul Fahti ouvrit la porte prudemment. Personne. Il sortit sur le palier suivi de Rachid Ben Chahid qui lui, n'y comprenait plus rien. Regarda dans la cage d'escalier. Il n'y avait vraiment personne. Ils rentrèrent dans la chambre et se figèrent de stupeur quand ils se retrouvèrent devant leur prisonnier qui avait été libéré par son frère jumeau. Tous les deux se tenaient debout et les regardaient en souriant.

- Tu vois ! J'avais raison, soutint Rachid avec conviction.

- Comment il est entré ? bégaya Djelloul Fahti.

- Je ne sais pas. Il…

Quelqu'un frappa une nouvelle fois à la porte. Excédé, Djelloul Fahti l'ouvrit brutalement, et ne put s'empêcher de crier. Sur le seuil, il y avait deux nouvelles copies du prisonnier. Ce n'était pas possible. Pas des quadruplés…

- Excusez-nous de vous déranger, débitèrent dans un unisson parfait les deux nouveaux Archibald, mais nous venons chercher nos frères, là derrière vous.

Les deux terroristes, se retournèrent et cette fois reculèrent de frayeur. Ils étaient trois. Trois prisonniers identiques. Des quintuplés. C'était de la sorcellerie.

- N'ayez pas peur ! reprit l'un d'eux. Nous ne sommes que sept…

Leur demi-tour fut si rapide qu'ils perdirent l'équilibre et se retrouvèrent au sol. Ils relevèrent la tête vers l'entrée de la chambre, et comme montés sur ressort, ils furent debout le regard halluciné. Quatre. Quatre prisonniers étaient sur le seuil. Rachid Ben Chahid hurla de terreur, se précipita vers les quatre Archibald qui s'effacèrent pour le regarder dévaler les marches de l'escalier quatre à quatre. Djelloul Fahti, paralysé d'épouvante, était ensorcelé. L'un des sept Archibald s'approcha de lui et put saisir sans difficulté le revolver qu'il tenait toujours entre les mains, et dont il n'avait pas eu la présence d'esprit de se servir.

Les sept se réunirent en ligne face à lui. Ils tenaient tous un drôle de jeu électronique. Celui du milieu pointa le revolver vers son visage et en chœur, ils prononcèrent cette même onomatopée : PAN !

Cela provoqua chez Djelloul Fahti un déclic-signal qui le ramena à la réalité, et il trouva l'énergie suffisante pour jaillir de la chambre dans un cri effrayant :

- *Shaytane ! Shaytane !*[8]

---

[8] Le diable ! Le diable !

Ils l'entendirent se précipiter dans l'escalier, rater une marche, perdre l'équilibre, tomber, se relever, descendre à nouveau, tomber encore, et finalement disparaître petit à petit dans la spirale d'une descente infernale.

Un Archibald referma la porte.

- Bon, ce n'est pas le tout. Il faut remettre de l'ordre dans tout ça. Qui est l'original ?

- C'est moi ! répondit un autre Archibald. J'étais leur prisonnier.

- Alors ce n'est pas toi l'original, reprit le premier. Toi, tu as vécu l'explosion dans l'avion. L'original est celui qui était normalement assis sur la chaise à l'aéroport, qui n'a pas encore pris l'avion et qui est venu à ton secours.

- Alors c'est moi !

- Bien ! reprit le leader du groupe. On ne peut pas tous repartir. Ni à l'aéroport, ni dans le camion en bas, où Julien fait le guet devant le rideau. Le seul exemplaire d'entre nous qui peut effectivement repartir, c'est toi, qui n'a pas vécu la catastrophe, et qui es venu au secours de celui qui l'a vécue et qui a été enlevé. C'est sur toi que repose maintenant l'annulation de l'explosion dans l'avion. Et, bonne nouvelle pour toi, en repartant à l'aéroport, tu vas retrouver les terroristes car notre intervention ici n'a fait fuir que des copies de ceux que tu vas retrouver là-bas...

- Dans leur BMW, ajouta un second Archibald.

Un autre reprit.

- Moi, j'étais leur prisonnier. J'ai un tuyau pour toi. Le policier à qui j'ai téléphoné pour la bombe et qui a alerté les terroristes, se prénomme Richard. Et celui qui a mis la bombe dans l'avion s'appelle Ahmed. Avec ça, tu devrais t'en sortir.

- Tu as raison. Merci. J'ai mon idée.

- Et elle est bonne, reprirent de concert les six autres qui forcément avaient la même en tête.

Le leader enchaîna.

- Tu vas réussir. Il reste un problème à régler.

- Oui. Julien ! répliquèrent ensemble les six autres.

- Tout à fait. Si nous pouvons, nous, rester ici sereinement, et attendre que la bombe soit découverte pour disparaître puisque nous n'existerons plus, Julien n'a pas notre expérience de 1943, et risque de ne pas accepter son… inexistence.

- Je m'en occupe, conclut Archibald, celui qui avait été prisonnier. Il suffit que vous me communiquiez les coordonnées de la cabine dans le camion, et c'est moi qui poursuivrai avec lui le bout de chemin qui nous restera à exister. Il ne pourra pas savoir que je ne suis pas celui qui n'a pas vécu la catastrophe. Il me prendra pour celui qui était assis sur sa chaise, dans l'aéroport, et qui est venu jusqu'ici pour sauver celui qui a été enlevé, c'est-à-dire, moi.

- Tiens ! Prends ma Time Boy, elle a encore les coordonnées de la camionnette programmées à chaque fois que nous avons fait les aller retours pour la duplication. Pars maintenant ! Le commerçant à qui appartiennent les vêtements en cuir que je suis censé essayer, doit commencer à trouver le temps long.

- Merci. J'y vais... Ce qui me rassure, c'est que vous ne mourrez pas, mais que vous n'existerez pas. C'est difficile à comprendre, mais c'est pourtant la réalité. C'est ce que je vais tenter d'expliquer à Julien.

- Je pars en même temps que toi, ajouta Archibald de l'aéroport.

Les cinq autres complétèrent d'une seule voix.

- C'est la première fois que je pars à deux !

Déstructurateur engagé. Ensemble. Même vibrations corporelles. Ensemble. *Inversion*. Flash. Disparition. Ensemble.

- Nous n'avons plus qu'à attendre, conclut le leader.

- Et oui, attendre de ne plus exister, enchaînèrent en chœur les cinq autres.

34

- Mais qu'est-ce qu'il fait ton ami, là, dans la cabine ? demanda inquiet le commerçant congolais au bonnet jamaïcain. C'est quoi tous ces éclairs qu'on a vu sans arrêt ?

- Euh… Ce n'est rien ! Il se prend en photo…

- Il se prend en photo ! Mais pourquoi ?

Flash derrière le rideau. Le commerçant recula d'un pas.

- Il fait des choses bizarres là, ton ami, présentement…

- Il a raison, dit Archibald en tirant le rideau. J'aime me prendre en photo pour voir si les vêtements me vont bien…

- Et alors ? l'interrogea avec avidité le rasta congolais blues-brotherisé.

- Et alors… ils ne me vont pas.

Le commerçant lui reprit avec rage le pantalon et le blouson en cuir.

- Tout ce temps dans ma cabine, alors que j'ai des clients qui attendent leur tour…

Archibald regarda autour de lui. Apparemment, la foule était mouvante et personne n'avait l'air de donner des signes d'exaspération.

- Ils sont où vos clients ?

Le commerçant remonta ses lunettes qui avaient glissé sur son nez, pendant qu'il repliait le pantalon, et haussa les épaules.

- Évidemment ! Ils sont partis.

- Bah, ils reviendront, non ?

- Peut-être oui. Peut-être non. En tout cas toi, si tu reviens, n'oublie pas ! Mon camion, c'est pour essayer les habits. Pas un photomaton !

Archibald entraîna Julien en dehors de la rue Dejean, après s'être excusé auprès du vendeur pour le dérangement. Ils entrèrent dans un café de la rue de Suez, et Archibald choisit une table tout au fond, bien isolée des allées et venues des clients.

- On va boire un coup, d'accord ? Toutes ces péripéties m'ont donné soif. Pas toi ?

- Si, Professeur. Alors comment ça s'est passé ? J'ai vu s'enfuir les ravisseurs comme s'ils avaient le feu au derrière. Vous avez pu délivrer votre double ?

- Oui, Julien. Il est sauvé.

- Il est où ?

- Je suis là, Julien. Devant toi.

Julien, abasourdi, le regarda avec mille questions dans les yeux.

- Je vais t'expliquer. Dans la vie, la vie normale, celle où on ne bouge pas l'ordre des choses, celle où on ne joue pas avec le temps, celle où on ne change pas le destin, il ne peut jamais y avoir deux exemplaires de la même personne qui existent en même temps. Tu comprends ça ?

- Oui, professeur, mais où voulez-vous en venir ?

- Reprenons logiquement l'ordre des choses. Le seul Archibald qui pouvait retourner dans le passé dans l'aéroport pour tenter d'empêcher la catastrophe aérienne, c'est celui qui est venu ici en taxi, celui que tu es allé prévenir alors qu'il attendait sur son siège dans le hall de l'aéroport que l'autre Julien, l'original, revienne avec son pain en chocolat. Parce que lui seul n'a pas encore pris l'avion, mais grâce à nous, il a des informations capitales pour y parvenir.

- Alors vous, vous êtes celui qui a vécu le drame en même temps que moi ?

- Tout à fait.

- Et si nous ne pouvons revenir en arrière, où allons-nous aller ?

Archibald sourit tristement. Un serveur vint prendre leur commande. Archibald commanda un Perrier, et Julien un jus d'orange.

- C'est pour cela que nous sommes ici, Julien. Je dois t'expliquer la situation. Pour que l'ordre des choses soit rétabli, toi et moi ne pourrions à la limite ne faire qu'un seul retour dans le passé. Celui où l'avion va se crasher dans l'océan avec nous à bord…

- Oh, non…

- Mais même si nous faisions ce retour, même si nous devions mourir dans l'accident, nous ne serions pas morts.

- Je ne comprends plus ce que vous me dites, Professeur.

- Bien. Suis mon raisonnement ! Nous revenons dans l'avion. Dans le crash, on meurt. Il y a peu de chances que nous en réchappions, tu es d'accord avec moi ?

- Ah oui, ça, c'est sûr !

- Mais bien avant cela, toi et moi, dans l'aéroport, enfin surtout mon double, avant de passer le contrôle de sécurité, agira pour que la bombe de l'avion soit découverte. Et dans ce cas, l'avion n'explosera pas. Nous ne mourrons pas. Puisque… nous n'existerons pas, étant donné que ce scénario catastrophe ne se déroulera pas. Tu me comprends ?

- C'est compliqué, mais je crois avoir saisi. Alors, votre double, celui avec lequel je suis venu ici en taxi, et qui est retourné dans le passé à l'aéroport, celui qui va permettre de trouver la bombe, il doit y être en ce moment…

- Il y est en ce moment Julien…

- S'il réussit, l'explosion n'aura pas lieu et alors nous… qu'est-ce que nous allons devenir ?

Archibald lui adressa ce sourire triste qui permit à Julien de réaliser qu'il avait vu juste, et qu'il avait parfaitement compris sa démonstration précédente.

- Nous… Nous n'allons plus exister non plus…
Archibald acquiesça de la tête avec douceur.

- Alors nous allons mourir ?

- Non, Julien. Pas mourir. Disparaître. Juste disparaître.

Julien se prit le front dans ses mains, les coudes sur la table. Il se sentit envahi par une profonde lassitude. Il releva la tête, le regard presque implorant.

- Dites-moi, Professeur... ça fait mal de ne plus exister ?

- La réponse est dans ta question, Julien. Comme on n'existe pas, la douleur non plus n'existe pas.

- Et ça peut arriver, comme ça ? D'un seul coup ?

- Dès que la bombe sera trouvée, il n'y aura plus d'explosion. Ce sera le signal. Mais nous ne nous apercevrons de rien.

Archibald but une gorgée.

- Mais il y a un avantage...

Julien était pendu à ses lèvres.

- Si ça arrive avant qu'on ne paye l'addition, on aura bu un coup à l'œil...

Julien, parvint à sourire. Archibald posa affectueusement sa main sur la sienne, en clignant des yeux, en signe de réconfort.

Julien laissa vagabonder ses pensées sur tout ce qu'il venait de vivre. Toute cette extraordinaire aventure. L'explosion en plein vol au-dessus de l'Atlantique. L'arrêt du temps. Le retour dans le passé... Il figea cette dernière réflexion dans son esprit. Son cœur s'affola.

- Professeur ? J'ai une faveur à vous demander.

- Je t'écoute.

- Vous voulez bien que l'on fasse un dernier bond dans le passé ensemble ?

- Non, Julien, nous allons tout emmêler. C'est déjà bien compliqué comme ça.

- Non, je ne parle pas de l'aéroport, ni même de l'avion. Je pense à un retour dans le passé plus lointain. Un retour à l'époque où j'étais petit…

Archibald se remémora l'accident de sa petite sœur qu'il lui avait raconté dans l'avion. Avant l'explosion.

- Tu veux empêcher la mort de ta sœur, c'est ça ?

- Oui, Professeur. C'est possible, non ?

- Tu sais, je t'ai raconté mon histoire personnelle avec mon désir fou de sauver mon père. En faisant cela, j'ai changé son destin, celui de ma mère et le mien aussi par voie de conséquence.

- Mais si j'empêchais Laurine de se faire écraser par le 4x4 de mon père, quel changement cela entraînerait-il ?

- Je ne sais pas. Comme disait je ne sais plus qui, les aléas du destin sont impénétrables. Et je suis enclin à penser la même chose…

- S'il vous plaît ! Avant que je n'existe plus…

Après tout, ce gamin l'avait bien aidé pour parvenir à cette situation. Le temps pressait… Car, si la bombe venait à être découverte maintenant… Bon, d'accord ! Mais sans lui, alors. Le gamin pouvait y aller seul. Il connaissait les effets d'une déstructuration. Il suffisait de l'adresse adéquate et de l'heure approximative de l'accident.

- Tu te souviens quand, où, et l'heure à laquelle c'est arrivé ?

- Oui bien sûr, jubila Julien. J'ai tout en tête depuis que j'ai lu l'article dans l'Est Républicain. Ça s'est passé le 12 juin 1995 vers 13 h 30 au 12 avenue de la Moselle à Millery en Meurthe et Moselle.

- Euh… Excuse-moi, je sais que Millery est dans le 54, je suis nancéien aussi…

- C'est vrai, excusez-moi !

- Bon, alors je te programme tout ça…

Il sortit la Time Boy de la poche intérieure de sa veste.

Tip, tip, tip…

- Voilà l'adresse… bien, ça fonctionne comme mon GPS, elle a trouvé les coordonnées toute seule…

Tip, tip, tip…

- Et voilà la date, et l'heure, je te mets 13h25… Bon, à toi de jouer ! Première étape, tu lances le déstructurateur ici, tu vas sentir les vibrations dans tout ton corps, ensuite tu contrôles l'affichage de l'intensité. Dès que l'affichage digital en vert annonce 50, tu pousses le curseur vers le haut… tu as compris ?

- Oui, Professeur, mais pourquoi vous m'expliquez tout ça ?

- Parce que tu vas y aller tout seul, comme un grand. Je suis fatigué de tous ces voyages. Et puis je pense que tu t'en sortiras comme un chef. Allez ! A toi de jouer…

- Merci professeur ! répondit Julien, fébrile, en saisissant la Time Boy.

- Attends ! Pas ici… tu vas nous faire remarquer. Dans les toilettes…

- Les toilettes ? Encore ?

- Personne n'a jamais trouvé de meilleur lieu de solitude pour la méditation. A fortiori pour nos décollages ou atterrissages temporels.

- D'accord ! J'y vais.

- Hé ! Ne sois pas si pressé. Je sais qu'il nous reste peu de temps. Mais quand même. Laisse-moi t'expliquer le retour. Tu feras la même manœuvre, mais dès que tu verras s'afficher à nouveau 50, cette fois-ci tu positionneras le curseur sur *inversion*. Les coordonnées du retour sont systématiquement mémorisées. Pour l'heure, tu ajouteras cinq minutes à l'heure de départ affichée ici. C'est préférable. Ça ira ?

- Et si la bombe était découverte pendant ces cinq minutes d'absence, à mon retour, vous auriez disparu... Et je ferais quoi, moi, tout seul ?

- Si c'était le cas, alors tu n'aurais la possibilité ni de revenir, ni même de te poser la question, car au même moment, tout ce qui serait induit par la découverte de la bombe et qui appartiendrait au scénario en amont cesserait d'exister. Toi avec. Tu es sûr de vouloir partir malgré tout ?

- Je crois. Entre ne plus exister ici à ne rien faire, et ne plus exister ailleurs dans l'action, je choisis l'action. Disparaître pour disparaître, autant que j'essaye d'être utile, non ?

Archibald trouva que ce garçon avait une force de conviction extraordinaire. Sans doute parce qu'il enviait son courage et son abnégation.

- Tu es un bon petit gars, Julien. Je suis heureux d'avoir fait un bout de chemin avec toi.

- Moi aussi, Professeur. Bon, ben alors... à tout de suite !

- A tout de suite !... Hé...

- Oui.

- Ferme le loquet ! Il serait fâcheux que tu réapparaisses sur les genoux de quelqu'un...

Julien sourit à cette dernière remarque et se dirigea vers les toilettes. Archibald le suivit des yeux jusqu'à ce que la porte se referme sur lui.

Il regarda les bulles dans son verre. Il avait cinq minutes devant lui. A moins que là-bas à l'aéroport, la bombe ne soit découverte...

Toute cette aventure était quand même extraordinaire. Il imagina ce qu'en feraient les médias s'ils en connaissaient ne serait-ce qu'un dixième...

... la télévision, la radio, les journaux... Sûr ! On parlerait de moi. Mais ai-je envie que l'on parle de moi ? Ai-je envie que la Time Boy soit sur le devant de la scène ? Je n'ai pas la réponse. Mon père... Gabélius.... Je n'ai pas pu changer son destin. Enfin, si, mais avec quelles conséquences... Oui, mais tu vas sans doute pouvoir sauver des vies humaines... En principe ! Car même si la bombe est trouvée, combien d'attentats seront encore commis après celui-là ? Combien de morts feront encore les guerres de par le monde ? Combien de catastrophes, naturelles ou provoquées, auront lieu sur terre sans que je puisse intervenir ? Je ne suis pas Dieu, contrairement à ce que clamait l'autre fou...

Alors il imagina, enthousiaste, une commercialisation d'envergure de la Time Boy, et la création d'une unité de vigilance et d'observation des maux de la planète, dont la mission serait de prévenir les populations par des voyages dans le passé ou le futur, avant que n'ait lieu une catastrophe. Mais son enthousiasme s'éteignit aussitôt, car il eut la vision d'encombrements spatio-temporels, la mainmise de groupes terroristes sur son invention et les détournements malsains qu'ils seraient susceptibles d'en faire... Non ! Impossible, il ne devait pas permettre que cela se produise. Les prolongements dangereux et empoisonnés qui se profilaient aboutirent à une seule décision : il n'irait pas à New-York.

Mais, pauvre pomme ! C'est trop tard ! Toi, tu es coincé ici, dans cette vie qui va s'achever dans quelques instants pour toi. C'est l'autre, là-bas qui prendra l'avion, dès que la bombe sera trouvée... A moins qu'il n'ait les mêmes pensées que moi, il sera trop tard pour reculer... A moins que...

Il se leva et alla demander une feuille de papier et un stylo au bar et revint s'asseoir à sa table. Il allait écrire une lettre et dès que Julien reviendrait, il irait la déposer dans sa propre boîte aux lettres avec un dernier saut dans le passé, le dernier, promis, juré, avant que tout cela ne commence, avant qu'il ne commence l'expérience avec la pomme ou avec la souris. Voilà ce qu'il fallait faire. Se prévenir lui-même du danger potentiel de ses recherches...

Archibald,

Laisse tomber tes expériences sur le voyage dans le temps. C'est possible mais les conséquences peuvent être dramatiques pour l'humanité et conduire à des complications à n'en plus finir. De plus...

Il s'arrêta et parcourut ce qu'il venait d'écrire. Pourquoi avait-il cette impression étrange d'avoir déjà lu ces mots-là ? Il les relut une seconde fois et soudain, stupéfait, il trouva la réponse. Il se revit rentrer chez lui quelques jours auparavant, après être allé boire son café à l'Excelsior. Il revoyait Miraldine lui donner cette feuille pliée contenant ces lignes-là... Et cette feuille... il l'avait mise dans une poche intérieure de sa veste, pas celle où il plaçait habituellement la Time Boy. De l'autre côté. Il plongea sa main dans la poche intérieure droite et sentit la feuille pliée en quatre. Il la saisit et la déplia sur la table à côté de celle sur laquelle il avait commencé à écrire.

Nom d'un perroquet !

Les quatre premières lignes écrites de sa main étaient complètement identiques à celles qu'il venait de rédiger à l'instant. Encore une facétie liée à son invention ! Il eut conscience de friser à nouveau un paradoxe. Il pouvait lire tout le texte qu'il n'avait pas encore entièrement écrit. Cela signifiait donc qu'il allait poursuivre son projet : écrire tout le texte et aller déposer la feuille dans sa boîte aux lettres quelques jours en arrière. Logique, sinon elle n'existerait pas. Soudain, une idée qui le fit sourire germa dans son esprit. Et s'il ne l'écrivait pas cette lettre ? Et s'il ne retournait pas dans le passé pour la déposer dans sa boîte ? Alors Miraldine ne la trouverait pas, donc il ne la lirait pas et ne la rangerait pas dans sa veste. Mais dans ce cas, pourquoi l'y avait-il retrouvée aujourd'hui ? C'est qu'il allait obligatoirement l'écrire. Curieux de repousser les limites du paradoxe, il déchira en deux la feuille sur laquelle il avait commencé à écrire. Les lignes de la seconde feuille, posée à plat sur la table devant lui, devinrent progressivement illisibles puis, rapidement, totalement invisibles. Il n'en revenait pas. Il acheva de déchirer la feuille en petits morceaux tout en guettant les réactions physiques de l'autre. Plus il déchirait, plus la feuille s'estompait, devenait floue, vacillante. Plus le nombre de bouts de papiers augmentait, plus la disparition de la feuille progressait dans une invraisemblable fuite vers le néant. Il rassembla tous les papiers en un seul tas. Sur la table, la feuille n'exista plus. Définitivement. C'était renversant. Plus rien. Envolée. Volatilisée. Il essaya d'imaginer les conséquences de cet acte et en conclut que cela ne changeait absolument rien, puisque ce matin-là, à la réception de la feuille, il n'avait pas tenu compte de son avertissement en lisant le message. En annulant son intention de s'écrire à lui-même, Miraldine ne trouverait rien dans la boîte aux lettres, tout simplement, et les expériences se poursuivraient, comme s'il ne s'était rien passé.

La porte des toilettes s'ouvrit et Julien apparut. Il rejoignit Archibald à sa table.

- Ouf ! Vous existez encore…

- Évidemment ! Puisque toi aussi, tu es encore là…

- C'est vrai. Vous avez raison. Bon ! C'est fait, lui lança-t-il joyeusement.

- Ben alors… Raconte-moi !

35

Flash. La voiture fit une embardée pour éviter le jeune qui venait d'apparaître juste devant elle. Le conducteur se demanderait toujours comment il avait pu ne pas le voir sur la chaussée. Comme il venait de boire deux verres avec des amis, il se promit qu'à partir de ce jour, il prendrait toujours le volant sans une seule goutte d'alcool dans le sang. La voiture s'éloigna.

Julien gagna le trottoir en face d'une jolie villa entourée d'une pelouse bien soignée. Un Range Rover était stationné dans une allée gravillonnée. Il entendit des voix d'enfants. Il s'approcha de la haie qui entourait la propriété et aperçut un petit garçon et une petite fille qui jouait au foot. Il comprit avec émotion qu'il s'agissait de lui-même avec sa sœur Laurine. Il ne parvenait pas à détacher ses yeux de la fillette. Sa sœur. Julien petit montrait à Laurine quelle position elle devait adopter pour corresponde à l'image du gardien qu'il avait en tête.

- Pourquoi j'dois m' mettre comme ça ? On dirait un singe…

- J'en sais rien, mais les gardiens i's'mettent toujours comme ça pour arrêter un penalty…

- Moi j'me mets comme je veux, répliqua Laurine, butée en se redressant les bras croisés.

- Comme tu veux.

Julien retourna derrière son ballon et recula de quelques pas. Il s'élança et balança un pointu dans la balle qui s'éleva bien au-dessus de Laurine. Elle le regarda passer sans broncher.

- Ouais, i' y est, jubila Julien.

- Ben, non, hein, il y est pas. Il est passé bien trop haut.

- Si. Il y est. Il est passé juste sous la barre.

- La barre ? Quelle barre ?

Julien soupira, exaspéré.

- La barre transversale… Au-d'ssus d' toi…

Laurine regarda en l'air, dubitative.

- 'y a pas de barre, affirma-t-elle.

- Ben si ! 'y a toujours une barre transversale dans les cages.

- P't-êt', mais là, 'y a pas de barre.

- T'es bête ou quoi ? On fait semblant, j' te dis… On fait toujours comme ça quand on joue au foot.

- Le ballon est passé trop haut. J'ai d'jà vu moi à la télé. La barre, le gardien i' peut la toucher avec les mains. Ben là, j'aurais même pas pu toucher le ballon, alors…

- Hé ! T'as même pas sauté… Tu peux pas savoir. Bon, d'accord. Je r'commence. Il est où l'ballon ?

Tous les deux se mirent à le rechercher. Ils se figèrent ensemble. Devant le range Rover, Julien tenait le ballon dans ses mains. Les enfants intimidés ne bronchaient pas. La situation s'éternisant, le petit Julien commença à trouver le temps long et fit un pas en direction de la voiture.

- Tu peux le donner, s'il te plaît, Monsieur ? C'est à nous !

Julien allait leur envoyer quand le père sortit de la villa et s'avança vers lui. Julien à son tour stoppa son mouvement, impressionné par l'homme, son père, plus jeune de quatorze ans.

- Et alors, dit le père en lui prenant le ballon des mains qu'il lança à ses enfants, on rêve ?

- Euh… non ! Excusez-moi ! Le ballon allait rouler sous la voiture. Je… J'ai… On ne sait jamais, des fois qu'un de vos enfants veuillent aller le récupérer en-dessous…

- Penses-tu ! Hein, Laurine… Tu ne vas jamais sous la voiture de Papa, hein ?

- Oh non, P'pa ! répliqua la fillette, tu nous l'as interdit.

- Tu vois ! Pas de danger ! Mais merci quand même. Allez ! A ce soir les enfants. Travaillez bien à l'école !

Il les embrassa puis monta dans le Range Rover.

Il alluma l'autoradio et aussitôt s'élevèrent les notes de la chevauchées des Walkyries. Il baissa le son.

"Les vaches-qui-rient", songea Julien.

- Tu es du coin ? Je ne t'ai jamais vu ?

- Euh… Non, non, je suis de passage…

Le père ponctua leur conversation d'un signe de tête, claqua la portière, démarra, fit un signe de la main à Laurine et son frère, descendit l'allée au ralenti et parvenu sur le trottoir s'engagea dans la rue avant de disparaître.

Julien était subjugué par l'allure dynamique et gaie de son père. Bel homme, séduisant, son visage n'était pas hermétique comme celui qu'il connaissait. Il fut interrompu dans ses pensées par Laurine.

- M'sieur ? M'sieur ?...

Julien se tourna vers elle. Sa sœur. Sa petite sœur qu'il venait enfin de sauver.

- Tu veux jouer avec nous ?

- Non, merci. Je dois y aller. Mais… approche voir Laurine !...

Il se mit accroupi devant la fillette.

- Comment tu sais comment j' m'appelle ?

- Je… J'ai entendu ton petit frère te parler toute à l'heure…

- Ah !

- Ecoute-moi bien !

Il posa ses mains sur ses épaules. La petite fille n'était pas rassurée.

- Promets-moi que jamais, jamais, tu n'iras sous la voiture de ton Papa, même si le ballon roule en-dessous…

- Oh non, M'sieur, Papa i' veut pas…

Pas suffisant comme réponse. Parce qu'il savait qu'elle s'y était faufilée malgré l'interdiction paternelle. Tant pis. Le tout pour le tout.

- Si tu étais sous la voiture et que ton Papa démarre, il te roulerait dessus et tu serais écrasée, et tu ne verrais plus jamais Julien, ni ton Papa, ni ta maman…

La petite fille avait pâli.

Touchée !

Il ne put rien ajouter de plus car la porte de la villa s'ouvrit et Julien aperçut sa mère. Il la reconnut aussitôt. Belle. Jeune. Vivante. Gaie. Elle se superposa à la femme d'un autre monde clouée dans son fauteuil devant la fenêtre à regarder les oiseaux dans le ciel.

- Laurine ! Julien ! Allez, venez ! C'est l'heure d'aller à l'école… Vous voulez un renseignement ? demanda-t-elle à cet adolescent qu'elle ne pouvait évidemment pas reconnaître.

- Non, non. Merci. Je leur ai juste rendu leur ballon…

- Merci alors ! Allez les enfants, on se dépêche, maman va être en retard au travail.

*

Julien repéra un petit bosquet vers lequel il se dirigea. Bien à l'abri des regards indiscrets, il sortit la Time Boy. Il hésita quelques secondes. Oui. Il devait avertir son original du changement. Sinon, il n'allait rien comprendre. Avant d'engager le processus de retour, il devait faire encore deux derniers petits sauts. Vite fait. Mais ça, il n'en parlerait pas au Professeur.

*

485

- Et me voilà !

- Bon ! conclut Archibald, il ne te reste plus qu'à souhaiter qu'après avoir ainsi modifié le destin, il n'y aura pas de conséquences fâcheuses. Mais ça, tu ne le sauras jamais.

- Pourquoi ! Je suis sûr que ça a marché, ajouta-t-il avec un sourire énigmatique.

- Julien ! réagit doucement Archibald avec compassion, tu as oublié la situation dans laquelle nous nous trouvons et ce que je t'ai expliqué ? Ce n'est pas toi qui verras quel virage aura pris le destin de ta famille. C'est ton original.

- Non, je n'ai pas oublié, Professeur. Mais pour moi, l'idée de ne plus exister bientôt n'est pas encore inscrite dans le schéma classique de mon raisonnement. D'ailleurs, cela fait combien de temps qu'on attend maintenant ?

Archibald regarda sa montre gousset.

- Presque deux heures !

- Deux heures ? Alors il a dû échouer…

- Qui ?

- Ben, vous !

- Moi ? Moi, quoi ?

- Enfin pas vous, l'autre Professeur, celui de l'aéroport…

- Ah ! Il est temps que tout cela cesse, cela devient vraiment pénible de suivre les conversations…

- Ça ne vous fait rien à vous ?

- Quoi ?

- De ne plus exister…

- Ecoute bien Julien. Ne plus exister ce n'est pas mourir. Je sais. Ce n'est pas facile d'accepter ce concept, mais excuse-moi ! Disparaitre pour nous n'a aucune importance. Car ce sont nos deux originaux qui vont poursuivre leur bonhomme de chemin.

- Et à votre avis, vous croyez que nos… originaux vont sympathiser ? le questionna-t-il, ironique.

Archibald perçut la goguenardise dans le ton de sa voix et s'en inquiéta.

- Pourquoi pas ! Une fois dans l'avion, pourquoi ne feraient-ils pas connaissance ? Ils seront côte à côte comme nous l'avons été nous-mêmes. Rien ne les empêchera de discuter ensemble. A une différence près…

- Laquelle ?

- Mon original à moi se souviendra de tout ce qui s'est passé… la catastrophe… le retour dans le passé… mais pas le tien…

- Ah ! Et pourquoi ?

- Tout simplement parce que ton original à toi n'aura pas encore vécu tout cela. Rappelle-toi que tu es parti acheter un pain au chocolat juste avant de passer le contrôle de sécurité. Tu n'as PAS ENCORE voyagé, Julien.

- Votre original non plus n'aura pas vécu l'explosion de l'avion…

- Non. Tu as raison. Mais toi, tu lui as racontée. Pas au tien.

Julien prit un air embarrassé.

- Il faut que je vous dise quelque chose, Professeur !

Archibald comprit à cet instant qu'il ne lui avait pas tout avoué sur son dernier saut dans le passé. Qu'avait-il pu faire qu'il ne lui avait pas dit ?

- Vous n'allez pas prendre l'avion, Professeur !

*

Le patron du café s'approcha de leur table pour voir s'ils souhaitaient boire autre chose, parce que hein... un Perrier et un jus d'orange en deux heures... 'fallait pas pousser !

Quand il s'aperçut qu'il n'y avait plus personne, il fulmina.

- Les salopards ! Ils sont partis sans payer...

De rage il ramassa les verres et les bouteilles, et même un tas de petits bouts de papier.

36

Dans l'ascenseur du parking de l'aéroport, une femme corpulente attendait, seule, de parvenir au niveau du hall d'embarquement, les mains posées sur un chariot à bagages. L'éclair derrière elle lui fit pousser un cri de frayeur. Elle se retourna et hurla d'épouvante cette fois-ci quand elle découvrit un homme surgi de nulle part, avec des lunettes rondes, des yeux énormes, et un nœud papillon à carreaux verts et jaunes.

- N'ayez pas peur, Madame ! Je fais de la magie… Je m'entraîne…

- Ne m'approchez pas !

- Non, je vous en prie, ne craignez rien !

Les portes s'ouvrirent. La femme s'engouffra dans le hall avec un dernier regard vers le diable pour s'assurer qu'il ne la poursuivait pas. Elle disparut dans la mouvance ambiante.

Archibald avança prudemment, se tapit derrière le panneau publicitaire d'une compagnie aérienne qui annonçait des vols à prix cassés à destination de la Tunisie. Il observa les alentours. Il avait besoin, avant de s'engager dans quoi que ce soit, de savoir où en étaient les originaux, les clones, doubles, voire triples et consort. Soudain il prit la mesure de la situation, et tout s'accéléra. Julien attendait qu'on le serve à la mini cafétéria. Son original à lui l'attendait assis sur la chaise en plastique moulé. Il vit un second Julien sortir du relais où étaient vendus des magazines, des mots fléchés et des sudokus, pour se précipiter vers l'original archibaldien assis, surpris de croiser un second Julien. Explications de ce dernier : la catastrophe, le retour puis le kidnapping. Il les vit se diriger ensemble vers l'ascenseur. Archibald savait où ils allaient : au parking pour tenter de savoir où les ravisseurs allaient emmener cet autre Archibald qu'ils avaient enlevé. Dès que les portes se furent refermées sur eux, Archibald sortit de sa cachette et fonça sur Julien, celui qui attendait son pain au chocolat.

- Ne m'attend pas ! J'ai un coup de fil à passer, lui dit-il en lui indiquant la direction des téléphones.

- Vous… Vous ne prenez plus l'avion ? s'inquiéta Julien, souriant cependant à ce tutoiement inattendu.

- Si. Je t'y retrouverai. Nous serons côte à côte en classe affaire…

Julien le regarda, interloqué.

- Vous… Vous y êtes aussi ? Mais comment…

- Chut ! Je t'expliquerai tout dans l'avion. Nous pourrons faire plus amplement connaissance… Allez ! A toute à l'heure…

Il planta Julien, sidéré par la tournure que prenaient les évènements, et surtout par ce drôle de bonhomme qu'il n'avait cessé de croiser depuis son départ de Nancy. Le couple de noirs régla sa commande et il put enfin avoir son pain au chocolat qu'il engloutit rapidement. Il se dirigea vers le contrôle de sécurité pour rejoindre la salle d'embarquement.

Archibald décrocha le combiné et appela chez lui. Miraldine décrocha.

- Allo ! Maison de Monsieur Goustoquet, j'écoute...

Ah, Miraldine ! Cette voix !...

- Miraldine, c'est moi, Archibald.

- Archib... Mais comment se...

- Je n'ai pas le temps de t'expliquer. Maréchal est là ?

- Euh, oui, je... il doit être dans son atelier...

- Va vite me le chercher, c'est très important...

- Ne... Ne quitte pas ! Je... J'y vais... Tout va bien, hein ?

- Oui, oui. Ne t'en fais pas !

- Bon. Je vais chercher Maréchal...

Elle avait dû poser le combiné sur la tablette en acajou, devant le miroir. Il l'entendit monter les escaliers puis appeler plusieurs fois Maréchal. Quelques instants après, il entendit des pas précipités qui se rapprochèrent du téléphone.

- Allo, c'est moi ! Qu'est-ce qui se passe Archie ?...

- Un truc grave, Maréchal. Des terroristes ont mis une bombe dans l'avion qu'on doit prendre. Ils vont quitter l'aéroport en voiture avec un otage dans...

Il consulta rapidement sa montre gousset.

- ... huit minutes ! Tu crois que tu peux convaincre ton frère d'intervenir ?

491

- Si tes sources sont fiables, je peux tenter de le persuader de lancer une action. C'est qui l'otage ?

- ... C'est moi Maréchal ?

- Quoi ?

- Oui, enfin un de mes doubles, si tu vois ce que je veux dire...

Silence.

- Je vois. Comment sais-tu qu'il y a une bombe dans l'avion ?

- Ecoute-moi bien, Maréchal. Mon original a pris cet avion. Il était dedans quand la bombe a explosé. C'est grâce à la Time Boy qu'il a pu remonter le passé avant le crash dans l'Atlantique. Un jeune qui était avec lui m'a tout raconté. Il faut absolument convaincre ton frère.

- Un jeune ? Quel jeune ?

- Un jeune avec qui il a voyagé et qu'il a ramené dans le passé avec lui, tu sais, c'est celui qui a voulu nous aider à ramasser mes affaires éparpillées quand la valise s'est ouverte à la gare de Nancy.

- Comme si ce n'était déjà pas assez compliqué de voyager seul dans le temps. Bon, ok ! Je m'en occupe. Mon frère va me demander des informations ! Les terroristes sont à quel terminal ?

- Le 2 !

- Leur voiture ?

- Euh... un 4x4 ! BMW bleu foncé...

- Tu as l'immatriculation ?

- Euh... non, c'est une 75, ça c'est sûr !

- Ok ! Quel parking ?

- Euh… Je crois que c'est le A en sous-sol. Ils vont prendre la direction de Paris par l'autoroute.

- Bien. Archie ?

- Oui ?

- C'est fou ce que tu me demandes. Donne-moi une bonne raison pour que je puisse convaincre mon frère d'intervenir…

- L'explosion va avoir lieu, Maréchal. Près de cinq cent personnes vont mourir, dont, je crois, des membres du gouvernement israélien.

- Quoi ?

- Trois ministres, il me semble…

- Bon sang ! Voilà ce qui va le faire bouger. Je l'appelle tout de suite. Je peux te joindre.

- Non. Je téléphone d'une cabine de l'aéroport.

Maréchal raccrocha. Archibald regarda le combiné, puis réactiva une communication. Il composa le numéro de la police de l'aéroport affiché sur la plaque dans la cabine. Il raisonna rapidement. Celui qui allait décrocher serait sans doute celui qui avait déjà répondu quand son double, réchappé de la catastrophe grâce à la Time Boy, avait tenté de prévenir les autorités. Il fallait le piéger.

- Sécurité, j'écoute.

- Bonjour ! Ministère de l'Intérieur. Je pourrai parler à Richard, s'il vous plaît ?

- Euh… Richard ? Quel Richard ?

- Vous êtes plusieurs ?... Celui de la sécurité…

Temps mort. Oppressant.

- Euh… Richard Manel ? C'est moi.

Vite pour ne pas se faire repérer.

- Si j'étais vous, j'irais prévenir Ahmed avant l'arrivée de la brigade anti-terroriste.

Archibald raccrocha. Banco. Maintenant retourner dans le parking et attendre. Il reprit l'ascenseur, descendit au niveau -2 et se dirigea vers la BMW sans se faire voir. Il repéra les ravisseurs qui allaient monter dans le 4x4 avec leur otage. Son double. De l'endroit où il se trouvait, il pouvait aussi voir de l'autre côté, Julien et un autre Archibald, tapis derrière une Xsara Picasso. Archibald souffla d'épuisement. Intellectuellement, ça devenait très pénible d'avoir un raisonnement logique.

Il venait à peine de réaliser ce qui se passait qu'un policier de la sécurité traversait le parking en courant, suivi d'un employé de l'aéroport, apparemment arabe, en direction de la BMW des ravisseurs.

Richard Manel et le fameux Ahmed…

Quand ils furent près du véhicule, ils parlementèrent. Le ton de leurs voix grimpa. Les quelques phrases qu'il put entendre, bien que très audibles, étaient incompréhensibles car ils parlaient vraisemblablement en arabe. Puis, suite à leurs palabres et leurs incertitudes, le policier s'installa sur le siège passager, et le dénommé Ahmed sur le siège arrière avec un des ravisseurs et l'otage.

Le moteur rugit sur la marche arrière. Le 4x4 heurta un autre véhicule stationné, puis s'élança dans le parking en faisant hurler les pneus.

"Trop tard ! ", songea Archibald alors que Julien et l'autre Archibald se dématérialisèrent sous ses yeux.

Mais où vont-ils ? Pour faire quoi ? Nom d'un perroquet ! Ils remontent dans le passé, prendre un taxi pour les suivre sur Paris et tout va recommencer... Mais non, Archibald ! Car cette fois-ci les ravisseurs ont avec eux le policier et Ahmed qui a mis la bombe dans l'avion. Alors ?

Soudain du niveau inférieur où il se trouvait, il sursauta au boucan d'enfer des rotors de plusieurs hélicoptères dont il aperçut soudain les pales au-dessus du parking à ciel ouvert. Des sirènes de police quelque part mugirent. Depuis les hélicoptères en position stationnaire, des filins furent lancés et Archibald éprouva une joie immense quand il reconnut des hommes encagoulés du GIGN descendre en rappel le long des filins. Il se précipita dans le hall par l'ascenseur et quand il y parvint, il voulut sortir sur le trottoir mais en fut empêché par un cordon de la sécurité publique. Il put se glisser entre les passagers qui s'étaient agglutinés contre les larges vitres du hall, et prendre la mesure de l'effervescence qui s'était emparée de l'environnement extérieur immédiat. Les voitures du RAID et du BRI, gyrophares en action, apparurent dans des crissements de pneus et en quelques secondes, formèrent un barrage infran-chissable. Les hélicoptères étaient toujours en position stationnaire au-dessus du parking. La circulation était bloquée, et surtout, surtout, tout au bout à la sortie du parking, pour son plus grand bonheur, il repéra la BMW bleu foncé en travers de la voie, les quatre portes ouvertes, et les terroristes menottés qui se faisaient embarquer dans un fourgon. Le Préfet de police et un conseiller du ministre de l'Intérieur se félicitaient mutuellement du dénouement de cette intervention rondement menée. Et puis un peu plus loin, avec ses lunettes rondes et son nœud papillon à carreaux verts et jaunes, Archibald, son double qui avait vécu l'explosion de l'avion, était libéré. Il le vit monter dans une voiture de police qui s'éloigna, sirène hurlante, en direction de Paris. Archibald songea que sa mission à lui était terminée. Il pouvait rejoindre Julien à l'aéroport. La suite ne lui appartenait plus. Il avait confiance en lui. L'expression l'amusa. Enfin, il avait confiance en cet autre Archibald, ultime copie de lui-même qui devrait donner aux autorités des renseignements quant à la position approximative de l'explosif dans l'avion. Sans citer sa source ! Évidemment ! Mais il se savait assez malin pour les mettre sur la voie sans se trahir. Il décida de rejoindre sa salle d'embarquement. Au contrôle, on refusa de le faire passer.

- Mais je suis Archibald Goustoquet. Regardez ! J'ai mon ticket... Je vous assure que mon avion doit décoller à 12 h 30...

On lui fit comprendre que tout Archibald Goustoquet qu'il était, le départ de son avion était retardé. Il n'insista pas. Ces gens-là ne voulaient absolument rien entendre.

Il retourna dans le hall pour consulter les écrans d'informations sur les départs et les arrivées et constata que non seulement son vol était retardé, mais que tous les vols l'étaient également. De plus, il apprit que les avions sur le point d'atterrir étaient détournés sur Le Bourget, Orly ou même Nantes et Lyon. Un plan d'alerte rouge générale avait été déclenché. Et toute cette pagaille parce qu'il avait passé un petit coup de fil à Maréchal...

*

Plus loin, dans un taxi, une Audi A6 TDI, un autre Archibald et Julien bouillaient.

- Mais enfin, grondait Archibald, des kidnappeurs vont nous échapper... Il faut au moins le dire à la police... Vous acceptez la carte bleue ?

- Pas en dessous de cent euros.

- Mille euros pour vous si vous nous sortez de là...

Le chauffeur en resta coi.

- Mille euros ? Vous êtes fou Professeur, avec tout le respect que je vous dois, murmura Julien.

- Ce n'est pas grand-chose comparé à la catastrophe que tu m'as décrite. Il n'y a jamais de prix suffisamment élevé pour sauver des vies, ajouta Archibald sur le même ton de confidence.

Il relança le chauffeur.

- Alors ? Mille euros ?

- Désolé, lui répliqua ce dernier, un homme d'environ trente-cinq ans, cheveux gominés parfaitement plaqués en arrière, Ray Ban sur le nez, mais les flics barrent toutes les sorties, et je crois que de toute façon, ils les ont déjà coffrés, vos ravisseurs.

- Vous êtes sûr ?

- Certain ! Regardez !

Effectivement, dans le fourgon et avant que les portes ne se referment, ils aperçurent Djelloul Fahti, Rachid Ben Chahid, un policier et un autre arabe menottés et encadrés par une dizaine de policiers. Le fourgon s'éloigna sirènes et gyrophare en action.

- Julien, regarde ! murmura-t-il, ils sont aussi en train de m'embarquer...

- Mince ! Je n'y comprends plus rien, Professeur...

- Ne t'inquiète pas, va ! Moi non plus. Mais je pense qu'il y a du déplacement temporel derrière tout cela... C'est tout ce que je peux te dire.

- On peut sortir ? demanda Julien au chauffeur.

- Je ne pense pas que cela soit possible...

Des policiers se déplaçaient de voitures en voitures, et l'un d'eux approcha de leur taxi. Le chauffeur descendit la vitre électrique. Le policier les salua rapidement.

- Police nationale. Pour votre sécurité, personne ne sort des véhicules. Nous avons une alerte à la bombe.

- Il y en a pour longtemps ? demanda Archibald.

- Je ne sais pas, Monsieur. Le temps des vérifications d'usage.

*

Sur le tarmac, tout un cordon de sécurité entourait dans un rayon de cent mètres, l'avion de l'American Airlines qui normalement aurait dû s'envoler pour Newark. Une équipe de déminage de la sécurité civile

498

était à pied d'œuvre et fouillait la soute de fond en comble. Au bout d'une heure de recherches infructueuses, le responsable lança dans son talkie-walkie :

- On n'a rien trouvé, Commissaire !

- Merde ! C'est bon, descendez !

Le commissaire divisionnaire Pierre Fenouillet, de la division anti-terroriste de la DCRI, s'adressa à la direction de l'aéroport qui suivait les opérations à ses côtés avec anxiété.

- Vous pouvez faire décharger les bagages ?

- Tous les bagages ?

- Oui. Tous les bagages ! Sans exception ! Et vous les ferez conduire dans une salle d'arrivée où les voyageurs les récupèrent habituellement. C'est possible ça ?

- Pas de problème. Je m'en occupe, affirma un des cadres. Ils seront sur le tapis dans dix minutes.

- Bien. Retrouvez-nous là-bas ! Et apportez-moi un porte-voix, un micro, enfin, quelque chose dans lequel je puisse parler pour que tout le monde m'entende ! Ah ! Et puis aussi trouvez-moi quelqu'un qui parle parfaitement anglais. Dans un aéroport ça ne doit pas être bien difficile à trouver...

*

Les quatre cent quatre-vingt douze passagers plus ou moins énervés par ce contretemps, avaient été priés de descendre de la salle d'embarquement et avaient été conduits dans la salle de réception des bagages où ils étaient rassemblés. Quand le commissaire approcha, avec l'équipe de déminage et avant qu'il ne prenne la parole, le silence s'installa progressivement. Les trois ministres israéliens entourés de leurs chiens de garde lui sautèrent dessus.

- En tant que premier ministre de l'Etat d'Israël, vous allez, je suppose, m'éviter tous ces contrôles qui nous font perdre considérablement notre temps et retardent d'autant notre programme officiel... Je vous signale que je suis attendu à l'ONU et à la Maison Blanche par le président des Etats Unis...

- Monsieur le Premier Ministre, avec tout le respect que je vous dois, j'ai le regret de porter à votre connaissance que nous avons de fortes présomptions de croire qu'une bombe se trouve dans ces bagages. Et que si elle explose pendant votre vol, votre programme officiel risque d'être malheureusement bien écourté.

- Co... Comment ? Une bombe ?

- Oui, Monsieur le Premier Ministre, c'est la raison pour laquelle, nous avons rassemblé tous les passagers. Maintenant, excusez-moi !...

Un des responsables de la communication avait apporté une sonorisation portable légère, et il tendit au commissaire un micro sans fil.

- Ils sont tous là ? demanda-t-il à l'hôtesse qui avait pointé le nom de tous les passagers sur le listing d'embarquement.

- Non, Monsieur. Il manque deux personnes.

- Et où sont-elles ?

- Je ne sais pas Monsieur.

- Vous avez leurs noms ?

Elle consulta sa liste.

- Oui Monsieur. Il s'agit de Malcolm Stuart et d'Archibald Goustoquet.

- Goustoquet ? intervint un policier de sécurité de l'aéroport, je l'ai refoulé au contrôle il y a une heure. Il doit attendre dans le hall. Je vais lancer un appel et le faire amener ! Quant à l'autre, ce Stuart, il est en cellule avec son frère jumeau. Une histoire de fou.

- Allez me le chercher !

- Lequel ?

- Eh bien, celui qui a un ticket d'embarquement...

- Justement ! Ils ont tous les deux un ticket d'embarquement, et pour le même vol, sur le même siège... Leur passeport est identique et... ils portent tous les deux le même nom...

- S'ils sont jumeaux, c'est normal non ?

- Oui, mais ils ont aussi le même prénom...

- Ce n'est pas possible...

- Mais ce n'est pas le plus incompréhensible...

- Nous avons enquêté à l'état civil américain... À la date mentionnée, il y a bien eu une naissance à Boston, Massachussetts, comme indiqué sur le passeport...

- Donc c'est ok ?

- Une naissance, Commissaire. Une seule. Un garçon de 4 kg, répondant au nom de Malcolm Stuart...

- Eh bien alors, qui est l'autre ?
- Une histoire de fous je vous dis...
- Bon, amenez-les tous les deux !

*

Archibald fut conduit dans la salle des bagages où il aperçut Julien qui lui faisait signe et le rejoignit. Il passa près du commissaire. Bien qu'il ne l'ait vu qu'une seule fois à la télévision lors de la remise de sa décoration, il reconnut Pierre Fenouillet, le frère de Maréchal. Deux minutes après, l'arrivée des jumeaux Stuart ne passa pas inaperçue tant les vociférations outrancières de l'un détonnaient, comparées aux délires mystiques et religieux du second.

Quand le Malcolm original, au sens d'origine et non pas au sens de farfelu, aperçut tous les policiers, il eut peur que ce ne soit les centrales qui les aient envoyés pour l'arrêter et il fut stoppé net, et dans l'élan, et dans le verbe. Le second regarda hébété la foule des voyageurs et son visage s'illumina quand il aperçut Archibald et Julien, il se précipita vers eux.

- Je vous ai retrouvés ! Je vous ai retrouvés !
- Oh non, soupira Archibald, le fou des toilettes...

Il se dirigea aussitôt vers le commissaire et lui glissa à l'oreille, dans une complicité décalée :

- Ce sont Dieu et l'Archange Gabriel... Vous devez être leur garde rapprochée... je me trompe ?

Le commissaire le regarda sans broncher, et fit un signe de tête évocateur aux deux policiers qui les avaient amenés.

- Reconduisez celui-là où il était ! On résoudra le problème de leur impossible gémellité plus tard...

Les deux hommes s'éloignèrent en encadrant l'illuminé qui leur chuchota :

- Génial ! Vous m'emmenez au paradis ?

*

- Mesdames et Messieurs ! Croyez bien que je suis désolé de toutes ces perturbations indépendantes de notre volonté. Mais je vais faire appel à votre civisme. Nous avons appris qu'une bombe était dissimulée dans l'avion qui devait vous emmener aux Etats Unis...

L'angoisse et la consternation était palpable aux regards et chuchotements qu'échangeaient entre eux certains passagers. D'autres n'avaient pas encore réagi par incompréhension de la langue.

- ... nous avons arrêté les terroristes et nous avons fouillé l'avion, malheureusement en vain. Bien que tous vos bagages aient été vérifiés par le service de sécurité de l'aéroport, je vais vous mettre à contribution. Nous les avons fait rapatrier. Ils vont arriver sur le tapis. Dès que vous les reconnaîtrez je vous demande de les récupérer et de les déballer sur le sol, devant vous. Vérifiez que tout ce qui est dedans vous appartient ! Regardez avec attention chaque vêtement, chaque sous-vêtement, dans chaque serviette, chaque chaussure, chaque objet, et dites-nous si vous découvrez quelque chose susceptible de ne pas vous appartenir. Il en va de votre vie à tous. Traduisez, s'il vous plaît !

Abigail, une hôtesse qui devait faire partie de l'équipage sur le vol Paris-Newark, prit le micro que lui tendit le commandant et répéta mot pour mot en anglais ce qu'il venait d'expliquer. Le commissaire imposa le calme quand cette fois-ci quelques femmes manifestèrent leur frayeur par des cris intempestifs. Les premières valises apparurent et comme ils le feraient s'ils étaient arrivés à destination, les passagers s'agglutinèrent autour du tapis roulant. Au fur et à mesure, chacun récupéra ses sacs, sa valises, ses cartons, poussettes d'enfants, souvenirs hétéroclites trop volumineux pour être transportés en cabine.

Quelques minutes plus tard, tous les voyageurs avaient déballé leurs bagages et étudiaient méticuleusement le contenu de leurs affaires. Des officiers déambulaient sur ce qui ressemblait à un marché aux puces improvisé et sauvage, sauf qu'ici, rien n'était à vendre. Les ficelles des cartons furent dénouées, leur contenu vérifié, les poussettes furent dépliées, toutes les poches vidées, mais après une heure de fouille consciencieuse, de contrôle attentif, il fallait se rendre à l'évidence, l'opération était stérile. Le commissaire jura entre ses dents et autorisa les passagers à ranger leurs affaires et à remettre les bagages sur le tapis pour que les employés puissent les remettre dans la soute. Un lieutenant interrogea son supérieur.

- Excusez-moi Commissaire ! Vous pensez que c'est une fausse alerte ?

- Je ne sais pas. Le comportement des suspects arrêtés m'inciterait à penser que non. Mais il faut se rendre à l'évidence. On n'a rien trouvé.

Le responsable de la tour de contrôle intervint à son tour.

- Excusez-moi ! Peut-on autoriser les atterrissages ? Orly, Le Bourget, Nantes et Lyon viennent de nous avertir qu'ils sont saturés…

Le commissaire sentit le poids des responsabilités peser lourdement sur ses épaules. Il mesura les risques encourus, envisagea même des statistiques sur les possibilités de réussite ou d'échec d'un hypothétique attentat. Mais tout de même, son frère, Maréchal, ne lui avait pas transmis de fausses informations à propos des terroristes, alors pourquoi n'y aurait-il pas de bombe ? Mais que faire ? D'ici peu, il aurait le ministère des transports sur le dos… Peut-être même plus haut ?

- Alors, Commissaire ?

Il fallait se prononcer.

- J'appelle le Président. Lui seul peut prendre la décision.

*

- Et vous êtes sûr que vous n'avez absolument rien trouvé ? insista le Président.

- Rien du tout Monsieur le Président. D'ici peu il va y avoir un encombrement aérien sur la région parisienne, et les aéroports sur lesquels ont été détournés tous les vols sont saturés. Excusez-moi d'insister Monsieur le Président, mais il faut prendre une décision. Peut-on autoriser la reprise du trafic sur Roissy ?

Silence pesant. Lourd. Interminable.

- Monsieur le Président ?...

- Donnez le feu vert ! Et que Dieu soit avec nous !

- Bien Monsieur le Président ! Merci Monsieur le Président.

*

Tous les passagers furent reconduits dans la salle d'embarquement. Les bagages réintégrèrent la soute. Dans le hall, les informations des départs et arrivées de vols s'affichèrent à nouveau, au plus grand soulagement des voyageurs.

Archibald et Julien étaient assis côte à côte. Julien avait sorti son magazine d'informatique. Archibald, lui, cogitait. Apparemment la bombe n'avait pas été trouvée. Et ils étaient là. A cinq minutes de monter à bord de ce qui allait être leur cauchemar. Il en était persuadé. Alors tout allait se passer comme le double de Julien lui avait raconté. L'explosion en plein vol après avoir survolé l'Irlande. L'arrêt du temps pour échapper à la mort. Puis le retour dans le passé pour le prévenir que... Ce n'était pas possible. Il y avait forcément quelque chose qu'il avait oublié de faire, mais quoi ?

*

Axel Bennett, quatrième joueur mondial de tennis, était debout, les mains dans les poches arrières de son jean, et regardait machinalement le ballet incessant des avions qui avait enfin repris. Quelque chose clochait. Il venait de participer au Masters Series de Monte-Carlo où il avait été éliminé en demie finale par le numéro un mondial et bien qu'il se jurât de le battre fin mai à Roland Garros, ce n'était pas ce qui le contrariait. Alors quoi ? Cette histoire de bombe dans l'avion ? Non, ils n'avaient rien trouvé. Mais alors quel était ce rouage grippé dans son esprit ? Quel était ce signal que lui envoyait son cerveau et qu'il était incapable de décrypter ? Une banalité sans doute liée à son échec en finale...

Il décida d'aller au duty-free pour acheter un cadeau à Manuela, sa fiancée du moment qu'il allait retrouver à New-York. Une bouteille de parfum devrait lui plaire. Il opta pour "Femme" d'Hugo Boss et passa à la caisse pour régler son achat. On lui demanda son ticket d'embarquement et on lui annonça qu'une hôtesse lui remettrait son sachet au moment de monter dans l'avion. Il régla son achat avec sa carte American Express et retourna dans la salle d'embarquement. C'est en passant devant un rayon remplis de cartouches de cigarettes blondes qu'il eut le déclic. C'était idiot mais il devait absolument en parler.

Il se précipita au contrôle de sécurité. Évidemment personne ici ne parlait anglais. Mis à part les nombres quinze, trente quarante, et les mots "égalité" et "avantage", il ne parlait pas français, mais à grands renforts de gestes il parvint à expliquer qu'il souhaitait parler au responsable qui leur avait fait déballer leurs bagages. Le chef de la sécurité passa un appel sur un talkie-walkie qu'il décrocha de sa ceinture et tenta de faire comprendre à Axel Bennett tant bien que mal qu'il allait venir.

Le commissaire les rejoignit effectivement deux minutes plus tard avec son hôtesse interprète qu'il avait eu la présence d'esprit de réquisitionner, quand il avait appris qu'un joueur de tennis mondial américain voulait lui parler. Joueur de tennis mondial ou pas, il n'en avait jamais entendu parler. Pas son truc le tennis. Plutôt le rugby. Un sport bien viril. Un sport de mec. A la télé, bien sûr !

- Demandez-lui ce qu'il veut ! souffla-t-il à Abigail, impressionnée, elle, d'adresser la parole au mètre quatre-vingt-dix d'Axel Bennett en personne.

- *What is going on, Sir ?*

- *I'm sorry, I remember I saw something strange in my travelling bag...*

- Il dit qu'il vient de se rappeler d'avoir vu quelque chose de bizarre dans son sac de voyage…

- Eh bien, demandez-lui quoi ! s'impatienta le commissaire.

- What did you see, Sir ?

- I don't know if it matters or not but there was a little box of matches...

- Il dit qu'il y avait une boîte d'allumettes…

- Et alors ?

- So, Sir ?

- I don't smoke, Miss. I never put any matches in my luggage !

- Il ne fume pas et ne mets jamais d'allumettes dans ses bagages.

- Nom de Dieu ! rugit le commissaire.

*

La boîte d'allumettes était inspectée sous toutes les coutures, et on fit appel à un traducteur arabe pour déchiffrer la calligraphie tracée à la hâte au stylo. Quand Pierre Fenouillet apprit qu'il s'agissait du numéro du vol pour Newark et de l'heure de décollage, il n'eut plus aucun doute et fit appel à nouveau à l'équipe de déminage. Les spécialistes étaient maintenant regroupés autour de la boîte d'allumettes posée sur une table dans la salle de contrôle, et s'apprêtait à prendre des clichés aux rayons.

- Je veux des vues de chaque face, exigea le commissaire.

Peu après, cinq photographies étaient observées à la loupe par les spécialistes.

- Regardez Commissaire ! Sur ces trois images de face et de profil, on dirait qu'il y a comme un double fond au tiroir.

- Vous avez raison ! Tout le monde dehors ! A vous de jouer ! lança-t-il aux responsables du déminage.

Il rejoignit le reste de l'équipe dans une salle d'observation derrière une vitre blindée.

- Allez-y ! ordonna–t-il dans un micro. Prudence !

Les techniciens placèrent la boîte avec précaution dans une boîte de protection en plexiglas indestructible qu'ils avaient apportée, juste entre les axes croisés de deux caméras externes qui allaient permettre au commissaire et ses hommes de suivre les opérations en toute sécurité sur un écran de contrôle. Ils enfilèrent leurs mains dans des gaines tubulaires dont les extrémités, par un ingénieux système de gants, se composaient de différents outils de travail de précision. En utilisant pinces et lames diverses, ils poussèrent lentement le tiroir de son logement et le vidèrent de toutes les allumettes. Comme l'avait fait Djelloul Fahti pour montrer la cachette secrète à Rachid Ben Chahid, et comme Rachid Ben Chahid l'avait fait lui-même à Ahmed Zeitoun, ils rabattirent les quatre côtés, puis soulevèrent prudemment le double fond. Une pâte brunâtre d'un demi-millimètre d'épaisseur, parfaitement plane et compactée, de la même superficie que le fond de la boîte, fut dégagée.

- Merde ! Qu'est-ce que c'est que ça ? murmura le commissaire.

- Je crois savoir de quoi il s'agit, Pierre, répliqua un responsable de la DGSE.

- Je t'écoute…

- Nos services sont sur cette piste depuis six mois. Nous savions qu'un chimiste palestinien avait mis au point un explosif particulier, dont l'efficacité serait redoutable. C'est un alliage chimique à base d'uranium qui se maintient dans sa combinaison moléculaire tant qu'il est soumis à la pression terrestre. Mais dès qu'il se trouve exposé à une pression inférieure, les molécules sont libérées et provoque alors une réaction atomique, donc une explosion très puissante.

- Mais comment modifier cette pression ? l'interrogea le commissaire.

- Là est le génie du chimiste qui a mis au point cet explosif. Je vous ai expliqué qu'il fallait une pression inférieure à celle de la pression terrestre. Eh bien, au-dessus de dix mille mètres d'altitude, la pression terrestre est divisée par deux…

- Nom de Dieu ! lâcha le commissaire.

*

Au même moment, dans le taxi, le chauffeur aux Ray Ban pianotait sur son volant. Ah ! Les voitures avaient l'air de bouger… Oui ! Un policier lui fit signe d'avancer.

- Ça y est ! Ça se dégage. Je crois que c'est terminé. Alors, je vous emmène où ? demanda-t-il à ses clients en cherchant leurs regards dans le rétroviseur.

Il se retourna littéralement d'un bond. Le siège arrière était inoccupé. Ses clients étaient partis. Il n'avait même pas entendu s'ouvrir ou claquer les portières.

- Ça alors ! s'exclama-t-il à haute voix, j'ai dû m'assoupir…

*

Au même moment, dans le café de la rue de Suez, le patron fulminait.

- Les salopards ! Ils sont partis sans payer…

De rage il ramassa les verres et les bouteilles, et même un tas de petits bouts de papier.

*

Au même moment, dans le bureau de la DCRI où un certain Archibald Goustoquet avait été conduit après sa libération et où il avait communiqué tous les renseignements indispensables à propos de l'attentat, dans ce bureau de la DCRI où il dégustait seul un café mérité, le gobelet tomba de nulle part et se renversa sur le sol.

*

Au même moment dans la cellule où il était enfermé, Malcolm regardait le ciel en priant. Peut-être crut-il que ses prières avaient été exaucées à l'instant où il cessa d'exister ?

*

Sans doute qu'à la sécurité, on ne sut jamais qui avait libéré l'illuminé ?

*

- Attention please, the flight AA674 to Newark will now be boarding at gate A, please have your passport and boarding card ready... Votre attention s'il vous plaît ! Les passagers du vol AA674 à destination de Newark sont priés de se rapprocher de la porte A munis de leur passeport et de leur ticket d'embarquement...

Le message provoqua un vaste mouvement collectif. Julien se glissa dans la file qui commençait déjà à s'allonger. Archibald avançait à ses côtés, songeur.

- Ça va, Monsieur ? s'inquiéta Julien.

- Oui, oui. Tout va bien. Tout va bien.

On appela en priorité les passagers de la classe affaire et ils furent très rapidement introduits dans le Boeing 747, tout comme la délégation israélienne. Archibald et Julien se retrouvèrent côte à côte dans de larges fauteuils en cuir. Archibald sans avoir vécu la catastrophe, imaginait ce qui avait pu se passer dans cette cabine, les horreurs épouvantables que lui avait racontées Julien, celui qui y avait assisté. Il eut une nausée. Quelque chose de désagréable le contrariait. Des milliers de signaux envahissaient son esprit. Et tous confirmaient le diagnostic qu'il pressentait. La peur. Une angoisse violente qui ne devrait plus jamais le lâcher. Il réalisa en même temps, maintenant que l'attentat avait échoué, que ces voyages temporels l'avaient épuisé. Et puis, Miraldine lui manquait.

- Il serait peut-être temps de faire les présentations, sourit Julien, main tendue. Je m'appelle Julien Dorval, je suis lycéen...

Archibald lui serra la main. Machinalement.

- Goustoquet ! Archibald Goustoquet ! Je suis physicien. Enfin, chercheur en physique.

- Ça fait un peu James Bond comme présentation, Professeur...

- James Bond ?

- Oui, vous savez l'espion anglais dans les films...

- Désolé, mais je ne connais pas...

- Il se présente toujours comme ça...

Il se leva et prit l'attitude légendaire du personnage comme s'il avait un revolver en main, bras plié contre lui, et il tenta de rendre sa voix plus virile.

- Bond ! James Bond !...

Et il ponctua son imitation d'un éclat de rire qui s'évanouit en déconfiture quand il remarqua que cela n'amusait pas son voisin.

- Quelque chose ne va pas, Professeur ?

- Julien, il faut que je te parle.

Julien comprit que c'était grave. Il se cala dans son fauteuil, tête tournée vers lui.

- Je vais descendre de l'avion. Je ne vais pas faire ce voyage avec toi.

- Vous...

- Chut ! Laisse-moi parler ! Que vas-tu faire à New-York ?

- Je vais rencontrer ma correspondante américaine. Ça fait plus d'un an qu'on s'écrit et...

- C'est bien. Tu vas en profiter pleinement. Pour ma part, vois-tu, je devais aller au congrès mondial annuel de physique pour présenter mes travaux. Mais j'ai un doute. Je ne me sens pas prêt à affronter mes pairs avec ce que j'ai à leur présenter...

- Vous deviez leur présenter quoi ?

Archibald sortit la Time Boy de la poche de sa veste.

- Ca ! Mais ce n'est pas encore au point.

- On dirait une vieille Game Boy...

- Je sais. Mais ce n'est pas ça !

- Qu'est-ce que c'est alors ?

Archibald retourna la Time Boy entre ses mains, et sur ses lèvres se dessina un sourire amusé.

- Un passe-temps !

37

Dix jours plus tard, un autre Boeing 747 atterrissait à Roissy. Julien avait du mal à digérer sa séparation d'avec Angie. Ces vacances avaient filé comme un bon film. Elle lui avait fait visiter Manhattan comme il en avait rêvé, sauf qu'il n'avait pas imité King Kong tout en haut de l'Empire State Building. Il avait été enthousiasmé par le gigantisme de la cité mythique, et comme il l'avait souhaité très fort, Angie correspondait bien à l'image qu'elle donnait d'elle à la webcam sur Skype : gentille, belle à mourir, agréable, pleine d'humour et d'esprit, sensible et... sensuelle. Les trois jours où sa mère leur avait laissé l'appartement avaient été sublimes. Non seulement ils s'étaient comportés comme un jeune couple new-yorkais, mais pour la première fois de sa vie, Julien avait fait le grand saut. D'abord intimidé et maladroit lorsqu'ils s'étaient retrouvés nus dans le même lit, il s'était laissé guider par l'instinct d'Angie, ou peut-être son expérience, il ne lui avait pas posé la question. De peur de la froisser. Ou peut-être d'être déçu. Bref ! Ce furent trois jours de pur bonheur.

Il récupéra ses bagages sur le tapis et une fraction de seconde, songea à tous ces passagers de l'aller dont il faisait partie, agenouillés parterre devant leurs valises et leurs sacs ouverts... Et ce vieux Professeur, Archibald Gousse... quelque chose, et la subite annulation de son voyage... Bizarre ! Mais la vie est pleine de gens bizarres...

*

Dans le TGV qui le ramenait à Nancy, il regardait défiler le paysage monotone de la Champagne Pouilleuse sur lequel se superposait le visage d'Angie, sa merveilleuses Angie... Heureusement, sinon il aurait sombré dans la mélancolie. Ils s'étaient promis de se revoir bientôt, et pas seulement sur Skype. Il lui avait annoncé qu'il essaierait de venir suivre sa classe de terminale au lycée français de New-York. Angie avait explosé de joie.

*

Il était encore dans ses projets d'étude quand le TGV entra en gare de Nancy. Pour arranger les choses, il pleuvait. Il enfila un K-way qu'il avait dans son sac et gagna la station de tramway à deux pas. Il était dix-huit heures, la sortie des bureaux. Il voyagea debout, mais heureusement il n'avait que la longue rue Saint-Jean à descendre avant de regagner l'appartement de la rue Saint-Georges. En temps normal, il l'aurait descendue à pieds, mais là, avec les bagages...

Il descendit à sa station et marcha une centaine de mètres jusqu'au pied de son immeuble. Il pianota les quatre chiffres secrets sur le digicode et pénétra dans le hall quand l'ouverture de la lourde porte en verre se déclencha. Il appela l'ascenseur, déjà en attente au rez-de-chaussée. La porte glissa sans un bruit, et il pénétra dans la cage. Il appuya sur le 6. La porte se referma dans le même glissement silencieux. Il ne perçut presque pas, comme d'habitude, sa progression vers le sixième étage. La porte s'ouvrit et il se dirigea dans le couloir feutré vers son appartement. Il sortit la clef de la poche porte-monnaie de son portefeuille dans laquelle il l'avait glissée pour le voyage afin d'éviter de la perdre, et l'introduisit dans la serrure. Il s'y reprit en trois, quatre fois avant de constater finalement qu'elle ne rentrait pas. Allons, bon ! Ils avaient changé la serrure pendant son absence. C'était malin !

Il appuya deux fois sur la sonnette. Il entendit des pas approcher. Marianne allait lui expliquer pourquoi la serrure avait été…

La porte s'ouvrit.

- Oui. C'est pour quoi ? demanda une jeune femme aux cheveux noirs et frisés d'une bonne trentaine d'années que Julien ne connaissait ni d'Eve, ni d'Adam.

- Euh… Marianne est là ?

- Qui ?

- Marianne ?

- 'Connais pas ! Vous voulez quoi exactement ?

Julien commença à perdre de son assurance.

- Euh… Je suis bien chez Dorval ?

- Ah non ! Ici vous êtes chez Leguill. Salima Leguill… Ah je comprends ! Vous avez dû vous tromper d'étage… Vous êtes au sixième…

- Ah ! Bon… Excusez-moi !

- Pas de mal !

Et la porte se referma laissant Julien pantois devant cette aberration. Il ne s'était pas trompé d'étage. Mais quelqu'un d'autre habitait chez lui. C'était une histoire de fous. Il décida d'aller lire les noms des boîtes aux lettres dans le hall. Il devait y avoir une explication. Après être redescendu au rez-de-chaussée, il lut les étiquettes une à une. Puis recommença une seconde fois. Il avait dû la louper. Une troisième. Non, il devait se rendre à l'évidence… Il n'y avait pas de Dorval dans l'immeuble. Et pas de concierge. Donc pas moyen de se renseigner. La seule explication plausible qu'il trouva fut que ses parents avaient dû déménager pendant son absence. Mais c'était bizarre quand même… Ils lui en auraient fait part. Sinon ses parents, du moins Marianne. Non, il devait y avoir une autre explication. Soudain, il eut la vision de sa vie la plus consternante qui soit. Là, de l'autre côté de la porte vitrée, la main sur le digicode, il y avait… un type qui lui ressemblait d'une façon troublante. Même look. Même cheveux blonds bouclés. Et le plus étrange, ce garçon le regardait pendant qu'il tapait le code secret et ne semblait pas ému le moins du monde. Au contraire, il lui souriait. La porte se déverrouilla et le type entra. S'arrêta. Face à lui.

- N'aies pas peur ! Tu sais qui je suis…

- N... Non !

- Le Professeur ne t'a pas raconté ?

- Le P... Le Professeur ?

- Oui, le Professeur Goustoquet, le physicien avec ses lunettes rondes et son nœud papillon à carreaux verts et jaunes...

- Ah ! Le bonhomme de l'avion...

- Oui, il t'a parlé de sa Time Boy dans l'avion...

- De sa quoi ?... De toute façon, il ne m'a parlé de rien du tout. Il n'était pas dans l'avion. Il a annulé au dernier moment.

- Ah bon ? Il t'a dit pourquoi ?

- Non. Juste qu'il n'était plus sûr de son invention, son passe-temps qu'il a dit...

- Bon. Ecoute, on doit faire vite. Viens avec moi ! je vais t'expliquer.

*

Dans le bar où ils étaient installés devant un diabolo, Julien n'en revenait pas. Son double venait de lui raconter toute une histoire abracadabrante de voyage dans le temps. Naturellement incrédule, il avait dû reconnaître qu'il connaissait trop de choses intimes sur sa vie pour qu'il ne soit pas réellement lui-même. Ce qui l'avait déstabilisé et en même temps convaincu, c'était la soirée d'anniversaire chez Willy, au début des vacances, qu'il lui avait décrite, avec cette Élodie, la fille avec qui il avait flirté le temps d'un slow.

- Mais alors pourquoi être venu du passé juste pour me dire ça ?

- Je suis venu pour t'expliquer pourquoi toi et ta famille vous n'habitez plus ici ?

Julien était maintenant fasciné, suspendu aux lèvres de son double.

- J'imagine que tu as en mémoire l'accident ?

- L'explosion de l'avion dont tu m'as parlé ?

- Non. L'accident ! Avec Laurine quand vous étiez petits…

Julien s'assombrit.

- Tu sais ça aussi ?

- Et oui ! J'ai vécu ce que tu as vécu, je suis toi, n'oublie pas !

- C'est dingue… Bien sûr que je me souviens de ce qui est arrivé. Enfin des bribes. C'est surtout grâce…

- …au journal. A l'Est Républicain ! Je sais. Eh bien, je suis revenu aussi pour ça. Pour Laurine. Ecoute-moi bien ! Je suis revenu à l'époque de l'accident pour l'éviter justement. Pour que Papa ne roule pas sur Laurine avec son 4x4…

- Tu l'as fait ? Tu as réussi ?

Son double le fixait en souriant. Les yeux brillants. Et il hochait la tête.

- Tu es sûr ?

- Certain. Après avoir empêché le drame, et avant que je ne retourne dans mon autre vie, celle où le Professeur m'attend dans le café à Paris, je me suis projeté à aujourd'hui, et avant de venir te voir, je suis allé à Millery.

- Et alors ? s'enquit Julien, impatient.

- Toute la famille vit encore là-bas.

- Toute la famille ? Laurine ?

- Oui. Laurine aussi. Elle est vivante. Et bien vivante, ajouta-t-il en posant sa main sur la sienne.

Ils les retirèrent ensemble aussitôt. Ce contact fut désagréable. Froid. Electrique. Et rappela à Julien qu'il était temps de rejoindre le Professeur à Paris.

- Tu te rappelles de l'adresse à Millery.

- Euh… vaguement, oui, je crois.

- Tiens ! enchaîna Julien en lui tendant un bout de papier. Je l'ai inscrite là-dessus.

Julien le garda à la main et regarda son double qui s'était levé.

- Tu pars ? demanda Julien, comme à regrets.

- Je pars, oui. Je dois retrouver le Professeur dans ma vie à moi. Il m'attend. On ne peut pas vivre tous les deux dans ta propre vie. C'est ingérable. Allez ! Je me sauve. Salut ! Et prends soin de Laurine ! Tu as des années à rattraper…

- Comment tu repars ?

- Ça, c'est compliqué à t'expliquer. Disons qu'il vaut mieux que je m'isole. Ce sera mieux pour tout le monde. Je te laisse payer. Mes pièces à moi risquent de disparaître bientôt…

- Quoi ? Qu'est-ce que tu racontes ?

- Laisse tomber ! Salut !

Le double quitta l'établissement. Julien le suivit dans son déplacement derrière la baie vitrée, jusqu'à ce qu'il soit hors de vue. Il souffla longuement, comme pour se persuader qu'il n'avait pas rêvé. Il n'avait pas rêvé. Le bout de papier avec l'adresse en était la preuve. Il se leva, demanda un annuaire au serveur à qui il régla les deux diabolos, et chercha un numéro. Quand il l'eut trouvé, il appela un taxi.

*

Peu après, la Laguna quitta l'A31 qui reliait Nancy à Metz, et entra dans Millery.

— Vous m'avez dit quelle adresse ?

Julien sortit le papier de sa poche et lut à haute voix.

— 12, avenue de la Moselle…

— On y est bientôt alors, voilà le 2… le 4…

Julien sentit un grésillement entre ses doigts. Il regarda et sa bouche s'entrouvrit de stupéfaction. Le papier avait disparu. Il n'existait plus alors qu'il y avait à peine deux secondes, il venait de lire l'adresse… Il secoua la tête. C'est sûr, avec le voyage et le décalage horaire, il manquait de sommeil et il avait eu une hallucination…

— Voilà, jeune homme ! Le 12…

Julien régla la course. Le chauffeur vint lui ouvrir le coffre afin qu'il récupère ses affaires, puis remonta au volant, fit demi-tour et reprit la direction de Nancy.

Planté sur le trottoir, Julien regardait la villa. Le souvenir qu'il en avait était flou. En tout cas, c'était une superbe villa, avec un vaste terrain engazonné et fleuri, plat sur le devant mais en pente vers la Moselle sur les côtés. Il était aussi intimidé que lorsqu'Angie était venue l'attendre à l'aéroport de Newark. Bon, allez ! Il n'allait pas passer la nuit ici...

Il eut à peine le temps d'esquisser un pas, qu'un klaxon le fit sursauter. Un Volvo quatre roues motrices d'un noir rutilant aux vitres teintées s'arrêta à côté de lui. Les deux portières avant s'ouvrir en même temps. C'était...

- Julien, s'écria son père avec une joie non feinte !

- Mon chéri, dit sa mère en se jetant dans ses bras pour l'embrasser affectueusement, tu nous as fait peur...

- Je... Je vous ai fait peur ?

- Oui, poursuivit son père, on a cru que tu avais raté ton train. On savait par Internet que ton avion avait atterri avec un peu de retard, mais on ne savait pas quand tu allais arriver à la gare... Tu es arrivé à quelle heure ?

Julien sentit une boule se former dans sa gorge et il prit sur lui pour qu'elle n'explose pas. Sa mère... elle était comme il ne l'avait jamais vue. Si belle, si rayonnante, si affectueuse. Et son père, pouvait-il avoir changé à ce point ? Il avait la même silhouette svelte, mais son visage était gai, ouvert, franc... paternel... Quel bonheur que les voir si débordants, si dynamiques, et... exister !

- Je suis là maintenant... Maman, murmura-t-il à l'oreille de sa mère en l'enlaçant.

Son père remonta dans le 4x4 et le gara sur l'allée gravillonnée du garage.

- Viens à la maison ! suggéra-t-il, tu dois avoir faim. Tu nous raconteras comment s'est passé ton séjour chez Angie…

Même ça… Ils savent pour Angie… Ils m'aiment… Ils m'aiment… ne cessait-il de se répéter dans sa tête, devant cette découverte incroyable. Le double de son hallucination avait raison. En sauvant Laurine, il avait changé leur destin…

Laurine ?

Il voulut demander à ses parents si elle était là, mais les mots ne purent formuler cette question insensée. Tant d'années à vivre seul en fils unique, avait structuré son esprit de telle sorte qu'aujourd'hui, il lui était impossible d'exprimer quoi que ce soit comme si de rien n'était, comme si Laurine faisait partie de sa vie.

Dans le salon panoramique qui donnait sur la Moselle incendiée par les flammes fauves du soleil couchant, Julien était heureux d'être avec ses parents qui l'écoutaient avec tant d'attention. Tout Manhattan y passait : Central Park, Times Square, le spectacle musical qu'ils étaient allés voir sur Broadway, les…

La porte d'entrée s'ouvrit. Julien se tut. Tétanisé.

- Ah, voilà ta sœur, confirma sa mère.

Dix secondes plus tard, elle apparut sur le seuil du salon.

Laurine…

Julien s'était levé. Il ne pouvait détacher ses yeux de cette belle jeune fille de dix-huit ans à la longue chevelure châtain, qui n'avait vraiment plus rien à voir avec la petite Laurine qui, autrefois, ne comprenait pas la position qu'il fallait adopter en tant que gardien de but.

- Julien ! s'exclama-t-elle en se précipitant vers lui.

Inconsciemment, il ouvrit les bras. Elle s'y enferma et l'embrassa sur les joues.

- Tu ne peux pas savoir comme je suis contente de te revoir, affirma-telle avec un sourire radieux.

La boule. La boule dans la gorge se reformait.

- Pas autant que moi, Laurine ! parvint-il à articuler.

Il s'effondra en larmes contre elle.

ÉPILOGUE

Un an plus tard, à New-York...

Julien tenait Angie par la taille, pendant qu'elle tentait de lécher une glace gigantesque, une montagne de vanille et de fraise, sans qu'elle ne coule. C'était un combat de tous les instants et Julien riait de la voir se débattre avec les dégoulinures qui se formaient tout autour du cornet.

- Oh, ce n'est pas drôle ! Tu devrais plutôt m'aider...

- Que veux-tu que je fasse ?

- Lécher le cornet en même temps que moi. Moi, je vais lécher ici, et toi de l'autre côté...

- Ok !

La situation était plus que scabreuse. Un grand cornet de glace entre deux visages épanouis... Les passants regardaient d'un œil amusé ce jeune couple plein d'insouciance. Et ce qui devait arriva. A trop lécher le cornet à coups de langues anarchiques, la montagne tomba entre eux et s'étala sur le trottoir dans un *splatch* explosif de crème glacée. À voir l'air dépité que chacun afficha, ils éclatèrent de rire et le cornet termina sa courte vie de cornet dans une poubelle. Ils poursuivirent leur balade main dans la main en riant de plus belle. Ils passèrent le Financial district et se retrouvèrent sur Battery Park. Ils longèrent la promenade qui borde la baie de New-York au sud de Manhattan et observaient tous ces vendeurs à la sauvette, prêts à remballer leurs contrefaçons hétéroclites à la moindre alerte d'une approche policière. Des ados se poursuivaient à toute vitesse en rollers et zigzaguaient entre les promeneurs et les joggers du dimanche. Ils s'arrêtèrent derrière un peintre assis devant son chevalet. Il peignait un vieux couple de dos, resserré, appuyé contre le parapet et tourné vers la statue de la Liberté... Ils suivirent attentivement en silence ses gestes précis et méticuleux. L'homme qui posait, à un moment se retourna pour s'adresser au peintre.

- Tu en as encore pour longtemps Maréchal ?

Il aperçut le jeune couple derrière lui et aussitôt, il reconnut la blonde chevelure bouclée.

- Julien ! s'exclama Archibald en le rejoignant.

Julien ne le reconnut pas immédiatement.

- Julien euh... Dorval, c'est ça hein ? tenta le vieil homme.

- Euh oui.... Mais qui....

- Tu ne me reconnais pas ?...

Sans attendre sa réponse, il croisa une jambe devant l'autre, le bras gauche replié sur le ventre et le coude droit posé dessus, l'avant-bras dressé contre sa poitrine, un revolver simulé par les doigts repliés de sa main, index et majeur tendus.

- Goustoquet ! Archibald Goustoquet !... Tu as vu j'ai comblé mes lacunes. Je suis allé voir James Bond au cinéma…

- Professeur ! s'écria alors Julien qui se souvint de l'anecdote.

Bien que cet homme-là portât de petites lunettes à fine monture, et pas de nœud papillon à carreaux verts et jaunes, le souvenir de celui qu'il avait rencontré dans l'avion lui revint en mémoire.

- Ça alors ! Quelle coïncidence ! Je ne vous avais pas reconnu…

- Hé ! C'est à cause des lunettes…

- Et du nœud papillon, ajouta en souriant Julien.

- Ma petite femme m'a persuadé d'en changer… Comment me trouves-tu ?

- Bien ! Bien, Professeur ! Vous êtes venu à votre congrès mondial de physique ?

- Non, pas du tout…

Il se tourna vers la femme accoudée sur le parapet qui regardait avec admiration la statue de la Liberté.

- Miraldine ?

La femme se retourna et Archibald lui fit signe d'approcher. Elle se dirigea vers eux avec un sourire-rayon-de-soleil qui confinait au divin.

- Nous sommes en voyage de noces… Je te présente Miraldine, mon épouse… Miraldine, voici Julien, tu sais je t'en ai parlé, ce garçon de Nancy avec qui euh… j'ai failli voyager l'année dernière…

Miraldine lui tendit la main.

531

- Bonjour Julien. Je suis contente de vous rencontrer. Archie m'a tellement parlé de votre aventure…

- De… de notre aventure, répondit Julien, surpris que le bonhomme ait qualifié ainsi les quelques heures qu'ils avaient à peine passées ensemble.

Archibald bouillait intérieurement.

Miraldine ! La boulette ! Bien sûr, elle ne peut pas savoir que l'aventure ce n'est pas avec ce Julien-là qu'elle a été vécue mais avec son double… Vite une parade…

- Oui. Tu sais euh… la bombe dans l'avion, quand il a fallu que tout le monde… euh… ouvre ses bagages dans l'aéroport à genoux parterre…

- Ah, oui ! La bombe…

Vite ! Changer de sujet…

- Et toi ? Toujours en voyage linguistique ?

- Non, non. Je suis en terminale au lycée français et je suis installé à New-York au moins pour cette année, jusqu'au bac. Après on verra…

- Bien ! Et je suppose que… s'interrompit-il en dévisageant la jeune fille qui l'accompagnait.

- C'est Angie… Ma correspondante… mon amie…

- Bonjour Mademoiselle ! Enchanté ! la salua Archibald.

- *Hi ! Nice to meet you*[9]… répliqua poliment la jeune fille.

- Nous rentrons dans deux jours. Tout a une fin ! Si un jour tu retournes à Nancy… passe me dire

---

[9] Bonjour ! Ravie de vous rencontrer…

bonjour ! Tous les matins je bois un café à l'Excelsior...
Tu connais ?

- L'Excelsior... c'est l'ancien nom du Flo, c'est ça ?

- Oui, si tu veux. Mais tu regarderas bien sur les vitres... c'est toujours marqué Excelsior, revendiqua Archibald, fier de marquer un point sur ce sujet.

- Bon, vous avez bientôt fini vos bavardages ? intervint Maréchal, toujours assis, pinceau et palette à la main devant son chevalet.

- C'est mon ami Maréchal, annonça-t-il à l'attention du jeune couple. Nous lui avons demandé de nous accompagner afin qu'il immortalise pour nous notre voyage de noces... C'est mieux qu'une photo, non ?

- C'est original, reconnut Julien en souriant.

- Bon, je vous laisse. Au plaisir et bonne promenade !

Archibald et Miraldine reprirent leur pose contre le parapet et se tournèrent vers le large.

- Un peu plus à droite... Encore... Encore un peu... Stop ! Là... C'est bien ! Plus qu'un petit quart d'heure, hurla Maréchal comme si le couple était à cent mètres.

- On peut vous regarder un peu ? demanda Julien.

- Bien sûr !

Sur la palette, il mélangea un peu de bleu, un peu de rose avec son pinceau, et par petites touches de mauve clair, il apposa sur la toile comme des reflets de lumière crépusculaire.

Julien et Angie suivaient avec intérêt l'évolution de l'œuvre.

- Je peux vous poser une question ?

- Pas de problème mon garçon ! répondit Maréchal sans cesser de peindre.

- Pourquoi les avoir représentés aussi… euh… transparents au point de voir la statue de la Liberté à travers leurs corps ?

Maréchal posa son pinceau et sa palette à ses pieds, sur une valise fermée en bois, et croisa les bras.

- Jeune homme… C'est une question pertinente… En plein dans l'esprit du nouveau mouvement de peinture que j'ai créé. Il y a un message important qui ne t'a pas échappé et que je délivre dans cet effet de translucidité : la statue, c'est la liberté. L'aspect vaporeux et cristallin des corps diaphanes des personnages, c'est la marche en avant de l'homme dans le temps. C'est l'essence même de mon message d'artiste : l'homme a la liberté de se déplacer dans le temps. Tu as compris ?

- Mmm, Mmm ! confirma Julien sans desserrer les lèvres. Et le mouvement que vous avez créé… Comment il s'appelle ?

- Le temporalisme !

Julien, troublé, décida d'abandonner Maréchal à ses théories et à son œuvre.

- Au revoir Professeur ! Bon retour ! lança-t-il en direction du couple.

Archibald se retourna.

- Au revoir Julien. N'oublie pas !… L'Excelsior…

Il leva sa main en signe d'adieu, et reprit sa pose avec Miraldine.

Julien et Angie poursuivirent leur marche sur la promenade et se retrouvèrent à l'embarcadère pour Liberty Island.

- Tu as l'air soucieux, Julien…

- Comment ?... Non, non… tout va bien.

Il laissa errer son regard sur les groupes de touristes qui faisaient la queue au contrôle de sécurité avant de monter à bord des ferries, mais il ne les voyait pas. Ne les entendait pas. Même Angie, à ses côtés, n'existait plus. Il était avec son double. Un an en arrière. Si loin. Si irréel. Et si proche à la fois. Julien savait maintenant qu'il n'avait pas rêvé. Cet embarras du professeur pour expliquer leur aventure supposée… Et puis, ce peintre… Avec ses théories sur son tableau… Il venait de lui confirmer involontairement ce qu'il avait vécu. Tout ce que son clone avait raconté, qu'il avait enfoui et dont les paroles remontaient à la surface de sa conscience, était donc vrai. La preuve, Laurine était en vie. Oui, c'était une évidence, ce professeur avec qui il venait de parler… Ce professeur-là, était le père de cette invraisemblable et incroyable invention : la Time Boy !... Une machine pour se déplacer dans le temps… C'était fou ! Il s'imagina un instant écrire un article sur le sujet… Mais très rapidement, il rejeta l'idée. Il ne pouvait pas, lui, Julien Dorval, apporter la moindre preuve… Cette histoire n'appartenait qu'à son double… Et les voyages temporels d'Archibald Goustoquet, uniquement à…

- … Archibald Goustoquet !

- Pardon ?

Julien réalisa qu'il avait prononcé les deux derniers mots à voix haute.

- C'était bien son nom, n'est-ce pas ?

- À qui ?

- Au professeur que nous avons rencontré…

- Je ne sais pas. Je ne l'ai pas retenu…

- Archibald Goustoquet ! C'est ça. Un nom que je n'oublierai plus…

- Bof, tu sais, les noms, ça s'envole… avec le temps !

REMERCIEMENTS

Sabah Meziani et Salima Guellil pour les traductions arabes,

Shirley Virga, Peggy Deville pour les traductions anglaises,

Romuald Gaussot pour les renseignements avisés sur les services de police,

Ma chère Janine Greinhofer pour ses précieuses relectures,

Et Michèle Lagneau pour avoir su piquer ma curiosité sur l'Art Nouveau et l'École de Nancy.

Éditions BoD – Books on Demand

12/14 rond-point des Champs-Élysées, 75008 Paris
Impression : BoD – Books on Demand, Norderstedt, Allemagne

ISBN : 9782322190287

Dépôt légal : novembre 2019